U0433711

王安石全集

第八册

唐百家詩選

王水照　主編

復旦大學出版社

本書爲國家古籍整理出版專項經費資助項目

唐百家詩選

任雅芳整理

整理説明

唐百家詩選宋刊本，清初已稀見，宋犖據宋刊殘本再配以鈔本刊印成足本，世所傳之刊本多爲此本，亦稱雙清閣影宋本，何焯曾以其爲底本據相關集本校過一遍，校本後存于陸心源皕宋樓，現存於日本静嘉堂文庫。承静永健教授相助，得到全書之複印本。本次校點即以何氏校本爲底本（簡稱何校本），並參校以下版本：

一、中華再造善本之宋刻本王荆公唐百家詩選（據上海圖書館藏宋刻本影印，簡稱宋刻本），僅存九卷。另，又録黄永年校本所參之宋刊本多出二卷之校語（簡稱黄録宋本）。

二、日本静嘉堂文庫影印宋刊分類本唐百家詩選十卷本，原爲陸心源所藏，一九三六年作爲静嘉堂秘笈之一影印出版（簡稱分類本）。

三、首都師範大學圖書館藏宋犖刊本（簡稱清宋犖本）、復旦大學圖書館藏光緒年間印雙清閣本（簡稱雙清閣本）、臺灣廣文書局印行唐百家詩選［底本爲日本享和二年（一八〇二年）刊本，此本亦是宋犖本之翻刻（簡稱和刻本）］。各本刊印時間不同，頗多異文，對其相異處，稍作説明。

四、文淵閣四庫全書本、臺灣世界書局四庫全書本唐百家詩選排印本。

五、遼寧教育出版社刊黄永年校唐百家詩選，黄校底本爲蔣杲過録之何校本，比靜嘉堂何校原本多出一些校語及批語，疑爲後人所增，本書基本鈔録並注明「黄録何校」與「黄録何批」。

六、文苑英華相關部分。王安石選詩與文苑英華時代相近。宋人周必大、彭叔夏多取唐百家詩選校文苑英華，其校記多存於今刊之文苑英華本中，此次整理多有參照。

七、宋蜀刻別集孟浩然詩集、張承吉文集、許用晦文集、杜荀鶴文集之相關部分。蜀刻本唐人別集與唐百家詩選之底本關係甚近，對校頗能解決問題，且内容不多，故亦列入，以供讀者參考。

本書的整理得到查屏球教授的大力支持，特此致謝。

目録[一]

唐百家詩選　卷一……（五五）
明皇二首……（五五）
早渡蒲關……（五五）
經魯祭孔子而歎之……（五六）
德宗一首……（五六）
送徐州張建封還鎮……（五六）
薛稷一首……（五七）
秋日還京陝西十里作……（五七）
劉希夷九首……（五八）
故園置酒……（五八）
晚憩南陽旅館……（五八）
採桑……（五九）
代閨人春日……（五九）
秋日題汝陽潭壁……（六〇）
代悲白頭翁……（六一）
巫山懷古……（六二）
春女行……（六二）
孤松篇……（六三）
王適一首……（六四）
詠江濱梅……（六四）
韋述一首……（六四）
晚度伊水……（六四）
盧象十首……（六五）

[一] 本目録據正文編製，凡涉校改處請參見正文。

雜詩二首……………………（六五）
八月十五日象自江東止田園移莊慶會未幾歸汶上小弟幼妹尤悲
其別兼賦是詩……………（六六）
寄江上段十六……………（六七）
贈劉藍田…………………（六七）
白髮………………………（六八）
鄉賦後自鞏還田家鄰友見過之作
…………………………（六八）
竹里館……………………（六九）
和徐侍郎叢篠詠…………（六九）
宴別趙都護………………（七〇）
孟浩然三十三首…………（七〇）
湘中旅泊寄閻九司户防…（七〇）
歲暮歸南山………………（七一）
陪張丞相自松滋江入舟東泊渚
宫作……………………（七二）
歲暮海上作………………（七二）
自洛之越…………………（七三）
王山人迥見尋……………（七三）
遊精思觀迴王山人在後…（七四）
夜泊宣城界………………（七五）
永嘉上浦館逢張八子容…（七五）
宿業師山房期丁鳳進士不至……（七六）
夕次蔡陽館………………（七六）
過故人莊…………………（七七）
登鹿門山懷古……………（七七）
裴司功員司士見尋………（七八）
送杜晃進士之東吴………（七八）
登江中孤嶼貽王山人迥…（七九）

晚泊潯陽望廬峰作……（七九）
同張明府清鏡歎……（八〇）
宿中山翠微寺空上人房……（八〇）
送友人之京……（八一）
京還留別新豐諸官……（八二）
江上別流人……（八二）
上巳日洛中寄王山人迥……（八三）
秋登萬山寄張五儃……（八三）
夜歸鹿門寺歌……（八四）
與諸子登峴山作……（八五）
赴京途中遇雪……（八五）
宿建德江……（八六）
萬山潭作……（八六）
春中喜王九相尋……（八七）
途中遇晴……（八七）
送從弟邕落第東遊會稽……（八八）
和張丞相春朝對雪……（八八）

唐百家詩選　卷二……（八九）

高適上五十九首……（八九）
淇上酬薛三據兼寄郭主簿……（八九）
途中酬李少府贈別之作……（九一）
東平路中遇水……（九二）
留別洛下諸公兼贈鄭三韋九……（九三）
封丘作……（九四）
贈別韋參軍……（九四）
九月九日酬顏少府……（九五）
送李少府貶峽中王少府貶長沙……（九六）
平臺夜遇李景參有別……（九六）

別晉處士……（九七）
送別……（九七）
燕歌行……（九八）
古大梁行……（九九）
行路難……（一〇〇）
邯鄲少年行……（一〇一）
薊門行五首……（一〇二）
營州歌……（一〇三）
魯郡途中……（一〇三）
酬鴻臚裴主簿雨後北樓見贈之作……（一〇四）
宋中遇林慮楊十七山人因而有別……（一〇四）
送馮判官……（一〇五）
酬龐十兵曹……（一〇五）
漣上酬王秀才……（一〇六）
東平留贈狄司馬……（一〇七）
餞宋八充彭中丞判官之嶺外……（一〇七）
同群公題鄭少府田家……（一〇八）
同顏六少府旅居秋中之作……（一〇九）
酬裴秀才……（一〇九）
宋中送族姪式顏時張大夫貶括州使人召式顏遂有此作……（一一〇）
淇上送韋司倉往滑臺……（一一一）
別魏八……（一一一）
宋中三首……（一一二）
自淇涉黄河……（一一二）
和崔二少府登楚丘城作……（一一三）
同朱五題盧使君義井……（一一三）

哭單父梁九少府……（一一四）
送柴司户充劉卿判官之嶺外
……（一一五）
雜言賦得還山吟送沈山人……（一一五）
酬岑二十秋夜見贈之什……（一一六）
苦雪……（一一七）
李雲南征蠻……（一一七）
登百丈峰……（一一九）
送渾將軍出塞……（一一九）
寄宿田家……（一二〇）
酬司空璲少府……（一二〇）
同衛八題陸少府書齋……（一二一）
同群公題張處士菜園……（一二一）
同羣公出獵海上……（一二二）
魯西全東平四首……（一二二）
別韋五……（一二三）

唐百家詩選　卷三……（一二四）

高適下十二首……（一二四）
自淇涉黄河四首……（一二四）
宋中四首……（一二五）
宓公琴臺詩……（一二六）
贈別沈四山人……（一二七）
岑參上五十首……（一二八）
巴南舟中夜書事……（一二八）
青山峽口泊舟懷狄侍御……（一二八）
送王大昌齡赴江寧……（一二九）
臨河縣客舍呈狄明府兄留題縣
南樓……（一三〇）
送楊子……（一三〇）

送蓋孺卿落第歸濟州……………（一三一）
宿太白東溪李老舍寄弟姪……（一三一）
送張郎中赴隴右覲省卿公……（一三二）
登古鄴城………………………（一三二）
送許子擢第歸江寧拜親因寄王
　大昌齡………………………（一三三）
武威送劉單判官赴安西行營便
　呈高開府……………………（一三四）
玉門關蓋將軍歌………………（一三五）
天山雪送蕭沼歸京……………（一三六）
涼州館中與諸判官夜集………（一三六）
初過隴山途中呈宇文判官……（一三七）
燉煌太守後庭歌………………（一三八）
送祁樂歸河東…………………（一三八）
送郭乂…………………………（一三九）
安西館中思長安………………（一四〇）
送魏四落第還鄉………………（一四〇）
喜韓樽相過……………………（一四一）
送張子尉南海…………………（一四一）
灃頭送蔣侯……………………（一四二）
滻水東店送唐子歸嵩陽………（一四二）
南樓送衛馮……………………（一四三）
送宇文舍人出宰元城…………（一四三）
贈酒泉韓太守…………………（一四四）
餞李郎尉武康…………………（一四四）
過酒泉憶杜陵別業……………（一四五）
武威春暮聞宇文判官安西使還
　已到晉昌……………………（一四五）
宿鐵關西館……………………（一四六）
題苜蓿峰寄家人………………（一四六）

玉關寄長安李主簿……（一四六）
逢入京使……（一四七）
暮秋山行……（一四七）
函谷關歌送劉評事使關西……（一四七）
衛尚書赤驃馬歌……（一四八）
郡齋閑望……（一四九）
潼關使院懷王七秀才……（一四九）
宿華陰郭東客舍憶閻防……（一五〇）
田使君美人如蓮花北鋋歌……（一五〇）
衙郡守還……（一五一）
陪使君早春東郊游眺……（一五二）
題虢州西樓……（一五二）
虢州後亭送李判官使赴晉絳……（一五二）
和賈舍人早朝大明宫……（一五三）
行軍詩二首……（一五三）
送許拾遺歸江寧……（一五四）
北庭北樓呈幕中諸公……（一五五）

唐百家詩選　卷四……（一五六）

岑參下三十一首……（一五六）
使交河郡……（一五六）
走馬川行奉送出師西行……（一五七）
熱海行送崔侍御還京……（一五七）
終南東溪中作……（一五八）
酬成少尹駱谷行見呈……（一五八）
韋員外家花樹歌……（一五九）
送盧郎中除杭州赴任……（一五九）
趙少尹南亭送鄭侍御歸東臺……（一六〇）

過侯山王處士黑石谷隱居……（一六〇）
奉送李太保兼御史大夫充渭北節度……（一六一）
送秘書虞校書赴虞鄉丞……（一六一）
送王七録事赴虢州……（一六二）
送懷州吴别駕……（一六二）
太白胡僧歌……（一六三）
青門歌送東臺張判官……（一六四）
送費子歸武昌……（一六四）
送張獻心充副使歸河西雜句……（一六五）
送魏叔虹擢第歸東京因懷魏校書陸渾喬潭……（一六六）
長門怨……（一六六）
宿關西客舍寄東山嚴許二山人時天寶高道舉徵……（一六七）
尋少室張山人聞與偃師周明府同入都……（一六七）
題匡城周少府廳壁……（一六八）
杜公挽歌四首……（一六八）
輪臺歌奉送封大夫出師西征……（一六九）
白雪歌送武判官……（一七〇）
送張都尉歸東郡……（一七一）
行軍九日思長安故園時未收長安……（一七一）
送賈侍御使江外……（一七一）
儲光羲二十一首……（一七二）
新豐道中作……（一七二）
羣鴉詠……（一七二）

野田黄雀行……（一七三）
效古……（一七三）
尚書省聽誓誡貽太廟裴丞……（一七四）
田家即事……（一七四）
田家雜興三首……（一七五）
同王十三維偶然作四首……（一七六）
貽余處士……（一七八）
泊舟貽潘少府……（一七八）
幽居……（一七九）
薔薇篇……（一七九）
臨江亭……（一七九）
仲夏入園東陂……（一八〇）
洛橋送別……（一八〇）
題山中流泉……（一八〇）
崔國輔二首……（一八一）
古意……（一八一）
對酒吟……（一八一）
崔顥七首……（一八二）
黄鶴樓……（一八二）
長安道……（一八三）
渭城少年行二首……（一八三）
江南曲二首……（一八四）
定襄郡獄……（一八五）
陶翰一首……（一八五）
塞下曲……（一八五）
常建三首……（一八六）
弔王將軍……（一八六）
題破山寺後禪院……（一八七）
春詞……（一八七）

唐百家詩選　卷五……（一八八）
王昌齡二十三首……（一八八）
塞上曲二首……（一八八）
長信愁……（一八九）
放歌行……（一九〇）
長歌行……（一九一）
青樓曲……（一九一）
箜篌引……（一九二）
從軍行……（一九三）
出塞行……（一九三）
採蓮曲……（一九四）
諸官遊招隱寺……（一九四）
沙苑南渡頭……（一九四）
鄭縣宿陶大公館贈馮六元二……（一九五）
和振上人秋夜懷士會……（一九五）
寄穆侍御出幽州……（一九六）
灞上閑居……（一九六）
初日……（一九六）
採蓮……（一九七）
出塞……（一九七）
同李四倉曹宅夜飲……（一九七）
送韋十四兵曹……（一九八）
別李南浦之京……（一九九）
閨怨……（一九九）
李頎二十四首……（一九九）
宋少府東溪泛舟……（一九九）
粲公院各賦一物得初荷……（二〇〇）
題璿公山池……（二〇〇）
題盧五舊居……（二〇〇）

二妃廟送裴侍御使桂陽……（二〇一）
欲之新鄉答崔顥綦毋潛……（二〇一）
李兵曹壁畫山水各賦得桂水帆……（二〇二）
王母歌……（二〇二）
古從軍……（二〇三）
晚歸東園二首……（二〇四）
裴尹東溪別業……（二〇四）
送綦毋三謁房給事……（二〇五）
送劉昱……（二〇五）
送郝判官……（二〇六）
聖善閣送裴迪入京……（二〇六）
贈別張兵曹……（二〇七）
放歌行答從弟墨卿……（二〇七）
同員外闕一字譚酬答之作……（二〇八）
夏宴張兵曹東堂……（二〇九）
答高三十五留別便呈于十一……（二〇九）
古行路難……（二一〇）
送盧少府赴延陵……（二一一）
送馬録事赴永嘉……（二一一）
戎昱十六首……（二一二）
羅江舍……（二一二）
採蓮曲……（二一二）
聞笛……（二一三）
漢上題韋氏莊……（二一三）
閨情……（二一四）
長安秋夕……（二一四）
衡陽春日遊僧院……（二一五）
玉臺體題湖上亭……（二一五）

早梅……（二一六）
移家别湖上亭……（二一六）
客堂秋夕……（二一六）
湖南雪中留别……（二一七）
贈别張駙馬……（二一七）
苦哉行……（二一八）
涇州觀元戎出師……（二一八）
從軍行……（二一九）

唐百家詩選　卷六……（二二〇）

沈千運四首……（二二〇）
感懷弟妹……（二二〇）
贈史修文……（二二一）
濮中言懷……（二二一）
山中作……（二二二）
王季友二首……（二二二）
别李季友……（二二二）
寄韋子春……（二二三）
于逖二首……（二二四）
野外作……（二二四）
憶舍弟……（二二四）
孟雲卿五首……（二二五）
古樂府挽歌……（二二五）
今别離……（二二六）
悲哉行……（二二七）
古别離……（二二七）
傷懷贈故人……（二二八）
張彪四首……（二二九）
雜詩……（二二九）
神仙……（二二九）

北遊遠酬孟雲卿……（二三〇）
古別離……（二三一）
趙微明三首……（二三一）
回軍跛者……（二三一）
挽歌詞……（二三二）
思歸……（二三二）
元季川四首……（二三三）
泉上雨後作……（二三三）
登雲中……（二三四）
山中晚興……（二三四）
古遠行……（二三五）
殷遥二首……（二三五）
友人山亭……（二三五）
山行……（二三六）
李嘉祐十二首……（二三七）
晚春宴無錫蔡明府西亭……（二三七）
送宋中舍遊江東……（二三七）
送王端赴朝……（二三八）
自蘇臺至望亭驛人家盡空春物增思悵然有作因寄從弟紓……（二三八）
題靈臺縣東山村主人……（二三九）
至七里灘作……（二三九）
題前溪館……（二四〇）
送樊兵曹潭州謁韋大夫……（二四〇）
送從弟歸河朔……（二四〇）
送王牧往吉州謁王使君……（二四一）
早秋京口旅泊章侍御寄書相問因以贈之……（二四一）
江湖愁思……（二四二）

姚係二首……（二四二）
送周愿判官歸嶺南……（二四二）
京口遇舊識兼送往隴州……（二四三）
雍裕之二首……（二四三）
五雜俎……（二四三）
自君之出矣……（二四四）
蔣涣一首……（二四四）
和徐侍郎中書叢篠詠……（二四四）
陳羽五首……（二四五）
送靈一上人……（二四五）
送友人及第歸江東……（二四五）
伏翼洞送夏方慶……（二四六）
春日客舍晴原野望……（二四六）
公子行……（二四六）
楊衡七首……（二四七）
盧十五竹亭送姪偁歸山……（二四七）
哭李象……（二四七）
白紵詞二首……（二四八）
題花樹……（二四九）
傷蔡處士……（二四九）
送人流雷州……（二五〇）

唐百家詩選　卷七……（二五一）
戴叔倫四十七首……（二五一）
酬贈張衆甫……（二五一）
客舍秋懷呈駱正字士則……（二五二）
早行寄朱山人放……（二五二）
贈殷御史亮……（二五三）
寄中書李舍人紓……（二五三）
贈李山人唐……（二五三）

酬盩厔耿少府湋見寄……（二五四）
贈康老人洽……（二五四）
襄州遇房評事由……（二五五）
暮春遊長沙東湖贈辛兗州巢父二首……（二五五）
同兗州張秀才過王侍御參謀宅賦十韻……（二五六）
同辛兗州巢父盧副端岳相思獻酬之作因抒歸懷兼呈辛魏二院長楊長寧……（二五六）
對月答元明府……（二五七）
酬袁太祝長卿小湖村山居書懷見寄……（二五七）
清明日送鄧芮二子還鄉……（二五八）
送汶水王明府……（二五八）
送裴明州郎中徵……（二五九）
送觀察李判官巡郴州……（二五九）
京口送皇甫司馬副端曾舒州辭滿歸東都……（二六〇）
奉同汴州李相公勉送郭布殿中出巡……（二六〇）
送東陽顧明府罷歸……（二六一）
戲留顧十一明府……（二六一）
柳花歌送客往桂陽……（二六一）
送前上饒嚴明府攝玉山……（二六二）
撫州對事後送外生宋垓歸饒州覲侍呈上姊夫……（二六二）
潘處士宅會別……（二六三）
江上別張勸……（二六三）
汝南別董校書……（二六四）

留别李道州圻……（二六四）
永康孫明府頲秩滿將歸枉路訪別……（二六五）
將赴湖南留別東陽舊寮兼示吏人……（二六五）
奉天酬別鄭諫議雲逵盧拾遺景亮見別之作……（二六五）
撫州處士胡泛見送北迴兩館至南昌縣界查溪蘭若別……（二六六）
將巡郴永途中作……（二六七）
過郴州……（二六七）
桂陽北嶺偶過野人所居聊書即事呈王永州邕李道州圻……（二六七）
下鼻亭瀧行八十里聊狀艱險寄青苗鄭副端朔陽……（二六八）
湘南即事……（二六八）
少女生日感懷……（二六九）
江鄉故人偶集客舍……（二六九）
張評事涉秦居士系見訪郡齋即同賦中字……（二七〇）
聽歌回馬上贈崔法曹……（二七〇）
去婦怨……（二七〇）
昭君詞……（二七一）
女耕田行……（二七一）
夜發袁江寄李潁州劉侍郎時二公流泛在此……（二七二）
郎士元二十一首……（二七二）
送李將軍赴定州……（二七二）
送張南史……（二七三）
聞蟬寄友人……（二七三）

送長沙韋明府……（二七四）
題劉相三湘圖……（二七四）
塞下曲……（二七五）
關羽祠送高員外還荆州……（二七五）
郢城西樓吟……（二七六）
宿杜判官江樓……（二七七）
送韋湛判官……（二七七）
春宴王補闕城東别業……（二七八）
柏林寺南望……（二七八）
長安逢故人……（二七八）
聽鄰家吹笙……（二七九）
贈韋司直……（二七九）
蓋少府新除江南尉問風俗……（二八〇）
酬二十八秀才見寄……（二八一）
湘夫人……（二八一）
酬王季友題半日村别業兼呈李明府……（二八一）
冬夕寄青龍寺源公……（二八二）
送李騎曹之靈武寧侍……（二八二）

唐百家詩選　卷八

錢起六首……（二八三）
送畢侍御謫居……（二八三）
送李秀才落第遊荆楚……（二八四）
贈閣下閻舍人……（二八四）
和宣城張太守南亭秋夕懷友……（二八五）
暮春歸故山……（二八五）
駕幸温泉宫……（二八六）
盧綸三十六首……（二八六）

送吉中孚校書歸楚州舊山中孚自仙官入仕……（二八六）
與從弟瑾同下第後出關言别……（二八七）
和李使君三郎早秋城北亭宴崔司士因寄關中弟張評事時遇作……（二八八）
逢病軍人……（二八九）
村南逢病叟……（二八九）
送張郎中還蜀歌……（二八九）
臘日觀咸寧王部曲娑勒擒豹歌……（二九〇）
和張僕射塞下曲……（二九一）
從軍行……（二九一）
逢南中使因寄嶺外故人……（二九二）
代員將軍罷戰後歸舊里贈朔北故人……（二九二）
江北憶崔汶……（二九三）
早春歸盩厔舊居卻寄耿拾遺湋李校書端……（二九三）
夜中得循州趙司馬侍郎書因寄迴使……（二九四）
太白西峰偶宿車祝二尊師石室晨登前巘憑眺書懷即事寄呈鳳翔齊員外張侍御……（二九四）
同耿湋宿陸澧旅舍……（二九五）
題苗員外竹間亭……（二九五）
早春遊樊川野居卻寄李端校書兼呈崔峒補闕司空曙主簿耿湋拾遺……（二九六）

春日登樓有懷……（二九七）
長安春望……（二九七）
山中一絶……（二九八）
同薛存誠登栖巖寺……（二九八）
賊中與嚴越卿曲江看花……（二九八）
夜投豐德寺謁液上人……（二九九）
酬李端野寺病居見寄……（二九九）
贈別李紛……（三〇〇）
送崔琦赴宣州幕……（三〇〇）
至德中途中書事卻寄李僩……（三〇〇）
送鮑中丞赴太原……（三〇一）
晚到盩厔耆老家……（三〇一）
落第後歸終南別業……（三〇二）
送從舅成都丞廣南歸蜀……（三〇二）
晚次鄂州……（三〇三）
酬暢當嵩山尋道士見寄……（三〇三）
司空曙二十五首……（三〇四）
過寶慶寺……（三〇四）
送柳震歸蜀……（三〇四）
送高勝重謁曹王……（三〇五）
送流人……（三〇五）
題陵雲寺……（三〇六）
題江陵臨沙驛樓……（三〇六）
田家……（三〇七）
送曲山人衡州……（三〇七）
立秋日……（三〇八）
詠古寺花……（三〇八）
送魏季羔長沙覲兄……（三〇九）
送曹同椅……（三〇九）
雲陽館與韓申卿宿別……（三一〇）

酬張芬有赦後見贈……（三一〇）
哭苗員外呈張參軍……（三一一）
金陵懷古……（三一一）
發渝州卻寄韋判官……（三一二）
送盧徹之太原謁馬尚書……（三一二）
秋思呈尹植裴涗鄭錮……（三一三）
峽口送友人……（三一三）
故郭婉儀挽歌……（三一四）
送翰林張學士嶺南勒聖碑……（三一四）
送吉校書東歸……（三一五）
早春遊望……（三一五）
秋日趨府上張大夫……（三一五）

唐百家詩選　卷九……（三一六）

耿湋六首……（三一六）
秋晚卧疾寄司空拾遺曙盧少府綸……（三一六）
早朝……（三一六）
秋日……（三一七）
路傍老人……（三一七）
送友人遊江南……（三一七）
邠州留别……（三一八）
李端九首……（三一八）
古别離……（三一八）
過谷口元贊善所居……（三一九）
古别離……（三一九）
烏栖曲……（三二〇）
代從兄衡送友入關……（三二一）
晚夏聞蟬寄戴廣文……（三二一）
早春雪夜寄盧綸呈秘書元丞……（三二二）

荆門雨歌送從兄赴夔州……（三一二）
贈康洽……（三一三）
于武陵八首……（三一四）
孤雲……（三一四）
南遊有感……（三一四）
客中……（三一五）
洛陽道……（三一五）
夜與故人别……（三一六）
感懷……（三一六）
長信宮……（三一六）
過侯王故第……（三一七）
熊孺登一首……（三一七）
經古墓……（三一七）
張繼三首……（三一八）
楓橋夜泊……（三一八）
閶門即事……（三一八）
過春申君廟……（三一九）
包佶四首……（三一九）
酬于侍郎湖南見寄……（三一九）
贈廬山白鶴觀劉尊師……（三二〇）
嶺下卧疾寄劉長卿員外……（三二〇）
近獲風痺之疾題寄所懷……（三二一）
包何一首……（三二二）
江上田家……（三二二）
鮑防二首……（三二二）
雜感……（三二二）
送薛補闕入朝……（三二三）
張登二首……（三二四）
送王主簿遊南海……（三二四）
因遇小雪日戲題絶句……（三二四）

皇甫冉上二十首……（三三五）
巫山峽……（三三五）
與張補闕王鍊師徐方清河路同舟南下於臺頭寺留別趙員外裴補闕同賦雜韻一首……（三三五）
屏風上各賦一物得攜琴客……（三三六）
獨孤中丞筵陪餞韋使君赴昇州……（三三六）
酬李郎中侍御秋夜登福州城樓見寄……（三三七）
送元晟還於潛山所居……（三三七）
送康判官往新安賦得江路西南永……（三三八）
酬盧十一過宿……（三三八）
三月三日義興李明府後亭泛舟……（三三九）
酬裴十四……（三三九）
夜集張諲所居……（三四〇）
送顧蒦往新安……（三四〇）
送段明府……（三四一）
送王司直……（三四一）
同李蘇州傷美人……（三四一）
題高雲客舍……（三四二）
同諸公有懷絶句……（三四二）
送李録事赴饒州……（三四三）
寄高雲……（三四三）
酬權器……（三四四）

唐百家詩選　卷十

……（三四五）
皇甫冉下六十五首……（三四五）
奉和徐州王相公彭祖井之作……（三四五）

又和雪……（三四五）
送蕭處士……（三四六）
之京留别劉方平……（三四六）
出塞……（三四七）
館陶李丞舊居……（三四七）
送劉兵曹還隴山居……（三四七）
同裴少府安居寺對雨……（三四八）
贈鄭山人……（三四八）
寄劉八山中……（三四八）
雜言無錫惠山寺流泉歌……（三四九）
田家作……（三四九）
寄劉方平……（三五〇）
温湯即事……（三五〇）
送張南史……（三五一）
送孔巢父赴河南軍……（三五一）
和元中丞奉使承恩還終南舊居……（三五二）
酬李司兵直夜見寄……（三五二）
送薛判官之越……（三五二）
同温丹徒登萬歲樓……（三五三）
送鄒判官赴河南……（三五三）
宿淮陰南樓酬常伯熊……（三五四）
小江懷靈一上人……（三五四）
送唐别駕赴郢州……（三五四）
酬李補闕……（三五五）
同韓給事觀畢給事畫松石……（三五五）
送令狐明府……（三五六）
送從姪栖閑律師……（三五六）
舟中送李觀……（三五六）
故齊王贈承天皇帝挽歌……（三五七）

贈恭順皇后挽歌……（三五七）
送太常大夫加散騎常侍赴朔方……（三五七）
送王翁信還剡中舊居……（三五八）
奉寄皇甫補闕……（三五八）
酬張繼……（三五八）
送柳八員外赴江西……（三五九）
送陸遂潛夫……（三五九）
又得雲字……（三六〇）
又送陸潛夫延陵尋友……（三六〇）
送鄭二堪之茅山……（三六一）
問李二司直所居雲山……（三六一）
閑居作……（三六一）
和王給事禁省梨花……（三六二）
歸渡洛水……（三六二）
送陸澧郭鄖……（三六三）
重陽日酬李觀……（三六三）
送蔣評事往福州……（三六三）
送從弟豫貶袁州……（三六四）
送錢塘路少府赴制舉……（三六四）
賦得荆溪夜湍送蔣逸人歸義興山……（三六四）
送孔黨赴舉……（三六五）
送裴陟歸常州……（三六五）
徐州送丘侍御之越……（三六六）
送韋山人歸所居鍾山……（三六六）
和袁郎中破賊後經剡中山水……（三六七）
送處州裴使君赴京……（三六七）
送包佶賦得天津橋……（三六八）

宿嚴維宅送包七……（三六八）
送延陵陳法師赴上元……（三六九）
賦得海邊樹……（三六九）
題昭上人房……（三七〇）
寄韋司直……（三七〇）
送魏十六還蘇州……（三七一）
婕妤怨……（三七一）
送客……（三七一）

唐百家詩選　卷十一……（三七二）

劉商九首……（三七二）
送劉南史往杭州拜覲別駕叔……（三七二）
合溪送王永歸東郭……（三七三）
春日卧病書情……（三七三）
銅雀妓……（三七四）
緑珠怨……（三七四）
醉後口號……（三七五）
秋夜聽嚴紳巴童唱竹枝歌……（三七五）
柳條歌送客……（三七六）
雜言同豆盧郎中郭南七里橋哀悼姚倉曹……（三七六）
羊士諤十七首……（三七七）
過三鄉望女几山早歲有卜築之志……（三七七）
和都官李郎中經宫人斜……（三七七）
郡中即事二首……（三七八）
小園春至偶書呈吏部竇郎中孟員外……（三七八）
登樂遊原寄司封孟郎中盧補闕……（三七九）

郡樓晴望……（三七九）
九月十日郡樓獨酌……（三八〇）
梁國惠康公主挽歌詞二首……（三八〇）
林館避暑……（三八一）
寒食宴城北山池即故郡守榮陽鄭綱目爲折柳亭……（三八一）
夜聽琵琶……（三八二）
酬蕭使君出妓夜宴見送……（三八二）
西川獨孤侍御見寄七言四韻一來爲郡翰墨都捐逮此酬答誠乖拙速……（三八二）
息舟荆溪入陽羨南山遊善權寺呈李功曹巨……（三八三）
永寧里園亭休沐悵然成詠……（三八三）
長孫佐輔十三首……（三八四）
尋山家……（三八四）
答邊信……（三八四）
山居雨霽即事……（三八五）
擬古詠河邊枯樹……（三八五）
對鏡吟……（三八六）
南中客舍對雨送故人歸北……（三八六）
杭州秋日留别故友……（三八七）
關山月……（三八七）
别友人……（三八八）
山行書事……（三八八）
古宫怨……（三八八）
隴西行……（三八九）
代别後夢别……（三九〇）
李約三首……（三九〇）
觀祈雨……（三九〇）

過華清宮……（三九〇）
城南訪裴氏昆季……（三九一）
竇常二首……（三九一）
之任武陵寒食日途次松滋渡先
寄劉員外……（三九一）
北固晚眺……（三九二）
竇牟一首……（三九二）
秋夕閑居對雨贈別盧七侍御坦
……（三九二）
竇群一首……（三九三）
黔中書事……（三九三）
竇庠一首……（三九三）
陪留守韓僕射巡内至上陽宮
感興……（三九三）
竇鞏八首……（三九四）
南遊感興……（三九四）
寄南遊弟兄……（三九四）
放魚……（三九四）
宮人斜……（三九五）
代鄰叟……（三九五）
新營別墅寄兄……（三九五）
自京師將赴黔南……（三九六）
永寧小園與校書接近因寄……（三九六）

唐百家詩選　卷十二……（三九七）

楊巨源四十六首……（三九七）
送太和公主和蕃……（三九七）
春日奉獻聖壽無疆詞……（三九八）
贈鄰家老將……（三九八）
和練師索秀才楊柳……（三九九）

大堤詞……（三九九）
聖恩洗雪鎮州寄獻裴相公……（四〇〇）
上劉侍中……（四〇〇）
郊居秋日酬奚贊府見寄……（四〇二）
上裴中丞……（四〇二）
送裴中丞出使……（四〇三）
酬崔駙馬惠牋紙百張兼貽四韻……（四〇三）
送司徒童子……（四〇四）
元日含元殿下立仗丹鳳樓下宣赦上門下相公二首……（四〇四）
賀田僕射子弟榮拜金吾……（四〇五）
觀打毬……（四〇六）
送人過衛州……（四〇六）
贈李傅……（四〇七）
送絳州盧使君……（四〇七）
和裴舍人觀田尚書出獵……（四〇八）
送李舍人歸蘭陵里……（四〇八）
和人與人分惠賜冰……（四〇九）
寄中書同年舍人……（四〇九）
早春即事呈劉員外……（四一〇）
酬于駙馬二首……（四一〇）
和侯大夫秋原觀征人回……（四一一）
同太常尉遲博士闕下待漏……（四一一）
見薛侍御戴不損裹帽子因贈……（四一二）
寄昭應王丞……（四一二）
將歸東都別令狐舍人……（四一三）
寄江州白司馬……（四一三）
薛司空自青州歸朝……（四一三）

送章孝標校書歸杭州因寄白舍人……（四一四）
述舊紀勳寄太原李侍中光顔二首……（四一四）
胡二十拜户部兼判度支……（四一五）
酬裴舍人見寄……（四一五）
早朝……（四一六）
元日呈元逢吉舍人……（四一六）
酬盧員外……（四一六）
述美寄申州盧拱使君……（四一七）
贈張將軍……（四一七）
酬崔博士……（四一八）
古意贈王常侍……（四一八）
和朴中丞西禪院看花……（四一九）
王建卜二十四首……（四一九）
送人……（四一九）
將歸故山留別杜侍御……（四二〇）
上七泉寺上方……（四二〇）
温門山……（四二一）
酬柏侍御聞與韋處士同遊靈臺寺見寄……（四二一）
送韋處士老舅……（四二二）
邯鄲主人……（四二三）
泛水曲……（四二四）
題壽安南館……（四二四）
江南新體二首……（四二五）
涼州行……（四二五）
寒食行……（四二六）
促刺詞……（四二六）
隴頭水……（四二七）

北邙行……（四二七）
温泉宫行……（四二八）
春詞……（四二九）
遼東行……（四二九）
塞上梅……（四三〇）
戴勝詞……（四三〇）
鞦韆詞……（四三一）
開池得古釵……（四三一）
賽神曲……（四三二）

唐百家詩選　卷十三……（四三三）

王建下六十八首……（四三三）
田家留客……（四三三）
精衛詞……（四三四）
老婦歎鏡……（四三四）
望夫石……（四三四）
別鶴曲……（四三五）
烏栖曲……（四三五）
雉將雛……（四三五）
白紵歌二首……（四三六）
短歌行……（四三六）
飲馬長城窟……（四三七）
烏夜啼……（四三七）
蔟蠶辭……（四三八）
渡遼水……（四三八）
空城雀……（四三九）
水運行……（四三九）
當牕織……（四四〇）
失釵怨……（四四〇）
水夫謡……（四四一）

田家行……（四四一）
神樹詞……（四四二）
公無渡河……（四四二）
行見月……（四四三）
寄遠客……（四四三）
春來曲……（四四四）
春去曲……（四四四）
東征行……（四四五）
傷鄰家鸚鵡詞……（四四五）
傷孔雀詞……（四四六）
荆門行……（四四六）
鏡聽詞……（四四七）
行宫詞……（四四八）
羽林行……（四四九）
射虎行……（四四九）
遠將歸……（四五〇）
尋橦歌……（四五〇）
杜中丞書院新移小竹……（四五一）
原上新春二首……（四五一）
題所賃宅牡丹……（四五二）
送人遊塞……（四五三）
邊上逢故人……（四五三）
南中……（四五四）
汴路水驛……（四五四）
淮南使回留别竇侍御……（四五五）
汴路即事……（四五五）
山居……（四五五）
醉後憶山中故人……（四五六）
送流人……（四五六）
宫中三臺詞……（四五七）

寄賀田侍中東平功成……（四五七）
送裴相公上太原……（四五八）
早春五門西望……（四五八）
上李庶子……（四五九）
周家溪亭……（四五九）
從軍後答山友……（四六〇）
唐昌觀玉蕊花……（四六〇）
眼病寄同官……（四六〇）
九日登叢臺……（四六一）
題酸棗縣蔡中郎碑……（四六一）
江陵使至汝州……（四六一）
霓裳詞……（四六一）
宮中詞五首……（四六二）

唐百家詩選　卷十四……（四六三）

武元衡四首……（四六三）
途次近蜀驛蒙恩賜寶刀並借馬
使還奉寄中書李鄭二相……（四六三）
早秋西亭宴徐員外……（四六四）
夏夜作……（四六四）
送唐君次……（四六五）
令狐楚四首……（四六五）
發潭州日寄李寧常侍……（四六五）
郢城秋懷寄江州錢徽侍郎……（四六六）
贈符道士……（四六六）
鄂州使至竇鞏中丞副使見示與
元稹相公獻酬之什余頃任户
部尚書日中丞是當司外郎每
有篇章多相唱和因題四韻以

寄所懷……（四六七）
劉言史十七首……（四六七）
瀟湘遊……（四六七）
放螢怨……（四六八）
觀繩伎……（四六九）
買花謡……（四六九）
送婆羅門歸本國……（四七〇）
春過趙墟……（四七〇）
王中丞宅夜觀舞胡騰……（四七〇）
葛巾歌……（四七一）
與孟郊洛北野泉上煎茶……（四七一）
初下東周贈孟郊……（四七二）
北原情三首……（四七三）
林中獨醒……（四七四）
江陵客舍留別樊尚書……（四七四）
過春秋峽……（四七五）
竹裏梅……（四七五）
張碧二首……（四七五）
題祖山人池上怪石……（四七五）
野田行……（四七六）
李涉三十七首……（四七六）
濉陽行……（四七六）
六歎……（四七七）
題清溪鬼谷先生舊居……（四七九）
閑中紀事想吴楚舊遊寄河陽從事楊潛……（四七九）
醉中贈崔膺……（四八一）
岳陽別張祜秀才……（四八一）
卻歸巴陵途中走筆寄唐知言……（四八二）

春山三揭來……（四八三）
山中五無奈何……（四八四）
牧童詞……（四八五）
題鶴林寺僧室……（四八五）
春晚遊鶴林寺寄使府諸公……（四八六）
題開聖寺……（四八六）
再葺夷陵幽居……（四八六）
過襄陽寄上于司空相公……（四八七）
送魏簡能東遊二首……（四八七）
陜中遇赦寄秦洛舊知……（四八八）
題連雲堡……（四八八）
從秦城回再題武關……（四八八）
題宇秀才櫻桃……（四八九）
題月水臺……（四八九）
黄葵花……（四八九）
別南溪二首……（四九〇）
井欄砂宿遇夜客……（四九〇）

唐百家詩選　卷十五……（四九一）

盧仝十三首……（四九一）
走筆謝孟諫議寄新茶……（四九一）
憶金鵝沈山人……（四九二）
楊州送伯齡……（四九三）
歎昨日……（四九三）
月蝕詩……（四九四）
有所思……（四九九）
樓上女兒曲……（五〇〇）
新月……（五〇〇）
悲新年……（五〇一）
訪含曦上人……（五〇一）

寄崔柳州……（五〇一）
蕭二十三赴歙州婚期……（五〇二）
出山作……（五〇二）
于鵠三首……（五〇二）
題鄰居……（五〇二）
過凌霄斷天謁張先生祠……（五〇三）
寄盧儼員外秋衣詞……（五〇四）
朱慶餘一首……（五〇四）
題薔薇花……（五〇四）
張祜十三首……（五〇五）
江南雜題……（五〇五）
賦得福州白竹扇子……（五〇六）
哭京兆龐尹……（五〇六）
入關……（五〇七）
潤州楊別駕宅送蔣侍御收兵歸
揚州……（五〇七）
觀泗州李常侍打毬……（五〇八）
寄遣客……（五〇九）
閑居……（五〇九）
題金山寺……（五一〇）
題惠山寺……（五一〇）
送楊秀才遊雲南……（五一一）
薔薇花……（五一二）
洛中感寓……（五一二）
曹唐二首……（五一三）
暮春戲贈吴端公……（五一三）
和周侍御買劍……（五一四）
賈島二十三首……（五一四）
寄遠……（五一四）
和劉涵……（五一五）

答王參……（五一六）
延康吟……（五一六）
戲贈友人……（五一七）
哭柏巖禪師……（五一七）
山中道士……（五一八）
哭孟郊……（五一八）
南池……（五一九）
寄龍池寺貞空二上人……（五一九）
訪李甘原居……（五二〇）
題李疑幽居……（五二〇）
百門陂留辭從叔謩……（五二〇）
懷博陵故人……（五二一）
送友人遊蜀……（五二一）
再投李益常侍……（五二二）
送惟一遊清涼寺……（五二二）
酬張籍王建……（五二三）
方鏡……（五二三）
渡桑乾……（五二三）
贈梁蒲秀才班竹拄杖……（五二四）
宿杜家亭子……（五二四）
三月晦日贈劉評事……（五二五）
趙嘏六首……（五二五）
長安秋望……（五二五）
長安月夜與友生話故山……（五二六）
重寄盧中丞……（五二六）
汾上宴別……（五二七）
獻淮南李僕射……（五二七）
曲江春望懷江南故人……（五二七）

唐百家詩選　卷十六……（五二八）
許渾三十三首……（五二八）
淩歊臺……（五二八）
送蕭處士歸緱嶺别業……（五二九）
贈蕭兵曹……（五二九）
淩歊臺送韋秀才……（五三〇）
送嶺南盧判官罷職歸華陰山居……（五三〇）
登故洛陽城……（五三一）
懷舊居……（五三一）
哭虞將軍……（五三二）
晚自朝臺津至韋隱居郊園……（五三二）
嘗與故宋補闕秋夕遊練湖南亭
今復登賞愴然有感……（五三三）
灞上逢元九處士東歸……（五三三）
經故丁補闕郊居……（五三四）
祗命南海至廬陵逢表兄軍倅奉
使淮海别後卻寄……（五三五）
送王總下第歸丹陽……（五三五）
登尉佗樓……（五三六）
題崔處士山居……（五三七）
酬綿竹于中丞使君見寄……（五三七）
金陵懷古……（五三八）
秋晚雲陽驛西亭蓮花池……（五三八）
題衛將軍廟……（五三九）
歲暮自廣江至新興往復中道題
峽山寺四首……（五四〇）
王居士……（五四二）
寄題商洛王隱居……（五四三）
别韋處士……（五四三）

將赴京師留題孫處士山居……（五四四）
春日題韋曲野老村舍……（五四五）
題倪居士舊居……（五四五）
江上喜洛中親友繼至……（五四六）
獻白尹……（五四六）
送從兄别駕歸蜀川……（五四七）
項斯十二首……（五四八）
題令狐處士溪居……（五四八）
山友贈蘚花冠……（五四八）
鑾家……（五四九）
送華陰隱者……（五四九）
欲别……（五四九）
留别張籍郎中……（五五〇）
寄流人……（五五〇）
長安退將……（五五一）
遥裝夜……（五五一）
蒼梧雲氣……（五五一）
送宫人入道……（五五二）
晚春花……（五五二）
李頻十九首……（五五三）
秦原早望……（五五三）
送孫明秀才往潘州謁韋卿……（五五三）
送友人之揚州……（五五四）
送人入蜀……（五五四）
送德清喻明府……（五五五）
南遊湘漢寄友人……（五五五）
送鳳翔范書記……（五五五）
送邊將……（五五六）
湘口送人……（五五六）
太和公主還宫……（五五七）

春日客舍言懷……（五五七）
吴門月夜與曹太尉話別……（五五七）
張司馬別業……（五五八）
鄂州頭陁寺上方……（五五八）
將赴黔州先寄本府中丞……（五五八）
和友人下第北遊感懷……（五五九）
長安感懷……（五五九）
送劉山人歸洞庭……（五五九）
送友人往塞北……（五六〇）

唐百家詩選　卷十七……（五六一）
李遠五首……（五六一）
贈寫御真李長史……（五六一）
失鶴……（五六二）
送人入蜀……（五六二）
聽訌叢臺……（五六三）
黄陵廟詞……（五六三）
雍陶二十五首……（五六四）
廬岳閑居十韻……（五六四）
蜀中戰後感事十韻……（五六四）
送丁中丞使北蕃……（五六五）
自述……（五六五）
河陰新城……（五六六）
崔少卿池塘詠雙白鷺……（五六六）
哀蜀人爲南蠻俘虜五章……（五六六）
過舊宅看花……（五六七）
和河南白尹西池北新葺水齋招賞十二韻……（五六八）
蜀中經蠻後友人馬乂見寄……（五六八）
送契玄上人南遊……（五六九）

和劉補闕秋園寓興六首……（五六九）
送徐山人歸睦州舊隱……（五七一）
天津橋春望……（五七一）
寄永樂殷堯藩明府……（五七一）
塞上宿野寺……（五七二）
章碣四首……（五七二）
旅舍早起……（五七二）
焚書坑……（五七三）
春別……（五七三）
送謝進士歸閩……（五七三）
施肩吾一首……（五七四）
效古興……（五七四）
陳陶六首……（五七四）
閑居雜興……（五七四）
鄱陽秋夕……（五七五）
旅次銅山途中先寄温州韓使君……（五七五）
題徐稺湖亭……（五七六）
泉州刺桐花詠……（五七六）
李群玉七首……（五七六）
經費拾遺所居呈封員外……（五七六）
古鏡……（五七七）
傷思……（五七七）
洞庭入澧江寄巴丘故人……（五七八）
自澧浦東遊江表途出巴丘投員外從公虞……（五七八）
洞庭驛樓雪夜宴集奉贈前湘州張員外……（五七九）
盧溪道中……（五八〇）
章孝標一首……（五八〇）

長安秋夜……（五八〇）
馬戴三首……（五八一）
易水懷古……（五八一）
送客南遊……（五八一）
寄襄陽王公子……（五八二）
劉得仁二首……（五八二）
題邵公院……（五八二）
悲老宫人……（五八三）
高蟾三首……（五八三）
春……（五八三）
灞陵亭……（五八三）
偶作……（五八四）
崔塗八首……（五八四）
夕次洛陽道中……（五八四）
春夕旅懷……（五八四）
上巳日永崇里言懷……（五八五）
蜀城春望……（五八五）
鸚鵡洲春眺……（五八六）
感花……（五八六）
過陶徵君舊居……（五八七）
孤雁……（五八七）

唐百家詩選　卷十八

唐百家詩選　卷十八……（五八八）
李郢十八首……（五八八）
夏日登信州北樓……（五八八）
春晚題山家……（五八八）
送人之嶺南……（五八九）
江亭春霽……（五八九）
友人適越路過桐廬寄題江驛
……（五八九）

秦處士移家富陽發樟亭懷寄……（五九〇）
暮春山行田家歇馬……（五九〇）
孔雀……（五九一）
茶山貢焙歌……（五九一）
江亭晚秋……（五九二）
鵝兒……（五九三）
送劉谷……（五九三）
江上逢王將軍……（五九三）
秋晚寄題陸勳校書義興禪居時淮南從事……（五九四）
酬友人春暮寄枳花茶……（五九四）
郢自街西醉歸馬鞭墜失崔員外趙秘書知其闕用皆許見貽俄頃之間二信俱至短長堅重價不相饒輒抒短章仰酬珍錫……（五九五）
即目……（五九五）
羅敷東館亭下流泉云至前山擁咽經歲移時掬弄惆悵成章……（五九六）
薛逢三首……（五九六）
偶題黄花驛……（五九六）
涼州詞……（五九六）
宮詞河滿子……（五九七）
鄭畋一首……（五九七）
謁昇仙太子廟……（五九七）
薛能二十六首……（五九八）
龍門八韻……（五九八）
送李溟出塞……（五九九）

山中尋僧……（五九九）
冬日送僧歸吴中……（六〇〇）
恭僖皇太后挽歌……（六〇〇）
題逃户……（六〇一）
寓居有懷呈舊知……（六〇一）
夏日蒲津寺居……（六〇二）
開元觀閑遊因及後溪偶成二韻……（六〇二）
嘉秦驛……（六〇三）
褒斜道中……（六〇三）
新雪……（六〇四）
秋夜旅舍寓懷……（六〇四）
許州題德星亭……（六〇五）
送判官赴京……（六〇六）
獻僕射相公……（六〇六）
漢南春望……（六〇七）
清河泛舟……（六〇七）
老圃堂……（六〇七）
盩厔官舍新竹……（六〇八）
贈老僧……（六〇八）
折楊柳……（六〇八）
吴姬四首……（六〇九）
秦韜玉四首……（六一〇）
春雪……（六一〇）
對花……（六一〇）
貧女……（六一一）
送友人罷舉除南陵令……（六一一）
羅鄴五首……（六一二）
牡丹……（六一二）
洛水……（六一二）

出都門……（六一三）
水簾……（六一三）
賞春……（六一三）
皮日休六首……（六一四）
旅舍除夕……（六一四）
過雲居院玄福上人舊居……（六一四）
陪江西裴公遊襄州延慶寺……（六一五）
西塞山泊漁家……（六一五）
襄州春遊……（六一五）
送從弟歸復州……（六一六）

唐百家詩選　卷十九

……（六一七）
劉滄四首……（六一七）
長洲懷古……（六一七）
經煬帝行宮……（六一七）
題鶴鳴泉……（六二二）
塞上……（六二二）
送喻坦之遊太原……（六二一）
夏日東齋……（六二一）
金谷園……（六二〇）
秋日送方干遊上元……（六二〇）
晨起……（六二〇）
長安春日……（六一九）
曹松十四首……（六一九）
始皇陵下作……（六一九）
曹鄴一首……（六一九）
遊東湖黄處士園林……（六一八）
劉威一首……（六一八）
咸陽懷古……（六一八）
與僧話舊……（六一八）

己亥歲二首……（六二三）
南海旅次……（六二三）
陪湖南李中丞宴隱谿……（六二四）
別湖上主人……（六二四）
商山贈野叟……（六二四）
張喬二首……（六二五）
送河西從事……（六二五）
送進士許棠……（六二五）
劉駕一首……（六二六）
釣臺懷古……（六二六）
崔魯十二首……（六二六）
春日長安即事……（六二六）
春晚岳陽城言懷……（六二七）
過鑾溪渡……（六二七）
暮春對花……（六二八）
華清宮四首……（六二八）
春晚泊船江村……（六二九）
山路見花……（六二九）
岸梅……（六二九）
張蠙六首……（六三〇）
社日村居……（六三〇）
送友人歸武陵……（六三〇）
別後寄友人……（六三一）
送友人赴涇州幕……（六三一）
野泉……（六三二）
述懷……（六三二）
方干一首……（六三三）
君不來……（六三三）
山中……（六三三）
王駕四首……（六三四）

古意……（六三四）
過故友居……（六三四）
晴景……（六三四）
亂後曲江……（六三五）
杜荀鶴四首……（六三五）
春宮怨……（六三五）
雪……（六三六）
溪興……（六三六）
哭貝韜……（六三七）

唐百家詩選　卷二十……（六三八）

吴融二十七首……（六三八）
壬戌歲閿鄉卜居……（六三八）
野廟……（六三八）
小逕……（六三九）
閑望……（六三九）
即事……（六三九）
書懷……（六四〇）
海棠……（六四〇）
寄貫休……（六四〇）
楚事……（六四一）
金橋感事……（六四一）
送策上人……（六四二）
松江晚泊……（六四二）
廢宅……（六四二）
途中……（六四三）
岐下聞杜鵑……（六四三）
杏花三韻……（六四四）
華清宫三首……（六四四）
春寒……（六四五）

彭門用兵後經汴路……（六四五）
高侍御話皮博士池中白蓮因寄……（六四六）
新安道中翫流水……（六四六）
憶山泉……（六四七）
紅樹……（六四七）
微雨……（六四八）
韓偓五十九首……（六四八）
雨後月中玉堂閑坐……（六四八）
六月十七日召對自辰及申方歸本院……（六四九）
中秋禁直……（六四九）
錫宴日作……（六五〇）
冬至夜作……（六五一）
秋霖夜憶家……（六五一）
出官經峽石縣……（六五一）
訪同年虞部二十五郎中……（六五二）
春陰獨酌寄同年李郎中……（六五二）
雪中過重湖信筆偶成……（六五二）
寄湖南從事……（六五三）
翫水禽……（六五三）
早雪翫梅有懷親友……（六五四）
小隱……（六五四）
㬂黑……（六五五）
醉着……（六五五）
早起三韻……（六五五）
即目……（六五六）
贈易卜崔江處士……（六五六）
乙丑歲九月蕭灘鎮忽得楊迢員外書賀余除戎曹仍舊承旨還

緘後因書四十字……（六五六）
登南臺僧寺……（六五七）
花時與錢尊師同醉因成二十字
……（六五七）
有屬……（六五七）
蜻蜓……（六五八）
宫柳……（六五八）
苑中……（六五九）
即目……（六五九）
過臨淮故里……（六五九）
亂後卻至近甸有感……（六六〇）
寄鄰莊道侣……（六六〇）
亂後春日途經野塘……（六六〇）
惜花……（六六一）
半醉……（六六一）
漢江行次……（六六一）
春盡……（六六二）
贈湖南李思齊處士……（六六二）
睡起……（六六二）
寄友人……（六六三）
見别離者因贈之……（六六三）
傷亂……（六六三）
南亭……（六六四）
太平谷中翫水上花……（六六四）
雨……（六六五）
幽獨……（六六五）
江行……（六六五）
初赴朝集……（六六六）
向隅……（六六六）
秋郊閑望有感……（六六六）

襄漢旅道值鄰境軍新過村落皆
空因有此感……（六六七）
深院……（六六七）
辛酉冬隨駕日作今方追憶全篇
因附於此……（六六七）
安貧……（六六八）
殘春旅舍……（六六八）
鵲……（六六八）
隰州新驛……（六六九）
偶題……（六六九）
湖南絶少含桃偶人以新摘者見
惠感事傷懷因成四韻……（六六九）
翠碧鳥……（六七〇）
憶故都……（六七〇）

附録：唐百家詩選序跋與提要……（六七一）

甲、序跋……（六七一）
王荆公唐百家詩選序　【宋】王安石……（六七一）
楊蟠刻唐百家詩選序　【宋】楊蟠……（六七一）
倪仲傳唐百家詩選序　【宋】倪仲傳……（六七三）
宋犖刻唐百家詩選序　【清】宋犖……（六七四）
唐百家詩選跋　【清】丘迥……（六七五）
跋初刻唐百家詩選　【清】閻若璩……（六七六）
補刻唐百家詩選序　【清】閻若璩……（六七七）

初跋王介甫唐百家詩選不全本【清】王士禛……………（六七九）
跋王介甫唐百家詩全本【清】王士禛……………（六七九）
跋百家詩選【清】王士禛……（六八〇）
跋王荆公百家詩選【清】何焯……………………（六八一）
跋宋刊本王荆公唐百家詩選傅增湘……………（六八二）
再跋唐百家詩選傅增湘……（六八四）
乙、書目提要……………………（六八五）
郡齋讀書志·唐百家詩選二十卷提要【宋】晁公武……（六八五）
直齋書録解題·唐百家詩選二十卷提要【宋】陳振孫……（六八六）
四庫全書總目·唐百家詩選二十卷提要……………………（六八七）
皕宋樓藏書志·王荆公唐百家詩選殘本十一卷提要【清】陸心源……………（六八八）
滂喜齋藏書記·北宋刻殘本王荆公唐百家詩選九卷提要【清】潘祖蔭……………（六八九）
郎園讀書志·唐百家詩選二十卷提要葉德輝……………（六九〇）

唐百家詩選　卷一

明皇二首

早渡蒲關〔一〕

鍾鼓嚴更曙，山河野望通。鳴鑾下蒲坂，飛旆入秦中。地險關逾壯，天平鎮尚雄。春來津樹合，月落戍樓空。馬色分朝景，雞聲逐曉風。所希常道泰，非復俟繻同。

〔一〕「蒲關」，文苑英華作「蒲津關」。

經魯祭孔子而歎之〔一〕

夫子何爲者，栖栖一代中。地猶鄒氏邑，宅即魯王宫。歎鳳嗟身否，傷麟怨道窮。今看兩楹奠，當與夢時同。

德宗一首

送徐州張建封還鎮

牧守寄所重，才賢生爲時。宣風自淮甸，授鉞膺藩維。入覲展遐戀，臨軒慰來思。忠誠在方寸，感激陳情詞。報國爾所向，恤人予是資。歡宴不盡懷，車馬當還期。穀雨將應候，行春猶未遲。勿以千里遥，而云無己知。

〔一〕「魯」，文苑英華、分類本作「鄒魯」。

薛稷一首

秋日還京陜西十里作〔一〕

驅車越陜郊，北顧臨大河。隔河見鄉邑〔二〕，秋風水增波。〔三〕西登咸陽途，日暮憂思多。傅巖既紆鬱，首山亦嵯峨。〔四〕操築無昔老，採薇有遺歌。〔五〕客遊既回換〔六〕，人生知幾何〔七〕。

〔一〕「秋日」，文苑英華無。

〔二〕「見」，文苑英華作「望」。

〔三〕「隔河見鄉邑，秋風水增波」，黄録何批作「回换」。

〔四〕「西登咸陽途，日暮憂思多。傅巖既紆鬱，首山亦嵯峨」，黄録何批作：「以下皆言日暮途遠也。」

〔五〕「操築無昔老，採薇有遺歌」，黄録何批作：「獨傳其歌，亦謂無其人也。自寓出處兩無所成之意。其慷慨出於劉越石，故宜見推哲匠。」

〔六〕「既」，文苑英華、四庫本作「節」。

〔七〕「知」，文苑英華作「能」。

劉希夷九首

希夷字庭芝，武后時〔一〕。

故園置酒

酒熟人須飲，春還鬢已秋。願逢千日醉，得緩百年憂。舊里多青草，新知盡白頭。風前燈易滅，川上月難留。卒卒周姬旦，棲棲魯孔丘。平生能幾日，不及且遨遊。

晚憩南陽旅館

旅館何年廢，征夫此日過。途窮人自哭，春至鳥還歌。行路新知少，荒田古路多。池篁覆丹谷，墳樹遶清波。日照蓬陰轉，風微野氣和。傷心不可去，回首怨如何。

〔一〕「武后時」，四庫本作「武后時人」。

採桑

楊柳送行人，青青西入秦。誰家採桑女〔一〕，樓上不勝春。盈盈灞水曲〔二〕，步步春芳緑。紅臉曜明珠，絳唇含白玉。回首渭橋東，遥憐樹色同。釵梳映落日〔三〕，緗綺弄春風。攜籠長歎息，逶迤戀春色〔四〕。看花若有情，倚樹疑無力。薄暮思悠悠，使君南陌頭。相逢不相識，歸去夢青樓。

代閨人春日

珠簾的曉光，玉顏豔春彩。林間鳥鳴唤，户外花相待。花鳥惜芳菲，鳥鳴花亂飛。人今伴花鳥，日暮不能歸。池月憐歌扇，山雲愛舞衣。佳期楊柳陌，攜手莫相違。

〔一〕「誰」，文苑英華作「秦」。

〔二〕「水」，文苑英華作「池」，又注：「一作『水』。」

〔三〕「釵梳」，文苑英華作「青絲」。「映落日」，文苑英華作「映日落」，又注：「一作『嬌落日』。」

〔四〕「迤」，文苑英華作「遲」，又注：「一作『迤』。」

秋日題汝陽潭壁〔一〕

獨坐秋陰至〔二〕，悲來從所適〔三〕。行見汝陽潭，飛蘿蒙水石。懸瓢木葉上，風吹何歷歷。幽人不耐煩，振衣步閑寂〔四〕。回流清見底，金沙覆銀礫。洛水非一丈〔五〕，空朧幾千尺。魚鱗可憐紫〔六〕，鴨毛自然碧。秋水弄清光〔七〕，渺焉忘損益。遊山隨形影〔八〕，清濁混心跡。歲暮歸去來，東山余宿昔。

〔一〕「汝」，文苑英華作「南」。
〔二〕「至」，文苑英華作「生」。
〔三〕「適」，文苑英華作「滴」。
〔四〕「衣」，文苑英華作「杖」。「步閑」，文苑英華作「閑步」。
〔五〕「洛水非一丈」，黄録何校作「英華作錯落非一文」。「洛水」，文苑英華、四庫本作「錯落」。
〔六〕「魚鱗可憐紫」，文苑英華作「江湘魚鱗紫」。
〔七〕「秋水弄清光」，文苑英華、四庫本作「吟詠秋水篇」。
〔八〕「遊山」，文苑英華、四庫本作「秋水」。

代悲白頭翁[一]

洛陽城東桃李花[二]，飛來飛去落誰家？洛陽女兒惜顏色[三]，行逢落花長歎息。今年花落顏色改[四]，明年花開復誰在。已見松柏摧爲薪，更聞桑田變成海。古人無復洛城東[五]，今人還對落花風。年年歲歲花相似，歲歲年年人不同。寄言全盛紅顏子，須憐半死白頭翁[六]。此翁白頭真可憐，伊昔紅顏美少年[七]。公子王孫芳樹下，清歌妙舞落花前。[八]光禄池臺間錦繡[九]，將軍樓閣盡神仙[一〇]。一朝臥病無人識[一一]，三春行樂在誰邊？宛轉蛾眉能幾時，須臾鶴髮亂如絲。但

[一] 本首篇題，宋刻本作「悲代白頭翁」，文苑英華作「白頭吟」，題作者爲「劉希夷」，又注：「文粹作『宋之問』。」

[二] 「東」，文苑英華作「中」。

[三] 「洛陽」，文苑英華校注：「一作『幽閨』。」「惜」，文苑英華作「好」。

[四] 「落」，文苑英華作「開」。

[五] 「洛城」，文苑英華作「洛陽」。

[六] 「須」，文苑英華作「應」。「死」，宋刻本作「謝」。

[七] 「伊昔」，文苑英華作「憶惜」。

[八] 「公子王孫芳樹下，清歌妙舞落花前」兩句，文苑英華在「光禄池臺文錦繡，將軍樓閣畫神仙」兩句之後。

[九] 「問」，清宋犖本作「開」，文苑英華作「文」。

[一〇] 「盡」，清宋犖本作「畫」。

[一一] 「人」，文苑英華作「相」。

看舊來歌舞地〔二〕，唯有黄昏鳥雀悲〔三〕。

巫山懷古

巫山幽陰地，神女豔陽年。襄王伺容色，落日望悠然。歸來高堂夜〔三〕，金缸燄青煙〔四〕，顇想卧瑶席。夢魂何翩翩，摇落殊未已。榮華倏徂遷，愁思瀟湘浦。悲涼雲夢田，猿啼秋風夜，雁飛明月天。巴歌不可聽，聽此益潺湲。

春女行

春女顔如玉，怨歌陽春曲。巫山春樹紅，沅湘春艸緑。自憐妖豔姿，妝成獨見時。愁心伴楊

〔二〕「舊」，文苑英華作「古」。
〔三〕「悲」，文苑英華作「飛」，又注：「一作『悲』。」
〔三〕「堂」，黄録何校作「唐」。
〔四〕「缸」，文苑英華作「釭」。

柳，春盡亂如絲。目極千餘里，悠悠春江水。頽想玉關人，愁卧金閨裏。尚言春花落，不知秋風起。嬌愛猶未終，悲涼從此始。憶昔楚王宫，玉樓妝粉紅。纖腰弄明月，長袖舞春風。容華委西山，光陰不可還。桑林没東海，富貴今何在？寄言桃李容，胡爲閨閤重。但看楚王墓，唯見數株松。

孤松篇

蠶月桑葉青，鶯時柳花白。澹豔煙雨滋，敷芬陽春陌。如何秋風起，零落從此始。獨有南澗松，不歎東流水。玄陰天地冥，皓雪朝夜零。豈不罹寒暑，爲君留青青。青青好顏色，落落任孤直。羣樹遥相望〔二〕，衆艸不敢逼。靈龜卜真隱，仙鳥宜棲息。耻受秦帝封，願言唐侯食。〔三〕寒山夜月明，山冷氣清清。淒兮歸風集，吹之作琴聲。松子卧仙岑，寂聽凝野心。清泠有真曲，樵採無知音。美人何時來，幽逕委緑苔。吁嗟深澗底，棄捐廣厦材。

〔二〕「相」，宋刻本作「想」。

〔三〕「耻受秦帝封，願言唐侯食」，黄録何批作：「列仙傳，偓佺以松子遺堯，堯不報。」

王適一首

詠江濱梅〔二〕

忽見寒梅樹，開花漢水濱。不知春色早，疑是弄珠人。

韋述一首

晚度伊水〔三〕

悠悠涉伊水，伊水清見石。是時春向深，兩岸草如積。迢遞望洲嶼，逶迤亘津陌。新樹落

〔二〕黄録何批作：「南朝體惟存此小詩。」

〔三〕「度」，四庫本作「渡」。

踈紅，遥原上深碧〔二〕。回瞻洛陽苑〔三〕，遽有長山隔。煙霧猶辨家，風塵已爲客。登涉多異趨〔三〕，往來見行役。雲起早已昏〔四〕，鳥飛日將夕。光陰逝不借，超然慕疇昔。遠遊亦何爲，歸來存竹帛〔五〕。

盧象十首

開元、天寶時人。

雜詩二首

家居五原上，征戰是平生。獨負山西勇，誰當塞上名。死生遼海戰，雨雪薊門行。諸將封侯盡，論功獨不成。

〔二〕「深」，宋刻本、文苑英華作「新」。
〔三〕「苑」，文苑英華作「遠」。
〔三〕「涉」，四庫本作「陟」，文苑英華作「陟」，校注：「詩選作『涉』。」「趨」，文苑英華作「趣」。
〔四〕「早」，文苑英華作「蚤」。
〔五〕「存竹帛」，黄録何批作：「『存竹帛』，謂以文章自通於後也。」

君家御溝上，垂柳夾朱門。列鼎會中貴，鳴珂朝至尊。死生在片議，窮達獨一言〔一〕。須識苦寒士，莫矜狐白溫。

八月十五日象自江東止田園移莊慶會未幾歸汶上小弟幼妹尤悲其別兼賦是詩〔二〕

謝病始告歸，依然入桑梓〔三〕。家人皆佇立，相候衡門裏。疇類皆長年〔四〕，成人舊童子。上堂家慶畢〔五〕，願與親姻邇〔六〕。論舊或餘悲〔七〕，思存且相喜〔八〕。田園轉蕪没，但有寒泉水。衰柳

〔一〕「獨」，四庫本作「由」。
〔二〕「八月十五日象」，分類本無。本首篇題，文苑英華作「休假還舊業便使」，題作者爲「王維」。
〔三〕「然」，文苑英華作「依」。
〔四〕「疇類」，文苑英華作「時輩」。「皆」，文苑英華作「今」，又注：「集作『皆』」。
〔五〕「家」，文苑英華作「嘉」。
〔六〕「願」，宋刻本作「顧」。「親姻邇」，文苑英華作「姻親齒」。
〔七〕「或」，文苑英華作「忽」，又注：「一作『或』」。
〔八〕「思」，文苑英華作「自」，又注：「集作『目』」。

日蕭條，秋光清邑里。入門乍如客，休騎非便止[一]。中飲顧王程，離憂從此始。兩妹日成長，雙鬟將及人。已能持寶瑟，自解掩羅巾。念昔别時小，未知疎與親。今來識離恨，掩淚方殷勤。小弟更孩幼，歸來不相識。同居雖漸慣，見人猶默默。宛作越人言，殊鄉甘水食。别此最爲難，淚盡有餘憶[二]。

寄江上段十六

與君相識即相親，聞道君家住孟津。爲見行舟試借問，客中時有洛陽人。

贈劉藍田[三]

籬中犬迎吠，出屋候柴扉。歲晏輸井税，山村人暮歸。晚田始家食，餘布成我衣。對此能

[一] 「休」，文苑英華作「歸」，又注：「集作『休』。」
[二] 文苑英華無「兩妹日成長」之後詩句。
[三] 本首篇題，分類本作「贈劉藍田集」。

無事，勞君問是非。

白髮

我年一何長，鬢髮日已白。俛仰天地間，能爲幾時客？惆悵故山雲，徘徊空日夕。何事與時人，東城復南陌。

鄉賦後自鞏還田家鄰友見過之作〔一〕

雞鳴出東邑，馬倦登南巒。落日見桑柘，翳然丘中寒。鄰家多舊識，投暝來相看。且問春稅苦，兼陳行路難。園場邊陰壑〔二〕，草木皆凋殘。峰暗雪猶積，澗深冰已團。浮名知何用，歲晏不成歡。置酒共君飲，當歌聊自寬。

〔一〕「自鞏」，分類本無。「鄰友」，四庫本作「因謝鄰友」。

〔二〕「邊」，四庫本作「近」。

竹里館

江南冰不閉，山澤氣潛通。臘月聞山鳥，寒崖見蟄熊。柳林青半合，荻筍亂無叢。回首金陵岸，依依向北風。

和徐侍郎叢篠詠[一]

中禁夕沈沈，幽篁別作林。色連雞樹近，影落鳳池深。爲重凌霜節，能虚應物心[二]。年年承雨露，長對紫庭陰。

[一] 本首篇題，文苑英華作「奉和徐侍郎中書叢篠」，題作者爲「蔣涣」，又注：「一作『盧象』。」按：此詩在唐百家詩選卷六「蔣涣一首」中重出。

[二] 「應」，文苑英華作「爽」，又注：「一作『應』。」

宴別趙都護〔一〕

結客候旌麾，元戎復在斯。門開都護府〔二〕，兵動羽林兒。黠虜多翻覆，謀臣有別離。智同天所授，恩共日相隨。漢使開賓幕，胡笳送酒巵。風霜迎馬首，雨雪事魚麗。在策應無戰〔三〕，深情屬載馳。不應行萬里，明主寄安危。

孟浩然三十三首

字浩然，襄陽人，開元、天寶間，以詩聞於時，不仕，卒年五十二。

湘中旅泊寄閻九司户防〔四〕

桂水通百越，扁舟期曉發〔五〕。荆雲蔽三巴〔六〕，夕望不見家。襄王夢行雨，才子謫長沙。長沙饒

〔一〕本首篇題，宋刻本作「趙都護宴別」，文苑英華作「趙都護宅宴別」。
〔二〕「門」，文苑英華作「文」。
〔三〕「在」，四庫本作「上」。
〔四〕「閻九司户防」，蜀刻別集作「閻昉」。
〔五〕「曉」，蜀刻別集作「晚」。
〔六〕「蔽」，蜀刻別集作「閉」。

瘴癘，胡爲苦留滯〔一〕？久别思歆顔，承歡懷接袂。接袂杳無由，徒增旅泊愁〔二〕。清猿不可聽，沿月下湘流〔三〕。

歲暮歸南山〔四〕

北闕休上書，南山歸弊廬。不才明主棄，多病故人疎〔五〕。白髮催年老〔六〕，青陽逼歲除。永懷愁不寐〔七〕，松月夜窗虚〔八〕。

〔一〕「苦」，蜀刻别集作「久」。
〔二〕「泊」，蜀刻别集作「洎」。
〔三〕「下」，蜀刻别集作「上」。
〔四〕「暮」，蜀刻别集作「晚」。
〔五〕「多」，文苑英華校注：「一作『卧』。」
〔六〕「老」，文苑英華作「去」。
〔七〕「寐」，文苑英華校注：「一作『寢』。」
〔八〕「窗」，蜀刻别集作「堂」。

陪張丞相自松滋江入舟東泊渚宫作〔一〕

放溜下松滋，登舟命檝師。詎忘經濟日，不憚沍寒時〔二〕。洗幘豈獨古，濯纓良在兹。政成人自理，機息鳥無疑。雲氣霾孤嶼〔三〕，江天辨四維。晚來風稍急，冬至日行遲。獵響驚雲夢，漁歌激楚詞。渚宫何處是？川暝欲安坻〔四〕。

歲暮海上作

仲尼既已歿〔五〕，予亦浮於海。昏見斗柄回〔六〕，始知星歲改〔七〕。虚舟任所適，垂釣非有待〔八〕。

〔一〕本首篇題，蜀刻別集作「陪張丞相登當陽城樓」。
〔二〕「沍」，蜀刻別集作「泫」。
〔三〕「氣」，蜀刻別集作「物」。「霾」，蜀刻別集作「吟」。
〔四〕「坻」，蜀刻別集作「抵」，四庫本作「之」。
〔五〕「已」，蜀刻別集作「云」。「歿」，蜀刻別集作「没」。
〔六〕「昏」，文苑英華作「又」。「回」，蜀刻別集、文苑英華作「迴」。
〔七〕「始」，蜀刻別集作「方」。「星歲」，文苑英華作「新歲」，四庫本作「歲星」。
〔八〕「有」，蜀刻別集作「所」。

借問乘査人〔二〕，滄洲復誰在〔三〕。

自洛之越

遑遑三十載，書劍兩無成。山水尋吴越，風塵厭洛京。扁舟泛湖海，長揖謝公卿。且樂杯中酒〔三〕，誰論世上名。

王山人迴見尋〔四〕

歸閑日無事〔五〕，雲卧晝不起。有客欸柴扉，自云巢居子。問君何所之〔六〕，採藥來城市。家

〔一〕「借」，文苑英華作「爲」。「査」，四庫本作「槎」。「人」，蜀刻别集作「久」。
〔二〕「洲」，文苑英華作「浪」。「誰」，蜀刻别集作「何」。
〔三〕「酒」，蜀刻别集作「物」，文苑英華校注：「集作『物』」。
〔四〕本首篇題，蜀刻别集作「白雲先生王迥見訪」。
〔五〕「歸閑」，蜀刻别集作「閑歸」。
〔六〕「之」，宋刻本作「知」，「問君何所之」，蜀刻别集作「居閑好芝術」。

在鹿門山，常遊洄湖水〔一〕。手持白羽扇，脚蹋青芒履〔二〕。聞道鶴書徵，臨流還洗耳。

遊精思觀迴王山人在後〔三〕

出谷未亭午，至家已夕曛〔四〕。回瞻下山路，但見牛羊羣。樵子暗相失，草蟲寒不聞。衡門猶未掩，佇立待夫君〔五〕。

〔一〕「洄」，何校本將「澗」塗改爲「洄」，宋刻本作「洞」。蜀刻別集、清宋犖本、雙清閣本、四庫本、和刻本作「澗」。「湖」，蜀刻別集作「澤」。

〔二〕「蹋」，蜀刻別集作「步」。

〔三〕「迴」，文苑英華無。「山人」，蜀刻別集、文苑英華作「白雲」。

〔四〕「至」，文苑英華作「到」。「已夕」，蜀刻別集作「日已」。「到家已夕曛」，文苑英華校注：「集作『至家日已曛』。」

〔五〕「待」，蜀刻別集作「望」，文苑英華校注：「集作『童』。」

夜泊宣城界[一]

西塞沿江島，南陵問驛樓。湖平津濟闊[二]，風止客帆收。去去懷前浦[三]，茫茫泛夕流。石逢羅刹礙，山泊敬亭幽。火熾梅根冶[四]，煙迷楊葉洲。離家復水宿，相伴賴沙鷗[五]。

永嘉上浦館逢張八子容[六]

逆旅相逢處，江村日暮時。衆山遥對酒，孤嶼共題詩。廨宇鄰鮫室[七]，人煙接島夷。鄉關萬餘里，失路一相悲。

[一] 本首篇題，文苑英華作「旅行欲泊宣州界」，又注：「集作夜泊宣城界。」

[二] 「湖平」，蜀刻别集作「平湖」。「濟」，文苑英華作「渡」。

[三] 「浦」，蜀刻别集作「事」。

[四] 「熾」，蜀刻别集、宋刻本作「識」。「冶」，宋刻本作「治」。

[五] 「沙」，文苑英華作「江」，又注：「集作『沙』。」

[六] 「逢張八子容」，蜀刻别集作「送張子容」，文苑英華作「逢張客卿」。

[七] 「宇」，文苑英華作「院」。

宿業師山房期丁鳳進士不至〔一〕

夕陽度西嶺，羣壑倐已暝。松月生夜涼〔二〕，風泉滿清聽。樵人歸欲盡，煙鳥棲初定〔三〕。之子期宿來〔四〕，攜琴候蘿徑〔五〕。

夕次蔡陽館

日暮馬行疾，荒城人住稀。聽歌知近楚，投館忽如歸。魯堰田疇廣，章陵氣色微。明朝拜家慶〔六〕，須著老萊衣。

〔一〕「期丁鳳進士」，蜀刻別集作「待丁公」。本首篇題，文苑英華作「宿萊師山房期丁大不至」，「萊」，又注：「集作『業』。」「大」，又注：「集作『公』。」

〔二〕「夜涼」，文苑英華作「涼意」，又注：「一作『夜涼』。」

〔三〕「煙」，文苑英華作「磴」，又注：「一作『煙』。」

〔四〕「宿」，文苑英華作「未」。

〔五〕「攜琴」，文苑英華作「孤宿」，又注：「集作『琴』。」

〔六〕「家」，蜀刻別集作「嘉」。

過故人莊

故人具雞黍，邀我至田家。綠樹村邊合，青山郭外斜。開筵面場圃，把酒話桑麻。待到重陽日，還來就菊花。

登鹿門山懷古〔一〕

清曉因興來，乘流越江峴。沙禽近初識，浦樹遥莫辨。漸到鹿門山，山明翠微淺。巖潭多屈曲，舟楫屢回轉。昔聞龐德公，采藥遂不返。金澗養芝朮〔二〕，石床卧苔蘚。紛吾感耆舊〔三〕，結攬事攀踐〔四〕。隱迹今尚存，高風邈已遠。白雲何時去，丹桂空偃蹇。探討竟未窮，回艫夕陽晚〔五〕。

〔一〕本首篇題，蜀刻別集作「題鹿門山」。
〔二〕「養」，蜀刻別集作「餌」。
〔三〕「吾」，宋刻本作「語」。
〔四〕「覽」，四庫本作「攬」、蜀刻別集作「纜」。
〔五〕「艫」，蜀刻別集作「艇」。

裴司功員司士見尋〔一〕

府寮能枉駕〔二〕，家醞復新開〔三〕。落日池上酌，清風松下來。廚人具雞黍，稚子摘楊梅。誰道山公醉，猶能騎馬回。

送杜晃進士之東吴〔四〕

荆吴相接水爲鄉〔五〕，君去春江正淼茫〔六〕。日暮征帆泊何處，天涯一望斷人腸。

〔一〕「功」，蜀刻別集作「士」。「士」，蜀刻別集作「户」。
〔二〕「寮」，四庫本作「僚」。
〔三〕「家」，蜀刻別集作「喜」。
〔四〕本首篇題，蜀刻別集、文苑英華作「送杜十四」。
〔五〕「相」，蜀刻別集作「日」。「爲」，蜀刻別集作「鳥」，文苑英華作「連」，又注：「絶句詩選作『爲』。」
〔六〕「春江」，文苑英華校注：「一作『江村』。」「淼」，蜀刻別集作「渺」。

登江中孤嶼貽王山人迴〔一〕

悠悠清江水，水落沙嶼出。回潭石下深，緑篠岸傍密〔二〕。鮫人潛不見，漁父歌自逸〔三〕。憶與君別時，泛舟如昨日。夕陽開返照〔四〕，中坐興非一。南望鹿門山，歸來恨相失〔五〕。

晚泊潯陽望廬峰作〔六〕

挂席幾千里〔七〕，名山都未逢。泊舟潯陽郭，始見香爐峰〔八〕。常讀遠公傳〔九〕，永懷塵外蹤。東

〔一〕「貽王山人迴」，蜀刻別集作「話白雲先生」。
〔二〕「傍」，蜀刻別集作「邊」。
〔三〕「歌自」，蜀刻別集作「自歌」。
〔四〕「開」，蜀刻別集作「門」。「返」，宋刻本「反」。
〔五〕「相」，蜀刻別集作「如」。
〔六〕「峰」，蜀刻別集、文苑英華作「山」。「作」，蜀刻別集、文苑英華無。
〔七〕「席」，文苑英華作「帆」，又注：「一音作『去聲』，集作『席』，恐不知側音耳。」
〔八〕「見」，宋刻本作「看」。
〔九〕「常」，文苑英華、四庫本作「嘗」。

林精舍在〔一〕，日暮空聞鐘〔二〕。

同張明府清鏡歎

妾有盤龍鏡，清光常晝發。自從生塵埃，有若霧中月。愁來試取照，坐歎生白髮。寄語邊塞人，如何久離别。

宿中山翠微寺空上人房〔三〕

翠微終南裏，雨後宜返照。閉關久沉冥，杖策一遊眺〔四〕。遂造幽人室，始知静者妙。儒道

〔一〕「在」，蜀刻别集作「近」，文苑英華校注：「集作『近』。」
〔二〕「空」，文苑英華校注：「集作『但』。」四庫本作「但」。
〔三〕「宿」，蜀刻别集作「題」。「中山」，四庫本作「終南」。
〔四〕「遊」，蜀刻别集作「登」。

雖異門，雲林頗同調。兩心喜相得〔一〕，畢景共談笑。暝還高窗眠〔二〕，時見遠山燒〔三〕。緬懷赤城標〔四〕，更憶臨海嶠〔五〕。風泉有清音，何必蘇門嘯。

送友人之京

君登青雲去，予望青山歸〔六〕。雲山從此別，淚濕薜蘿衣。

〔一〕「喜相」，蜀刻別集作「相憙」。
〔二〕「眠」，蜀刻別集作「昏」。
〔三〕「燒」，蜀刻別集作「曉」。
〔四〕「標」，蜀刻別集作「摽」。
〔五〕「臨海」，宋刻本作「林海」。
〔六〕「予」，蜀刻別集作「余」。

京還留别新豐諸官〔一〕

吾道憎所適〔二〕，驅車還向東。主人開舊館，留客醉新豐〔三〕。樹繞温泉緑，塵昏晚日紅〔四〕。拂衣從此去，高步躡華嵩。

江上别流人〔五〕

以我越鄉客〔六〕，逢君謫居者。分飛黄鶴樓〔七〕，流落蒼梧野。驛騎尋雲去〔八〕，孤帆沿溜下〔九〕。

〔一〕本首篇題，蜀刻别集、文苑英華作「東京留别諸公」。
〔二〕「憎」，蜀刻别集、文苑英華作「昧」。
〔三〕「新豐」，黄録何批作：「便以『新豐』代『酒』家。」
〔四〕「昏」，宋刻本、分類本作「障」，蜀刻别集、文苑英華作「遮」。「晚」，文苑英華作「曉」。
〔五〕「流」，蜀刻别集作「留」。
〔六〕「客」，蜀刻别集作「里」。
〔七〕「鶴」，蜀刻别集作「鵠」。
〔八〕「騎」，蜀刻别集作「使」。「尋」，蜀刻别集作「乘」。
〔九〕「孤」，蜀刻别集作「征」。

不知從此分，還袂何時把。

上巳日洛中寄王山人迥〔一〕

卜洛成周地，浮盃上巳筵。鬬雞寒石下〔二〕，走馬射堂前。垂柳金堤合，平沙翠幕連。不知王逸少，何處會羣賢。

秋登萬山寄張五儃〔三〕

北山白雲裏〔四〕，隱者自怡悦。相望試登高〔五〕，心隨鳥飛滅〔六〕。愁因薄暮起，興是清秋發〔七〕。

〔一〕「工山人迥」，蜀刻别集作「黄九」。
〔二〕「石」，清宋犖本同，蜀刻别集、宋刻本、雙清閣本、四庫本、和刻本作「食」。
〔三〕「萬」，蜀刻别集作「蘭」，文苑英華校注：「集作『蘭』。」「儃」，蜀刻别集、文苑英華無。
〔四〕「北」，文苑英華校注：「集作『此』。」
〔五〕「試」，文苑英華作「始」。又注：「集作『試』。」
〔六〕「鳥」，文苑英華作「雁」。「心隨鳥飛滅」，文苑英華校注：「集作『心飛逐鳥滅』。」蜀刻别集作「心飛逐鳥滅」。
〔七〕「秋」，蜀刻别集作「境」，文苑英華校注：「集作『境』。」

時見歸村人〔一〕，沙平渡頭歇〔二〕。天邊樹若薺，江畔洲如月〔三〕。何當載酒來，共醉重陽節。

夜歸鹿門寺歌〔四〕

山寺鳴鐘晝已昏〔五〕，漁梁渡頭争渡喧〔六〕。人隨沙路向江村〔七〕，予亦乘舟歸鹿門〔八〕。鹿門月照開煙樹，忽到龐公棲隱處〔九〕。巖扉松徑長寂寥〔一〇〕，唯有幽人夜來去。

〔一〕「歸村人」，文苑英華作「村人歸」，又注：「集作『歸村人』。」

〔二〕「平」，蜀刻别集作「行」，文苑英華校注：「集作『行』。」

〔三〕「洲」，文苑英華作「舟」，又注：「集作『洲』」。

〔四〕「寺」，文苑英華作「山」。「歌」，蜀刻别集無。

〔五〕「鳴鐘」，文苑英華作「鐘鳴」。

〔六〕「漁」，宋刻本作「漢」。「渡」，文苑英華作「喧」，又注：「集作『渡』。」

〔七〕「路」，文苑英華作「道」，又注：「集作『路』。」

〔八〕「予」，文苑英華作「余」。

〔九〕「到」，文苑英華作「辨」，又注：「集作『到』。」

〔一〇〕「松」，文苑英華作「草」，又注：「文粹作『松』。」「巖扉松徑」，蜀刻别集作「樵徑非遥」。文苑英華校注：「四字集作『樵徑非遥』。」

與諸子登峴山作〔一〕

人事有代謝，往來成古今。江山留勝跡，我輩復登臨。水落漁梁淺，天寒夢澤深。羊公碑尚在〔二〕，讀罷淚沾襟。

赴京途中遇雪

迢遞秦京道，蒼茫歲暮天。窮陰連晦朔，積雪滿山川。落雁迷沙渚，飢烏噪野田〔三〕。客愁空佇立，不見有人煙。

〔一〕「作」，蜀刻別集無。
〔二〕「尚」，蜀刻別集作「字」。
〔三〕「烏」，蜀刻別集作「鷹」。「噪」，蜀刻別集作「集」。

宿建德江[一]

移舟泊滄渚[二]，日暮客愁新。野曠天低樹，江清月近人。

萬山潭作[三]

垂釣坐磐石，水清心自閑[四]。魚游潭樹下[五]，猿挂島藤間。神女昔解珮[六]，傳聞於此山。求之不可得，沿月櫂歌還。

〔一〕本首篇題，蜀刻別集、文苑英華作「建德江宿」。
〔二〕「滄」，蜀刻別集作「煙」，文苑英華作「幽」，又注：「集作『煙』。」
〔三〕本首篇題，蜀刻別集作「山潭」，文苑英華作「萬山潭」。
〔四〕「自」，蜀刻別集、文苑英華作「益」。
〔五〕「游」，蜀刻別集作「行」。
〔六〕「神」，蜀刻別集作「遊」。

春中喜王九相尋[一]

二月湖水清[二]，家家春鳥鳴。林花掃更落，徑草蹋還生[三]。酒伴來相命，開尊共解醒[四]。當壚已入手，歌妓莫停聲。

途中遇晴

已失巴陵雨，猶逢蜀坂泥。天開斜景遍，山出晚雲低。餘濕仍霑草，殘流尚入溪。今宵有明月，鄉思遠悽悽。

〔一〕本首篇題，蜀刻别集作「晚春」。

〔二〕「湖」，宋刻本作「池」。

〔三〕「徑」，蜀刻别集作「遥」。「蹋」，蜀刻别集作「蹈」，宋刻本作「踏」。

〔四〕「尊」，蜀刻别集作「罇」。「醒」，蜀刻别集作「醒」。

送從弟邕落第東遊會稽〔一〕

疾風吹征帆，倏爾向空没。千里去俄頃〔二〕，三江坐超忽。向來共歡娱，日夕成楚越。落羽更分飛，誰能不驚骨。

和張丞相春朝對雪

迎氣當春立〔三〕，承恩喜雪來。潤從河漢下〔四〕，花逼豔陽開。不覩豐年瑞〔五〕，安知爕理才〔六〕。散鹽如可擬〔七〕，願糝和羹梅〔八〕。

〔一〕「落第東遊會稽」，蜀刻別集作「下第後尋會稽」，宋刻本作「落第後東遊會稽」。
〔二〕「去」，蜀刻別集作「在」。
〔三〕「立」，蜀刻別集作「至」、文苑英華作「至」，又注：「集作『立』。」
〔四〕「下」，文苑英華校注：「集作『落』。」
〔五〕「瑞」，四庫本作「里」。
〔六〕「安」，蜀刻別集作「焉」，文苑英華作「焉」，又注：「集作『安』。」
〔七〕「散」，四庫本作「撒」。
〔八〕「願」，蜀刻別集作「便」。

唐百家詩選　卷二

高適上五十九首[一]

淇上酬薛三據兼寄郭主簿[二]

自從別京華，我心乃蕭索。十年守章句，萬事空寥落[三]。北上登薊門，茫茫見沙漠。倚劍對風塵，慨然思衛霍。拂衣去燕趙，驅馬悵不樂。天長滄州路，日暮邯鄲郭。酒肆或淹留，魚潭

[一]「五十九」，原作「六十」，據收詩實際數量改。
[二]「薛三據兼寄郭主簿」，文苑英華作「薛據兼寄郭微」，題作者爲「王昌齡」。
[三]「事」，文苑英華作「里」。

屢棲泊〔一〕。獨行備艱險〔二〕，所見窮善惡。永願拯蒭蕘〔三〕，孰辭干鼎鑊〔四〕。皇情念淳古，時俗何浮薄。理道資任賢〔五〕，安人在求瘼。故交負靈奇〔六〕，逸氣包蹇諤〔七〕。隱軫經濟具〔八〕，縱橫建安作。才望勿先鳴〔九〕，風期無宿諾。飄飖勞州縣，迢遞限言謔。東馳涉貝丘，西顧彌虢略〔一〇〕。淇水徒自流〔一一〕，浮雲不堪託。吾謀適可用，天路豈遼廓〔一二〕。不然買山田，一身與耕鑿。且欲同鳧鷖，焉能志鴻鶴〔一三〕。

〔一〕「魚潭」，文苑英華作「漁澤」。
〔二〕「險」，文苑英華作「難」。
〔三〕文苑英華無「所見窮善惡，永願拯蒭蕘」。
〔四〕「干」，文苑英華作「于」。
〔五〕「資」，文苑英華作「須」。
〔六〕「靈奇」，文苑英華作「奇才」。
〔七〕「蹇」，何校本「謇」塗改作「蹇」，黄録何校作：「何校『蹇』：『晉書王戎傳「無蹇諤之節」，不當從「言」。』」文苑英華、清宋犖本、雙清閣本、和刻本、四庫本作「謇」。
〔八〕「具」，文苑英華作「策」。
〔九〕「勿」，何校本校注：「忽。」文苑英華、四庫本作「忽」。清宋犖本、雙清閣本、和刻本作「勿」。
〔一〇〕「略」，何校本「洛」改作「略」，文苑英華、四庫本作「略」，清宋犖本、雙清閣本、和刻本作「洛」。
〔一一〕「流」，文苑英華作「深」。
〔一二〕「路」，文苑英華作「道」。「遼」，四庫本作「寥」。
〔一三〕「鶴」，四庫本作「鵠」。文苑英華無「且欲同鳧鷖，焉能志鴻鶴」。

途中酬李少府贈別之作

西上逢節换，東征私自憐。故人今卧疾，欲别還留連。舉酒臨南軒，夕陽滿中筵。寧知江上興，乃在河梁偏。行李多光輝，扎翰忽相鮮。誰謂歲月晚，交情上貞堅[二]。終嗟州縣勞，官謗復迍邅。雖負忠信美，其如方寸懸。連帥扇清風，千里猶眼前。曾是趨藻鏡，不應翻棄捐。日來知自强，風氣殊未痊。可以加藥物，胡爲輒憂煎。驅馬出大梁，原野一悠然。柳色感行客，雲陰愁遠天。皇明燭幽遐，德澤普昭宣。鵷鴻列霄漢，鷰雀何翩翩。余亦惬所從，漁樵十二年。種瓜漆園裏，鑿井盧門邊。去去勿重陳，生涯難勉旃[三]。或期遇春事，與爾復周旋。投報空回首，狂歌謝比肩。

[二] 「上」，四庫本作「尚」。

[三] 「旃」，何校本「旃」塗改作「旃」，四庫本作「旃」，清宋犖本、雙清閣本、和刻本作「旃」。

東平路中遇水〔一〕

天災自古昔〔二〕，昏溺彌今秋〔三〕。霖霪溢川源〔四〕，澒洞涵田疇〔五〕。指途適汶陽，挂席經蘆洲。永望齊魯郊，白雲何悠悠。旁沿鉅野澤，大水縱横流。蟲蛇擁獨樹，麋鹿奔行舟。稼穡隨波瀾，西成不可求。室居相枕籍，蛙黽聲啾啾。仍憐穴蟻漂，益羨雲禽遊。農人無倚著，野老生殷憂。聖主多深仁〔六〕，廟堂運良籌〔七〕。倉廩終爾給，田租應罷收。我心胡鬱陶〔八〕，征旅亦悲愁〔九〕。縱横濟時策〔一〇〕，誰肯論吾謀。

〔一〕「遇水」，何校本「遇」、「水」二字間加注：「大。」
〔二〕「昔」，四庫本作「有」。
〔三〕「溺」，四庫本作「蟄」。
〔四〕「霪」，何校本校注：「集作『霪』。」「川」，黄録宋本作「州」。
〔五〕「澒」，何校本「傾」塗改作「澒」，四庫本作「澒」，清宋犖本、雙清閣本、和刻本作「傾」。
〔六〕「多」，何校本校注：「集作『留』。」黄録何校作：「集作『當』。」
〔七〕「運」，分類本作「用」。
〔八〕「胡」，四庫本作「何」。
〔九〕「悲」，分類本作「能」。
〔一〇〕「横」，何校本校注：「懷。」

留别洛下諸公兼贈鄭三韋九[一]

憶昨相逢論久要，顧君哂我輕常調[二]。羈旅雖同白社遊[三]，詩書比作青雲料[四]。蹇步蹉跎竟不成，年過四十尚躬耕。長歌達者杯中物[五]，冷笑前人身後名[六]。幸逢明盛多招隱，高山大澤徵求盡。此時也得辭漁樵[七]，青袍裹身荷聖朝。牛犁釣竿不復見[八]，縣人邑吏來相邀。遠路鳴蟬秋興發，華堂美酒離憂消。不知何時更攜手[九]，應念兹辰去折腰[一〇]。

〔一〕本首篇題，文苑英華作「留别鄭三韋九兼洛下諸公」。

〔二〕「君」，文苑英華作「公」。「常」，文苑英華作「高」。

〔三〕「羈」，何校本「羈」塗改作「羈」。「雖」，文苑英華作「須」。

〔四〕「比」，何校本校注：「集作『已』。」「比作」，文苑英華作「已得」，又注：「詩選作『比作』。」

〔五〕「者」，文苑英華作「士」，又注：「集作『者』。」

〔六〕「冷」，何校本校注：「集作『大』。」文苑英華作「大」，又注：「詩選作『冷』。」

〔七〕「也」，文苑英華校注：「集作『苟』。」

〔八〕「牛犁」，文苑英華作「犁牛」，又注：「詩選作『牛犁』。」

〔九〕「時」，文苑英華作「日」。

〔一〇〕「去折腰」，文苑英華作「去去遥」，又注：「詩選作『去折腰』，集作『尚折腰』。」

封丘作

我本漁樵孟諸野，一生自是悠悠者。乍可狂歌草澤中，寧堪作吏風塵下。秖言小邑無所爲，公門百事皆有期。拜迎官長心欲破〔一〕，鞭撻黎庶令人悲。悲來向家問妻子〔二〕，舉家盡笑今如此〔三〕。生事應須南畝田〔四〕，世情付與東流水。夢想舊山安在哉，爲銜君命日遲迴〔五〕。乃知梅福徒爲爾，轉憶陶潛歸去來〔六〕。

贈別韋參軍

二十辭書劍〔七〕，西遊長安城。舉頭望君門，屈指取公卿。國風沖融邁三五，朝廷歡樂彌寰

〔一〕「破」，文苑英華校注：「集作『碎』。」
〔二〕「悲」，何校本校注：「集作『歸』。」文苑英華作「歸」，又注：「集作『悲』。」
〔三〕「笑」，文苑英華作「哭」，校注：「集作『道』。」
〔四〕「應須」，文苑英華作「須依」，又注：「集作『應須』。」
〔五〕「日」，文苑英華校注：「集作『且』。」
〔六〕「轉」，文苑英華作「卻」，又注：「集作『轉』。」
〔七〕「辭」，何校本校注：「集作『解』。」文苑英華作「解」，又注：「詩選作『辭』。」

宇。白壁皆言賜近臣，布衣不得干明主〔一〕。歸來洛陽無負郭，東過梁宋非吾土。兔苑爲農歲不登，雁池垂釣心長苦。世人向我同衆人，唯君於我翻相親〔二〕。且嘉百年有交態〔三〕，未曾一日辭家貧〔四〕。彈棋擊筑白日晚〔五〕，縱酒高歌楊柳春。歡娱未盡分散去，使我惆悵驚心神。終當不作兒女別〔六〕，臨岐涕泗沾衣巾〔七〕。

九月九日酬顔少府

簷前白日應可惜，籬下黄花爲誰有。行子迎霜未授衣，主人得錢始沽酒。蘇秦顦顇時多厭，

〔一〕「得」，文苑英華校注：「集作『敢』。」
〔二〕「唯」，文苑英華作「惟」。「翻」，何校本校注：「集作『最』。」文苑英華作「情」，又注：「集作『最』。」
〔三〕「嘉」，文苑英華、四庫本作「喜」。
〔四〕「曾」，文苑英華校注：「集作『當』。」
〔五〕「棋」，文苑英華作「琴」。文苑英華自「彈琴擊筑白日晚」開始另起一行，爲第二首詩。
〔六〕「終當」，何校本校注：「集作『丈夫』。」「別」，文苑英華作「悲」，又注：「詩選作『別』。」
〔七〕「泗」，文苑英華作「淚」，又注：「詩選作『佪』。」

蔡澤恓惶世看醜〔一〕。縱使登高秖斷腸，不如獨坐空搔首。

送李少府貶峽中王少府貶長沙〔二〕

嗟君此別意何如，駐馬銜杯問謫居。巫峽啼猿數行淚，衡陽歸雁幾封書。青楓江上秋天遠，白帝城邊古木疎。聖代即今多雨露，暫時分手莫躊躇。

平臺夜遇李景參有別

離憂忽浩然〔三〕，策馬對秋天。孟諸薄暮涼風起，歸客相逢渡睢水。昨時攜手已十年〔四〕，明日

〔一〕「恓惶」，何校本校注：「集作『栖遲』。」四庫本作「栖遑」。
〔二〕「送」，分類本無。
〔三〕「憂忽浩」，文苑英華校注：「集作『心忽悵』。」
〔四〕「昨時」，文苑英華作「憶昨」，又注：「集作『昨時』。」「已」，文苑英華校注：「集作『向』。」

分途各千里〔一〕。歲物蕭條滿路岐，此行浩蕩令人悲。家貧羨爾有微禄，欲往從之何所之。

别晉處士

有人家住清河源，渡河問我遊梁園。手持道經注已畢，心知内篇口不言。盧門十年見秋艸，此心惆悵誰能道。知己從來不易知，想君爲人與我好〔二〕。别時九月桑葉疎，出門千里行無車。愛君且欲君先達，今日求賢早上書〔三〕。

送别

昨夜離心正鬱陶，三更白露西風高。螢飛木落何淅瀝，此時夢見西歸客〔四〕。曉鐘寥亮三四

〔一〕「明」，文苑英華校注：「集作『今』。」

〔二〕「想」，四庫本作「慕」。「我」，四庫本作「君」。

〔三〕「日」，分類本作「上」。

〔四〕「夢見」，文苑英華校注：「集作『忽頡』。」

聲〔二〕，東鄰嘶馬使人驚。攬衣出户一相送，唯見歸雲縱復横〔三〕。

燕歌行 并序

開元二十六年〔三〕，有從元戎出塞而還者〔四〕，作燕歌行以示適，感征戍之事，作燕歌行〔五〕。

漢家煙塵在東北，漢將辭家破殘賊。男兒本自重横行，天子非常賜顔色。摐金伐鼓下榆關〔六〕，旌旆逶迤碣石間。校尉羽書飛瀚海，單于獵火照狼山。山川蕭條極邊土，胡騎憑陵雜風雨。戰士軍前半死生，美人帳下猶歌舞。大漠窮秋草木腓〔七〕，孤城落日鬭兵稀。身當恩遇常輕

〔一〕「曉」，文苑英華作「曙」。

〔二〕「唯」，文苑英華作「惟」。

〔三〕「二十六」，文苑英華作「十六」。

〔四〕何校本「年」、「有」二字間加注「客」。「有」，文苑英華作「客有」。「元戎」，文苑英華作「御史大夫張公」。

〔五〕「作燕歌行」，何校本校注：「因而和焉。」文苑英華作「而和焉」，四庫本作「因而和焉」。

〔六〕「榆」，黄録何批作：『榆』，當作『渝』，渝關在營、平二州間，古所謂臨渝之險也。音喻，與勝州界之榆關字異。不惟傳寫之訛，以詩之音節求之，即達夫亦訛爲『木』旁矣。」

〔七〕「草木」，何校本校注：「集作『塞草』。」「草木腓」，文苑英華作「塞草衰」，又注：「一作『腓』。」

敵〔二〕，力盡關山未解圍。鐵衣遠戍辛勤久，玉筯應啼别離後。少婦城南欲斷腸，征人塞北空回首〔三〕。邊庭飄颻那可度〔三〕，絶域蒼茫何所有〔四〕。殺氣三時作陣雲〔五〕，寒聲一夜傳刁斗〔六〕。相看白刃血紛紛〔七〕，死節從來豈顧勳。君不見沙場征戰苦，至今猶憶李將軍。

古大梁行

古城蒼茫多荆榛〔八〕，驅馬荒城愁殺人。魏王宫館盡禾黍〔九〕，信陵賓客隨灰塵。憶昔雄都舊朝市，軒車照耀歌鐘起。軍容帶甲三十萬，國步連營一千里。全盛須臾那可論，高臺曲池無復存。

〔一〕「常」，文苑英華作「恒」。

〔二〕「征」，文苑英華作「行」，又注：「一作『征』。」「塞」，文苑英華作「薊」。

〔三〕「庭」，文苑英華作「風」。「那可度」，文苑英華作「難可越」，又注：「一作『那可度』。」

〔四〕「何所」，文苑英華作「無所」，又注：「一作『吏何』。」

〔五〕「時」，文苑英華校注：「一作『日』。」

〔六〕「聲」，文苑英華作「風」，又注：「一作『聲』。」

〔七〕「血」，文苑英華作「徒」，又注：「一作『血』。」

〔八〕「蒼茫」，何校本校注：「莽蒼。」

〔九〕「館」，何校本校注：「觀。」

遺墟但有狐狸窟，古地空餘草木根。暮天摇落傷懷抱，倚劍悲歌對秋草〔一〕。俠客猶傳朱亥名，行人尚識夷門道。白璧黄金萬户侯，寶刀駿馬填山丘。年代凄涼不可問，往來唯有水東流〔二〕。

行路難

君不見富家翁，舊時貧賤誰比數〔三〕。一朝金多結豪貴，萬事勝人健如虎〔四〕。子孫成長滿眼前〔五〕，妻能管絃妾歌舞〔六〕。自矜一身忽如此〔七〕，卻笑旁人獨愁苦。東鄰少年安所如，席門窮巷出無車。有才不肯學干謁，何用年年空讀書〔八〕。

〔一〕「倚」，何校本校注：「集作『撫』。」
〔二〕「唯」，四庫本作「惟」。
〔三〕「舊」，文苑英華校注：「一作『昔』。」
〔四〕「萬」，文苑英華作「百」，又注：「一作『萬』。」
〔五〕「成」，文苑英華作「生」，又注：「一作『成』。」「長」，何校本校注：「集作『行』。」四庫本作「行」。
〔六〕「能」，文苑英華作「解」，又注：「一作『能』。」「歌」，文苑英華作「能」。
〔七〕「身」，文苑英華作「朝」。「忽」，文苑英華校注：「一作『見』。」
〔八〕「年年」，文苑英華作「長年」，又注：「一作『年年』。」

邯鄲少年行〔一〕

邯鄲城南遊俠子〔二〕，自矜生長邯鄲裏〔三〕。千場縱博家仍富，幾處報讎身不死〔四〕。宅中歌笑日紛紛，門外車馬長如雲〔五〕。未知肝胆向誰是，令人卻憶平原君〔六〕。君不見即今交態薄〔七〕，黄金用盡還踈索。以兹感歎辭舊遊〔八〕，更於時事無所求。且與少年飲美酒，往來射獵西山頭。

〔一〕本首篇題，文苑英華作「少年行」，又注：「一作邯鄲少年行。」

〔二〕「南」，文苑英華校注：「一作『西』。」

〔三〕「矜」，文苑英華作「言」，又注：「一作『矜』。」

〔四〕「處」，文苑英華作「度」，又注：「一作『處』。」

〔五〕「長」，文苑英華、四庫本作「常」，文苑英華又注：「集作『矗』，又作『長』。」「長如雲」，何校本校注：「集作『如雲屯』。」文苑英華校注：「『三字一作『如雲屯』。」

〔六〕「令人卻憶平原君」，黄録何批作：「思平原，正爲今人之薄也，脱卸無跡。」

〔七〕「君」，文苑英華無。「即今」，何校本校注：「集作『今人』。」文苑英華校注：「集作『今人』。」

〔八〕「歎」，文苑英華校注：「一作『激』。」

薊門行五首

邊城十一月，雨雪亂霏霏。元戎號令嚴，人馬亦輕肥。羌胡無盡日，征戰幾時歸。

幽州多騎射，結髮重横行。一朝事將軍，出入有聲名。紛紛獵秋草，相向角弓鳴。

黯黯長城外，日没更煙塵。胡騎雖憑陵，漢兵不顧身。古樹滿空塞，黄雲愁殺人。

薊門逢故老，獨立思氛氲。一身既零丁，頭髮白紛紛〔一〕。勳庸今已矣，不識霍將軍。

漢家能用武，開拓窮異域。戍卒厭糟糠，降胡重衣食。關亭試一望，吾欲淚沾臆。

〔一〕「髮」，何校本校注：「集作『鬢』。」

營州歌〔一〕

營州少年厭原野〔二〕，皮裘蒙茸獵城下〔三〕。虜酒千杯不醉人，胡兒十歲能騎馬。

魯郡途中〔四〕

誰謂嵩潁客〔五〕，遂經鄒魯鄉。前臨少昊墟，始覺東冢長。獨行豈吾心，懷古激中腸。聖人久已矣，游夏遥相望。徘徊野澤間，左右多悲傷。日出見闕里，川平知汶陽。弱冠負高節，十年思自强。終當不得意〔六〕，去去任行藏。〔七〕

〔一〕本首篇題，文苑英華作「營州」。
〔二〕「厭」，文苑英華作「滿」，又注：「集作『厭』。」
〔三〕「皮」，文苑英華作「狐」，又注：「集作『皮』。」
〔四〕本首篇題，文苑英華作「魯郡途中遇徐十八録事」，又注：「時此公學王書嗟别。」
〔五〕「謂」，文苑英華作「爲」。
〔六〕「當」，文苑英華作「然」。
〔七〕文苑英華詩後校注：「高適此詩已見本集及百家詩選中。今英華誤作王昌齡詩。」

酬鴻臚裴主簿雨後北樓見贈之作〔一〕

暮霞照新晴，歸雲猶相逐。有懷晨昏暇，想見登眺目。問禮侍彤襜〔二〕，題詩訪茅屋。高樓多古今，陳事滿陵谷。地久微子封，臺餘孝王築。徘徊顧霄漢，豁達俯川陸。遠水對秋城，長天向喬木。公門何清静，列戟森已肅。不歎攜手稀，常思著鞭速〔三〕。終當拂羽翰〔四〕，輕舉隨鴻鵠。

宋中遇林慮楊十七山人因而有别

昔予涉漳水，驅車行鄴西。遥見林慮山，蒼蒼戛天倪。邂逅逢爾曹，説君彼巖棲。蘿徑垂野蔓，石房倚雲梯。秋韭一何青〔五〕，藥苗數百畦。栗林隘谷口，栝木森迴谿。耕耘有山田，紡績

〔一〕「雨後北樓」，何校本「雨後」、「北樓」間加注「睢陽」。本首篇題，文苑英華作「酬鴻臚裴主簿雨後北樓見贈」，題作者爲「王昌齡」。

〔二〕「侍」，宋刻本作「待」。

〔三〕「常」，何校本校注：「集作『恒』。」

〔四〕「終」，宋刻本作「然」。

〔五〕「一何青」，何校本校注：「集作『何青青』。」

有山妻。人生但如此，寧事組與珪。誰謂遠相訪，曩情常不迷〔一〕。簷前舉醇醪，舍下烹隻雞〔二〕。朔風忽振蕩，昨夜寒螿啼。遊子益思歸，罷琴傷解攜。出門盡原野，白日黯已低。始驚道路難，終恨言笑睽。因聲謝岑𨯂，歲暮一攀躋。

送馮判官

碣石遼西地，漁陽薊北天。關山唯一道，雨雪盡三邊。才子方爲客，將軍正愛賢〔三〕。遥知幕府下，書記日翩翩。

酬龐十兵曹

憶昔遊京華，自言生羽翼。懷書訪知己，末路空相識。許國不成名，還家有慙色。託身從

〔一〕「常」，何校本校注：「集作『殊』。」
〔二〕「舍」，何校本校注：「集作『竈』。」四庫本作「竈」。
〔三〕「愛」，何校本校注：「集作『客』。」黄録何校作：「集作『渴』。」文苑英華校注：「集作『渴』。」

畎畝，浪迹初自得。雨澤感天時，耕耘忘帝力。同人洛陽至，問我睢水北。遂爾欵津涯，浄然見胸臆。高談懸物象，逸韻投翰墨。别岸迴無垠〔一〕，海鶴鳴不息。梁城多古意，攜手共悽惻。懷賢想鄒枚，登高思荆棘。世情惡疵賤，之子憐孤直。酬贈感并深，離憂豈終極。

漣上酬王秀才〔二〕

飄飖經遠道，客思滿窮秋。浩蕩對長漣，君行殊未休。崎嶇山海側，想像無前儔。誰謂照乘珠，忽然欲暗投。東路方蕭條，楚歌復悲愁。暮帆使人感，去鳥兼離憂。行矣當自愛，壯心莫悠悠。予亦從此辭，異鄉難久留。言宴豈終極〔三〕，慎勿滞滄洲。

〔一〕「迴」，黄録宋本、黄録何校作「回」。
〔二〕「酬」，文苑英華校注：「集作『别』。」
〔三〕「言宴」，文苑英華校注：「集作『贈言』。」四庫本作「贈言」。

東平留贈狄司馬 曾與田安西充判官〔一〕。

古人無宿諾，兹道未爲難〔二〕。萬里赴知己，一言誠可歎。馬蹄經月窟，劍術指樓蘭。地出北庭盡，城臨西海寒。森然瞻武庫，則是弃儒翰〔三〕。入幕綰銀綬，乘軺兼鐵冠。練兵日精鋭，殺敵無遺殘。獻捷見天子，論功俘可汗。激昂丹墀下，顧盼青雲端〔四〕。誰謂縱横策，翻爲權勢干。將軍既坎壈，使者亦辛酸。耿介挹三事，羈離從一官。知君不得意，他日會鵬摶。

餞宋八充彭中丞判官之嶺外〔五〕

覩君濟時略，使我氣填膺。長策竟不用，高才徒見稱。一朝知己達，累日詔書徵。羽翮忽

〔一〕文苑英華無注「曾與田安西充判官」。
〔二〕「未」，文苑英華校注：「集作『以』。」
〔三〕「則是」，文苑英華作「剛若」。
〔四〕「盼」，宋刻本作「眄」，文苑英華、清宋犖本、雙清閣本、和刻本、四庫本作「盼」。
〔五〕「外」，文苑英華作「南」。

然動〔一〕，風飆誰敢陵〔二〕。舉鞭趨嶺嶂〔三〕，屈指冒炎蒸。北雁送馳驛〔四〕，南人思飲冰。彼邦本倔强，習俗多驕矜。翠羽干平法，黄金撓直繩。若將除害馬，慎勿信蒼蠅。魑魅寧無患，忠貞適有憑。猿啼山不斷，鳶跕路難登。海岸出交趾，江城連始興。繡衣當節制，幕府盛威稜。勿憚九疑險，須令百越澄。立談多感激，行李即嚴凝。離别胡爲者，雲霄遲爾昇。

同群公題鄭少府田家 此公昔任白馬尉，今寄住滑臺。

鄭侯應栖遑，五十頭盡白。昔爲南昌尉，今作東郡客。與語多遠心〔五〕，論交知損益〔六〕。秋林既清曠，窮巷空淅瀝。蝶舞園更閒，雞鳴日云夕。男兒未稱意，其道固無適。勸君且杜門〔七〕，

〔一〕「動」，何校本校注：「集作『就』。」文苑英華校注：「集作『就』。」
〔二〕「陵」，分類本作「淩」。
〔三〕「趨」，文苑英華作「投」。
〔四〕「驛」，宋刻本、分類本作「日」，文苑英華作「駟」。
〔五〕「遠」，分類本作「述」。「心」，何校本校注：「集作『情』。」
〔六〕「交」，何校本校注：「集作『心』。」「損」，何校本校注：「集作『所』。」
〔七〕「且」，宋刻本、分類本作「莫」。

勿嫌人事隔〔一〕。

同顔六少府旅居秋中之作

傳君昨夜悵然悲，獨坐深齋落木時〔二〕。逸氣舊來陵燕雀〔三〕，高才何得混妍蚩。迹勞黄綬人多歎〔四〕，心在青雲世莫知。不是鬼神無正直，從來州縣有瑕玼〔五〕。

酬裴秀才〔六〕

男兒貴得意，何必相知早。飄蕩與物華〔七〕，蹉跎覺身老。長卿無産業，季子慙妻嫂。此事難

〔一〕「嫌」，宋刻本、分類本作「與」。
〔二〕「坐」，何校本校注：「集注『一作卧』。」「落木」，何校本校注：「集作『木落』。」
〔三〕「陵」，四庫本作「淩」。
〔四〕「勞」，黄録何校作：「集作『留』。」
〔五〕「玼」，何校本校注：「作『疵』。」
〔六〕「裴」，宋刻本作「裘」。
〔七〕「華」，文苑英華校注：「集作『永』。」

重陳〔一〕，未於衆人道〔二〕。

宋中送族姪式顔時張大夫貶括州使人召式顔遂有此作

大夫擊東胡，胡塵不敢起。胡人山下哭，胡馬海邊死。部曲盡封侯，輿臺亦朱紫。當時有動績，末路遭讒毁。轉斾燕趙間，剖符括蒼裏。弟兄莫相見，親族遠枌梓。不改青雲心，仍招布衣士。平生懷感激，本欲候知己〔三〕。去矣難重陳，飄飄自兹始。遊梁且未愜，適越今何以。鄉山西北愁，竹箭東南美。峥嶸縉雲外，蒼茫萬餘里〔四〕。猿鳥亂啾啾，朝昏孰云已。登臨多瘴癘，動息在風水。雖有賢主人，終爲客行子。我攜一尊酒〔五〕，滿酌聊勸爾。與爾唯一言，家聲勿淪滓。

〔一〕「陳」，文苑英華校注：「集作『論』。」
〔二〕「於」，文苑英華作「爲」。
〔三〕「候」，宋刻本、分類本作「厚」。
〔四〕「茫」，何校本校注：「莽。」「萬」，何校本校注：「幾。」「餘」，何校本校注：「千。」
〔五〕「尊」，宋刻本、分類本作「樽」。

淇上送韋司倉往滑臺

飲酒莫辭醉，醉多適不愁。熟知非遠別〔二〕，終念對新秋〔三〕。滑臺門外見，淇水眼前流。君去應回首，風波滿渡頭。

別魏八〔三〕

更沽淇上酒，還泛驛前舟。爲惜故人去，復憐嘶馬愁。雲山行處合，風雨興中秋。此路方知己〔四〕，明珠莫暗投。

〔二〕「熟」，何校本「孰」改作「熟」。

〔三〕「新」，何校本校注：「集作『窮』。」文苑英華校注：「集作『窮』。」

〔三〕「八」，宋刻本、分類本作「人」。

〔四〕「方」，黄録何校作：「集作『無』。『方』字勝，言方有知己，莫投他處也。」四庫本作「無」。

宋中三首〔一〕

逍遥漆園吏，冥没不知年。世事浮雲外，閑居大道邊。古來同一馬，今我亦忘筌。

登高臨舊國，懷策對窮秋。落日鴻雁度，寒城砧杵愁。昔賢不復有，行矣莫淹留。

閼伯去已遠，高丘臨道傍。人皆有兄弟，獨爾爲參商。終古猶如此，而今安可量。

自淇涉黄河〔二〕

朝從北岸來，泊船南河滸。試共野人言，深覺農夫苦。去秋雖薄熟，今夏猶未雨。耕耘日

〔一〕分類本將此與宋中四首合併爲組詩。
〔二〕本首篇題，文苑英華作「自淇涉黄河五首」，此爲組詩之一。

劬勞〔一〕，租税兼舄鹵。園蔬空寥落〔二〕，薄産不足數〔三〕。尚有獻芹心，無因見明主。

和崔二少府登楚丘城作

故人亦不遇，異縣久棲託。辛勤失路意，感歎登樓作。清晨眺原野，獨立窮寥廓。雲散芒碭山，水還睢陽郭。遶梁即襟帶，封衛多漂泊。事古悲城池，年豐愛墟落。相逢俱未展，攜手空蕭索。何意千里心，仍求百金諾。公侯皆我輩，動用在謀略。聖心思賢才，朅來刈葵藿。

同朱五題盧使君義井

高義惟良牧，深仁自下車。寧知鑿井處，還是飲冰餘。地即泉源久，人當汲引初。體清能

〔一〕「劬」，何校本校注：「集作『勤』。」「日劬」，文苑英華作「自劬」，又注：「集作『日勤』。」
〔二〕「空」，文苑英華作「定」，又注：「詩選作『空』。」
〔三〕「薄産」，文苑英華作「産業」。

鑒物〔一〕，色泊每含虚〔二〕。上善滋來往，中和浹里閭。濟時應未竭，懷惠復何如。

哭單父梁九少府〔三〕

開篋淚沾臆，見君前日書。夜臺今寂寞〔四〕，猶是子雲居。疇昔探靈奇〔五〕，登臨賦山水。同舟南楚下〔六〕，望月西江裏。契闊多別離〔七〕，綢繆到生死。九原即何處，萬事皆如昨。晉山徒嵯峨，斯人已寂寞〔八〕。常時禄且薄〔九〕，歿後家復貧〔一〇〕。妻子在遠道，弟兄無一人。十上多苦

〔一〕「鑒物」，分類本作「物鑒」。

〔二〕「泊」，何校本校注：「集作『洞』。」黄録何校作：「集作『汨』。」四庫本作「淡」。

〔三〕「九」，文苑英華作「洽」。

〔四〕「今」，文苑英華校注：「集作『空』。」

〔五〕「探靈」，文苑英華校注：「集作『貪雲』。」

〔六〕「楚下」，文苑英華作「楚夜」，又注：「集作『浦下』。」

〔七〕「多別離」，文苑英華作「多離別」，又注：「集作『當別離』。」

〔八〕「寂」，文苑英華作「冥」。

〔九〕「薄」，文苑英華作「少」，又注：「集作『薄』。」

〔一〇〕「歿」，何校本「没」塗改爲「歿」。文苑英華作「歿」。

心[一]，一官恒自哂。青雲將可致，白日忽先盡。唯有身後名[二]，空留無遠近[三]。

送柴司户充劉卿判官之嶺外

嶺外資雄鎮，朝端寵節旄。月卿臨幕府，星使出詞曹。海對羊城闊，山連象郡高。風霜驅瘴癘，忠信涉波濤。别恨隨流水，交情脱寶刀。有才無不適，行矣莫徒勞。

雜言賦得還山吟送沈山人

還山吟天高，日暮寒山深。送君還山識君心，人生老大須恣意。看君解作一生事，山間偃仰無不至。石泉淙淙若風雨，松花桂子常滿地[四]。賣藥囊中應有錢，還山服藥又長年。白雲勸

[一]「心」，文苑英華作「辛」，又注：「詩選作『心』。」
[二]「唯有」，文苑英華作「推獨」，又注：「詩選作『有』。」
[三]「留」，文苑英華作「流」，又注：「集作『留』。」
[四]「松花桂子」，分類本作「桂花松子」。

盡杯中物，明月相隨何處眠。眠時憶問醒時事〔一〕，夢魂可以長周旋。

酬岑二十秋夜見贈之什〔二〕

舍下蛩亂鳴，居然自蕭索。緬懷高秋興，忽枉清夜作〔三〕。感物我心勞，涼風驚二毛〔四〕。池空菡萏死〔五〕，月出梧桐高〔六〕。如何異鄉縣，復得交才彥。汨没嗟後時，蹉跎恥相見。箕山別來後〔七〕，魏闕誰不戀〔八〕。獨有江海心，悠然未嘗倦。

〔一〕「眠」，宋刻本、分類本作「時」。「事」，宋刻本、分類本作「意」。
〔二〕本首篇題，文苑英華作「酬岑主簿秋夜見贈」。
〔三〕「忽」，文苑英華作「勿」。
〔四〕「驚」，文苑英華作「生」，又注：「集作『驚』。」
〔五〕「空」，文苑英華作「枯」，又注：「集作『空』。」
〔六〕「出」，文苑英華作「上」，又注：「集作『出』。」
〔七〕「後」，何校本校注：「集作『久』。」「來後」，文苑英華作「未久」。
〔八〕「闕」，文苑英華作「國」。

苦雪

二月猶北風，天陰雪冥冥[一]。寥落　室中，悵然慙百齡。苦愁正如此，門柳復青青。

李雲南征蠻[二] 并序

天寶十一載，有詔伐西南夷。丞相楊公兼節制之寄[三]，乃奏前雲南太守李宓涉海自交趾擊之。道路艱難[四]，往復數萬里，蓋百王之所未通也。十二載四月，至於長安。君子是以知廟堂使能而李公效節。余忝斯人之舊，因賦是詩。

聖人赫斯怒，詔伐西南戎。肅穆廟堂上，深沉節制雄。遂令感激士，得建非常功[五]。料死

[一]「雪」，分類本作「雲」。
[二]「雲」，宋刻本作「宓」。
[三]「丞」，何校本校注：「集作『右』。」
[四]「艱難」，何校本校注：「集作『險艱』。」
[五]「建」，黄録何校作：「集作『見』。」

不料敵，顧恩寧顧終。鼓行天海外，轉戰蠻夷中。梯巘近高鳥，穿林經毒蟲。鬼門無歸客，北户多南風。蜂蠆隔萬里，風雲隨九攻。長驅大浪破，急擊羣山空。餉道忽已遠，縣軍垂欲窮。精誠動白日，憤薄連蒼穹。〔一〕野食掘田鼠，晡餐兼僰僮。〔二〕收兵列亭候〔三〕，拓地彌西東。臨事恥苟免〔四〕，履危能飭躬。將星獨照耀，邊色何溟濛。〔五〕瀘水夜可涉，交州今始通。〔六〕歸來長安道，召見甘泉宮。廉藺若未死，孫吴知暗同。相逢論意氣，慷慨謝深衷。〔七〕

〔一〕「精誠動白日，憤薄連蒼穹」，黄録何批作：「二句言三軍之士窮而呼天耳。」

〔二〕「食」，四庫本作「處」。「晡」，黄録何校作：「集作『脯』。」「僰」，四庫本作「僰」。「野食掘田鼠，晡餐兼僰僮」，黄録何批作：「不能損蠻之毫毛，至於掠人而食，窮迫潛遁，罪狀昭然矣。」

〔三〕「候」，何校本校注：「集作『堠』。」四庫本作「堠」。

〔四〕「臨事恥苟免」，黄録何批作：「正言若反。」

〔五〕「將星獨照耀，邊色何溟濛」，黄録何批作：「言獨宓一人得還，邊事愈棘也。」

〔六〕「瀘水夜可涉，交州今始通」，黄録何批作：「但以交州始通束住，而徒往，而太和城之失利，言外自見。」

〔七〕「歸來長安道，召見甘泉宮。廉藺若未死，孫吴知暗同。相逢論意氣，慷慨謝深衷」，黄録何批作：「宓不自愧死，方且意氣洋洋，比于古來名將，傷朝無折奸之臣，不獨時主爲權戚蔽蒙也。」

登百丈峰

朝登百丈峰，遥望燕支道。漢壘青冥冥〔一〕，胡天白如掃。憶昔霍將軍，連年此征討。匈奴終不滅，寒山徒草草。惟見鴻雁飛，令人傷懷抱。

送渾將軍出塞

將軍族貴兵且强，漢家已是渾邪王。子孫相承在朝野〔二〕，至今部曲燕支下。控弦盡用陰山兒〔三〕，臨陣常騎大宛馬。銀鞭玉勒繡蝥弧〔四〕，每逐嫖姚破骨都。李廣從來先將士，衛青未肯學孫吴。傳有沙場千萬騎，昨日邊庭羽書至。城頭畫角三四聲，匣裏寶刀晝夜鳴。意氣能甘萬里去，辛勤動作一年行〔五〕。黄雲白草無前後，朝建旌旗夕刁斗。塞下應多俠少年，關西不見春楊

〔一〕「冥」，何校本校注：「集作『開』。」「青冥冥」，黄録何校作：「集作『青冥間』。」

〔二〕「朝」，黄録何校作「朔」。

〔三〕「弦」，宋刻本作「强」。

〔四〕「弧」，宋刻本作「狐」。

〔五〕「動」，黄録何校作：「集作『判』。」宋刻本作「效」。

柳。從軍借問所從誰，擊劍酣歌當此時。遠別無輕繞朝策，平戎早賽仲宣詞〔一〕。

寄宿田家

田家老翁住東陂，説道平生隱在兹。鬢白未曾記日月，山青每到識春時。門前種柳深成巷，野谷流泉添入池。牛壯日耕十畝地，人閑常掃一茅茨〔二〕。客來滿酌清罇酒，感興平吟才子詩。巖際窟中藏鼴鼠，潭邊竹裏隱鸕鷀。林稀落日行人少〔三〕，醉後無心怯路岐。今夜只應還寄宿，明朝拂曉與君辭。

酬司空遂少府〔四〕

飄飄未得意，感激與誰論。昨日偶夫子，乃欣吾道存。江山滿詞賦，扎翰起涼温。吾見風

〔一〕「賽」，宋刻本、清宋犖本同，雙清閣本、和刻本、四庫本作「寄」。
〔二〕「常」，宋刻本作「當」。
〔三〕「林稀落日」，何校本校注：「集作『邨稀日落』。」「少」，宋刻本、分類本作「事」。
〔四〕「遂」，黄録宋本、黄録何校作「璲」。

雅作，人知德業尊。驚飆蕩萬木，秋氣屯高原。燕趙何蒼茫，鴻雁來翩翻。此時與君别，握手欲無言。

同衛八題陸少府書齋

知君薄州縣，好静無冬春。散帙至棲鳥[二]，明燈留故人。深房臘酒熟，高院梅花新。若是周旋地，當令風義親[三]。

同群公題張處士菜園

耕地桑柘間，地肥菜常熟。爲問葵藿資，何如廟堂肉。

[二] 「帙」，宋刻本作「怢」，分類本作「袟」。
[三] 「令」，宋刻本、分類本作「今」。

同羣公出獵海上

畋獵自古昔，況伊心賞俱。偶與羣公遊，曠然出平蕪。曾陰漲溟海，殺氣窮幽都。鷹隼何翩翩，馳騾相傳呼。豺狼竄榛莽，麋鹿罹覎虞。高鳥下騂弓，困獸鬬匹夫。塵驚大澤晦，火燎深林枯。失之有餘恨，獲者無全軀。咄彼工拙間，恨非指縱徒〔一〕。猶懷老氏訓，感歎此歡娱。

魯西至東平四首

南圖適不就，東走豈吾心。索索涼風動，行行秋水深。蟬鳴木葉落，兹夕更愁霖〔二〕。

昨時好書策，動欲干王公。今日無成事，依依親老農。扁舟向何處，吾愛汶陽中。

〔一〕「縱」，宋刻本、四庫本作「蹤」。

〔二〕「愁」，何校本校注：「集作『秋』。」

清曠涼夜月，飄飄孤客舟。眇然風波上〔一〕，獨夢前山秋。秋到復摇落，空吟行者愁〔二〕。

沙岸泊不定，石橋水横流。問津見魯俗〔三〕，懷古傷家丘〔四〕。寥落千歲後，空傳褒聖侯。

别韋五

徒然酌杯酒，不覺散人愁。相識仍遠别，欲歸翻旅遊。夏雲滿郊甸，明月照河洲〔五〕。莫恨征途遠，東看漳水流。

〔一〕「眇」，四庫本作「渺」。

〔二〕「吟」，四庫本作「令」。

〔三〕「俗」，何校本「谷」改作「俗」，又校注：「集作『俗』，注云：一作『谷』。」四庫本作「俗」。宋刻本、清宋犖本、雙清閣本、和刻本作「谷」。

〔四〕「傷」，宋刻本作「象」。

〔五〕「河」，分類本作「汀」。

唐百家詩選　卷三

高適下十二首

自淇涉黄河四首

川上恒極目，世情今似閑[一]。去帆帶落日，征路隨長山。親友若雲霄，可望不可攀。於茲任所愜，浩蕩風波間。

亂流自茲始[二]，倚楫時一望。遥見楚漢城，崔嵬高山上。天道昔未測，人心無所向。屠釣稱王侯，龍蛇争霸王。緬懷多殺戮，顧此增慘愴。聖代休甲兵，吾其得閑放。

[一]「似」，何校本校注：「集作『已』。」
[二]「始」，黄録何校作：「集作『遠』。」

野人盡白頭[一]，與我忽相訪。手持青竹竿，日暮淇水上。雖老美容色，雖貧若閑放。約莫三十年，中心無所向。

朝景入平川，川長復垂柳。遥看魏公墓，突兀前山後。憶昔大業中，羣雄各奔走[二]。伊人何電邁，獨立風塵首。傳檄舉敖倉，擁兵屯洛口。連營一百萬，六合如可有[三]。方項終比肩，亂隋將假手。力争固難恃，驕戰曷能久。若使學蕭曹，功名當不朽。

宋中四首[四]

梁王昔全盛，賓客復多才。悠悠一千年，陳迹唯高臺。寂寞向秋草，悲風千里來。

[一]「盡白頭」，何校本校注：「集作『頭盡白』。」
[二]「各」，何校本校注：「集作『角』。」
[三]「可」，宋刻本作「何」。
[四]黄録何批作：「集本宋中詩十首，此録其七。然不知何以分編兩處。」分類本將此與宋中三首合併爲組詩。

出門望終古，獨立悲且歌。憶昔魯仲尼，栖栖此經過。衆人不可向，伐樹將如何。朝臨孟諸上，忽見芒碭間。赤帝終已矣，白雲長不還。時清更何有，禾黍遍空山。梁苑白日暮，梁山秋草時。君王不可見，修竹令人悲。九月桑葉盡，寒風吹樹枝。

宓公琴臺詩 并序

甲子歲〔一〕，適登子賤琴臺〔二〕，賦三首。首章懷宓公之德千祀不朽〔三〕，次章美太守李公能嗣子賤之政再造琴堂〔四〕，末章美邑宰崔公能繼子賤之理。

宓子昔爲政，鳴琴登此臺。琴和人亦閑，千祀稱其才。臨眺忽悽愴，人琴安在哉。悠悠此

〔一〕「子」，何校本校注：「申。」

〔二〕「登」，宋刻本、分類本作「宓」。

〔三〕「首章懷宓公之德千祀不朽」，宋刻本、分類本無。

〔四〕「次章」，宋刻本、分類本作「首章」。「子賤」，宋刻本、分類本作「宓子」。

天壤，空有頌聲來。

邦伯感遺事，概然建琴堂。乃知静者心，千載猶相望。入室想其人，出門何茫茫。唯見白雲合，東臨鄒魯鄉。

皤皤邑中老，自言邑中理。何必升君堂，然後知君美。開門無犬吠，早卧常晏起。昔人不忍欺，今我還復爾。

贈别沈四山人

沈侯未可測，其况信浮沉。十載常獨坐，幾人知此心。乘舟蹈滄海，買劍投黄金。世務不足煩，有田西山岑。我來遇知己，遂得開神襟。何意闔閭間，沛然江海深。疾風捲秋樹，濮上多鳴砧。耿耿尊酒前，聯雁飛愁陰〔二〕。平生重離别，感激對孤琴。

〔二〕「陰」，何校本校注：「集作『音』。」

岑參上五十首

文本之曾孫，天寶初登進士第，由庫部郎中出嘉州刺史，卒。

巴南舟中夜書事〔一〕

渡口欲黄昏，歸人争渡喧。近鍾清野寺，遠火點江村。見雁思鄉信，聞猿積淚痕。孤舟萬里夜，秋月不堪論。

青山峽口泊舟懷狄侍御

峽口秋水壯，沙邊且停橈。奔濤振石壁，峰勢如動摇。九月蘆花新，彌令客心焦。誰念在江島〔二〕，故人滿天朝。無處豁心胸，憂來醉能銷。〔三〕往來巴山道，三見秋草凋。狄生新相知〔四〕，才

〔一〕「夜書事」，宋刻本、文苑英華作「夜事」，文苑英華又注：「一作『市』。」
〔二〕「誰念在江島」，黄録何批作：「對『鄉關遥』。」
〔三〕「無處豁心胸，憂來醉能銷」，黄録何批作：「言非醉所能銷也。」
〔四〕「新相知」，黄録何批作：「『新知』二字前後相對。」

調陵雲霄〔一〕。賦詩圻造化，入幕生風飆。把筆判甲兵，戰士不敢驕。皆云梁公後，遇鼎還能調。一别倏經時，音塵殊寂寥。何當見夫子，不歎鄉關遥。〔二〕

送王大昌齡赴江寧

對酒寂不語，悵然愁送君〔三〕。明時未得用，白首徒工文〔四〕。澤國從一官，滄波幾千里。群公滿天闕，獨去過淮水。舊家富春渚，常憶卧江樓。自聞君欲行，頻夢南徐州。窮巷獨閉門，寒燈静深屋。北風吹微雪，抱被肯同宿。君行到京口，正是桃花時。舟中饒孤興，湖上多新詩。潛虬且深蟠〔五〕，黄鶴舉未晚〔六〕。惜君青雲器，努力加餐飯。〔七〕

〔一〕「陵」，分類本作「淩」。

〔二〕「皆云梁公後，遇鼎還能調。一别倏經時，音塵殊寂寥。何當見夫子，不歎鄉關遥」，黄録何批作：「歎故人在天朝者，不能如梁公之樹人，故借侍御見意。『不歎鄉關遥』者，不聽其流落江島也。興寄甚微，回抱無跡。」

〔三〕「愁」，文苑英華校注：「一作『悲』。」

〔四〕「工」，文苑英華校注：「集作『攻』。」

〔五〕「蟠」，宋刻本、分類本作「盤」。

〔六〕「鶴」，四庫本作「鵠」。

〔七〕「潛虬且深蟠，黄鶴舉未晚。惜君青雲器，努力加餐飯」，黄録何批作：「悲王，亦自悲也。于頻夢南徐、抱被同宿中隱躍見之。末四句亦自勖也。」

臨河縣客舍呈狄明府兄留題縣南樓

鳳陽城南雪正飛，黎陽渡頭人未歸。河邊酒家堪寄宿，主人小女能縫衣。故人高卧黎陽縣，一别三年不相見。邑中雨雪偏著時，隔河東郡人遥羡。鄴都唯見古時丘，漳水還如舊日流。城上望鄉應不見，朝來好是嬾登樓。

送楊子〔一〕

斗酒渭城邊，壚頭耐醉眠。梨花千樹雪，楊葉萬條煙〔二〕。惜别添壺酒〔三〕，臨岐贈馬鞭。看君潁上去，新月到家圓。

〔一〕「楊子」，文苑英華作「陽子」。
〔二〕「楊葉」，文苑英華作「柳葉」，又注：「一作『楊』。」
〔三〕「酒」，文苑英華作「醒」。

送蓋孺卿落第歸濟州

獻賦頭欲白，還家衣已穿。羞過灞陵樹，歸種汶陽田。客舍少鄉信，床頭無酒錢。聖朝徒側席，濟上獨遺賢。

宿太白東溪李老舍寄弟姪〔一〕

渭上秋雨過，北風何騷騷〔二〕。天晴諸山出，太白峰最高。主人東溪老，兩耳生長毫。〔三〕遠近知百歲，子孫皆二毛。中庭井欄上，一架獼猴桃。石泉飯香粳〔四〕，酒甕新開糟〔五〕。愛兹田中趣，

〔一〕本首篇題，文苑英華作「太白東溪張老舍即事寄舍弟姪等」。
〔二〕「何」，文苑英華作「暮」。
〔三〕「主人東溪老，兩耳生長毫」，黄録何批作：「言老於此溪也。」
〔四〕「粳」，文苑英華作「秔」。
〔五〕「新開」，何校本校注：「英華作『開新』。」

始悟世上勞。〔一〕我行有勝事，書此寄爾曹。〔二〕

送張郎中赴隴右覲省卿公 時卿公充節度留後〔三〕。

中郎鳳一毛，世上獨英豪〔四〕。弱冠已銀印，出身唯寶刀。還家鄉月迥〔五〕，度隴將星高。幕下多相識，邊書醉嬾操。

登古鄴城

下馬登鄴城，空城復何見。東風吹野火，日暮飛雲電。城隅南對望陵臺，漳水東流不復回。

〔一〕「愛兹田中趣，始悟世上勞」，黄録何批作：「覆裝句。」

〔二〕「我行有勝事，書此寄爾曹」，黄録何批作：「閲盡『世上勞』，始悟『田中趣』耳。即此便云『勝事』者，此外無一可爲爾曹道也。」

〔三〕「卿公充」，文苑英華作「張卿公亦充」。分類本無注「時卿公充節度留後」。

〔四〕「英」，文苑英華作「賢」。

〔五〕「鄉」，原作「卿」，據宋刻本、分類本改。

武帝宮中人去盡，年年春色爲誰來。

送許子擢第歸江寧拜親因寄王大昌齡

建業控京口，金陵款滄溟。君家臨秦淮，傍對石頭城。十年自勤學，一鼓遊上京。青春登甲科，動地聞香名。解榻皆五侯，結交盡時英。六月槐花飛，忽思蓴菜羹。跨馬出國門，丹楊返柴荆〔一〕。楚雲引歸帆，淮水浮客程。到家拜親時，入門有光榮。鄉人盡來賀，置酒相邀迎。閑眺因登樓，醉眠湖上亭。月從海門出，照見茅山青。昔爲帝王州，今幸天地平。五朝變人世，千載空江聲。玄元告靈符，丹洞獲其銘。皇帝受玉册，羣臣羅天庭〔二〕。喜氣薄太陽，祥光徹窅冥。奔走朝萬國，崩騰集百靈。王兄尚謫宦，屢見秋雲生。孤城帶後湖，心與湖水清。一縣無諍辭，有時開道經。黄鶴垂兩翅，徘徊悲且鳴。相思不可見，空望牛女星。

〔一〕「楊」，何校本「陽」塗改爲「楊」，宋刻本、分類本、清宋犖本、雙清閣本、和刻本、四庫本作「陽」。
〔二〕「羣」，宋刻本、分類本作「君」。

武威送劉單判官赴安西行營便呈高開府

中歲學熱海，亘鐵門，火山赫金方。白草磨天涯，胡沙莽茫茫。夫子佐戎幕，其鋒利如霜。胡國草兵符，不能守文章。功業須及時，立身有行藏。男兒感忠義，萬里忘越鄉。孟夏邊候遲，胡國草未長。馬疾過飛鳥，天窮超夕陽。都護新出師，五月發軍裝。甲兵二百萬，錯落金光揚。揭旗拂崑崙，伐鼓震蒲昌。太白引官庫〔二〕，天威臨大荒。西望雲似蛇，戎夷知喪亡。渾驅大宛馬，繫取樓蘭王。曾到交河城，風土斷人腸。塞驛遠如點，邊烽互相望。赤亭多飄風，鼓怒不可當。有時無人行，沙石亂飄颺。夜靜天蕭條，鬼哭夾道傍。地上多髑髏，皆是古戰場。置酒高館夕，邊城月蒼蒼。軍中宰肥牛，堂上羅羽觴。紅淚金燭盤，嬌歌豔新妝。望君仰青冥，短翮難可翔。蒼然西郊道，握手何慨慷。

〔二〕「庫」，何校本校注：「軍。」

玉門關蓋將軍歌

蓋將軍，真丈夫，行年三十執金吾，身長七尺頗有鬚。玉門關城迥且孤，黄沙萬里百草枯〔一〕。南鄰犬戎北接胡，將軍到來備不虞。〔二〕五千甲士膽力麤，軍中無事但歡娛。暖屋繡簾紅地爐，織成壁衣花氍毹。燈前侍婢瀉玉壺，金鐺亂點野駞酥。紫紱金章左右趨，問著即是蒼頭奴。〔三〕美人一雙閑且都，朱脣翠眉映明矑〔四〕。清歌一曲世所無，今日喜聞鳳將雛。可憐絶勝秦羅敷，使君五馬謾踟蹰〔五〕。野草繡窠紫羅襦，紅牙鏤馬對樗蒱〔六〕。玉盤纖手撥作盧〔七〕，衆中誇道不曾輸。櫪上昂昂皆駿駒，桃花叱撥價最殊。騎將獵向城南隅，臘日射殺千年狐。我來塞外按邊

〔一〕「百」，何校本校注：「白。」
〔二〕「南鄰犬戎北接胡，將軍到來備不虞」，黄録何批作：「二句是反覆呼應。」
〔三〕「紫紱金章左右趨，問著即是蒼頭奴」，黄録何批作：「僮奴冒功，皆取金紫，則力戰之士解體矣。」
〔四〕「明」，宋刻本作「月」。「矑」，何校本「眸」塗改作「矑」，四庫本作「矑」，宋刻本、清宋犖本、雙清閣本、和刻本作「眸」。
〔五〕「使君五馬謾踟蹰」，黄録何批作：「『使君五馬謾踟蹰』，亦借以見其逾分。」
〔六〕「摴蒱」，何校本「樗蒲」塗改作「摴蒱」，宋刻本、清宋犖本、雙清閣本、和刻本、四庫本作「樗蒲」。
〔七〕「撥」，何校本「㩆」塗改作「撥」，四庫本作「撥」，宋刻本、清宋犖本、雙清閣本、和刻本作「㩆」。

儲〔一〕，爲君取醉酒剩酤〔二〕。醉争酒盞相喧呼，卻憶咸陽舊酒徒。〔三〕

天山雪送蕭沼歸京

天山有雪常不開，千峰萬嶺雪崔嵬。北風夜卷赤亭口，一夜天山雪更厚。能兼漢月照銀山，復逐胡風過鐵關。交河城邊飛鳥絶，輪臺路上馬蹄滑。晻靄寒氛萬里凝，闌干陰崖千丈冰。將軍狐裘卧不暖，都護寶刀凍欲斷。正是天山雪下時，送君走馬歸京師。客中何以贈君别，唯有青青松樹枝。

涼州館中與諸判官夜集〔四〕

彎彎月出挂城頭，城頭月出照涼州。涼州七城十萬家，胡人半解彈琵琶。琵琶一曲腸堪斷，

〔一〕「按邊」，宋刻本作「接道」。
〔二〕「取」，宋刻本作「聽」。
〔三〕「我來塞外按邊儲，爲君取醉酒剩酤。醉争酒盞相喧呼，卻憶咸陽舊酒徒」，黄録何批作：「邊儲不以養士而坐靡於歡娱，將何以備御不虞？繼此來按者霜威凛冽，豈似我宿昔飲徒乎？正諷而警之也。」
〔四〕「諸判官」，宋刻本作「諸判」。

風蕭蕭兮夜漫漫。河西幕中多故人，故人別來三五春。花門樓前見秋草〔二〕，豈能貧賤相看老。一年大笑能幾回，斗酒相逢須醉倒。

初過隴山途中呈宇文判官

一驛過一驛，驛騎如星流。平明發咸陽，暮及隴山頭。隴水不可聽，嗚咽令人愁。沙塵撲馬汗，霧露凝貂裘。西來誰家子，自道新封侯。前月發安西，路上無停留。都護猶未到，來時在西州。十日過砂磧，終朝風不休。馬走碎石中，四蹄皆血流。萬里奉王事，一身無所求。也知塞垣苦，豈爲妻子謀。山口月欲出，先照關城樓。谿流與松風，靜夜相颼飀。別家賴歸夢，山塞多離憂。與子且攜手，不愁前路修。

〔二〕「門樓」，宋刻本作「樓門」。

燉煌太守後庭歌〔一〕

燉煌太守才且賢，郡中無事高枕眠。太守到來山出泉，黄砂磧裏人種田。燉煌耆老鬢皓然，願留太守更五年。城頭月出星滿天，曲房置酒張錦筵。美人紅妝色正鮮，側垂高髻插金鈿。醉坐藏鈎紅燭前〔二〕，不知鈎在若箇邊。爲君手把珊瑚鞭，射得半段黄金錢，此中樂事亦已偏〔三〕。

送祁樂歸河東

祁樂後來秀，挺身出河東。往年詣驪山，獻賦温泉宫。天子不召見，揮鞭遂從戎。前月還長安，囊中金已空。有時忽乘興，畫出江上峰。牀頭蒼梧雲，簾下天台松。忽如高堂上，颯颯生清風。〔四〕五月火雲屯，氣燒天地紅。鳥且不敢飛，子行如轉蓬。少華與首陽，隔河勢争雄。新月

〔一〕「庭」，宋刻本作「亭」。
〔二〕「坐」，宋刻本作「卧」。
〔三〕「亦」，宋刻本作「也」。
〔四〕「忽如高堂上，颯颯生清風」，宋刻本、分類本作「忽如高堂颸颸風」。

河上出，清光滿關中。置酒灞亭別〔一〕，高歌披心胸。君到故山時，爲謝吾老翁。

送郭乂

地上青草出，經冬今始歸。博陵無近信，猶未換春衣。憐汝不忍別，送汝上酒樓。初行莫早發〔二〕，且宿灞橋頭。功名須及早，歲月莫虛擲。早年已攻詩〔三〕，近日兼注易。何時過東洛，早晚渡盟津。朝歌城邊柳𨋌地，邯鄲道上花撲人。去年四月初，我正在河朔。曾上君家縣北樓，樓上分明見恒嶽。中山明府待君來，須計行程及早回。到家速覓長安使，待汝書封我自開。

〔一〕「灞」，分類本作「霸」。
〔二〕「初行」，黄録何校作：「劍南詩注中作『初程』。」
〔三〕「攻」，宋刻本、分類本作「改」。

安西館中思長安

家在日出處，朝來喜東風。風從帝鄉來，異鄉家信通〔一〕。絶域地欲盡，孤城天遂窮。彌年但走馬，終日隨飄蓬。寂寞不得意，辛勤方在公。胡塵浄古塞，兵氣屯邊空。鄉路眇天外，歸期如夢中。遥憑長房術，爲縮天山東。

送魏四落第還鄉〔二〕

東歸不得意，客舍戴勝鳴。臘酒飲未盡，春衫縫已成。長安柳枝春欲來，洛陽梨花在前開。魏侯池館今尚在，猶有太師歌舞臺。君家盛德豈徒然，時人注意在吾賢。莫令别後無佳句，秖向壚頭空醉眠。

〔一〕「異鄉」，何校本校注：「不異。」

〔二〕「鄉」，何校本「都」塗改爲「鄉」，又注：「一作『東都』。」黄録何校作：「『鄉』，又校：『「都」上疑脱「東」字』。」宋刻本、清宋犖本、雙清閣本、和刻本、四庫本作「都」。

喜韓樽相過

三月灞陵春已老〔一〕，故人相逢耐醉倒〔二〕。甕頭春酒黄花脂，禄米秖充酤酒資。長安城中足年少，獨共韓侯開口笑。桃花點地紅斑斑，有酒留君且莫還。與君兄弟日攜手，世上虚名好是閑。

送張子尉南海〔三〕

不擇南州尉，高堂有老親。樓重蜃氣，邑里雜鮫人。海暗三山雨，花明五嶺春〔四〕。此鄉多寶玉〔五〕，慎莫厭清貧。

〔一〕「灞陵」，宋刻本無。
〔二〕「故人」，宋刻本無。
〔三〕「張子」，文苑英華作「楊瑗」，又注：「集作『張子』。」
〔四〕「花」，何校本「江」改作「花」，黄録何校作「花」：「『江』字白誤。」
〔五〕「鄉」，文苑英華作「方」。

灃頭送蔣侯〔一〕

君住灃水北，我家灃水西。兩鄉見喬木，五里聞鳴雞。飲酒溪雨過，彈棋山月低。徒開蔣生逕，爾去誰相攜。

滻水東店送唐子歸嵩陽

野店臨官路，重城壓御堤。山開灞水北，雨過杜陵西。歸夢秋能作音佐，鄉書醉嬾題。橋回忽不見，征馬尚聞嘶。

〔一〕「澧」，何校本「澧」塗改爲「灃」，下同。

南樓送衛馮 得歸字〔二〕。

近縣多來客，似君誠亦希〔三〕。南樓取涼好，便送故人歸。鳥向望中滅，雨侵晴處飛。應須乘月去，且爲解征衣。

送宇文舍人出宰元城 得陽字。

雙鳧出未央，千里過河陽。馬帶新行色，衣聞舊御香。縣花迎墨綬，關柳拂銅章。别後能爲政，相思淇水長。

〔二〕「得歸字」，宋刻本、分類本作大字題目。

〔三〕「希」，分類本作「稀」。

贈酒泉韓太守〔一〕

太守有能政，遥聞如古人。俸錢盡供客，家計常清貧。酒泉西望玉關道，千山萬磧皆白草。辭君走馬歸長安，憶君倏忽令人老。

餞李郎尉武康〔二〕

潘郎腰綬新，霅上縣花春。山色低官舍，湖光映吏人。不須嫌邑小，莫即耻家貧。更作東征賦，知君有老親。〔三〕

〔一〕「贈」，宋刻本無。
〔二〕「郎」，宋刻本、分類本無。
〔三〕「不須嫌邑小，莫即耻家貧。更作東征賦，知君有老親」，黄録何批作：「不嫌小，爲親屈也。莫耻貧，勿貽親辱也。」

過酒泉憶杜陵別業

昨日宿祁連，今朝過酒泉。黄砂西際海，白草北連天。愁裏難銷日，歸期尚隔年。陽關萬里夢，知處杜陵田。

武威春暮聞宇文判官安西使還已到晉昌〔二〕

片雨過城頭，黄鸝上戍樓。塞花飄客淚，邊柳挂鄉愁〔三〕。白髮悲明鏡，青春换弊裘。君從萬里使，聞已到瓜州。

〔二〕「威」，文苑英華作「城」，又注：「一作『威』。」「暮」，文苑英華作「寒」，又注：「一作『暮』。」「安」，文苑英華無。

〔三〕「挂」，文苑英華作「送」，又注：「集作『挂』。」

宿鐵關西館

馬汗蹋成泥，朝馳幾萬蹄。雪中行地角，火處宿天倪。塞迥心常怯，鄉遥夢亦迷。那知故園月，也到鐵關西。

題苜蓿峰寄家人

苜蓿峰邊逢立春，胡蘆河上淚沾巾。閨中只是空相憶，不見沙場愁殺人。

玉關寄長安李主簿

去去長安萬里餘，故人何惜一行書。玉關西望腸堪斷，況復明朝是歲除。

逢入京使

故園東望路漫漫，雙袖龍鍾淚不乾。馬上相逢無紙筆〔一〕，憑君傳語報平安。

暮秋山行

疲馬卧長坂，夕陽下通津。山風吹空林，颯颯如有人。蒼旻霽涼雨，石路無飛塵。千念集暮節，萬籟悲蕭辰。鶗鴂昨夜鳴，蕙草色已陳。況在遠行客，自然多苦辛。

函谷關歌送劉評事使關西

君不見函谷關，崩城毁壁至今在。樹根草蔓遮古道，空谷千年長不改。寂寞無人空舊山，聖朝無外不須關。白馬公孫何處去，青牛老人更不還。蒼苔白骨空滿地，月與古時長相似。野

〔一〕「逢」，宋刻本作「迎」。

花不省見行人，山鳥何曾識關吏。故人方乘使者車，吾知郭丹卻不如。請君時懷關外客〔二〕，行到關西多寄書。

衛尚書赤驃馬歌

君家赤驃畫不得，一團旋風桃花色。紅纓紫鞚珊瑚鞭，玉鞍錦韉黄金勒。請君鞁出看君騎，尾長窣地如紅絲。自矜諸馬皆不及，卻憶百金新買時〔三〕。香街紫陌鳳城内，行人見者誰不愛。揚鞭驟急白汗流，弄影行驕碧蹄碎。紫髯胡雛金翦刀，平明翦出三騣高。櫪上看時獨意氣，衆中牽出偏雄豪。騎將獵向南山口，城南狐兔不復有。草頭一點疾如飛，卻使蒼鷹翻向後。憶昨看君朝未央，鳴珂擁蓋滿路香。始知邊將真富貴，可憐人馬相輝光。男兒稱意得如此〔三〕，駿馬長鳴北風起〔四〕。待君東去掃胡塵，爲君一日行千里。

〔二〕「懷」，宋刻本、分類本作「憶」。
〔三〕「憶」，宋刻本作「億」。
〔三〕「稱意」，分類本作「意氣」。
〔四〕「長」，四庫本作「常」。

郡齋閑望

負郭無良田，屈身狥微禄〔二〕。平生好疎曠，何事就羈束。幸曾趨丹墀，數載侍黄屋。故人盡榮寵，誰念此幽獨。州縣非宿心，雲山忻滿目。頃來廢章句，終日披案牘。佐郡竟何成，自悲徒禄禄〔三〕。

潼關使院懷王七秀才

王生今才人，時輩咸所仰。何當見顔色，終日勞夢想。驅車到關下，欲往阻河廣。滿目徒春華，思君罷心賞。開門見太華，朝日映高掌。忽覺蓮花峰，别來更如長。無心顧微禄，有意佳獨往。不負林中期，終當出塵網。

〔二〕「狥」，宋刻本、四庫本作「徇」。

〔三〕「禄禄」，清宋犖本同，宋刻本、雙清閣本、和刻本、四庫本作「碌碌」。

宿華陰郭東客舍憶閻防

次舍山郭近，解鞍鳴鍾時。主人炊新粒，行子充夜飢。關月生首陽，照見華陰祠。蒼茫秋山晦〔一〕，蕭瑟寒松悲〔二〕。久從園廬別〔三〕，遂與朋知辭。舊壑蘭杜晚〔四〕，歸軒今已遲。

田使君美人如蓮花北錠歌〔五〕此曲本出北同城。

如蓮花，舞北錠，世人有眼應未見。高堂滿地紅氍毹，試舞一曲天下無。此曲胡人傳入漢，諸客見之驚且歎。慢臉嬌蛾纖復穠〔六〕，輕羅金縷花葱籠。迴裾轉袖若飛雪〔七〕，左錠右錠生旋

〔一〕「蒼茫」，宋刻本、分類本作「茫蒼」。
〔二〕「蕭」，宋刻本、分類本作「梢」。
〔三〕「園」，宋刻本、分類本作「遠」。
〔四〕「杜」，宋刻本、分類本作「社」。
〔五〕「如」，四庫本作「舞如」。
〔六〕「臉」，宋刻本作「瞼」。「穠」，宋刻本、分類本作「襛」。
〔七〕「裾」，宋刻本、分類本作「裙」。

風。琵琶横笛和未帀〔一〕，花開山頭黄雲合〔二〕。忽作出塞入塞聲〔三〕，白草明沙寒颯颯〔四〕。翻身入破如有神，前見後見回回新。始知諸曲不可比，採蓮落梅徒聒耳。世人學舞只是舞，姿態豈能得如此。

衙郡守還

世事何反覆，一身難可料。頭白翻折腰，還家私自笑。所嗟無産業，妻子嫌不調。五斗米留人，東溪憶垂釣。

〔一〕「帀」，宋刻本、分類本作「匝」。
〔二〕「開」，黄録何校作「門」。
〔三〕「入塞」，宋刻本、分類本無。
〔四〕「明」，分類本作「胡」。

陪使君早春東郊游眺 得春字。

太守擁朱輪，東郊物候新。鶯聲隨坐嘯，柳色唤行春。谷口雲迎馬，溪邊水照人。郡中叨佐理，何幸接芳塵。

題虢州西樓

錯料一生事，蹉跎今白頭。縱横皆失計，妻子也堪羞。明主雖能棄，丹心亦未休。愁來無去處，只上郡西樓。

虢州後亭送李判官使赴晉絳 得秋字。

西原驛路挂城頭，客散江亭雨未休〔一〕。君去試看汾水上，白雲猶似漢時秋。

〔一〕「江」，何校本校注：「紅。」

和賈舍人早朝大明宮〔一〕

雞鳴紫陌曙光寒〔二〕，鶯囀皇州春色闌〔三〕。金闕曉鍾開萬户〔四〕，玉堦仙仗擁千官。花迎劍珮星初落〔五〕，柳拂旌旗露未乾。獨有鳳皇池上客〔六〕，陽春一曲和皆難〔七〕。

行軍詩二首 時扈從在鳳翔。

吾竊悲此生，四十幸未老。一朝逢世亂，終日不自保。胡兵奪長安，宫殿生野草。傷心五陵樹，不見二京道。我皇在行軍，兵馬日浩浩。胡雛尚未滅，諸將懇征討。昨聞咸陽敗，殺戮浄

〔一〕文苑英華題作者爲「崔顥」，又注：「一作『岑参』，附見杜集。」
〔二〕「曙」，文苑英華作「曉」，又注：「集作『曙』。」
〔三〕「色」，黄録何校作：「杜集作『夜』。」文苑英華作「欲」，又注：「集作『色』。」
〔四〕「闕」，黄録何校作：「杜集作『鎖』。」「曉」，宋刻本作「晚」。「闕曉」，文苑英華作「闕曙」，又注：「集作『瑣曉』。」
〔五〕「迎」，文苑英華作「明」。「落」，文苑英華作「没」，又注：「集作『落』。」
〔六〕「獨」，文苑英華作「别」，又注：「集作『獨』。」「皇」，文苑英華作「凰」。「客」，文苑英華作「閣」，又注：「集作『客』。」
〔七〕「皆」，文苑英華作「仍」，又注：「集作『皆』，又作『應』。」

如掃。積屍若丘山，流血漲灃滈。干戈礙鄉國，豺虎滿城堡。村落皆無人，蕭條空桑棗。儒生有長策，無處豁懷抱。塊然傷時人，舉首哭蒼昊。

早知逢世亂，少小謾讀書。悔不學彎弓，向東射狂胡〔一〕。偶從諫官列，謬向丹墀趨。未能匡吾君，虚作一丈夫。撫劍傷世路，哀歌泣良圖。功業今已遲，攬鏡悲白鬚。平生抱忠義，不敢私微軀。

送許拾遺歸江寧

詔書下青瑣〔二〕，駟馬還吴洲〔三〕。束帛仍賜衣，恩波漲滄流。微禄將及親，向家非遠遊。看君五斗米，不謝萬户侯。適出西掖垣，如到南徐州。歸心望海日，鄉夢登江樓。大江盤金陵，諸

〔一〕「狂」，四庫本作「林」。
〔二〕「瑣」，宋刻本、分類本作「瑮」。
〔三〕「洲」，宋刻本、分類本作「州」。

山橫石頭。楓樹隱茅屋，橘林繫歸舟。種藥疏故畦，釣魚垂舊鈎。對月京口夕，觀濤海門秋。天子憐諫官，論事不可休。早來丹墀下，高駕無淹留。

北庭北樓呈幕中諸公

嘗讀西域傳，漢家得輪臺。古塞千年空，陰山獨崔嵬。二庭近西海，六月秋風來。日暮上北樓，殺氣凝不開。大荒無鳥飛，但見白龍塠[一]。舊國眇天末，歸心日悠哉。上將新破胡，西郊絕煙埃。邊城寂無事，撫劍空徘徊。幸得趨幕中，託身厠羣才。早知安邊計，未盡平生懷。

[一]「塠」，黃録何校作「堆」。

唐百家詩選　卷四

岑參下三十一首

使交河郡 郡在火山脚，其地苦熱無雨雪，獻封大夫。

奉使按胡俗〔一〕，平明發輪臺。暮投交河城，火山赤崔嵬。九月尚流汗，炎風吹沙埃。何事陰陽工，不遣雨雪來。吾君方憂邊〔二〕，分閫資大才。昨者新破胡，安西兵馬回。鐵關控天涯，萬里何遼哉？煙塵不敢飛，白草空皚皚。軍中日無事，醉舞傾金罍。漢代李將軍，微功今可咍。

〔一〕「胡」，宋刻本作「故」。
〔二〕「吾君方憂邊」，宋刻本作「吾方憂邊任」。

走馬川行奉送出師西行

君不見走馬滄海邊，平砂莽莽黄入天。輪臺九月風夜吼，一川碎石大如斗，隨風滿地石亂走。匈奴草黄馬正肥，金山西見煙塵飛，漢家大將西出師。將軍金甲夜不脱，半夜軍行戈相撥，風頭如刀面如割。馬毛帶雪汗氣蒸，五花連錢旋作冰，幕中草檄硯水凝。虜騎聞之應膽懾，料知短兵不敢接，車師西門佇獻捷。

熱海行送崔侍御還京 海中有赤鯉。

側聞陰山胡兒語，西頭熱海水如煮。海上衆鳥不敢飛，中有鯉魚長且肥。岸傍青草常不歇，空中白雲遥旋滅。蒸砂爍石燃虜雲，沸浪炎波煎漢月〔二〕。陰火潛燒天地爐，何事偏烘西一隅。勢入月窟侵太白〔三〕，氣連赤坂通單于。送君一醉天山郭，正見夕陽海邊落。柏臺霜威寒逼

〔二〕「沸」，四庫本作「拂」。

〔三〕「勢」，分類本作「熱」。

人，熱海炎氣爲君薄。

終南東溪中作

溪水碧於草，潺潺花底流。沙平堪濯足，石淺不勝舟。洗藥朝與暮，釣魚春復秋。興來從所適，還欲向滄洲。

酬成少尹駱谷行見呈

聞君行路難，惆悵臨長衢。豈不憚險艱，王程剩相拘。憶昨蓬萊宫，新授刺史符。明主仍賜衣，價直千萬餘。〔二〕何幸承命日，得與夫子俱。攜手出華省，連鑣赴長途。五馬當路嘶，按節投蜀都。千巖信縈折，一逕何盤紆。〔三〕層冰滑征輪，密竹礙隼旟。深林迷昏旦，棧道陵空虛。飛

〔二〕「直」，四庫本作「值」。「明主仍賜衣，價直千萬餘」，黄録何批作：「何可論價。」
〔三〕「千巖信縈折，一逕何盤紆」，黄録何批作：「駱谷。」

雪縮馬毛，烈風擘我膚。峰攢望天小，亭午見日初。夜宿月近人，朝行雲滿車。泉澆石罅坼，火入松心枯。亞尹同心者，風流賢大夫〔二〕。榮禄上及親，之官隨板輿。高價振臺閣，清詞出應徐。成都春酒香，且用俸錢沽。浮名何足道，海上堪乘桴。

韋員外家花樹歌

今年春似去年好，去年人到今年老。知人老去不及花，可惜落花君莫掃。君家兄弟不可當，列卿太史尚書郎。朝回花底常會客，花撲玉缸春酒香。

送盧郎中除杭州赴任

罷起郎官草〔三〕，初分刺史符。海雲迎過楚，江月引歸吴。城底濤聲震，樓端蜃氣孤。千家

〔二〕「大」，宋刻本作「丈」。
〔三〕「官」，分類本作「中」。

窺驛舫，五馬飲春湖。柳色供詩用，鶯聲送酒須。知君望鄉處，枉道上姑蘇。

趙少尹南亭送鄭侍御歸東臺 得長字〔一〕

江亭酒瓮香〔二〕，白面繡衣郎。砌冷蟲喧座，簾疎雨到床。鍾催離興急，絃緩醉歌長〔三〕。關樹應先落，隨君滿路霜〔四〕。

過侯山王處士黑石谷隱居〔五〕

舊居侯山下，偏識侯山雲。處士久不還，見雲如見君。別來餘十秋，兵馬日紛紛。青溪開

〔一〕文苑英華、分類本無注「得長字」。
〔二〕「江」，黄録何校作「紅」，文苑英華校注：「集作『紅』。」
〔三〕「緩」，文苑英華作「逐」，又注：「詩選作『緩』。」
〔四〕「路」，文苑英華校注：「集作『鬢』。」
〔五〕「侯山」，宋刻本、清宋犖本同，雙清閣本、和刻本、四庫本作「緱山」，本篇下同。

戰場，黑谷屯行軍。遂令巢由輩，遠逐麋鹿羣。獨有南澗水，潺湲如昔聞。

奉送李太保兼御史大夫充渭北節度[一] 即太尉光弼弟[二]。

詔出未央宫，登壇近總戎。上公周太保，副相漢司空。弓抱關西月[三]，旗翻渭北風。弟兄皆許國，天地荷成功。

送秘書虞校書赴虞鄉丞[四]

花綬傍腰新，關東縣欲春。殘書厭科斗，舊閣别騏驎。虞坂臨官舍，條山映吏人。看君有知己，坦腹向平津。

〔一〕「節度」，文苑英華作「節度使」。

〔二〕「光弼弟」，文苑英華作「光弼之弟」。

〔三〕「抱」，文苑英華校注：「一作『挽』。」

〔四〕「赴」，宋刻本、分類本無。

送王七録事赴虢州

早歲即相知，嗟君最後時。青雲仍未達，白髮欲成絲。小店關門樹，長河華岳祠。弘農人吏待，莫使馬行遲。〔二〕

送懷州吴别駕

灞上柳枝黄，壚頭酒正香。春流飲去馬，暮雨濕行裝。驛路通函谷，州城接太行。覃懷人總喜，别駕得王祥。

〔二〕「弘農人吏待，莫使馬行遲」，黄録何批作：「應『後時』。」

太白胡僧歌 并序

太白中峰絶頂，有胡僧不知幾百歲，眉長數寸〔一〕，身不製繒帛，衣以草葉，常持楞伽經，路僻迴絶〔二〕，人跡罕到。嘗東峰有鬬虎，弱者將死，僧杖而解之〔三〕。西湫有毒龍，久而爲患，僧器而貯之〔四〕。商山趙叟前年採茯苓，深入太白，偶值此僧宿〔五〕。余常有獨往之意〔六〕，聞而悦之，乃爲歌曰：

聞有胡僧在太白，蘭若去天三百尺。一持楞伽入中峰，世人難見但聞鍾。窗邊錫杖解兩虎，床下鉢盂盛一龍。草衣不針亦不線，兩耳垂肩眉覆面。此僧年紀那得知，手種青松今十圍。心將流水日清净，身與浮雲無是非。商山老人已曾識，願一見之何由得。山中有僧人不知，城裏看山空黛色。

〔一〕「長」，宋刻本作「已長」。
〔二〕「路僻」，宋刻本、清宋犖本同，雙清閣本、和刻本、四庫本作「雪壁」。
〔三〕「僧杖而」，宋刻本作「而僧以杖」。
〔四〕「僧器而」，宋刻本作「而僧於器」。
〔五〕「宿」，宋刻本、清宋犖本同，雙清閣本、和刻本、四庫本作「訪我而説」。
〔六〕「常」，宋刻本、清宋犖本同，雙清閣本、和刻本、四庫本作「恒」。

青門歌送東臺張判官

青門金鑠平旦開，城頭日出使車回。青門柳枝正堪折，路傍一日幾人別。東出青門路不窮，驛樓官樹灞陵東。花撲征衣看似錦，雲隨去馬色疑驄〔一〕。胡姬酒壚日未午〔二〕，絲繩玉缸酒如乳。江頭花落没馬蹄，昨夜微雨花成泥。鸝黄翅濕飛屢低〔三〕，關東尺書醉嬾題。須臾望君不可見，揚鞭飛鞚疾於箭。借問使乎何時來，莫作東飛伯勞西飛燕。

送費子歸武昌

漢陽歸客悲秋艸，旅舍葉飛愁不掃。秋來倍憶武昌魚，夢著只在巴陵道。曾隨上將過祁連，離家十年恒在邊〔四〕。劍鋒可惜虛用盡，馬蹄無事今已穿。知君開館常愛客，摴蒱百金每一

〔一〕「雲」，宋刻本、分類本作「雪」。
〔二〕「胡」，分類本作「明」。
〔三〕「鸝黄」，四庫本作「黄鸝」。
〔四〕「家」，四庫本作「鄉」。

擲。平生有錢將與人，江上故園空四壁。吾觀費子毛骨奇，廣眉大口仍赤髭。看君失路尚如此，人生貴賤那得知。高秋八月歸南楚，東門一壺聊出祖。路指鳳皇山北雲，衣沾鸚鵡洲邊雨。勿歎蹉跎白髮新，應須守道勿羞貧。男兒何必戀妻子，莫向江村老卻人。

送張獻心充副使歸河西雜句[一]

將門子，君獨賢，一從授命恒在邊。未年三十已高位，腰間金印色赩然。前日承恩白虎殿，歸來見者誰不羨。篋中賜衣十萬餘[三]，案上軍書二千卷。看君智謀若有神，愛君詩句皆清新。澄湖萬頃深見底，清冰一片光照人。雲中昨夜使星動，西門驛樓出相送。玉缾素蟻臘酒香，金鞍白馬紫遊韁。花門南，燕支北，張掖城頭雲正黑，送君一去天外憶。

[一] 「送」，宋刻本、分類本無。
[三] 「十」，分類本作「千」。

送魏叔虹擢第歸東京因懷魏校書陸渾喬潭〔一〕

井上桐葉赤，灞亭卷秋風。故人適戰勝，走馬歸山東。問君如今三十幾，能使香名滿人耳。君不見三峰直上五千仞，見君文章亦如此。如君兄弟天下稀，雄詞健筆皆若飛。將軍金印彈紫綬，御史鐵冠重繡衣。喬生作尉別來久，因君爲問平安否。魏侯校理復何如，前日人來不得書。陸渾山水佳可賞，蓬閣閑時日應往。自料青雲未有期，誰知白髮偏能長。壚頭青絲白玉瓶，別時相顧酒初醒。摇鞭舉袂忽不見，千樹萬樹空蟬鳴。

長門怨

君王嫌妾妬，閉妾在長門。舞袖垂新寵，愁眉結舊恩。緑錢生履跡〔二〕，紅粉濕啼痕。羞被桃花笑〔三〕，看春獨不言。

〔一〕「魏」，宋刻本、分類本無。
〔二〕「生」，文苑英華作「侵」，又注：「一作『生』。」
〔三〕「桃花」，文苑英華作「夭桃」，又注：「一作『桃花』。」

宿關西客舍寄東山嚴許二山人時天寶高道舉徵〔一〕

雲送關西雨，風傳渭北秋〔二〕。孤燈然客夢〔三〕，寒杵擣鄉愁。灘上思嚴子，山中憶許由。蒼生今有望，飛詔下林丘。

尋少室張山人聞與偃師周明府同入都

中峰鍊金客，昨日遊人間。葉縣鳬共去，葛陂龍暫還。暮雲湊深木〔四〕，秋雨懸空山〔五〕。寂寂青溪裏，空餘丹竈閑。

〔一〕「時天寶高道舉徵」，文苑英華作「時天寶初七月初三日在學見有高道舉徵」。
〔二〕「北」，文苑英華作「水」，又注：「集作『北』。」
〔三〕「然」，文苑英華作「燃」。
〔四〕「木」，四庫本作「水」。
〔五〕「秋」，宋刻本作「愁」。

題匡城周少府廳壁

婦姑城南風雨秋，婦姑城中人獨愁。愁雲遮卻望鄉處〔一〕，數日不上西南樓。故人薄暮公事閑，玉壺美酒虎魄殷〔二〕。潁陽秋草今黄盡，醉卧君家猶未還。

杜公挽歌四首 銀青光禄大夫河西太守。

蒙叟悲藏壑，殷宗惜濟川。長安非舊日，京兆是新阡。黄霸官猶屈，蒼生望已愆。唯餘鄉月在〔三〕，留向杜陵懸。

鼓吹城中出，墳塋郭外新。雨隨思太守，雲慘送夫人。蒿里埋雙劍，松門閉萬春。回瞻北

〔一〕「遮」，宋刻本作「渡」。
〔二〕「虎魄」，分類本作「琥珀」。
〔三〕「鄉」，原本作「卿」，據宋刻本改。

堂上，金印已生塵。

憶昨明光殿，新承天子恩。剖符移北地，受鉞領西門。塞草迎軍幕，邊雲拂使軒。至今聞隴外，戎虜尚亡魂。

漫漫澄波闊，眈眈大厦深。秉心常匪石，行義每揮金。汲引窺蘭室，招攜入翰林。多君有令子，猶注世人心。

輪臺歌奉送封大夫出師西征

輪臺城頭夜吹角，輪臺城北旄頭落。羽書昨夜過渠黎〔二〕，單于已在金山西。戍樓西望煙塵黑，漢兵屯在輪臺北。上將擁旄西出征，平明吹笛大軍行〔三〕。四邊伐鼓雪海湧，三軍大呼陰山

〔二〕「渠」，宋刻本作「梁」。
〔三〕「平明」，宋刻本作「小胡」。「軍」，宋刻本作「單」。

動。虜塞兵氣連雲屯，戰場白骨纏草根。劍河風急雪片闊，沙口石凍馬蹄脱。亞相勤王甘苦辛，誓將報主静邊塵。古來青史誰不見，今見功名勝古人。

白雪歌送武判官

北風卷地白草折〔一〕，胡天八月即飛雪。忽如一夜春風來，千樹萬樹梨花開。散入珠簾濕羅幕，狐裘不暖錦衾薄。將軍角弓不得控，都護鐵衣冷難著。瀚海闌干千尺冰，愁雲黲澹萬里凝。中軍置酒飲歸客，胡兒琵琶與羌笛〔二〕。紛紛暮雪下轅門，風掣紅旗凍不翻〔三〕。輪臺東門送君去，去時雪滿天山路。山回路轉不見君，雪上空留馬行處。

〔一〕「折」，何校本校注：「本從『斨』，以斤斷草也。」黄録何批作：『折』字本從『斨』，以斤斷草也。唐人取韻不苟類此。」

〔二〕「兒」，四庫本作「琴」。

〔三〕「掣」，宋刻本作「繫」。

送張都尉歸東郡

白羽緑弓絃，年年秖在邊。還家劍鋒盡，出塞馬蹄穿。逐虜西踰海，平胡北到天。封侯應不遠，燕頷豈徒然。

行軍九日思長安故園時未收長安〔一〕

强欲登高去，無人送酒來。遥憐故園菊，應傍戰場開。

送賈侍御使江外

新騎驄馬復承恩，使出金陵過海門。荆南渭北難相見，莫惜衫襟著酒痕。

〔一〕 分類本「時未收長安」作小注。

儲光羲二十一首

魯人，天寶末爲監察御史，安禄山任僞官，賊平貶死。

新豐道中作

西下長樂坂，東入新豐道。雨多車馬稀，道上生秋草。太陰蔽皋陸，莫知晚與早。雲雷杳冥冥，川谷漫浩浩。詔書植嘉木，二十八年有詔種果。衆言桃李好。自顧無此容，歸從漢陰老。

羣鴉詠〔一〕

新宫驪山陰，龍衮時出豫。朝陽照羽儀，清吹肅逵路。羣鴉隨天車，夜滿新豐樹。所思在腐餘，不復憂霜露。河低宫閣深，燈隱鼓鍾曙。繽紛起寒枝，矯翼時相顧。冢宰收琳琅，侍臣盡鵷鷺。高舉摩太清，永絶繒繳懼。兹禽亦翺翔，不以微小故。

〔一〕「鴉」，宋刻本作「鴟」，本篇下同。

野田黄雀行

嘖嘖野田雀，不知軀體微。閑穿深蒿裏〔一〕，争食復争飛。窮老一頹舍〔二〕，棗多桑樹稀。無棗猶可食〔三〕，無桑何以衣。蕭條空倉暮，相引時來歸。邪路豈不捷〔四〕，渚田豈不肥〔五〕。水長路且敻〔六〕，惻惻與心違。

效古

東風吹大河，河水如倒流。河洲沙塵起，有若黄雲浮。頳霞燒廣澤，洪曜赫高丘。野老泣相逢，無地可蔭庥。翰林有客卿，獨負蒼生憂。中夜起躑躅，思欲獻厥謀。君門峻且深，踠足空

〔一〕「深蒿裏」，文苑英華作「疎蒿下」，又注：「一作『深蒿裏』。」
〔二〕「頹」，文苑英華作「犢」，又注：「一作『頹』。」
〔三〕「猶可」，文苑英華作「亦何」，又注：「一作『猶可』。」
〔四〕「邪」，文苑英華作「斜」，又注：「一作『邪』。」
〔五〕「渚」，文苑英華校注：「一作『諸』。」
〔六〕「長」，文苑英華作「漲」，又注：「一作『長』。」「敻」，文苑英華作「壞」。

夷猶。

尚書省聽誓誡貽太廟裴丞〔二〕

皇家有恒憲，齋祭崇明祀。嚴車伊洛間，受誓文昌裏。沉沉雲閣見，稍稍城烏起。曙色照衣冠，虚庭鳴劍履。徘徊念私覿，悵望臨清汜〔三〕。點翰欲何言，相思從此始。

田家即事〔三〕

蒲葉日已長，杏花日已滋〔四〕。老農要看此，貴不違天時。迎晨起飯牛，雙駕耕東菑。蚯蠙

〔二〕「聽」，分類本作「廳」。「誡」，四庫本作「戒」。

〔三〕「汜」，宋刻本、分類本作「記」。

〔三〕「即事」，文苑英華作「書情」，又注：「集作『即事』。」

〔四〕「杏」，文苑英華作「荷」，又注：「集作『荇』，疑作『杏』。」

土中出，田烏隨我飛。羣合亂啄噪，嗷嗷如道飢。我心多惻隱，顧此兩傷悲〔一〕。撥食與田烏〔二〕，日暮空筐歸。親戚更相誚，我心終不移。

田家雜興三首〔三〕

春至鶬鶊鳴，薄言向田墅。不能自力作，黽勉娶鄰女〔四〕。既念生子孫，方思廣園圃。閑時相顧笑，喜悅好禾黍。夜夜登嘯臺，南望洞庭渚。百草被霜露〔五〕，秋山響砧杵。卻羨故年時，中情無所取。

〔一〕「傷悲」，宋刻本、分類本作「復非」。
〔二〕「撥食與」，文苑英華作「發食飼」，又注：「集作『撥食與』。」
〔三〕「三首」，文苑英華作「四首」。無「春至」一首。「梧桐」、「楚山」二首分別爲組詩之二、四。
〔四〕「黽勉」，分類本作「僶俛」。
〔五〕「百」，宋刻本、分類本作「白」。

梧桐蔭我門〔一〕，薜荔網我屋。超超兩夫婦〔二〕，朝出暮還宿。稼穡既自種〔三〕，牛羊還自牧。日旰嬾耕鋤，登高望川陸。空山足禽獸，墟落多喬木。白馬誰家兒，聯翩相馳逐。

楚山有高士，梁國有遺老。築室既相鄰，向田復同道。糧糒常共飯〔四〕，兒孫每更抱〔五〕。忘此耕耨勞，媿彼風雨好。蟪蛄鳴空澤，鶗鴂傷秋草〔六〕。日夕寒風來，衣裳苦不早。

同王十三維偶然作四首

野老本貧賤，冒暑鋤瓜田。一畦未及終，樹下高枕眠。荷蓧者誰子，皤皤來息肩。不復問

〔一〕「蔭」，文苑英華作「陰」，又注：「去聲。」
〔二〕「超超」，文苑英華作「迢迢」。
〔三〕「種」，文苑英華作「務」，又注：「集作『種』。」
〔四〕「糧」，文苑英華作「粮」。
〔五〕「每」，宋刻本、分類本作「日」，文苑英華校注：「集作『日』。」
〔六〕「傷」，文苑英華作「生」，又注：「集作『傷』。」

鄉墟，相見但依然。腹中無一物[一]，高話羲皇年。落日臨層隅，逍遥望晴川。使婦提蠶筐，呼兒榜魚船。悠悠泛緑水，去摘浦中蓮。蓮花艷且美，使我不能還。

仲夏日中時，草木看欲焦。田家惜功力，把鋤來東皋。顧望浮雲陰，往往誤傷苗。歸來悲困極，兄嫂相共饒。無錢可沽酒，何以解劬勞。夜深星漢明，庭宇虚寥寥。高柳三五株，可以獨逍遥。

浮雲在虚空，隨風復卷舒。我心方處順，動作何憂虞。但言嬰世網，不復得閑居。迢遞别東國，超遥來西都。見人乃恭敬，曾不問賢愚。雖若不能言，中心亦難誣。故鄉滿親戚，道遠情日疎。偶欲陳此意，復無南飛鳬。

北山種松柏，南山種蒺藜。出入雖同趣，所尚各有宜。孔丘貴仁義，老氏好無爲。我心若虚空，此道將安施。暫過伊闕間，晼晚三伏時。高閣入雲中，芙蓉滿清池。要自非我室，還望南山陲。

[一]「無一物」，黄録何批作：「『無一物』，言世情頓盡也。」

貽余處士〔一〕

故園至新浦，遥復未百里。北望是他邦，紛吾即遊士。潮來津門啓，罷檝信流水。客意乃成歡，舟人亦相喜。遲遲菱荇上，泛泛菰蒲裹。漸聞商旅喧，猶見鳧鷖起。市亭忽雲搆〔二〕，方物如山峙。吴王昔喪元，隋帝又滅祀。停艦一以眺，太息興亡理。秋苑故池田，宫門新柳杞。我行苦炎月，乃及清昊始。此地日逢迎，終思隱君子。莫言異卷舒，形音在心耳。

泊舟貽潘少府〔三〕時潘少府在後浦。

行子苦風潮，維舟未能發。宵分卷前幔，卧視清秋月。四澤葭葦深，中洲煙火絶。蒼蒼水霧起，落落疎星没。所遇盡漁商，與言多楚越。其如念極浦，又以思明哲。常若千里餘，況之異鄉别。

〔一〕「貽」，分類本作「詒」。
〔二〕「雲」下，宋刻本、分類本校注：「御名。」無「搆」。
〔三〕「泊舟」，宋刻本作「泊來舟」。

幽居

幽人下山徑，去去夾青林。滑處莓苔濕，暗中蘿薜深。春朝煙雨散，猶帶浮雲陰。

薔薇篇〔一〕

裊裊長數尋，青青不作林。一莖獨秀當庭心，數枝分作滿庭陰。春日遲遲欲將半，庭影昑昑正堪翫。枝上鶯嬌不畏人，葉裏蛾飛自相亂。秦家女兒愛芳菲，画眉相喚採蔞𦿆。高處紅鬚欲就手，低邊緑刺已牽衣。蒲桃架上朝光滿，楊柳園中瞑鳥飛。連袂蹋歌從此去〔二〕，風吹香氣逐人歸。

臨江亭

晉家南作帝，京鎮北爲關。江水中分地，城樓下帶山。金陵事已往，青蓋理無還。落日空亭

〔一〕本首篇題，分類本作「題薔薇花」，爲朱慶餘題薔薇花後二首，題作「又」。

〔二〕「蹋」，宋刻本、分類本作「踏」。

上，愁看龍尾灣。

仲夏入園東陂

方塘深且廣，伊昔俯吾廬。環岸垂緑柳，盈潭發紅蕖。上延北原秀，下屬幽人居。暑雨若混沌，晴明如空虚。此鄉多隱逸，水陸見樵漁。廢賞亦何貴，爲歡良易攄。且言重觀國，當此賦歸歟。

洛橋送别

河橋送客舟，河水正安流。遠見輕橈動，遥憐故國遊。海禽逢早雁，江月值新秋。一聽南津曲，分明散别愁。

題山中流泉

山中有流水，借問不知名。映地爲天色，飛空作雨聲。轉來深澗滿，分出小池平。恬澹無人見，年年長自清。

崔國輔二首

古意〔一〕

歸來日尚早，卻欲向芳洲。渡口水流急，回舟不自由〔二〕。

對酒吟〔三〕

行行日將夕，荒村古冢無人跡。蒙蘢荊棘一鳥飛，屢唱提壺酤酒喫〔四〕。古人不逢酒不足〔五〕，

〔一〕本首篇題，文苑英華作「古意六首」，此首爲組詩之五。

〔二〕「回舟」，文苑英華作「迴船」。

〔三〕本首篇題，文苑英華作「對酒」。

〔四〕「酤」，文苑英華作「沽」。

〔五〕「逢」，四庫本作「達」。

遺恨精靈傳此曲〔一〕。寄言世上諸少年〔二〕，平生且盡杯中淥〔三〕。

崔顥七首 天寶中爲尚書司勳員外郎。

黄鶴樓〔四〕

昔人已乘黄鶴去〔五〕，此地空餘黄鶴樓〔六〕。黄鶴一去不復返，白雲千載空悠悠。晴川歷歷漢陽樹，春草萋萋鸚鵡洲〔七〕。日暮鄉關何處是，煙波江上使人愁。

〔一〕「傳」，文苑英華作「成」，又注：「一作『傳』。」

〔二〕「世上」，文苑英華校注：「一作『當代』。」

〔三〕「且」，文苑英華作「須」。

〔四〕本首篇題，文苑英華作「登黄鶴樓」。

〔五〕「黄鶴」，清宋犖本、雙清閣本、和刻本、四庫本同，宋刻本、分類本、文苑英華作「白雲」。

〔六〕「此」，文苑英華作「兹」。「餘」，文苑英華作「遺」。

〔七〕「萋萋」，文苑英華作「青青」。

長安道

長安甲第高入雲，誰家居住霍將軍。日晚朝回擁賓從，路旁拜揖何紛紛。莫言炙手手可熱，須臾火盡灰亦滅。莫言貧賤即可欺，人生富貴自有時。一朝天子賜顔色，世上悠悠應始知。

渭城少年行二首〔一〕

洛陽二月梨花飛，秦地行人春憶歸。揚鞭走馬城南陌，朝逢驛使秦川客。驛使前日發章臺，傳道長安春早來。棠梨宫中燕初至，蒲桃館裏花正開〔二〕。念此使人歸更早，三月便達長安道。長安道上春可憐，摇風蕩日曲江邊。萬户樓臺臨渭水，五陵花柳滿秦川。〔三〕

〔一〕本首篇題，文苑英華作「少年行」，又注：「一作渭城少年行。」

〔二〕「蒲」，文苑英華作「葡」。

〔三〕文苑英華此處無分隔，爲一首詩。

秦川寒食盛繁華，遊子春來喜見家〔一〕。鬭雞下杜塵初合〔二〕，走馬章臺日半斜。章臺帝城稱貴里，青樓日晚歌鍾起。貴里豪家白馬驕〔三〕，五陵年少不相饒。雙雙挾彈來金市，兩兩鳴鞭上渭橋。渭橋壚頭酒新熟，金鞍白馬誰家宿。可憐錦瑟箏琵琶，玉壺清酒就君家。小婦春來不解羞，嬌歌一曲楊柳花。

江南曲二首

君家何處住，妾住在橫塘。停船暫借問，或可是同鄉。

下渚多風浪〔四〕，蓮舟欲漸稀。那能不相待，獨自逆潮歸。

〔一〕「喜見」，文苑英華作「不見」，又注：「一作『喜』。」

〔二〕「杜塵」，文苑英華作「社春」。

〔三〕「驕」，宋刻本、文苑英華作「嬌」，文苑英華又注：「一作『驕』。」

〔四〕「下」，文苑英華作「北」，又注：「一作『下』。」

定襄郡獄

我在河東時，使往定襄里。定襄諸小兒，諍訟喧城市。長老莫敢言，太守不能理。謗書盈几案，文墨相填委。牽引肆中翁，追呼田家子。我來折此獄，師聽辨疑似。小大必得情，未嘗施鞭捶。是時三月暮，遍野農桑起。里巷鳴春鳩，田園引流水。此鄉多雜俗，戎夏殊音旨。顧問邊塞人，勞情曷云已。

陶翰一首

塞下曲〔一〕

進軍飛狐北，窮寇勢將變〔二〕。日落沙塵昏，背河更一戰。駿馬黄金勒〔三〕，彫弓白羽箭〔四〕。

〔一〕文苑英華題作者爲「陶翰」，又注：「文粹作『王季友』。」

〔二〕「勢將」，文苑英華作「兵勢」。

〔三〕「駿」，文苑英華校注：「一作『騂』。」

〔四〕「彫」，文苑英華作「琱」。

射殺左賢王，歸奏未央殿。欲言塞下事，天子不召見。東出咸陽門，哀哀淚如霰[一]。

常建三首 大曆中爲盱眙尉[二]。

弔王將軍[三]

嫖姚北伐時，深入强千里[四]。戰餘落日黄，軍敗鼓聲死。嘗聞漢飛將[五]，可奪單于壘。今與山鬼鄰，殘兵哭遼水。

[一]「哀哀淚如霰」，文苑英華作「哀淚如散霰」，校注：「一作『哀哀淚如霰』。」
[二]「盱」，宋刻本無。
[三]「將軍」，文苑英華作「將軍墓」。
[四]「强」，文苑英華作「幾」，又注：「文粹作『强』。」
[五]「嘗聞」，文苑英華作「常言」，又注：「文粹作『聞』。」

題破山寺後禪院

清晨入古寺，初日朗高林〔一〕。竹逕通幽處，禪房花木深。山光悅鳥性，潭影空人心。萬籟此都寂〔二〕，但餘鍾磬音。

春詞

宛宛黄柳絲，濛濛雜花垂。日高紅妝卧，倚對春光遲。寧知傍淇水，騕褭黄金羈〔三〕。

〔一〕「朗」，宋刻本、清宋犖本、雙清閣本、和刻本同，文苑英華作「曜」，又注：「一作『朗』。」四庫本作「照」。

〔二〕「都」，宋刻本、文苑英華、清宋犖本、雙清閣本、和刻本同，四庫本作「俱」。

〔三〕「騕」，宋刻本作「驛」。

唐百家詩選　卷五

王昌齡二十三首

塞上曲二首〔一〕

蟬鳴空桑林〔二〕，八月蕭關道。出塞入塞雲，處處黄蘆草。從來幽并客，皆向沙場老〔三〕。莫學遊俠兒〔四〕，矜誇紫騮好。

〔一〕本首篇題，文苑英華作「塞下曲三首」。此二首分别爲組詩之二、一。

〔二〕「林」，文苑英華作「麻」。

〔三〕「向沙場」，文苑英華作「共塵沙」。

〔四〕「學」，文苑英華作「作」。「兒」，文苑英華作「人」。

邊頭何慘慘〔一〕，已葬霍將軍。部曲皆相弔〔二〕，燕南代北聞。功勳多被黜〔三〕，兵馬亦尋分。更遣黄頭戍〔四〕，唯當哭塞雲。

長信愁〔五〕

奉箒平明秋殿開〔六〕，且將團扇共徘徊〔七〕。玉顔不及寒鴉色，猶帶昭陽日影來。

〔一〕「頭」，文苑英華作「城」，又注：「一作『頭』。」

〔二〕「部曲」，文苑英華作「士卒」。「相」，文苑英華作「來」。

〔三〕「勳」，文苑英華作「門」，又注：「一作『勳』。」

〔四〕「頭」，文苑英華作「龍」。

〔五〕本首篇題，文苑英華作「長信宮」，又注：「一作長信怨二首。」此首爲組詩之二。

〔六〕「秋」，文苑英華校注：「一作『金』。」

〔七〕「且」，文苑英華校注：「一作『暫』。」

放歌行

南渡洛陽津〔一〕，西望十二樓。明堂坐天子，月朔朝諸侯。清樂動千門，皇風被九州。慶雲從東來，泱漭抱日流。昇平貴論道〔二〕，文墨將何求。有詔徵草澤，微誠將獻謀〔三〕。冠冕如星羅，拜揖曹與周。〔四〕望塵非吾事，入賦且遲留〔五〕。幸蒙國士識，因脱負薪裘〔六〕。今者放歌行，以慰梁甫愁。但營數斗禄〔七〕，奉養每豐羞〔八〕。願得金膏遂，飛雲亦可儔〔九〕。

〔一〕「渡」，文苑英華作「望」，又注：「一作『渡』。」
〔二〕「論道」，黄録何批作：「『論道』，謂時方尚道舉也。」
〔三〕「將獻謀」，文苑英華校注：「一作『獻謀猷』。」
〔四〕「冠冕如星羅，拜揖曹與周」，黄録何批作：「齊郁陵王昭業以直閤將軍曹道剛、周奉叔爲羽翼。」
〔五〕「賦」，文苑英華作「職」，又注：「一作『賦』。」
〔六〕「因」，文苑英華作「自」，又注：「一作『因』。」
〔七〕「但營」，文苑英華作「位榮」，詩後又補注：「類詩作『但營』。」
〔八〕「養每」，文苑英華作「義本」，又注：「一作『養每』。」
〔九〕「願」，文苑英華校注：「一作『若』。」「儔」，文苑英華作「籌」，又注：「一作『儔』。」

長歌行

曠野饒悲風，颼颼多蒿草〔一〕。繫馬倚白楊〔二〕，誰知我懷抱。所是同袍者，相逢盡衰老。況登漢家陵〔三〕，南望長安道。上有枯樹根〔四〕，下有石鼠窠〔五〕。高皇子孫盡，千載無人過〔六〕。寶玉頻發掘，精靈其奈何〔七〕。人生須信命〔八〕，有酒且長歌。

青樓曲

白馬金鞍從武皇，旌旗十萬宿長楊。樓頭小婦鳴箏坐，遥見飛塵入建章。

〔一〕「多」，文苑英華作「槁」，又注：「一作『黄』」。
〔二〕「倚」，文苑英華校注：「一作『停』。」
〔三〕「況」，文苑英華作「北」，又注：「一作『況』。」
〔四〕「上有枯」，文苑英華校注：「一作『下有古』。」
〔五〕「石」，文苑英華作「鼯」。「下有石」，文苑英華校注：「一作『卜有鼷』。」
〔六〕「載」，文苑英華校注：「一作『古』。」
〔七〕「奈」，文苑英華作「若」，又注：「一作『奈』。」
〔八〕「信」，文苑英華作「達」。

箜篌引

盧溪郡南夜泊舟，夜聞南岸羌戎謳。其時月黑猿啾啾，微雨霑衣令人愁。有一遷客登高樓，不言不寐彈箜篌。彈作薊門桑葉秋，風沙颯颯青塚頭。將軍鐵驄汗血流，深入匈奴戰未休。黄旗一點兵馬收，亂殺胡人積如丘。瘡病驅來役邊州，仍披漠北羊羔裘。顔色飢枯掩面羞，眼眶淚滴深兩眸。還思本鄉食犛牛，欲語不得指咽喉。或有强壯能咿嚘，意説被他邊將讎。五世屬藩漢主留，碧毛氈障河曲遊。橐駞五萬部落稠，敕賜飛鳳金兜鍪。爲君百戰如過籌，静掃陰山無鳥投。家藏鐵券特承優，黄金十斤不稱求。九族分離作楚囚，深溪寂寞絃苦幽，草木悲感聲颼飀。僕本東山爲國憂，明光殿前論九疇。籠讀兵書盡冥搜，爲君掌上施權謀。洞曉山川無與儔，紫宸發詔遠懷柔。摇筆飛箱如奪鈎〔一〕，鬼神不得知其由。憐愛蒼生比蚍蜉，朔河屯兵須漸抽。盡遣降來拜御溝，便令海内休戈矛。何用班超定遠侯，史臣書之得已不？

〔一〕「箱」，四庫本作「霜」。

從軍行

向夕臨大荒，朔風軫歸慮〔一〕。平沙萬餘里，飛鳥宿何處。虜騎獵長原，翩翩傍河去。邊聲摇白草，海氣生黄霧。百戰苦風塵，十年履霜露。雖投定遠筆，未坐將軍樹〔二〕。早知行路難，悔不理章句。

出塞行

白花垣上望京師，黄河水流無盡時。窮秋曠野行人絶，馬首東來知是誰〔三〕？

〔一〕「軫」，何校本「軫」塗改作「軫」，又注：「照樂府改。」四庫本作「軫」，宋刻本、清宋犖本、雙清閣本、和刻本作「軫」。「慮」，何校本「虜」塗改作「慮」，四庫本作「慮」，宋刻本、清宋犖本、雙清閣本、和刻本作「虜」。

〔二〕未坐將軍樹」，黄録何批作：「『未坐將軍樹』，謂無功可論也。」

〔三〕「東」，何校本校注：「一本作『西』。」黄録何校作：「一本作『西来』，乃與『望京師』相應。」

採蓮曲

荷葉羅裙一色裁，芙蓉向臉兩邊開。亂入池中看不見，聞歌始覺有人來。

諸官遊招隱寺

山館人已空，青蘿換風雨。自從永明世，月向龍宫吐。鑿井長幽泉，白雲今如古。應真坐松柏，錫杖掛牕户。口云七十餘，能救諸有苦。回指巖樹花，如聞道場鼓。金色身壞滅，真如性無主。僚友同一心，清光遺誰取。

沙苑南渡頭〔一〕

秋霧連雲白，歸心浦漵懸。津人空守纜，村館復臨川。峰隔蒼茫雨，波通演漾田。孤舟未

〔一〕「苑」，宋刻本作「花」。

得濟，入夢在何年。

鄭縣宿陶大公館贈馮六元二[一]

儒有輕王侯，脱略當世務。本家藍溪中，非爲漁弋故。無何困躬耕，且欲馳永路。幽居與君近，出谷同所騖。昨日辭石門，五年變秋露。雲龍未相感，干謁亦已屢。子爲黄綬羈，余忝蓬山顧。京門望西岳，百里見郊樹。飛雨祠上來，靄然關中暮。驅車鄭城宿，秉燭論往素。山月出華陰，開此河渚霧。清光比故人，豁達展心晤。馮公尚戢翼，元子仍跼步。拂衣易爲高，論迹難有趣。張范善始終，吾等豈不慕。罷酒當涼風，屈伸備冥數。

和振上人秋夜懷士會

白露傷草木，山風吹夜寒。遥林夢親友，高興發雲端。一作「巖巒」。郭外秋聲急，城邊月色

[一] 「元二」，宋刻本無。

殘。瑶琴多遠思，更爲客中彈。

寄穆侍御出幽州

一從恩譴度瀟湘，江北江南萬里長。莫道薊門書信少，雁飛猶得到衡陽。

灞上閑居

鴻都有歸客，偃卧滋陽村。軒冕無枉顧，清川照我門。空林網夕陽，寒鳥赴荒園。廓落時得意，懷哉莫與言。庭前有孤鶴，欲啄常翩翻。爲我銜素書，弔彼顔與原。二君既不朽，所以慰其魂。

初日

初日浄金閨，先照牀前暖。斜光入羅幕，稍稍親絲管。雲髮不能梳，楊花更吹滿。

採蓮

越女作桂舟，還將桂爲檝。湖上水渺漫，清江初可涉。摘取芙蓉花，莫摘芙蓉葉。將歸問夫壻，顔色何如妾。

出塞[一]

秦時明月漢時關，萬里長征人未還。但使盧城飛將在[二]，不教胡馬度陰山。[三]

同李四倉曹宅夜飲

霜天留飲故情歡，銀燭金爐夜不寒。欲問吴江别來處，青山明月夢中看。

[一] 本首篇題，文苑英華作「塞上曲二首」。此首爲組詩之一。
[二] 「盧城」，文苑英華作「龍城」。
[三] 「但使盧城飛將在，不教胡馬度陰山」，黄録何批作：「攻不如守，出塞則徒蹈覆轍，在擇邊將而已。」

送韋十四兵曹〔一〕

縣職如長纓，終日檢我身。平明趨郡府，不得展故人。故人念江湖，富貴如埃塵。迹在戎府掾，心遊天台春。獨立浦邊鶴，白雲長相親。南風忽至吴，分散還入秦。寒夜天光白〔二〕，海静月色真〔三〕。對坐論歲暮，絃歌起無因〔四〕。平生馳驅分〔五〕，非謂杯酒仁。出處兩不合，忠貞何由申〔六〕。看君孤舟去〔七〕，且欲歌垂綸。

〔一〕「韋」，宋刻本、分類本無。
〔二〕「寒夜」，何校本校注：「一作『夜寒』。」
〔三〕「静」，文苑英華作「浄」，又注：「詩選作『静』。」
〔四〕「弦」，何校本「絃」塗改作「弦」。「歌起」，文苑英華作「悲豈」，又注：「詩選作『歌起』。」
〔五〕「馳驅」，文苑英華作「驅馳」。
〔六〕「貞」，文苑英華作「直」。
〔七〕「孤」，文苑英華作「泛」。

別李南浦之京〔一〕

故園今在灞陵西，江畔逢君醉不迷。小弟鄰莊尚漁獵，一封書寄數行啼。

閨怨

閨中少婦不曾愁，春日凝妝上翠樓。忽見陌頭楊柳色，悔教夫壻覓封侯。

李頎二十四首

宋少府東溪泛舟

登岸還入舟，水禽驚笑語。晚葉低衆色，濕雲帶繁暑。落日乘醉歸，溪流復幾許。

〔一〕「南」，宋刻本、分類本無。

粲公院各賦一物得初荷

微風和衆草，大葉長圓陰。晴露珠垂合，夕陽花影深。從來不著水，清浄本因心。

題璿公山池

遠公遁跡廬山岑，開士幽居祇樹林。片石孤峰窺色相，清池白月點禪心。指揮如意天花落，坐卧閑房春草深。此外俗塵都不染，唯餘玄度得相尋。

題盧五舊居[一]

物在人亡無見期，閑庭繫馬不勝悲。窗前緑竹生空地，門外青山如舊時。悵望秋天鳴墜葉，巑岏枯柳宿寒鴟。憶君淚落東流水，歲歲花開知爲誰。

[一] 「五」，分類本作「王」。

二妃廟送裴侍御使桂陽

沅上秋草色，蒼蒼堯女祠。無人見精魄，萬古寒猿悲。桂水身殁後，椒漿神降時。回雲迎赤豹，飈雨驟文螭。受命出炎海，焚香徵楚詞。乘驄感遺跡，一弔清川湄。

欲之新鄉答崔顥綦毋潛

數年作吏家屢空[一]，雖道黑頭成老翁[二]。男兒在世無産業，行子出門如轉蓬。吾屬交歡此何夕，南家擣衣動歸客。銅爐將炙相歡飲，星宿縱横露華白。寒風卷葉度滹沲，飛雪覆地悲峨峨。孤城日落見棲鳥，馬上時聞漁者歌。明朝東路把君手，臘日辭君期歲首。自知寂寞無去思，敢望縣人致牛酒。

[一]「吏」，宋刻本作「史」。「數年作吏家屢空」，黄録何批作：「去思。」
[二]「雖」，四庫本作「誰」。

李兵曹壁畫山水各賦得桂水帆

片帆在桂水，落日天涯時。飛鳥看共度，閑雲相與遲。長波無曉夜，泛泛欲何之。

王母歌

武皇齋戒承華殿〔一〕，端拱須臾王母見。霓旌照耀騏驎車〔二〕，羽蓋淋漓孔雀扇。手指玄梨遣帝食，可以長生臨寓縣。頭上復戴九星冠〔三〕，總領玉童坐南面。欲聞要言今告汝，帝乃焚香請此語。若能錬魄去三尸〔四〕，後當見我天皇所。顧謂侍女董雙成，酒闌可奏雲和笙。紅霞白日儼

〔一〕「皇」，文苑英華作「帝」。
〔二〕「騏驎」，文苑英華作「麒麟」。
〔三〕「頭上復戴」，文苑英華作「上元頭戴」。
〔四〕「錬」，文苑英華作「練」。

不動，七龍五鳳紛相迎〔一〕。惜哉志驕神不悅〔二〕，歎息馬蹄與車轍。複道歌鍾杳將暮，深宮桃李花成雪〔三〕。爲看青玉五枝燈〔四〕，蟠螭吐火光已絶〔五〕。

古從軍

白日登山望烽火，昏黄飲馬傍交河。行人刁斗風砂暗，公主琵琶幽怨多。野營萬里無城郭，雨雪紛紛連大漠。胡雁哀鳴夜夜飛，胡兒眼淚雙雙落。聞道玉門猶被遮，應將性命逐輕車。年年戰骨埋荒外，空見蒲桃入漢家〔六〕。

〔一〕「紛」，文苑英華作「來」。
〔二〕「驕」，宋刻本作「嬌」。
〔三〕「花」，文苑英華作「飛」。
〔四〕「爲」，文苑英華作「但」。
〔五〕「蟠」，文苑英華作「盤」。「吐火」，文苑英華作「火盡」。「已」，文苑英華作「亦」。
〔六〕「漢」，宋刻本作「數」。

晚歸東園二首

出郭喜見山，東行亦未遠。夕陽帶歸鷺〔一〕，靄靄秋稼晚。樵者乘霽歌，野人及星飯。請謝朱輪客，垂竿不復返。

荆扉帶郊郭，稼穡向東菑。倚杖寒山暮，鳴梭秋葉時。迴雲覆陰谷，返景照霜梨。澹泊真吾事，清風別有資。

裴尹東溪別業

公才廊廟器，官亞河南守。別墅臨都門，驚湍激前後〔二〕。舊交與羣從，十日一攜手。幅巾望

〔一〕「鷺」，黄録何校本作：「一作『路』。」
〔二〕「激」，四庫本作「急」。

寒山，長嘯對高柳。清歡信可尚[一]，散吏亦何有。岸雪青城陰[二]，水光摇林首。閑觀野人筏，或飲川上酒。幽雲澹徘徊，白鷺飛左右。庭竹垂卧内，村煙隔南阜。始知物外清[三]，簪紱固芻狗。

送綦毋三謁房給事

夫子大名下，家無鍾石儲。惜哉湖海上，曾校蓬萊書。外物非本意，此生空澹如。所思但乘興，遠適唯單車。高道時坎軻，舊交願吹嘘。徒言青瑣闥，不愛承明廬。百里人户滿，片言諍訟疎。手持蓮花經，目送飛鳥餘。晚景南路别，炎雲中伏初。此行儻不遂，歸食蘆洲魚。

送劉昱

八月寒荻花，秋江浪頭白。北風吹五兩，誰是潯陽客。鸕鷀山頭微雨晴，楊州郭裏暮潮生。

[一]「清」，何校本校注：「一作『青』。」
[二]「青」，黄録何校本作：「疑作『清』。」
[三]「清」，黄録何校本作：「當作『情』。」

行人夜宿金陵渚，試聽沙邊南雁聲〔二〕。

送郝判官

楚城木葉落，夏口青山遍。鴻雁向南時，君乘使者傳。楓林帶水驛，夜火明山縣。千里送行人，蔡州如眼見〔三〕。江連清漢東逶迤，遥望荆雲相蔽虧。應問襄陽舊風俗，爲余騎馬習家池。

聖善閣送裴迪入京

雪華歛高閣，苔色上鈎欄。藥草空階静，梧桐返照寒。清吟可愈疾，攜手暫同歡。墜葉和金磬，飢烏鳴露盤。伊川惜東别，灞水向西看。舊託含香署，雲霄何足難。

〔二〕「沙」，何校本「砂」塗改作「沙」。

〔三〕「蔡州」，宋刻本、分類本作「萊州」。

贈别張兵曹

漢家蕭相國，功蓋五諸侯。勳業河山重，丹青錫命優。君爲禁臠壻，争看玉人遊〔二〕。荀令焚香日，潘郎振藻秋。新成鸚鵡賦，能衣鷫鸘裘。不憚軒車遠，仍尋蘿薜幽。苑一作花。梨飛絳葉〔三〕，伊水净寒流。雪滿故關道，雲遮祥鳳樓〔三〕。一身輕寸禄，萬物任虚舟。别後如相問，滄波雙白鷗。

放歌行答從弟墨卿〔四〕

小來好文恥專武〔五〕，世上功名不解取。雖霑寸禄已後時，徒欲出身事明主。柏梁賦詩不及

〔二〕「争」，宋刻本作「事」。
〔三〕「苑」，黄録宋本作「花」。
〔三〕「鳳」，宋刻本作「風」。
〔四〕本首篇題，文苑英華作「放歌行」。
〔五〕「小來好文」，文苑英華作「少年學文」。「專」，四庫本作「學」。

宴，長楸走馬誰相數。歛迹俛眉心自甘〔一〕，高歌擊節聲半苦〔二〕。由是蹉跎一老夫〔三〕，養雞牧豕東城隅。空歌漢代蕭相國，豈事霍家馮子都〔四〕。虛爾當年聲籍籍，濫作詞林兩京客。故人酒客安陵橋〔五〕，黄鳥春風洛陽陌。吾家令弟才不羈，五言破鏑人共推〔六〕。興來逸氣如濤湧〔七〕，千里長江歸海時。別離短景何蕭索，佳句相思能間作。舉頭遥望魯陽山〔八〕，木葉紛紛向人落。

同員外闕一字諲酬答之作〔九〕

洛中高士日沉冥，手自灌園方帶經。王湛牀頭見周易，張康傳裏好丹青〔一〇〕。鶡冠草履無名

〔一〕「甘」，文苑英華作「高」。
〔二〕「高」，文苑英華作「含」。
〔三〕「老」，文苑英華作「丈」。
〔四〕「豈」，文苑英華作「肯」。
〔五〕「酒客」，文苑英華作「斗酒」。「陵」，文苑英華作「隱」。
〔六〕「鏑」，文苑英華作「的」。
〔七〕「濤」，文苑英華作「溢」。
〔八〕「遥」，文苑英華作「南」。
〔九〕「員外」，四庫本作「張員外」，無注「闕一字」。黄録何批作：「此王維、張諲也。」
〔一〇〕「張」，黄録何校作：「長。」

位，博奕賦詩聊遣意。清言只到衛家兒，用筆能誇鍾太尉。東籬二月種蘭蓀，窮巷人稀烏鵲喧〔一〕。聞道官郎問生事〔二〕，肯令鬢髮老柴門。

夏宴張兵曹東堂

重林華屋堪避暑，況乃烹鮮會嘉客。主人三十朝大夫，滿座森然見矛戟。北窗卧簟連心花，竹裏蟬鳴西日斜。羽扇摇風卻珠汗，玉盃貯水割甘瓜〔三〕。雲峰峨峨自冰雪，坐對芳罇不知熱。醉來但掛葛巾眠，莫道明朝有離别。

答高三十五留别便呈于十一

累薦賢良皆不就，家近陳留訪耆舊。韓康雖復在人間，王霸終思隱巖岫。清泠池水灌園蔬，

〔一〕「窮巷人稀烏鵲喧」，黄録何批作：「應『沉冥』，反呼末二句。」

〔二〕「官郎」，何校本校注：「當作『郎官』。」黄録何校作：「當作『郎官』，此同王維作也。」四庫本作「郎官」。

〔三〕「盃」，何校本校注：「近刻作『盆』。」

萬物滄江心澹如。妻子歡同數株柳，雲山老對一牀書。昨日公車見三事，明君賜衣遣爲吏。懷章不使郡邸驚，待詔初從闕庭至。散誕由來自不羈，低頭授職爾何爲。故園壁掛烏紗帽，官舍塵生白接羅。寄書寂寂於陵子，蓬蒿没身胡不仕。羹藜被褐環堵中，歲晚將貽故人恥。

古行路難〔一〕

漢家名臣楊德祖，四代五公享茅土。父兄子弟綰銀黄，躍馬鳴珂朝建章。火浣單衣繡方領，茱萸錦帶玉盤囊。賓客填街復滿座〔二〕，片言出口生輝光。世人逐勢争奔走，瀝膽隳肝唯恐後。當時一顧登青雲，自謂生死長隨君。一朝謝病還鄉里，窮巷蒼茫絶知己〔三〕。秋風落葉閉重門，昨日論交竟誰是。薄俗嗟嗟難重陳〔四〕，深山麋鹿下爲鄰〔五〕。魯連所以蹈滄海，古往今來稱達人〔六〕。

〔一〕本首篇題，文苑英華作「行路難」。
〔二〕「座」，文苑英華作「堂」，又注：「一作『坐』。」
〔三〕「茫」，文苑英華作「苔」，又注：「一作『茫』。」
〔四〕「嗟」，文苑英華作「之」，又注：「一作『嗟』。」
〔五〕「下爲」，文苑英華、四庫本作「可爲」，文苑英華又注：「一作『下爲』。」
〔六〕「往今」，文苑英華校注：「一作『佳今』。」

送盧少府赴延陵

問君從宦所〔一〕，何日府中趨。遥指金陵縣，青山天一隅。行人懷寸禄，小吏獻新圖。北固波濤嶮，南川風俗殊〔二〕。春山連橘柚，晚景媚菰蒲。漠漠花生渚，亭亭雲過湖。灘沙映村火，水霧歛檣烏。回首東門路，鄉書不可無。

送馬録事赴永嘉〔三〕

子爲郡從事，主印清淮邊。談笑一州裏，從容群吏先〔四〕。手持三尺令，決遣如流泉。太守既相許，諸公誰不然。孤城臨海樹，萬室帶山煙。春日溪湖浄，芳洲葭菼連。炊飯蟹螯熟，下筯

〔一〕「宦」，分類本、黄録宋本作「官」。
〔二〕「川」，宋刻本、分類本、清宋犖本同，和刻本、雙清閣本、四庫本作「天」。
〔三〕「嘉」，黄録何校作：「新志滁州永陽郡，『嘉』疑作『陽』。」
〔四〕「群」，分類本作「郡」。

鱸魚鮮。野鶴宿簷際，楚雲飛面前。聽歌送離曲，且駐木蘭船。贈爾八行字〔二〕，當聞嘉政傳。

戎昱十六首 建中中爲虔州刺史。

羅江舍

山縣秋雲闇，茅亭暮雨寒。自傷庭葉下，誰問客衣單。有興時添酒，無聊嬾整冠。近來鄉國夢，夜夜到長安。〔三〕

採蓮曲

雖聽採蓮曲，詎識採蓮心。漾檝愛花遠，回船愁浪深。煙生極浦色，日落半江陰。同侶憐

〔二〕「爾」，宋刻本、分類本作「你」。

〔三〕全詩，黄録何批作：「老居人下，知己愈少，范叔之寒莫問，況王貢彈冠乎？然則復入長安，固已望斷，付之夢想而已。」

波静，看妝墮玉簪。溳陽女兒花滿頭，毵毵同泛木蘭舟。秋風日暮南湖裏，争唱菱歌不肯休。〔二〕

聞笛〔三〕

入夜歸思切〔三〕，笛聲寒更哀〔四〕。愁人不願聽，自到枕前來。風起塞雲斷〔五〕，夜深關月開。平明獨惆悵，飛盡一庭梅。〔六〕

漢上題韋氏莊

結茅同楚客，卜築漢江邊。日落數歸鳥，夜深聞扣舷。水痕侵岸柳，山翠借厨煙。調笑提

〔二〕何校本詩上邊欄校注：「集本『溳陽』以下自爲一篇。」

〔三〕本首篇題，文苑英華作「夜上受降城聞笛」，「夜上受降城」，又注：「一無此五字。」題作者为「李益」，又注：「一作『戎昱』。」

〔三〕「歸思」，文苑英華作「思歸」，又注：「一作『歸思』。」

〔四〕「寒」，文苑英華作「清」。

〔五〕「塞」，文苑英華作「寒」，又注：「一作『塞』。」

〔六〕「飛」，文苑英華作「落」，又注：「一作『飛』。」「平明獨惆悵，飛盡一庭梅」，黄録何批作：「定遠詆落句爲劣。」

筐婦，春來蠶幾眠。

閨情

側聽宮官説，知君寵尚存。未能開笑頰，先欲换愁魂。寶鏡窺妝影，紅衫裛淚痕〔二〕。昭陽今再入，寧敢恨長門。

長安秋夕

八月更漏長，愁人起常早。閉門寂無事，滿院生秋草。昨夜西窗夢，夢行荆南道。遠客歸去來，在家貧亦好。

〔二〕「紅衫裛淚痕」，黄録何批作：「第六所謂痛定思痛也。」

衡陽春日遊僧院[一]

曾共劉諮議，同時事道林。與君相掩淚[二]，來客豈知心[三]。堦雪凌春積，爐烟向暝深[四]。依然舊童子，相送出花林[五]。

玉臺體題湖上亭

湖入縣西邊，湖頭勝事偏。緑竿初長笋，紅顆未開蓮。蔽日高高樹，迎人小小船。清風長入坐，夏月似秋天。

〔一〕本首篇題，文苑英華作「春日與劉評事過故證上人院」。「證」，又注：「一作『澄』。」題作者爲「楊巨源」。
〔二〕「相」，文苑英華作「方」。
〔三〕「豈」，文苑英華作「是」。
〔四〕「爐」，文苑英華作「鐘」。「暝」，文苑英華作「夕」。
〔五〕「林」，文苑英華作「陰」。

早梅

一樹寒梅白玉條，迥臨村路傍溪橋。應緣近水花先發〔一〕，疑是經春雪未銷〔二〕。

移家别湖上亭〔三〕

好是春風湖上亭，柳條藤蔓繫離情。黄鸝久住渾相識，欲别頻啼四五聲〔四〕。

客堂秋夕

隔窗螢影滅復流，北風微雨虚堂秋。蟲聲竟夜引鄉淚，蟋蟀何知人自愁。四時不得一日

〔一〕「應緣」，文苑英華作「不知」，又注：「絶句時選作『應緣』。」
〔二〕「春」，文苑英華校注：「一作『冬』。」
〔三〕本首篇題，文苑英華作「題湖亭」，又注：「詩選作移家别湖上亭。」
〔四〕「四」，文苑英華作「三」，又注：「一作『四』。」

樂，以此方悲客遊惡。一作客牢落[一]。寂寂江城無所聞，梧桐葉上偏蕭索。

湖南雪中留別

草草還草草，湖東別離早。何處愁殺人，歸鞍雪中道。出門迷轍跡，雲水白浩浩。明日武陵西，相思鬢堪老。

贈別張駙馬

上元年中長安陌，見君朝下欲歸宅。飛龍騎馬三十匹，玉勒雕鞍照初日。數里衣香遥撲人，長衢雨歇無纖塵。從奴斜抱敕賜錦，雙雙蹙出金騏驎。天子愛壻皇后弟，獨步明時負權勢。一身扈蹕承殊澤，甲第朱門聳高戟。鳳凰樓上伴吹簫，鸚鵡杯中醉留客。泰去否來何足論，宫中晏駕人事翻。一朝負讉辭丹闕，五年待罪湘江源。冠冕淒涼幾遷改，眼看桑田變成海。華堂

[一] 分類本無注「一作客牢落」。

金屋别賜人，細眼黄頭總何在。渚宫相見寸心悲〔二〕，嬾欲今時問昔時。看君風骨殊未歇，不用愁來雙淚垂。

苦哉行 寶應中作。

妾家清河邊，七葉承貂蟬。身爲最小女，偏得渾家憐。親戚不相識，幽閨十五年。有時最遠出，祇到中門前。前年狂胡來，懼死翻生全。今秋官軍至，豈意遭戈鋋。匈奴爲先鋒，長鼻黄髮拳。彎弓獵生人，百步牛羊羶。脱身落虎口，不及歸黄泉。苦哉難重陳，暗哭蒼蒼天。

涇州觀元戎出師

寒日征西將，蕭蕭萬馬叢。吹笳覆樓雪，祝纛滿旗風。遮虜黄雲斷，燒荒白草空〔三〕。金鐃

〔二〕「渚」，何校本「清」塗改作「渚」，黄録宋本、分類本、清宋犖本、雙清閣本、和刻本、四庫本作「清」。

〔三〕「荒」，黄録宋本作「羌」。

肅天外，玉帳靜霜中。朔野長城閉，河源舊路通。衛青師自老，魏絳賞何功。槍壘依沙迴，轅門壓塞雄。燕然如可勒，萬里願從公。

從軍行

昔從李都尉，雙鞬照馬蹄。擒生黑山北，殺敵黃雲西。太白沉虜地，邊草復萋萋。歸來邯鄲市，百尺青樓梯。感激然諾重，平生膽力齊。芳筵暮歌發，艷粉輕鬟低。半酣秋風起，鐵騎門前嘶。遠戎報烽火[一]，孤城嚴鼓鼙。揮鞭望塵去，少婦莫含啼。

[一] 「戎」，何校本校注：「戍。」四庫本作「戍」。

唐百家詩選　卷六

沈千運四首

感懷弟妹

今日春氣暖，東風杏花坼。筋力久不如〔一〕，卻羨澗中石。神仙杳難準，中壽稀滿百。逐世多夭傷，喜見鬢髮白。杖藜竹樹間，宛宛舊行跡。豈非林園主〔二〕，卻是林園客。兄弟可存半，空爲亡者惜。冥冥無再期，哀哀望松柏。骨肉能幾人，年大自疏隔。性情誰免此，與我不相易。唯念得爾輩，時看慰朝夕。平生茲已矣，爲外盡非適〔三〕。

〔一〕「久」，分類本作「又」。
〔二〕「非」，四庫本作「知」。
〔三〕「爲」，分類本、清宋犖本同，雙清閣本、和刻本、四庫本作「此」。

贈史修文

故人阻千里，會面非前期。握手於此地，當歡返成悲〔一〕。念離宛猶昨〔二〕，俄已經於朞〔三〕。疇昔皆少年〔四〕，別來髮如絲。不道舊姓名，相逢知是誰〔五〕。曩遊盡騫翥，與君仍布衣。豈曰無其才，命理應有時。前路漸欲少，不覺生涕洟。

濮中言懷

聖朝優賢良，草澤無遺匿。人生各有命，在余胡不淑。一生但區區，五十無寸禄。衰退當棄捐，貧賤招禍讟。栖栖去人世，屯躓日窮迫。不如守田園，歲晏望豐熟。壯年失宜盡，老大無

〔一〕「返成」，文苑英華作「反作」。

〔二〕「宛」，文苑英華作「怨」。「昨」，文苑英華作「作」。

〔三〕「俄」，文苑英華作「倏」。「於」，何校本校注：「一刻『數』。」四庫本作「數」。「經於」，文苑英華作「二十」。

〔四〕「年」，文苑英華作「壯」。

〔五〕「逢」，文苑英華作「見」。

筋力。始愴前計非，將貽後生福。童兒新學稼，少女未能織。顧此煩知己，終日求衣食。

山中作

棲隱非别事，所願離風塵。不辭城邑遊〔二〕，禮樂拘束人。爾來歸山林，庶事皆吾身。何者爲形骸，辨智與諸仁〔三〕。寂寞了閑事，而後知天真。咳唾矜崇華，迂俯相屈伸。如何巢與由，天子不知臣。

王季友二首

别李季友

栖鳥不戀枝，啃啃在同聲。行子馳出户，依依主人情。昔時霜臺鏡，醜婦羞爾形。閉匣二

〔二〕「辭」，分類本作「醉」。
〔三〕「辨智與諸仁」，四庫本作「誰是智與仁」。

十年，皎潔常猶明。今日照離別，前途白髮生。

寄韋子春〔一〕

出山秋雲曙〔二〕，山木已再春〔三〕。食我山中藥，不憶山中人。山中誰余密〔四〕，白髮惟相親〔五〕。雀鼠晝夜無，知我厨廪貧。依依北舍松〔六〕，不厭吾南鄰。有情盡棄捐〔七〕，土石爲同身〔八〕。

〔一〕本首篇題，文苑英華作「贈山兄韋祕書」。
〔二〕「秋」，宋刻本作「祕」。「秋雲曙」，文苑英華作「祕芸署」。
〔三〕「木」，文苑英華作「水」。
〔四〕「余密」，文苑英華作「密余」。
〔五〕「惟相」，文苑英華作「日見」。
〔六〕「北」，宋刻本作「此」。「依依北舍松」，文苑英華作「依舍北松下」，又注：「一作『依依舍北松』。」
〔七〕「棄捐」，文苑英華作「捐棄」。
〔八〕文苑英華「有情盡捐棄，土石爲同身」在「依舍北松下，不厭吾南鄰」前，「依舍北松下，不厭吾南鄰」後有「夫子質千尋，天澤枝葉新。今也不材壽，非智免斧斤」。

于逖二首

野外作

老病無樂事，歲秋悲更長。窮郊日蕭索，生意已蒼黄。小弟髮亦白，兩男俱不强。有才且未達，況我非賢良。幸以朽鈍姿，野外老風霜。寒鴟噪晚景，喬木思故鄉。魏人宅蓬池，結網佇鱣魴。水清魚不來，歲暮空彷徨。

憶舍弟

衰門少兄弟，兄弟唯兩人。飢寒各流浪，感念傷我神〔一〕。夏期秋未來，安知無他因。不怨別天長，但願見爾身。茫茫天地間，萬類各有親。安知汝與我，乖隔同胡秦。何時對形影，憤懣當共陳。

〔一〕「感念傷」，分類本作「傷感念」。

孟雲卿五首

古樂府挽歌〔一〕

草草門巷喧〔二〕，塗車儼成位〔三〕。冥寞何得盡〔四〕，載我生人意〔五〕。北邙路非遠，此别終天地。臨穴頻撫棺，至哀反無淚。爾形未衰老，爾息猶童稚〔六〕。骨肉安可離〔七〕，皇天若容易。房帷即靈帳〔八〕，庭宇爲哀次。薤露歌若斯，人生盡如寄。

〔一〕本首篇題，文苑英華作「古挽歌」。
〔二〕「門」，文苑英華作「閭」，又注：「一作『門』。」
〔三〕「塗車儼」，文苑英華作「車儼塗」。
〔四〕「冥寞」，文苑英華作「冥寂」，又注：「一作『冥冥』。」「得盡」，文苑英華作「所須」。
〔五〕「載」，文苑英華作「盡」。
〔六〕「息猶」，文苑英華作「色猶」，又注：「一作『昔纔』。」
〔七〕「安」，文苑英華校注：「一作『不』。」
〔八〕「靈帳」，文苑英華校注：「一作『虚張』。」

今别離[一]

結髮生别離[二]，相思復相保。如何日已遠[三]，五變中庭草[四]。渺渺天海途[五]，悠悠吴江島[六]。但恐不出門[七]，出門無遠道。遠道行既難，家貧衣服單[八]。嚴風吹積雪，晨起鼻何酸。人生爲有志[九]，豈不懷所安。分明天上日[一〇]，生死誓同歡。

[一] 本首篇題，文苑英華作「别離曲」。
[二] 「别離」，文苑英華作「離别」。
[三] 「遠」，文苑英華作「久」。
[四] 「中庭」，文苑英華作「庭中」。
[五] 「渺渺天」，文苑英華作「耿耿大」，又注：「一作『天』。」
[六] 「悠」，宋刻本作「慜」。
[七] 「恐」，文苑英華作「懼」，又注：「一作『恐』。」
[八] 「服」，文苑英華作「正」，又注：「一作『服』。」
[九] 「人生爲有志」，文苑英華作「生人各有志」，又注：「一作『意』。」
[一〇] 「天上」，文苑英華作「上天」，又注：「一作『天上』。」

悲哉行

孤兒去慈親，遠客喪主人。莫吟苦辛曲，此曲誰忍聞。可聞不可見〔一〕，去去無影跡〔二〕。行人念前程，不待參辰没。朝亦常苦飢〔三〕，暮亦常苦飢。飄飄萬餘里，貧賤多是非。少年莫遠遊，遠遊多不歸。

古别離

朝日上高臺，離人愁秋草〔四〕。如見萬里天，不見萬里道。含酸欲誰訴，轉轉傷懷抱〔五〕。君

〔一〕「見」，文苑英華作「説」。
〔二〕「影跡」，文苑英華作「期别」。
〔三〕「常」，文苑英華作「恒」。下句同。
〔四〕「愁」，文苑英華作「怨」。
〔五〕文苑英華「含酸欲誰訴，輾轉傷懷抱」在「宿昔夢同衾，憂心夢顛倒」之後。

寒暄有行本遥遠，苦樂良難保〔一〕。宿昔夢同衾，憂心轉顛倒〔二〕。結髮年已遲〔三〕，征行去何早。寒暄有時謝，憔悴亦難好〔四〕。人皆筭年壽，死者何曾老。少壯無見期〔五〕，水深風浩浩。

傷懷贈故人

稍稍晨鳥翔，淅淅草上霜。人生早艱苦，壽命恐不長。二十學已成，三十名不彰。豈無同門友，貴賤易中腸。驅馬行萬里，悠悠過帝鄉。幸因弦歌末，得上君子堂。衆樂互喧奏，獨予備笙簧。坐中無知音，安得神揚揚。願因高風起，上感白日光。

〔一〕「良」，文苑英華作「誠」，又注：「一作『良』。」
〔二〕「轉」，宋刻本、文苑英華作「夢」。
〔三〕「遲」，文苑英華作「深」，又注：「一作『遲』。」
〔四〕「憔悴亦難好」，文苑英華作「顑頷難再好」。
〔五〕「見」，文苑英華作「會」，又注：「一作『見』。」

張彪四首

雜詩

富貴多勝事，貧賤無良圖。上德兼濟心，中才不如愚。商者多巧智，農者争膏腴。儒生未遇時，衣食不自如。久與故交别，他榮我窮居。到門嬾入門，何況千里餘。君子有褊性，矧乃尋常徒。行行任天地，無爲强親疎。

神仙

神仙可學無，百歲名大約。天地何茫茫，人間半哀樂。浮生亮多感，善事翻爲惡。争先等驅逐，中路苦瘦弱。長老思養壽，後生笑寂寞。五穀非長年，四氣乃靈藥。列子何必待，吾心滿寥廓。

北遊遠酬孟雲卿〔一〕

忽忽望前事〔二〕，志願能相乖。衣馬久羸弊〔三〕，誰信文與才〔四〕。善道居貧賤，潔服蒙塵埃。俟行行無定心〔五〕，壈坎難歸來〔六〕。慈母憂疾疢，室家念栖徊〔七〕。與君宿姻親〔八〕，深見中外懷。余惜時節〔九〕，悵望臨高臺〔一〇〕。

〔一〕本首篇題，文苑英華作「北遊還酬孟文卿見寄」。「還」，又注：「一作『遠』。」「文」，又注：「一作『雲』。」

〔二〕「望」，文苑英華作「忘」，又注：「一作『望』。」

〔三〕「久」，文苑英華作「日」，又注：「一作『久』。」「弊」，四庫本作「敝」。

〔四〕「文」，宋刻本作「幸」。「誰信文與才」，文苑英華作「誰辨才不才」，又注：「一作『誰信幸與才』。」

〔五〕「心」，文苑英華作「上」，又注：「一作『心』。」

〔六〕「壈坎」，文苑英華作「坎壈」。

〔七〕「徊」，何校本「栖」改作「徊」，宋刻本、清宋犖本、雙清閣本、和刻本作「栖」，四庫本作「哀」。「栖徊」，文苑英華作「低催」，「室家念低催」，又注：「一作『室家念栖徊』。」黄録何校作「栖徊」：「從英華所注『一作』改。」

〔八〕「與」，文苑英華作「幸」，又注：「一作『與』。」「宿」，文苑英華作「夙」。

〔九〕「余」，文苑英華作「予」。

〔一〇〕「高」，文苑英華作「亭」，又注：「一作『高』。」

古別離〔一〕

別離無遠近〔二〕，事歡情亦悲。不聞車輪聲，後會將何時。去日忘寄書，來日乖前期。縱知明當返〔三〕，一息千萬思。

趙微明三首

回軍跛者

既老又不全，始得離邊城。一枝假枯木，步步向南行。去時日一百，來時一月程。常恐道路傍，掩棄狐兔塋。所願死鄉里，到日不願生。聞此哀怨調〔四〕，念念不忍聽。惜無異人術，倏忽具爾形。

〔一〕本首篇題，文苑英華作「古別離二首」，此首爲組詩之一。題作者爲「趙微明」。

〔二〕「別離」，文苑英華作「離別」。

〔三〕「返」，文苑英華作「還」。

〔四〕「調」，宋刻本作「詞」。

挽歌詞〔一〕

寒日蒿上明〔二〕，淒淒郭東路。素車誰家子，丹旐引將去。原下荆棘叢，叢邊有新墓。人間痛傷別〔三〕，此是長別處。曠野何蕭條〔四〕，青松白楊樹〔五〕。

思歸〔六〕

爲別未幾日，去日如三秋〔七〕。猶疑望可見，日日上高樓。惟見分手處，白蘋滿芳洲。寸心寧死別，不忍生離憂。

〔一〕本首篇題，文苑英華作「古挽歌」。題作者爲「王烈」，又注：「郭茂倩樂府作『趙微明』。」
〔二〕「蒿上」，文苑英華作「高不」，又注：「一作『蒿上』。」
〔三〕「間痛傷」，文苑英華作「生病長」，又注：「一作『間痛傷』。」
〔四〕「曠野」，文苑英華作「日暮」，又注：「一作『曠野』。」「條」，文苑英華作「蕭」。
〔五〕「青松」，文苑英華作「風悲」，又注：「一作『青松』。」
〔六〕本首篇題，文苑英華作「古別離二首」，此首爲組詩之二。
〔七〕「去」，文苑英華作「一」。

元季川四首

泉上雨後作

風雨蕩繁暑〔一〕，雷息佳霽初〔二〕。衆峰帶雲雨〔三〕，清氣入我廬〔四〕。颾颾涼飆來〔五〕，臨窺愜所圖〔六〕。緑蘿長新蔓，褭褭垂坐隅。流水復簷下，丹砂發清蕖〔七〕。養葛爲我衣，種茅爲我蔬〔八〕。誰是畹與畦〔九〕，彌漫連野蕪。

〔一〕「雨」，文苑英華作「動」。「繁」，文苑英華作「煩」。
〔二〕「雷」，文苑英華作「雨」。
〔三〕「雲雨」，文苑英華作「閑雲」。
〔四〕「清」，文苑英華作「秋」。
〔五〕「涼」，文苑英華作「鮮」，又注：「一作『涼』。」
〔六〕「臨窺」，文苑英華作「窺臨」，又注：「一作『臨窺』。」
〔七〕「蕖」，文苑英華、四庫本作「渠」。
〔八〕「茅」，宋刻本、分類本、清宋犖本同，黄録何校作：「一作『芳』。」文苑英華作「芳」，雙清閣本、和刻本、四庫本作「芓」。
〔九〕「是」，文苑英華作「能」，又注：「一作『是』。」

登雲中

灌田東山下，取藥在爾休〔一〕。清興相引行，日日三四周。白鷗與我心，不厭此中遊。窮覽頗有適，不極趣無幽。慘然歌採薇，曲盡心悠悠。

山中晚興

河漢降玄霜，昨來節物殊。媿無神仙姿，豈有陰陽俱。靈鳥望不見，慨然悲高梧。華葉隨風揚，珍條雜榛蕪。爲君寒谷吟，歎息知何如。

〔一〕「藥」，四庫本作「樂」。

古遠行

悠悠遠行者，羇獨當時思。道與日月長，人無第舍期〔一〕。出門萬里心，誰不傷別離。縱遠當白髮，歲月非今時〔二〕。何況異形容，安須與爾悲。〔三〕

殷遥二首

潤州人，忠王府倉曹參軍。

友人山亭

故人雖薄宦〔四〕，往往涉青溪〔五〕。鑿牖對山月，褰裳拂澗霓〔六〕。遊魚逆水上，宿鳥向風

〔一〕「第」，四庫本作「茅」。
〔二〕「非」，四庫本作「悲」。
〔三〕黄録何批作：「以上七人詩，全取元子篋中集。」
〔四〕「雖」，文苑英華作「從」。
〔五〕「涉青」，文苑英華作「步清」。
〔六〕「拂」，文苑英華作「掃」。

棲。〔一〕一見桃花發，能令秦漢迷。

山行〔二〕

寂歷青山曉〔三〕，山行趣不稀。野花成子落〔四〕，江燕引雛飛。暗草薰苔徑〔五〕，晴楊掃石磯〔六〕。俗人猶語此〔七〕，余亦轉忘歸〔八〕。

〔一〕「鑿牖對山月，褰裳拂澗霓。遊魚逆水上，宿鳥向風棲」，黄録何批作：「爲宦而不廢丘壑，政似魚遊逆水，鳥宿向風，於動中求静也。」

〔二〕本首篇題，文苑英華作「春晚山行」，又注：「詩選無『春晚』二字。」

〔三〕「曉」，文苑英華作「晚」。

〔四〕「成」，文苑英華作「垂」。

〔五〕「徑」，文苑英華作「渚」，又注：「一作『徑』。」

〔六〕「掃」，文苑英華作「拂」。

〔七〕「猶語」，文苑英華作「語話」，又注：「一作『猶』。」

〔八〕「余」，文苑英華作「我」，又注：「一作『余』。」

李嘉祐十二首 字從一，大曆中爲袁州刺史。

晚春宴無錫蔡明府西亭〔一〕

茅簷閑寂寂，無事覺人和。井近時澆圃，城低不見河〔二〕。興緣芳草積，情向遠峰多。别日歸吴地，停橈更一過。

送宋中舍遊江東〔三〕

孤城郭外送王孫，越水吴洲共爾論。野寺山邊斜有徑，漁家竹裏半開門〔四〕。青楓獨映摇前

〔一〕「明府」，文苑英華作「長官」，又注：「集作『明府』。」
〔二〕「不」，文苑英華作「下」。
〔三〕「宋」，文苑英華校注：「集作『朱』。」
〔四〕「竹」，文苑英華作「行」。

浦，白鷺閑飛過遠村。若到西陵征戰處，不看秋草自傷魂〔一〕。

送王端赴朝

君承明主意，日日上丹墀。東閣論兵後，南宮草奏期。人稀傍河處，槐暗入關時。獨遣吴州客，平陵結夢思。

自蘇臺至望亭驛人家盡空春物增思悵然有作因寄從弟紓

南浦菰蔣覆白蘋〔二〕，東吴黎庶逐黄巾。野棠自發空流水〔三〕，江鷰初歸不見人。遠樹依依如

〔一〕「傷」，文苑英華校注：「一作『銷』。」
〔二〕「蔣」，文苑英華作「蒲」。
〔三〕「流」，文苑英華作「臨」。

送客〔二〕，平田渺渺獨傷春。那堪回首長洲苑〔三〕，烽火年年報虜塵〔三〕。

題靈臺縣東山村主人

處處征胡人漸稀，山村寥落暮煙微。門臨莽蒼經年閉，身逐嫖姚幾日歸。貧妻白髮輸殘税，餘寇黄河未解圍。天子如今能用武，秖應歲晚息兵機。

至七里灘作

遷客投於越〔四〕，臨江淚滿衣。獨隨流水遠，轉覺故人稀。萬木迎秋序，千峰駐晚暉。行舟猶未已，惆悵暮潮歸。

〔二〕「樹」，文苑英華作「岫」，又注：「集作『樹』。」
〔三〕「那」，文苑英華作「誰」，又注：「集作『那』。」
〔三〕「年」，文苑英華作「連」，又注：「集作『年』。」
〔四〕「於」，何校本校注：「于。」宋刻本作「干」。

題前溪館

兩年謫宦在江西，舉目雲山要自迷。今日始知風土異，潯陽南去鷓鴣啼。

送樊兵曹潭州謁韋大夫

塞鴻歸欲盡，北客始辭秦。零桂雖逢竹，湘川少見人。江花鋪淺水，山木暗殘春。脩刺轅門裏，多憐爾爲親。

送從弟歸河朔

故鄉那可到，令弟獨能歸。諸將矜旄節，何人重布衣。空城流水在，荒澤舊村稀。秋日平原路，蟲鳴桑葉飛。

送王牧往吉州謁王使君〔一〕

細草緑汀洲，王孫奈薄遊〔二〕。年華初冠帶，文體舊弓裘。野渡花争發，春塘水亂流。使君憐小阮，應念倚門愁。

早秋京口旅泊章侍御寄書相問因以贈之〔三〕

移家避寇逐行舟，厭見南徐江水流。吴地征徭非舊日，秣陵凋弊不宜秋。千家閉户無砧杵，七夕何人望斗牛。秖有同時驄馬客，偏題尺牘問窮愁。

〔一〕「使」，宋刻本、分類本作「史」。「使君」，文苑英華作「使君叔」。

〔二〕「奈」，文苑英華作「耐」。

〔三〕文苑英華「贈之」後有「時七夕」。

江湖愁思

趨陪禁掖雁行隨，遷向江潭鶴髮垂。素浪遥疑八谿水，青楓忽似萬年枝〔一〕。嵩南春徧傷魂夢，壺口雲深隔路歧〔二〕。共望漢朝多霈澤，蒼蠅早晚得先知。

姚係二首

送周愿判官歸嶺南

早蟬望秋鳴，夜琴怨離聲。眇然多異感，值子江山行。由來重義人，感激事縱横。往復念遐阻，淹留慕平生。晨奔九衢餞〔三〕，暮始萬里程。山驛風月榭〔四〕，海門煙霧城。易絹泉源近，拾

〔一〕「青」，宋刻本作「清」。
〔二〕「壺」，何校本校注：「當作『湖』。」
〔三〕「餞」，文苑英華作「棧」。
〔四〕「榭」，文苑英華作「樹」。

翠沙淑明。蘭蕙一爲贈，貧交空復情。

京口遇舊識兼送往隴州〔二〕

蟬鳴一何急，日暮秋風樹。即此不勝愁，隴陰人更去。相逢與相失，共是亡羊路。

雍裕之二首 貞元後人。

五雜俎 擬古三言〔三〕。

五雜俎，刺繡窠。往復還，織錦梭。不得已，戍交河。

〔二〕「口」，文苑英華作「西」。「識」，文苑英華作「職」，又注：「集作『識』。」

〔三〕「言」，原本作「首」，據宋刻本改。

自君之出矣 擬後漢徐幹。

自君之出矣，寶鏡爲誰明。思君如隴水，長聞嗚咽聲。

蔣涣一首

和徐侍郎中書叢篠詠〔一〕

中禁夕沉沉，幽篁别作林。色連雞樹近，影落鳳池深。爲重陵霜節，能虚應物心〔二〕。年年承雨露，長對紫庭陰。

〔一〕何校本校注：「重出，已見第一卷，作盧象。」本首篇題，文苑英華作「奉和徐侍郎中書叢篠」。題作者爲「蔣涣」，又注：「一作『盧象』」。

〔二〕「應」，文苑英華作「爽」，又注：「一作『應』。」

陳羽五首

送靈一上人〔一〕

十年勞遠別，一笑喜相逢。又上青山去，青山千萬重。

送友人及第歸江東〔二〕

五陵春色泛花枝，心醉花前遠別離。落第恥爲關右客〔三〕，成名空羨里中兒。都門雨歇愁分處，山店燈殘夢到時〔四〕。家住洞庭多釣伴，因來相賀語相思〔五〕。

〔一〕本首篇題，文苑英華作「送遠上人」。
〔二〕「人」，文苑英華無。
〔三〕「第」，文苑英華作「羽」，又注：「詩選作『第』。」
〔四〕「山」，文苑英華作「上」。
〔五〕「語」，文苑英華作「話」。

伏翼洞送夏方慶

洞裏春晴花正開，看花出洞幾時回。殷勤好去武陵客，莫引世人相逐來。

春日客舍晴原野望

東風吹暖氣，消散入晴天。漸變池塘色，欲生楊柳煙。蒙茸花向月〔二〕，潦倒客經年。鄉思盈愁望，江湖春水連。

公子行

金羈白面郎，何處蹋青來〔三〕。馬驕郎半醉，躞蹀望樓臺。似見樓上人，玲瓏窗户開。隔花

〔二〕「向月」，黄録何批作：「『向月』，猶言經月。」
〔三〕「蹋」，宋刻本作「踏」。

聞一笑，落日不知回。

楊衡七首〔一〕

盧十五竹亭送姪偁歸山〔二〕

落葉寒擁壁〔三〕，清霜夜沾石。正是憶山時，復送歸山客。殷勤一樽酒，曉月當牕白。

哭李象

白雞黄犬不將去〔四〕，寂寞空餘葬時路。草死花開年復年〔五〕，後人知是何人墓。憶君思君獨

〔一〕何校本校注：「近刻所無者一篇。」
〔二〕「偁」，文苑英華作「偁」，又注：「文粹作『傭』。」
〔三〕「寒」，分類本作「塞」。
〔四〕「去」，宋刻本作「來」。
〔五〕「死」，文苑英華作「苑」。

不眠，夜寒月照青楓樹。

白紵詞二首〔一〕

玉纓翠珮雜輕羅，香汗微漬朱顏酡。爲君起唱白紵歌，清聲裹雲思繁多〔二〕。凝笳哀瑟時相和〔三〕，金壺半傾芳夜促，梁塵霏霏暗紅燭。令君安坐聽終曲，墜葉飄花難再復。

躡珠履，步瓊筵。輕身起舞紅燭前，芳姿艷態妖且妍。回眸轉袖暗催絃，涼風蕭蕭漏水急〔四〕。月華泛灧紅蓮濕，牽裙攬帶翻成泣。

〔一〕本首篇題，文苑英華作「長安秋二首」。
〔二〕「思繁」，文苑英華作「繁思」，又注：「一作『思繁』。」
〔三〕「凝」，文苑英華作「疑」。「瑟」，文苑英華校注：「一作『琴』。」
〔四〕「漏水」，文苑英華校注：「一作『流水』。」

題花樹

都無看花意，偶到樹邊來。可憐枝上色，一一爲愁開。

傷蔡處士〔一〕

篋中遺草是琅玕〔二〕，對此令人灑淚看。三徑尚疑行跡在〔三〕，數螢猶自映書殘〔四〕。晨光不借泉門曉〔五〕，暝色空添隴樹寒〔六〕。欲問皇天天更遠，有才無命說應難。

〔一〕文苑英華題作者爲「釋護國」。
〔二〕「篋中遺草是琅玕」，黄録何批作：「有才。」
〔三〕「疑」，文苑英華作「餘」。
〔四〕「自」，文苑英華作「是」。
〔五〕「晨光不借泉門曉」，黄録何批作：「無命。」
〔六〕「空」，文苑英華作「唯」。「隴」，文苑英華作「壠」。

送人流雷州

逐客指天涯，人間此路賒。地圖經大庾，水驛過長沙。臘月雷州雨，秋風桂嶺花。不知荒徼外，何處有人家。

唐百家詩選　卷七

戴叔倫四十七首〔一〕

酬贈張衆甫

野人無本意，散木任天材。分向空山老，何言上苑來。超遥千里道〔二〕，依倚九層臺。出處寧知命，輪轅豈自媒。更慙張處士，相與別蒿萊。

〔一〕何校本校注：「近刻所無者十七篇。」黄録何批作：「近刻所無者十九篇。」
〔二〕「超」，四庫本作「迢」。

客舍秋懷呈駱正字士則

無言堪自喻，偶坐更相悲。木落驚年長，門閑惜草衰〔一〕。買山猶未得，諫獵又非時。設被浮名繫〔二〕，歸休漸欲遲。

早行寄朱山人放

山曉旅人去〔三〕，天高秋氣悲。明河川上没，芳草露中衰〔四〕。此别又萬里〔五〕，少年能幾時。心知剡溪路〔六〕，聊且寄前期〔七〕。

〔一〕「門閑惜草衰」，黄録何批作：「第四屬對靈變。」
〔二〕「設」，何校本校注：「一作『誤』。」
〔三〕「山」，文苑英華校注：「集作『風』。」
〔四〕「衰」，文苑英華校注：「集作『滋』。」
〔五〕「萬」，何校本校注：「一作『千』。」文苑英華校注：「集作『千』。」
〔六〕「心知」，文苑英華作「青冥」，又注：「詩選作『心知』。」「路」，文苑英華校注：「集作『遠』。」
〔七〕「聊且寄前期」，文苑英華作「心與謝公期」，又注：「詩選作『聊且寄前期』。」

贈殷御史亮

日日河邊見水流，傷春未已復悲秋。山中舊宅無人住，來往風塵共白頭。

寄中書李舍人紓

萍翻蓬自卷，不共本心期。復入重城裏，頻看百草滋。水流歸思遠，花發長年悲。盡日春風起，無人見此時。

贈李山人唐〔一〕

此意無所欲〔二〕，閉門風景遲。柳條將白髮，相對共垂絲。

〔一〕「唐」，文苑英華作「居」。

〔二〕「無所欲」，文苑英華校注：「集作『静無事』。」

酬鼇厔耿少府湋見寄[一]

方丈蕭蕭落葉中，暮天深巷起悲風。流年不盡人自老，外事無端心已空。家近小山當海畔[二]，身留環衛隱墻東[三]。遥聞相訪頻逢雪，一醉寒宵誰與同。

贈康老人洽

酒泉布衣舊才子，少小知名帝城裏。一篇飛入九重門，樂府喧喧聞至尊。宫中美人皆唱得，七貴因之盡相識。南鄰北里日經過，處處淹留樂事多。不脱弊裘輕錦綺，長吟佳句掩笙歌。賢王貴主於我厚，駿馬蒼頭如已有。暗將心事隔風塵，盡擲年光逐杯酒。青門幾度見春歸，折柳尋花送落暉。杜陵往往逢秋暮，望月臨風攀古樹。繁霜入鬢何足論，舊國連天不知處。爾來倏忽五十年，卻憶當時思眇然。多識故侯悲宿草，曾看流水没桑田。百人會中一身在，被褐飲

[一] 「鼇」，何校本「盩」塗改作「鼇」，宋刻本、清宋犖本、雙清閣本、和刻本、四庫本作「盩」。
[二] 「家近小山當海畔」，黄録何批作：「幼公，潤州金壇人。」
[三] 「環」，何校本「還」改作「環」，四庫本作「環」，宋刻本、清宋犖本、雙清閣本、和刻本作「還」。

瓢終不改。陌頭車馬共營營，不解如君任此生。

襄州遇房評事由[一]

移家住漢陰，不復問華簪[二]。貰酒宜城近，燒田夢澤深。暮山逢鳥入，寒水見魚沉。與物皆無累，終年愜本心。

暮春遊長沙東湖贈辛兗州巢父二首

湘流分曲浦，繚繞古城東。岸轉千家合，林開一鏡空。人生無事少，心賞幾回同。且復忘羈束，悠悠落照中。

[一] 本首篇題，文苑英華作「漢南遇方評事」，又注：「詩選作襄州遇房評事由。」

[二] 「問」，文苑英華校注：「一作『向』。」

回環路不盡，歷覽意彌新。古木畬田火，澄江盪槳人。緩歌尋極浦，一醉送殘春。莫恨長沙遠，他年憶此辰。

同兖州張秀才過王侍御參謀宅賦十韻 柳字。

十年官不進，斂跡無怨咎。漂蕩海内遊，淹留楚鄉久。因參戎幕下，寄宅湘川口。翦竹開廣庭，瞻山敞虚牖。閑門早春至，陋巷新晴後。覆地落殘梅，和風裹輕柳。逢迎車馬客，邀結風塵友。意愜時會文，夜長聊飲酒。秉心轉孤直，沉照隨可否。豈學屈大夫，憂慙對漁叟。

同辛兖州巢父盧副端岳相思獻酬之作因抒歸懷兼呈辛魏二院長楊長寧〔一〕

暮角發高城，情人坐中起。臨觴不及醉，分散秋風裏。雖有明日期，離心若千里。前歡反

〔一〕「抒」，分類本作「杼」。「楊長寧」，分類本題爲作者。

惆悵，後會還如此。焉得夜淹留，一回終宴喜。羈遊復牽役，皆去重湖水。早晚泛歸舟，吾從數君子。

對月答元明府

山下孤城月上遲，相留一醉本無期。明年此夕遊何處，縱有清光知見誰。

酬袁太祝長卿小湖村山居書懷見寄

背江居隙地，辭職作遺人。耕鑿資餘力，樵漁逐四鄰。麥秋桑葉大，梅雨稻田新。籬落栽山果，池塘養海鱗。放歌聊自足，幽思忽相親。余亦歸休者，依君老此身。

清明日送鄧芮二子還鄉〔一〕

鍾鼓喧離室〔二〕，車徒促夜裝。晚厨新變火〔三〕，輕柳暗翻霜〔四〕。傳鏡看華髮〔五〕，持杯話故鄉〔六〕。每嫌兒女淚，今日自沾裳。

送汶水王明府

何時别故鄉，歸去佩銅章。親族移家盡，閭閻百戰場〔七〕。背關餘古木，近塞足風霜〔八〕。遺

〔一〕「鄧芮二子」，文苑英華作「友」，又注：「集作『鄧芮』。」
〔二〕「室」，文苑英華作「日」，又注：「集作『室』。」
〔三〕「晚」，文苑英華作「曉」。「變」，文苑英華校注：「集作『出』。」
〔四〕「翻」，文苑英華校注：「集作『飛』。」
〔五〕「傳」，文苑英華校注：「方干集作『轉』。」
〔六〕「持」，文苑英華校注：「方干集作『傳』。」
〔七〕「百」，何校本「不」塗改作「百」，分類本、四庫本作「百」，宋刻本、清宋犖本、雙清閣本、和刻本作「不」。
〔八〕「足」，宋刻本、分類本作「是」。

老應相賀，知君不下堂。

送裴明州郎中徵〔一〕效南朝體。

瀟水連湘水，千波萬浪中。知君未得去〔二〕，慙愧石尤風。

送觀察李判官巡郴州〔三〕

行役各遠路〔四〕，煙波同旅愁。輕橈上桂水，大艑下揚州。何處成後會，今朝分舊遊。離心比楊柳，蕭颯不勝秋。

〔一〕本首篇題，分類本作「送裴明州郎中徵一首」。
〔二〕「君」，何校本校注：「一作『郎』。」
〔三〕本首篇題，文苑英華作「送柳道時余北還」。
〔四〕「行役各遠路」，文苑英華作「征役各異路」，又注：「詩選作『行役各遠路』。」

京口送皇甫司馬副端曾舒州辭滿歸東都〔一〕

潮水忽復過〔二〕，雲帆儼若飛〔三〕。故園雙闕下，左宦十年歸〔四〕。晚景照華髮〔五〕，涼風吹別衣。淹留更一醉，老去莫相違。

奉同汴州李相公勉送郭布殿中出巡

軒車出東閤，都邑遶南河。馬首先春至，人心比歲和。省風傳隱恤，持法去煩苛。卻想埋輪者，論功此日多。

〔一〕本首篇題，文苑英華作「京口逢皇甫司馬副端」。
〔二〕「過」，文苑英華作「至」。
〔三〕「若」，文苑英華作「欲」。
〔四〕「左宦」，文苑英華作「佐官」。
〔五〕「髮」，文苑英華校注：「一作『日』。」

送東陽顧明府罷歸

祖帳臨鮫室，黎人擁鷁舟。坐藍高士去，繼組鄙夫留。白日落寒水，青楓遶曲洲。相看作離別，一倍不禁愁。

戲留顧十一明府

江明雨初歇，山暗雲猶濕。未可動歸橈，前程風浪急。

柳花歌送客往桂陽

滄浪渡頭柳花發，斷續因風飛不絶。摇煙拂水積翠間，綴雪含霜誰忍攀。夾岸紛紛送君去，鳴棹孤尋到何處。移家深入桂水源，種柳新成花更繁。定知别後消散盡，卻憶今朝傷旅魂。

送前上饒嚴明府攝玉山 同山字〔一〕。

家在故林吴楚間，冰爲溪水玉爲山。更將舊政化鄰邑，遥見逋人相逐還。

撫州對事後送外生宋垓歸饒州覲侍呈上姊夫

淮汴初喪亂，蔣山烽火起。與君隨親族，奔迸辭故里。京口附商客，海門正狂風。憂心不敢住，夜發驚浪中。雲開方見日，潮盡爐峰出。石壁轉棠陰，鄱陽寄茅室。淹留三十年，分種越人田。骨肉無半在，鄉園猶未旋。爾家習文藝，旁究天人際。父子自相傳，優游聊卒歲。學成不求達，道勝那厭貧。時入閭巷醉，好是羲皇人。須因物役牽〔二〕，偶逐簪組輩。謗書喧朝市，撫己慙淺昧。世業大小禮，近通顔謝詩。念渠還領會，非敢獨爲師。

〔一〕「同」，分類本作「用」。
〔二〕「須」，四庫本作「頃」。

潘處士宅會别

相邀寒景晚〔一〕，惜别故山空。鄰里疎林在，池塘野水通。十年多難後〔二〕，一醉幾人同。復此悲行子，蕭蕭逐轉蓬〔三〕。

江上别張勸

年年五湖上，厭見五湖春。長醉非關酒，多愁不爲貧。舊山迷道路，清洛暗風塵。今日扁舟别，俱爲滄海人。

〔一〕「景」，文苑英華作「影」。
〔二〕「多難」，文苑英華作「難遇」。
〔三〕「轉」，文苑英華作「遠」。

汝南別董校書〔一〕

擾擾倦行役，相逢陳蔡間。何爲百年内〔二〕，不見一人閑。對酒惜餘景，問程愁亂山。秋風萬里至〔三〕，又出穆陵關〔四〕。

留別李道州圻〔五〕

瀧路下丹徼，郵童揮畫橈。山回千騎隱，雪斷兩鄉遥〔六〕。魚滬擁寒溜，畬田落遠燒。維舟更相憶，惆悵坐通宵〔七〕。

〔一〕「別」，文苑英華卷二一八作「逢」。此首文苑英華卷二八七重出，題作「江南別董校書」，「江南別」，又注：「一作『汝南逢』。」

〔二〕「何爲」，文苑英華作「如何」，又注：「集作『何爲』。」

〔三〕「至」，文苑英華校注：「集作『道』。」

〔四〕「出」，文苑英華作「度」，又注：「集作『出』。」

〔五〕「李道州圻」，文苑英華作「道州李使君圻」。

〔六〕「雪」，文苑英華作「雲」，又注：「詩選作『雪』。」

〔七〕「通」，文苑英華作「空」，又注：「詩選作『通』。」

永康孫明府頲秩滿將歸枉路訪別

門前水流咽，城下亂山多。非是還家路，寧知枉騎過。風煙復欲隔，悲笑屢相和。不學陶公醉，無因奈別何。

將赴湖南留別東陽舊寮兼示吏人

智力苦不足，黎甿殊未安。忽從新命去，復隔舊寮歡。曉路整車馬，離亭會衣冠。冰堅細流咽，燒盡亂峰寒。耆老相餞送，兒童亦悲酸。桐鄉寄生怨，欲話此情難。

奉天酬別鄭諫議雲逵盧拾遺景亮見別之作

巨孽盜都城，傳聞天下驚。陪臣九江畔，走馬來赴難。伏奏見龍顔，旋持手詔還。單車不可駐，朱檻未遑攀。故人出相餞，共悲行路遠。臨岐荷贈言，對酒獨傷魂。世故山川險，憂多思慮昏。重陰蔽芳月，疊嶺明舊雪。泥積轍更深，木冰花不發。鄭侯問世賢，忠孝乃雙全。大義棄妻子，至淳易生死。知心三四人，越境千餘里。駿馬帳前發，驚塵路傍起。樓煩俛首看〔一〕，莫敢相留止。拜闕奉良圖，留中沃聖謨。洗兵收魏郡，誘敵討幽都。多亞典屬國〔二〕，良遷諫大夫〔三〕。從容九霄上，談笑解陰符。盧生富才術，特立居近密。採掇獻吾君，明廷視聽新。寬饒狂自比，汲黯直爲鄰。就列繼三事，主文當七人。可憐長守道，不覺五逢春。昔去城南陌，各爲天際客。關河煙霧深，寸步音塵隔。羈旅忽相遇，别離又兹夕。前悲涕未乾，後喜心已慼。而我方老大，頗爲風眩迫。夫君併少年，何爾鬢鬚白。惆悵語不盡，徘徊情轉劇。一鐏且共持，以慰長相憶。

撫州處士胡泛見送北迴兩館至南昌縣界查溪蘭若别

移鐏鋪山曲，祖帳查溪陰。鋪山即遠道，查溪非故林。悽然誦新詩，落淚霑素襟。郡政我何有，别情君獨深。禪庭古樹秋，宿雨清沉沉。揮袂千里遠，悲傷去住心。

〔一〕「煩」，四庫本作「頭」。
〔二〕「多」，四庫本作「名」，黄録何校作：「疑作『名』。」
〔三〕「遷」，四庫本作「選」。

將巡郴永途中作

行役留三楚，思歸又一春。自疑冠下髮，聊此鏡中人。機息知名誤，形衰恨道貧。空將舊泉石，長與夢相親。

過郴州

江盡湘南戍，山分桂北林。火雲三月合，石路九疑深。暗谷隨風過，危亭共鳥尋。羈魂已愁絶，不復待猿吟。

桂陽北嶺偶過野人所居聊書即事呈王永州邕李道州圻

犬吠空山響，林深一逕存。隔雲尋板屋，渡水到柴門。日晝風煙静，花明草樹繁。乍疑秦世客，漸識楚人言。不記逃鄉里，居然長子孫。種田燒險谷，汲井鑿高原。畦葉藏春雉，庭柯宿旅猿。嶺陰無瘴癘，地隙有蘭蓀。内户均皮席，枯瓢沃野飧。遠心知自負，幽賞詎能論。轉步重崖合，瞻途落照昏。他時願攜手，莫比武陵源。

下鼻亭瀧行八十里聊狀艱險寄青苗鄭副端朔陽

瀧水天際來[一]，鼻山地中坼。盤渦幾十處，疊溜皆千尺。直寫卷沉沙，驚翻衝絶壁。淙淙振崖谷，洶洶竟朝夕。人語不自聞，日光亂相射。艤舟始摇漾，舉棹旋奔激。既下同建瓴，半空方避石。前危苦未盡，後險何其迫。倏閃疾風雷，蒼皇蕩魂魄。因隨伏流出，忽與跳波隔。遠想欲回軒，豈兹還泛鷁。雲涯多候館，努力勤登歷。

湘南即事

盧橘花開楓葉衰，出門何處望京師。沅湘日夜東歸去，不爲愁人住少時。

[一]「瀧」，宋刻本作「滿」。

少女生日感懷

五逢晬日今方見，置爾懷中自惆然。乍喜老身辭遠役，翻悲一笑隔重泉。欲教針線嬌難解，暫弄琴書性已便。還有蔡家殘史籍，可能分與外人傳〔二〕。

江鄉故人偶集客舍

天秋月又滿，城闕夜千重。還作江南會，翻疑夢裏逢。風枝驚暗鵲〔三〕，露草覆寒蛬。羈旅長堪醉，相留畏曉鍾。

〔二〕「與」，分類本作「付」。
〔三〕「驚暗」，文苑英華作「鳴散」，又注：「集作『驚暗』。」

張評事涉秦居士系見訪郡齋即同賦中字

軺車忽枉轍，郡府自生風。遣吏山禽在〔二〕，開罇野客同〔三〕。古墻抽臘笋，喬木颺春鴻。能賦傳幽思，清言盡至公。城欹殘照入，池曲大江通。此地人來少，相歡一醉中。

聽歌回馬上贈崔法曹

秋風裏許杏花開，杏樹傍邊醉客來。共待夜深聽一曲，醒人騎馬斷腸回。

去婦怨

出户不敢啼，風悲日悽悽。心知恩義絶，誰忍分明别。下坂車轔轔，畏逢鄉里親。空持牀

〔二〕「遣吏山禽在」，黄録何批作：「第三句即伏『人來少』。」
〔三〕「開罇野客同」，黄録何批作：「『居士』只於第四句一帶。」

前幔，卻見家中人。忽辭王吉去，爲是秋胡死。欲比今日情，煩冤不相似。

昭君詞

漢宮若遠近，路在寒沙上。到死不得歸，何人共南望。

女耕田行

乳燕入巢筍成竹，誰家二女種新穀。無人無牛不及犁，持刀斫地翻作泥。自言家貧母年老，長兄從軍未娶嫂。去年災疫牛囤空，截絹買刀都市中。頭巾掩面畏人識，以刀代牛誰與同。姊妹相攜心正苦，不見路人唯見土。疎通畦隴防亂田〔一〕，整頓溝塍待時雨。日正南崗下餉歸，可憐朝雉擾驚飛。東鄰西舍花發盡，共惜餘芳淚滿衣。

〔一〕「田」，四庫本作「苗」。

夜發袁江寄李潁州劉侍郎時二公流泛在此〔一〕

半夜回舟入楚鄉，月明山水共蒼蒼〔二〕。孤猿更發秋風裏〔三〕，不是愁人亦斷腸〔四〕。

郎士元二十一首

送李將軍赴定州

雙旌漢飛將，萬里愛橫戈〔五〕。春色臨邊盡〔六〕，黄雲出塞多。鼓鼙悲絶漠，烽戍隔長河〔七〕。

〔一〕「流泛」，四庫本作「留貶」。本首篇題，文苑英華作「夜發烏江作」，「烏」，又注：「詩選作『袁』。」

〔二〕「水」，文苑英華作「色」，又注：「詩選作『水』。」

〔三〕「發」，文苑英華校注：「詩選作『叫』。」

〔四〕「亦」，文苑英華作「也」，又注：「詩選作『亦』。」

〔五〕「愛」，文苑英華作「受」。

〔六〕「邊」，文苑英華作「關」。

〔七〕「烽戍」，文苑英華詩題下補注：「又玄集作『烽火』。」

想到陰山北〔一〕，天驕已請和。

送張南史 一云寄李紓〔二〕。

雨餘深巷静，獨酌送殘春。〔三〕車馬雖嫌僻，鶯花不棄貧〔四〕。蟲聲黏户網〔五〕，鼠跡印牀塵。借問山陽會〔六〕，如今有幾人。

聞蟬寄友人 李端亦有此詩，未知孰是。

昨日始聞鶯，今朝蟬又鳴。朱顔向華髮，定是幾年程。故國白雲遠，閑居青草生。因垂數行淚，書寄十年兄。

〔一〕「想到」，文苑英華作「莫斷」。「北」，文苑英華作「路」。
〔二〕本首篇題，文苑英華卷二五三作「寄李紓」，又注：「一作送張南史。」文苑英華卷二七二作「送張南史」。
〔三〕「雨餘深巷静，獨酌送殘春」，黄録何批作：「貫注結處。」
〔四〕「棄」，文苑英華作「厭」，又注：「一作『棄』。」
〔五〕「聲」，文苑英華作「絲」。
〔六〕「借問山陽會」，文苑英華作「聞道山陰會」，又注：「集作『借問山陽會』。」

送長沙韋明府〔一〕

秋入長沙縣，蕭條旅宦心。煙波連桂水，官舍映楓林。雲日楚天暮〔二〕，沙汀白露深。遥知訟堂裏〔三〕，佳政在鳴琴。

題劉相三湘圖

昔日醉衡霍，邇來憶南州。今朝平津邸，兼得瀟湘遊。稍辨郢門樹，依然芳杜洲。微明三巴峽，咫尺萬里流。飛鳥不知倦，遠帆生暮愁。涔陽指天末，北渚空悠悠。枕上見漁父，坐中當狎鷗。誰言魏闕下，自有東山幽。

〔一〕本首篇題，文苑英華作「送長沙韋明府之任」。
〔二〕「天」，文苑英華校注：「集作『山』。」
〔三〕「堂」，文苑英華作「庭」，又注：「集作『堂』。」

塞下曲〔一〕

寶刀塞下兒〔二〕，輕身百戰曾百勝〔三〕，壯心竟未嫖姚知〔四〕。白草山頭日初没，黄沙戍下悲歌發〔五〕。蕭條静夜邊風吹〔六〕，獨倚營門望秋月。

關羽祠送高員外還荆州〔七〕

將軍禀天姿，義勇冠今昔〔八〕。走馬百戰場，一劍萬人敵。誰爲感恩者〔九〕，竟是思歸客〔一〇〕。

〔一〕文苑英華題作者爲「郭士元」。本首篇題，四庫本作「塞上曲」。

〔二〕「卜」，文苑英華作「上」。

〔三〕「輕身」，文苑英華作「身經」。

〔四〕「未」，文苑英華作「來」。

〔五〕「戍下悲歌發」，文苑英華校注：「一作『城下歌聲發』。」

〔六〕「静夜」，文苑英華作「夜静」。

〔七〕「州」，文苑英華作「南」，又注：「集作『州』。」

〔八〕「冠」，文苑英華作「貫」，又注：「一作『冠』。」

〔九〕「誰」，宋刻本、分類本作「雖」。「者」，文苑英華作「義」，又注：「集作『者』。」

〔一〇〕「是」，文苑英華作「作」，又注：「集作『是』。」

流落荆巫間〔一〕，徘徊故鄉隔。離筵對祠宇，灑酒暮天碧。去去勿復言，銜悲向陳跡〔二〕。

郢城西樓吟

連山盡處水縈回〔三〕，山上戍門臨水開。朱欄直下一百丈，日暖遊鱗自相向。昔人愛險閉層城，今人愛閑江復清〔四〕。沙洲楓岸無來客〔五〕，草緑花紅山鳥鳴〔六〕。

〔一〕「荆巫」，文苑英華校注：「一作『巫峽』。」
〔二〕「陳」，文苑英華校注：「集作『塵』。」
〔三〕「處」，文苑英華作「寒」。
〔四〕「愛閑江復清」，文苑英華作「復愛閑江清」。
〔五〕「來」，文苑英華作「求」。
〔六〕「紅」，文苑英華作「開」。

宿杜判官江樓

適楚豈吾願，思歸秋向深。故人江樓月，永夜千里心。葉落覺鄉夢〔二〕，鳥啼驚越吟〔三〕。寥寥更何有，斷續空城砧。

送韋湛判官

高閣晴江上，重陽古戍閑。聊因送歸客，更此望鄉關〔三〕。惜別心能醉，經秋鬢自班〔四〕。臨流興不盡，惆悵水雲間。

〔二〕「葉落」，文苑英華作「落葉」。
〔三〕「鳥啼」，宋刻本、分類本、文苑英華作「啼鳥」。
〔三〕「關」，何校本校注：「一作『山』」。
〔四〕「班」，宋刻本、分類本、清宋犖本同，雙清閣本、和刻本、四庫本作「斑」。

春宴王補闕城東別業〔一〕

柳陌乍隨洲勢轉，花源忽傍竹陰開。能將瀑水清人境〔二〕，直取流鶯送酒杯。山下古松當綺席，簷前片雨滴春苔。地主同聲復同舍，留歡不畏夕陽催〔三〕。

柏林寺南望

谿上遥聞精舍鍾，泊舟微徑度深松。青山霽後雲猶在，畫出西南四五峰〔四〕。

長安逢故人

數年音信斷，不意在長安。馬上相逢久，人中欲認難。一官今嬾道，雙鬢竟羞看。莫問生

〔一〕「王補闕」，文苑英華作「王起」。
〔二〕「將」，文苑英華作「冷」。
〔三〕「歡」，文苑英華作「連」。
〔四〕「盡」，四庫本作「畫」。「西」，四庫本作「東」。

涯事，只應持釣竿。

聽鄰家吹笙

鳳吹聲如隔綵霞，不知墻外是誰家。重門深鎖無尋處，疑有碧桃千樹花。

贈韋司直〔一〕

聞君感歎二毛初，舊友相依萬里餘。烽火有時驚暫定〔二〕，甲兵無處可安居。〔三〕客來吴越星

〔一〕「贈」，文苑英華作「寄」，又注：「集作『贈』。」題作者爲「皇甫冉」，又注：「百家詩選作『郎士元』。」按：此首唐百家詩選卷十「皇甫冉下六十五首」中重出。

〔二〕「火」，文苑英華作「戍」。

〔三〕「烽火有時驚暫定，甲兵無處可安居」，黄録何批作：「賊勢雖内衰，而武夫悍卒，尾大不掉，用一切之法以剥民，莫能誰何，三四俯仰慨深，蓋自是方鎮擅命，民生不復見承平之盛矣。」

霜久〔一〕，家在平陵音信疏。昨日風光還入户〔二〕，登山臨水意何如〔三〕。

蓋少府新除江南尉問風俗〔四〕

聞君作尉向江潭〔五〕，吴越風煙到自諳。客路尋常隨竹影〔六〕，人家大底傍山嵐〔七〕。緣溪花木偏宜遠，避地衣冠盡向南〔八〕。唯有夜猿啼海樹，思鄉望國意難堪〔九〕。

〔一〕「越」，文苑英華、四庫本作「地」。
〔二〕「日風光」，文苑英華作「夜春風」。
〔三〕「意」，文苑英華作「復」，又注：「集作『意』。」
〔四〕本首篇題，文苑英華作「送王侍御佐婺州」，又注：「一作蓋少府新除江南尉問風俗」。題作者爲「崔峒」，又注：「一作『郎士元』。」
〔五〕「聞君作尉」，文苑英華作「不須惆悵」，又注：「一作『聞君作尉』。」
〔六〕「隨竹影」，文苑英華作「經竹逕」，又注：「一作『隨竹影』。」
〔七〕「底」，文苑英華作「抵」。
〔八〕「向」，文苑英華作「在」，又注：「一作『向』。」
〔九〕「望國」，文苑英華作「北固」，又注：「一作『國』。」

酬二十八秀才見寄

昨夜山月好，故人果相思。清光到枕上，嫋嫋涼風時。永意能在我，惜無攜手期。

湘夫人

蛾眉對湘水，遥哭蒼梧山。萬乘既已殁，孤舟誰忍還。至今楚山上[二]，猶有淚痕班[三]。南有涔陽路，渺渺多新愁。桂酒神降時，回風江上秋。彩雲忽無處，碧水空安流。

酬王季友題半日村别業兼呈李明府

村映寒原日已斜，煙生密竹早歸鴉。長溪南路當羣岫，半景東鄰照數家。門通小逕連芳

[二] 「山」，四庫本作「竹」。
[三] 「班」，清宋犖本同，宋刻本、雙清閣本、和刻本、四庫本作「斑」。

草，馬飲春泉踸淺沙。欲待主人林上月，還思潘令縣中花。

冬夕寄青龍寺源公

斂屨入寒竹，安禪過漏聲。高杉殘子落〔一〕，深井凍痕生。〔二〕罷磬風枝動，懸燈雪屋明。何當招我宿，乘月上方行。

送李騎曹之靈武寧侍

一歲一歸寧，涼天數騎行。河來當塞曲，山遠與沙平。縱獵旗風卷，聽笳帳月生。新鴻引寒色，回日滿京城。

〔一〕「杉」，四庫本作「松」。

〔二〕「高杉殘子落，深井凍痕生」，黄録何批作：「三四先含『風』、『雪』二字。」

唐百家詩選　卷八

錢起六首

送畢侍御謫居

崇蘭香死玉貞折〔一〕，志士吞聲甘徇節。忠盡不爲明主知〔二〕，悲來莫向時人説。滄浪之水見心清，楚客辭天淚滿纓。百鳥喧喧噪一鶚，上林高枝亦難託。寧嗟人世棄虞翻，且喜江山得康樂。自憐黄綬老嬰身，妻子朝來勸隱淪。桃花洞裏舉家去，此别相思復幾春。〔三〕

〔一〕「貞」，四庫本作「簪」。

〔二〕「盡」，宋刻本、分類本、清宋犖本同，雙清閣本、和刻本、四庫本作「藎」。

〔三〕「自憐黄綬老嬰身，妻子朝來勸隱淪。桃花洞裏舉家去，此别相思復幾春」，黄録何批作：「結是臨河不濟之意也。見其謫而身欲隱去，則畢之枉自愈見矣。又托之妻子交勸，清婉得味外味。」

送李秀才落第遊荆楚

翠羽雖成夢，遷鶯尚後羣。名逃卻詵策〔一〕，興發謝生文〔二〕。昏旦扁舟去，江山幾路分。上潮吞海日，歸雁出湖雲。詩思應須苦，猿聲莫厭聞。離居見新月，那得不思君。

贈閣下閻舍人〔三〕

二月黄鶯飛上林〔四〕，春城紫禁晚陰陰〔五〕。長樂鍾聲花外盡，龍池柳色雨中深。陽和不散窮途恨，霄漢常懸捧日心〔六〕。獻賦十年猶未遇，羞將白髮對華簪。

〔一〕「卻」，四庫本作「郄」。
〔二〕「生」，四庫本作「玄」。
〔三〕本首篇題，文苑英華作「闕下贈閻舍人」。
〔四〕「鶯」，文苑英華校注：「集作『鸝』」。
〔五〕「禁晚陰陰」，文苑英華校注：「集作『陌曉沉沉』」。
〔六〕「常」，文苑英華校注：「集作『長』」。

和宣城張太守南亭秋夕懷友

池館蟪蛄聲，梧桐秋露晴。月臨朱戟静，河近畫樓明。卷幔池涼入〔一〕，聞鍾永夜清。片雲懸曙斗，數雁過秋城。羽扇揚風暇，瑶琴寄别情。江山飛麗藻，謝朓讓前名。

暮春歸故山〔二〕

谷口殘春黄鳥稀〔三〕，辛夷花盡杏花飛。始憐幽竹山窗下，不改清陰待我歸。

〔一〕「池」，四庫本作「浮」。
〔二〕本首篇題，文苑英華作「晚春歸山居題窗前竹」。題作者為「劉長卿」。
〔三〕「谷口」，文苑英華作「溪上」。

駕幸温泉宮 和李員外作〔一〕。

未央月曉度疎鍾，鳳輦時巡出九重〔二〕。雪霽山門迎瑞日〔三〕，雲開水殿候飛龍。輕煙不入宮中樹〔四〕，佳氣常薰仗外峰〔五〕。遥羡枚皋扈仙蹕〔六〕，偏承霄漢渥恩濃。

盧綸三十六首

送吉中孚校書歸楚州舊山中孚自仙官入仕〔七〕

青袍芸閣郎，談笑揖侯王〔八〕。舊籙藏雲穴，新詩滿帝鄉。名高閑不得，到處人争識。誰知

〔一〕本首篇題，文苑英華作「和季員外從駕幸湯泉宫」，「湯」，又注：「一作『温』。」

〔二〕「鳳」，文苑英華作「步」，又注：「集作『鳳』。」「巡」，文苑英華作「從」。

〔三〕「雪」，文苑英華作「雨」，又注：「集作『雪』。」

〔四〕「煙」，文苑英華、四庫本作「寒」。

〔五〕「常」，文苑英華作「嘗」。

〔六〕「扈仙」，文苑英華校注：「集作『先扈』。」

〔七〕「中孚自仙官入仕」，文苑英華作小注。

〔八〕「揖」，分類本作「挹」。

冰雪顏，已雜風塵色。此去復如何，東皋歧路多。藉芳臨紫陌〔一〕，回首憶滄波〔二〕。年來倦蕭索，但説淮南樂。並檝湖上游，連檣月中泊。沿溜入閶門〔三〕，千燈夜市喧。喜逢鄰舍伴，遥語問鄉園。下淮風自急，樹杪分郊邑。送客隨岸行，離人出帆立。漁村遶水田，澹澹隔晴煙〔四〕。欲就林中醉，先期石上眠。林昏天未曙，但向雲邊去。暗入無路山，心知有花處。登高日轉明，下望見春城。洞裏草空長，冢邊人自耕。寥寥行異境，過盡千峰影。雲色凝古壇〔五〕，泉聲落寒井。仙成不可期，多別自堪悲。爲問桃源客，何人見亂時。

與從弟瑾同下第後出關言別

同作金門獻賦人，二年悲見故園春。到闕不沾新雨露，還家空帶舊風塵。

〔一〕「芳」，黄録何校作：「一作『茆』。」文苑英華作「茅」。
〔二〕「憶」，文苑英華校注：「一作『望』。」
〔三〕「溜」，文苑英華作「流」。
〔四〕「澹澹」，文苑英華作「澹浦」。
〔五〕「雲」，四庫本作「露」。

雜花飛盡柳陰陰，官路透迤緑草深。對酒已成千里客，望山空寄兩鄉心。
出關愁暮一沾裳，滿野蓬生古戰場。孤村樹色昏殘雨，遠寺鍾聲帶夕陽。

和李使君三郎早秋城北亭宴崔司士因寄關中弟張評事時遇作[一]

黄花古城路，上盡見青山。桑柘晴川口，牛羊落照間。野情隨卷幔，軍事隔重關[二]。道合偏多賞[三]，官微獨不閑。鶴分琴久罷，書到雁應還。爲謝登龍客[四]，瓊枝寄一攀[五]。

[一]「關中弟張評事時遇作」，文苑英華作「關中張評事」，又注：「三字一作『兄弟』。」題作者爲「吕温」。
[二]「軍」，文苑英華作「塵」。
[三]「多」，文苑英華作「重」。
[四]「龍」，文苑英華作「臨」。
[五]「枝」，文苑英華作「林」，又注：「一作『枝』。」

逢病軍人

行多有病住無粮，萬里還鄉未到鄉。蓬鬢哀吟古城下，不堪秋氣入金瘡。

村南逢病叟

雙膝過頤頂在肩，四鄰知姓不知年。臥驅鳥雀惜禾黍，猶恐諸孫無社錢。

送張郎中還蜀歌

秦家御史漢家郎，親專兩印征殊方。功成走馬朝天子，伏檻論邊若流水。曉離仙署趨紫微，夜接高儒讀青史。瀘南五將望君還，願以天書示百蠻。曲棧重江初過雨，前旌後騎不同山。迎車拜舞多耆老，舊卒新營遍青草。塞口雲生火候遲，烟中鶴唳軍行早。黄花川下水交横，遠映孤霞蜀國晴〔一〕。笻竹筍長椒瘴起〔二〕，荔支花發杜鵑鳴。回首岷峨半天黑，傳觴接膝何由得。空令豪士仰威名，無復貧交恃顔色。垂楊不動雨紛紛，錦帳胡缾争送君〔三〕。須臾醉起簫笳發，空見紅旌入白雲。

臘日觀咸寧王部曲娑勒擒豹歌

山頭曈曈日將出，山下獵圍照初日。前林有獸未識名，將軍促騎無人聲。潛形蹄伏草不動，雙雕轉旋群鴟鳴。陰方質子纔三十，譯語受詞蕃語揖。捨鞍解甲疾如風，人忽虎蹲獸人立。欻然扼顙批其頤，爪牙委地涎淋漓。既蘇復吼拗於絞反。仍怒〔四〕，果叶英謀生致之。拖自深叢目如電〔五〕，萬夫失容千馬戰。傳呼賀拜聲相連，殺氣騰凌陰滿川。始知縛虎如縛鼠，敗虜降羌生

〔一〕「映」，文苑英華作「雁」，分類本作「應」。
〔二〕「笻」，文苑英華作「卭」，又注：「集作『笻』。」
〔三〕「君」，分類本作「軍」。
〔四〕文苑英華無注「於絞反」。
〔五〕「自」，宋刻本作「門」。

眼前〔一〕。祝爾嘉詞爾無苦，獻爾將隨犀象舞。苑中流水禁中山，期爾攫持開天顔〔二〕。非熊之兆慶無極〔三〕，願紀雄名傳百蠻。

和張僕射塞下曲

月黑雁飛高，單于夜遁逃。欲將輕騎逐，大雪滿弓刀。

從軍行

二十在邊城，軍中得勇名。卷旗收敗馬〔四〕，占磧擁殘兵〔五〕。覆陣烏鳶起，燒山草木明〔六〕。

〔一〕「生眼前」，文苑英華作「皆目覩」，又注：「一作『在眼前』。」

〔二〕「持」，宋刻本、清宋犖本、雙清閣本、和刻本同，文苑英華、四庫本作「搏」。

〔三〕「慶」，文苑英華作「度」。

〔四〕「收」，文苑英華作「争」，又注：「集作『收』。」

〔五〕「占」，文苑英華校注：「一作『斵』。」「擁」，文苑英華作「護」，又注：「集作『擁』。」

〔六〕「明」，文苑英華作「鳴」，又注：「集作『明』。」

塞閑思遠獵，師老厭分營。雪嶺無人跡，冰河有雁聲〔一〕。李陵甘此没，惆悵漢公卿。

逢南中使因寄嶺外故人

見説南來處，蒼梧接桂林。過秋天更暖，邊海日長陰。巴路緣雲出，蠻鄉入洞深。信回人自老〔二〕，夢到月應沉。碧水通春色，青山寄遠心。炎方難久客，爲爾一沾襟。〔三〕

代員將軍罷戰後歸舊里贈朔北故人〔四〕

結髮事疆場，全生俱到鄉。連雲防鐵嶺〔五〕，同日破漁陽。牧馬胡天晚，移軍磧路長〔六〕。枕

〔一〕「有」，文苑英華作「足」，又注：「集作『有』。」

〔二〕「老」，文苑英華作「説」。

〔三〕「炎方難久客，爲爾一沾襟」，黄録何校作：「一作『炎方無久客，莫使鬢毛侵』。」

〔四〕「舊」，文苑英華無。

〔五〕「雲」，文苑英華作「營」。

〔六〕「軍」，分類本作「車」。

戈眠古戍，吹角立繁霜。歸老勳仍在，酬恩虜未亡[一]。獨行過邑里，多病對農桑。雄劍依塵席，陰符寄藥囊。空餘麾下將，猶逐羽林郎。

江北憶崔汶

夜問江西客，還知在楚鄉。全身出部伍，盡室逐漁商。晴日游瓜步，新年到漢陽。月昏驚浪白，瘴起覺雲黄。望嶺家何處，登山淚幾行。閩中傳有雪，應且住南康。

早春歸盩厔舊居卻寄耿拾遺湋李校書端[二]

野日初晴麥隴分，竹園村巷鹿成羣。萬家廢井生新草[三]，一樹繁花對古墳[四]。引水忽驚冰

[一]「亡」，文苑英華作「忘」。
[二]「居」，文苑英華作「宇」，又注：「集作『居』。」「湋」，宋刻本、分類本、文苑英華作「緯」。
[三]「萬」，文苑英華作「百」。「新」，文苑英華作「春」，又注：「集作『新』。」
[四]「對」，文苑英華作「傍」，又注：「集作『對』。」

滿磵〔一〕，向田空見石和雲。可憐芳歲青山下，唯有松枝好寄君〔二〕。

夜中得循州趙司馬侍郎書因寄迴使

瘴海寄雙魚，中宵達我居。兩行燈下淚，一紙嶺南書。地説炎蒸極，人稱老病餘。殷勤報賈傅，莫共酒盃疏。

太白西峰偶宿車祝二尊師石室晨登前巘憑眺書懷即事寄呈鳳翔齊員外張侍御

弱齡誠昧鄙，遇勝惟求止〔三〕。如何羈滯中，得步青冥裏。青冥有桂叢，冰雪兩仙翁。毛節

〔一〕「磵」，文苑英華作「澗」。
〔二〕「好寄君」，文苑英華作「寄與君」，又注：「集作『好寄君』。」
〔三〕「勝」，宋刻本作「聖」。

未歸海，丹梯閑倚空。逍遥擬上清，洞府不知名。醮罷雨常至，客辭山忽明。山明鳥聲樂，日氣生巖壑。巖壑樹脩脩，白雲如水流。白雲銷散盡，隴塞儼然秋。積阻關河固，綿聯烽戍稠。五營承廟略，四野失邊愁。吁嗟繫塵役，又負靈仙跡。芝朮自芳香，泥沙幾沉溺。書此欲沾衣，平生事每違。烟霄不可仰，鸞鶴自追飛。

同耿漳宿陸澧旅舍[一]

當軒雲月開，清夜故人杯。擁褐覺霜下，抱琴聞雁來。迎風君顧步，臨路我遲回。雙鬢共如此，此歡非易陪。

題苗員外竹間亭

高甃絶行塵，開簾似有春。風傾竹上雪，山對酒邊人。步暖先逢日，書空遠見鄰。還同內

[一] 「漳」，宋刻本作「緯」。

齋暇，登賞及諸姻。

早春遊樊川野居卻寄李端校書兼呈崔峒補闕司空曙主簿耿湋拾遺〔一〕

白水遍溝塍〔二〕，青山對杜陵。晴明人望鶴，曠野鹿隨僧。古柳連巢折，荒堤帶草崩。陰橋全覆雪，瀑溜半垂冰〔三〕。鬬鼠摇松影，遊鼯落石層。韶光偏不待，衰敗巧相仍。桂樹曾争折，龍門幾共登。琴師阮校尉，詩和柳吴興。舐筆求書扇〔四〕，張屏看畫蠅。卜鄰空遂約，問卦獨無徵。投足經危路〔五〕，收材遇直繩〔六〕。守農窮自固，行藥病何能。掩帙蓬蒿晚，臨川景氣澄。颯然成

〔一〕「湋」，宋刻本作「緯」。本首篇題，文苑英華作「早春遊樊川墅」。
〔二〕「遍溝」，文苑英華作「搆通」，又注：「一作『遍溝』。」
〔三〕「瀑」，文苑英華作「深」。
〔四〕「舐」，文苑英華作「紙」。
〔五〕「路」，文苑英華作「石」。
〔六〕「遇」，文苑英華作「過」。

一叟，誰更慕鶱騰〔二〕。

春日登樓有懷

花正濃時人正愁，逢花卻欲替花羞。年來笑伴皆歸去，今日晴明獨上樓。

長安春望

東風吹雨過青山，卻望千門草色閑。家在夢中何日到，春來江上幾人還〔三〕。川原繚繞浮雲外，宮闕參差落照間。誰念爲儒逢世難，獨將衰鬢客秦關。

〔二〕「鶱」，何校本校注：「鶱。」

〔三〕「來」，黄録何校作：「御覽集作『生』。」

山中一絶

飢拾松花渴飲泉〔一〕，偶從山後到山前。陽坡軟草厚如織，因與鹿麛相伴眠。

同薛存誠登栖巖寺

衰蹇步難前，上山如上天。塵泥來自晚，猿鳥到何先。萬壑應孤磬，百花通一泉。蒼蒼此明月，下界正沉眠。

賊中與嚴越卿曲江看花

紅枝欲折紫枝殷，隔水連宫不用攀。會待長風吹落盡，始能開眼向青山。

〔一〕「拾」，四庫本作「食」。

夜投豐德寺謁液上人〔一〕

半夜風中有磬聲〔二〕，偶逢樵者問山名〔三〕。上方月曉聞僧語〔四〕，下路林疏見客行。野鶴巢邊松最老，毒龍潛處水偏清〔五〕。願得遠公知姓字，焚香洗鉢過浮生。

酬李端野寺病居見寄

野寺昏鍾山正陰，亂藤高竹水聲深。田夫就餉還依草〔六〕，野雉驚飛不過林。齋沐暫思同靜室，清羸已覺助禪心。寂寞日長誰問疾，料君惟取古方尋。

〔一〕本首篇題，文苑英華卷二二〇作「夜投終南豐德寺謁海上人」。卷二三六重出，作「夜投豐德寺謁海上人」，「海」，又注：「集作『液』。」

〔二〕「風中」，文苑英華卷二二〇、卷二三六作「中峰」，卷二二〇「中」，又注：「集作『山』。」

〔三〕「逢」，文苑英華卷二三六作「尋」。

〔四〕「月曉」，文苑英華卷二二〇作「日晚」，卷二三六作「月晚」，又注：「集作『日曉』。」「語」，文苑英華卷二三六作「話」，又注：「一作『語』。」

〔五〕「毒」，文苑英華卷二二〇作「獨」。

〔六〕「田夫就餉還依草」，黄録何批作：「起誰問疾。」

贈别李紛

頭白乘驢縣布囊，一回言别淚千行。兒孫滿眼無歸處，唯到罇前似故鄉。

送崔琦赴宣州幕

五馬臨流待幕賓，羨君談笑出風塵。身閑就養寧辭遠，世難移家莫厭貧。天際曉山三峽路，津頭臘市九江人。何處遥知最惆悵，滿湖青草雁聲春。

至德中途中書事卻寄李僴〔二〕

亂離無處不傷情，況復看碑對古城。路遶寒山人獨去，月臨秋水雁空驚〔三〕。顔衰重喜歸鄉

〔二〕「書事卻」，文苑英華作「即事」。
〔三〕「水」，文苑英華作「浦」。

國，身賤多慚問姓名。今日主人還共醉，應憐世故一儒生。

送鮑中丞赴太原

分路引鳴騶，喧喧似隴頭。暫移西掖望，全解北門憂。專幕臨都護，分曹制督郵〔一〕。積冰營不下，盛雪獵方休。白草連胡帳，黄金擁戍樓〔二〕。今朝送旌旆，一減魯儒羞。

晚到盩厔耆老家〔三〕

老翁曾舊識，相引到柴門。苦話別時事，因尋溪上村。數年何處客，近日幾家存。冒雨看禾黍，逢人憶子孫。亂藤穿井口，流水到籬根。惆悵不堪住，空山月又昏。

〔一〕「分」，文苑英華作「親」，又注：「一作『分』。」

〔二〕「金」，文苑英華作「雲」。

〔三〕「盩」，何校本「盩」塗改作「盩」，宋刻本、清宋犖本、雙清閣本、和刻本、四庫本作「盩」。

落第後歸終南別業

久爲名所誤，春盡始歸山。落羽羞言命，逢人强破顔。交疎貧病裏，身老是非間。不及東溪月，漁翁夜往還。

送從舅成都丞廣南歸蜀〔一〕

巴字天邊永〔二〕，秦人去是歸。棧長山雨響，溪亂火田稀。俗富行應樂，官雄禄豈微。魏舒終有淚，還濕甯家衣。

〔一〕文苑英華題作者爲「李端」，又注：「詩選作『盧倫』。」

〔二〕「字」，文苑英華作「宇」。「永」，文苑英華作「水」。

晚次鄂州 至德中作。

雲開遠見漢陽城，猶是孤帆一日程。估客晝眠知浪静，舟人夜語覺潮生。三湘愁鬢逢秋色〔二〕，萬里歸心對月明。舊業已隨征戰盡，更堪江上鼓鼙聲。

酬暢當嵩山尋道士見寄

聞逐樵夫行看棋〔三〕，忽逢人世是秦時。開雲種玉嫌山淺，渡海傳書怪鶴遲。陰洞石幢微有字，古壇松樹半無枝。煩君遠示青囊籙，願得相從一問師。

〔二〕「愁」，何校本校注：「衰。」
〔三〕「聞」，四庫本作「閒」。

司空曙二十五首 字文明，貞元中爲尚書水部郎中。

過寶慶寺〔一〕

黄葉前朝寺，無僧寒殿開〔二〕。池晴龜出暴〔三〕，松暮鶴飛回〔四〕。古井碑横草，陰廊畫雜苔。禪宫亦銷歇，塵世轉堪哀。

送柳震歸蜀

白日雙流静，西看蜀國春。桐花能乳鳥，竹節競祠神。蹇步徒相望，先鞭不可親。知從江僕射，登榻更何人。

〔一〕本首篇題，文苑英華作「廢慶寶寺」。題作者爲「耿緯」。
〔二〕「寒」，文苑英華校注：「一作『閑』。」
〔三〕「暴」，四庫本作「曝」。
〔四〕「暮」，文苑英華作「暝」。

送高勝重謁曹王

江上青楓岸〔一〕，陰陰萬里春。朝辭郢城酒，暮見洞庭人。興比乘舟訪，恩懷倒屣親。想君登舊榭，重喜掃芳塵。

送流人

聞説南中事，悲君重竄身。山村楓子鬼，江廟石郎神。童稚留荒宅，圖書託故人。青門好風景，爲爾一霑巾。

〔一〕「上」，文苑英華作「水」，又注：「詩選作『上』。」

題陵雲寺〔一〕

春山古寺遶滄波，石磴盤空鳥道過。百丈金身開翠壁〔二〕，萬龕燈焰隔煙蘿。雲生客到侵衣濕，花落僧禪覆地多。不與方袍同結足〔三〕，下歸塵世竟如何。

題江陵臨沙驛樓

江天清更愁，風柳入江樓。雁惜楚山晚，蟬知秦樹秋。淒涼多獨醉，零落半同遊。豈復平生意，蒼然蘭杜洲。

〔一〕「陵」，文苑英華作「靈」。
〔二〕「壁」，文苑英華作「殿」。
〔三〕「足」，四庫本作「社」。

田家

田家喜雨足，鄰老相招攜。泉溢溝塍壞〔一〕，麥高桑柘低。呼兒催放犢，宿客待烹雞〔二〕。搔首蓬門下，知將軒冕齊。

送曲山人衡州〔三〕

白石先生眉髮光〔四〕，已分甜雪飲紅漿〔五〕。衣巾半染煙霞氣〔六〕，語笑兼和藥艸香。茅洞玉聲流暗水，衡山碧色映朝陽〔七〕。千年城郭如相問，華表峩峩有夜霜。

〔一〕「塍」，文苑英華作「偃」。
〔二〕「宿」，文苑英華作「邀」，又注：「集作『宿』。」
〔三〕「衡州」，四庫本作「之衡州」。本首篇題，文苑英華作「送麴山人往衡山」，「往」，又注：「集作『住』。」
〔四〕「光」，文苑英華作「老」，又注：「集作『光』。」
〔五〕「甜」，何校本校注：「英華作『紺』。」文苑英華作「紺」，又注：「集作『甜』。」
〔六〕「氣」，文苑英華作「色」，又注：「集作『氣』。」
〔七〕「色」，文苑英華作「氣」，又注：「集作『色』。」

立秋日

律變新秋至，蕭條自此初。花酣蓮報謝，葉在柳呈疏。澹日非雲映〔一〕，清風似雨餘。卷簾涼暗度〔二〕，迎扇暑先除。草静多翻鸎，波澄乍露魚〔三〕。今朝散騎省，作賦興何如。

詠古寺花

共愛芳菲此樹中，千跗萬萼裹枝紅。遲遲欲去猶回望，覆地無人滿寺風。

〔一〕「澹」，文苑英華作「淡」。
〔二〕「簾」，文苑英華作「帷」，又注：「百家詩作『簾』。」
〔三〕「乍」，文苑英華作「下」。

送魏季羔長沙覲兄〔一〕

蘆荻湘江水，蕭蕭萬里秋。鶴高看迴野，蟬遠入中流。訪友多成滯，還家不厭遊〔二〕。惠連有新作〔三〕，知得從兄酬。

送曹同椅〔四〕

青春三十餘，衆藝盡無如。中散詩傳畫〔五〕，將軍扇賣書〔六〕。楚田晴下雁，江日暖多魚〔七〕。惆悵空相送，歡遊自此疎。

〔一〕「長沙」，文苑英華作「遊長沙」。
〔二〕「還」，文苑英華作「携」。
〔三〕「有新」，文苑英華作「仍有」。
〔四〕「同」，文苑英華作「桐」。
〔五〕「畫」，文苑英華校注：「一作『話』。」
〔六〕「賣」，四庫本作「續」。
〔七〕「多」，文苑英華作「游」，又注：「集作『多』。」

雲陽館與韓申卿宿别〔一〕

故人江海别，幾度隔山川。乍見翻疑夢〔二〕，相悲各問年〔三〕。孤燈寒照雨，深竹暗浮煙〔四〕。更有明朝恨，離盃惜共傳。

酬張芬有赦後見贈

紫鳳朝銜五色書，陽春忽布網羅除。已將心變寒灰後，豈料光生腐草餘。建水風煙收客淚，杜陵花竹夢郊居。勞君故有詩人贈〔五〕，欲報瓊瑶恨不如。

〔一〕「申」，四庫本作「升」。
〔二〕「疑」，文苑英華作「如」。
〔三〕「相悲」，文苑英華作「悲歡」，又注：「一作『相悲』。」
〔四〕「深」，文苑英華作「濕」。
〔五〕「人」，文苑英華作「相」。

哭苗員外呈張參軍〔一〕苗公即參軍舅氏。

思君窩家宅，久接竹林期。嘗值偷琴處，親聞比玉時。高人不易合，弱冠早相知〔二〕。試藝臨諸友〔三〕，能文即我師。陵寒松未老〔四〕，先暮槿何衰。〔五〕季子生前別，羊曇醉後悲。壽堂乖一慟，奠席阻長辭。因瀝殊方淚〔六〕，遥成墓下詩。

金陵懷古

輦路江楓暗〔七〕，宫潮野草春〔八〕。傷心庾開府，老作北朝臣。

〔一〕「哭」，文苑英華作「傷」。
〔二〕「相知」，文苑英華作「相追」，又注：「集作『相知』。」
〔三〕「試藝」，文苑英華作「思藝」，又注：「集作『試藝』。」
〔四〕「陵」，四庫本作「凌」。
〔五〕「陵寒松未老，先暮槿何衰」，黄録何批作：「『陵寒』句思其德之宜壽，『先暮』句傷其命之獨脆也。」
〔六〕「殊」，黄録何校作「朱」：「此用大謝『落日次朱方』之句，『殊方』是不知者因下句『遥』字妄改。」
〔七〕「暗」，文苑英華作「盡」，又注：「詩選作『暗』。」
〔八〕「潮」，四庫本作「庭」。

發渝州卻寄韋判官

紅燭津亭夜見君〔一〕，繁絃急管雨紛紛〔二〕。平明分手空江轉〔三〕，唯有猿聲滿水雲〔四〕。

送盧徹之太原謁馬尚書

榆落雕飛關塞秋，黄雲畫角見并州。翩翩羽騎雙旌後，上客親隨郭細侯〔五〕。

〔一〕「紅燭津亭夜見君」，文苑英華校注：「一作『紅燭輝高夜送君』。」
〔二〕「雨」，宋刻本、文苑英華、四庫本作「兩」。
〔三〕「分」，文苑英華校注：「或作『携』。」
〔四〕「滿」，文苑英華作「嘯」，又注：「一作『滿』。」
〔五〕「親」，文苑英華校注：「集作『新』。」

秋思呈尹植裴浢鄭銅〔一〕

静與懶相偶，年將衰共催。前途歡不集〔二〕，往事恨空來。晝景委紅葉，月華鋪緑苔〔三〕。沉思更何有〔四〕，結坐玉琴哀〔五〕。

峽口送友人

峽冂花飛欲盡春，天涯去住淚沾巾。來時萬里同爲客，今日翻成送故人。

〔一〕「浢」，文苑英華作「沉」，四庫本作「說」。「銅」，四庫本作「洞」。
〔二〕「不」，文苑英華作「未」。
〔三〕「鋪」，文苑英華作「消」。
〔四〕「更」，文苑英華作「竟」。
〔五〕「結坐」，何校本校注：「集作『坐結』。」文苑英華、四庫本作「坐結」。

故郭婉儀挽歌〔一〕

一日辭秦鏡，千秋別漢宮。豈唯泉路掩，長使月輪空。苦色凝朝露，悲聲切暝風。婉儀餘舊德，仍載禮經中。

送翰林張學士嶺南勒聖碑〔二〕

漢恩天外洽，周頌日邊稱。文獨司空羨〔三〕，書兼太尉能。出關逢北雁，度嶺逐南鵬。使者翰林客，餘春歸灞陵。

〔一〕黄録何批作：「清新而不入尖纖。」
〔二〕「送」，分類本無。
〔三〕「文獨司空羨」，黄録何批作：「『獨』，言不獨也。」

送吉校書東歸

少年芸閣吏，罷直暫歸休。獨與親知別，行逢江海秋。聽猿看楚岫，隨雁到吴洲。處處園林好，何人待子猷。

早春遊望

東風春未足，試望秦城曲。青草狀寒蕪，黄花似秋菊。壯將歡共去，老與悲相逐。獨作遊社人，暮過威輦宿。

秋日趨府上張大夫

重城洞啓肅秋煙，共説羊公在鎮年。鞞鼓暗驚林葉落，旌旗遥拂雁行偏。石過橋下書曾受，星降人間夢已傳。謫吏何能沐風化，空將歌頌拜車前。

唐百家詩選　卷九

耿湋六首 大曆中爲左拾遺。〔一〕

秋晚卧疾寄司空拾遺曙盧少府綸

寒几坐空堂，踈髯似積霜。老醫迷舊疾，朽藥誤新方。晚果紅低樹，秋苔緑遍墻。蹔非蔣生逕，不敢望求羊。

早朝

鍾鼓餘聲裏，千官向紫微。冒寒人語少，乘月燭來稀。清漏聞馳道，輕霞映瑣闈。猶看嘶

〔一〕「耿湋」，文苑英華均作「耿緯」。「左」，四庫本作「右」。

馬處，未啓掖垣扉。

秋日

反照入閭巷，憂來與誰語。古道少人行，秋風動禾黍。

路傍老人

老人獨坐倚官樹，欲語潸然淚便垂。陌上歸心無産業，城邊戰骨有親知。餘生尚在艱難日，長路多逢輕薄兒。緑水青山雖似舊，如今貧病復何爲。

送友人遊江南[一]

遠別悠悠白髮新，江潭何處是通津。潮聲偏懼初來客，海味唯甘久住人。漠漠煙光前浦

[一] 「江南」，黄録何校作：「鼓吹作『南海』，但『遊』作『歸』則與三四詞旨不合。」

晚〔一〕，青青草色定山春〔二〕。汀洲更有南迴雁，亂起聯翩北向秦。

邠州留別

終歲山川路，生涯總幾何〔三〕。艱難爲客慣，貧賤受恩多。暮角飄長韻，寒流起細波。懸愁茂陵宅，春色又相過。

李端九首

古別離

水國葉黃時，洞庭霜落夜。行舟聞商估，宿在楓林下。此地送君還，茫茫似夢間。後期知

〔一〕「前」，何校本校注：「或作『漁』。」

〔二〕「定山」，何校本校注：「故原。」文苑英華作「故原」，又注：「一作『定山』。」黄録何校作「故原」：「漁浦、定山，皆浙東地，從英華作『故原』近之。」

〔三〕「總」，文苑英華作「竟」。

幾日，前路轉多山。巫峽通湘浦，迢迢隔雲雨。天晴見海檣，月落聞津鼓。人老自多愁，水深難急流。清宵歌一曲，白首對汀洲。

過谷口元贊善所居〔一〕

入谷訪君來〔二〕，秋泉已難涉。林間人獨坐，月下山相接。重露濕蒼苔，明燈照黄葉。故交一不見，素髮何稠疊。

古別離

與君桂陽別，令君岳陽待。後事忽差池，前期日空在。木落雁嗷嗷，洞庭波浪高。遠山雲

〔一〕「過」，文苑英華作「贈池陽」，又注：「三字，詩選作『過』。」
〔二〕「訪」，文苑英華作「逢」，又注：「詩選作『訪』。」

似蓋，極浦樹如毫。朝發能幾里，暮來風又起。如何兩處愁，皆在孤舟裏。昨夜天月明〔一〕，長川寒且清。菊花開欲盡，薺菜泊來生。下江帆勢速，五兩遥相逐。欲問去時人，知投何處宿。空令猿嘯時，泣對湘潭竹。

烏栖曲

白馬逐朱車，黄昏入狹斜。狹斜柳樹烏争宿〔二〕，争枝未得飛上屋〔三〕。東房少婦壻從軍，每聽烏啼知夜分〔四〕。

〔一〕「天」，宋刻本作「大」。
〔二〕「狹斜」，宋刻本無。
〔三〕「争枝」，宋刻本無。
〔四〕「知」，何校本校注：「如。」

代從兄衡送友入關〔一〕

聞君帝城去，西望一霑巾。落日見秋草，暮年逢故人。非才長作客〔二〕，有命嬾謀身。近更嬰衰病，空思老漢濱。

晚夏聞蟬寄戴廣文

前郎士元有此詩，未知孰是。〔三〕

昨日鶯囀聲，今朝蟬忽鳴。朱顔向華髮，定是幾年程。故國白雲遠，閑居青草生。因垂數行淚，書報十年兄。

〔一〕「送友入關」，宋刻本、分類本作「送入關使」。

〔二〕「才」，宋刻本、分類本作「夫」。

〔三〕「前郎士元」，宋刻本作「郎士元」。「孰是」，宋刻本作「誰者」。

早春雪夜寄盧綸呈秘書元丞〔一〕

聞君隨謝脁，春夜宿山前〔二〕。看竹雲垂地〔三〕，尋僧雪滿船〔四〕。熊寒方入樹，魚樂稍離泉〔五〕。猶是羈愁客〔六〕，誰知惜故年〔七〕。

荆門雨歌送從兄赴夔州〔八〕

余兄佐郡經西楚，餞行因賦荆門雨。霹霹孌孌聲漸緊，浦裏人家收市喧。重陰大點過欲

〔一〕「呈」，文苑英華作「兼呈」。
〔二〕「山前」，文苑英華校注：「集作『前川』。」
〔三〕「地」，文苑英華作「嶺」，又注：「一作『地』。」
〔四〕「雪滿船」，文苑英華作「月滿田」，又注：「一作『雪滿船』。」
〔五〕「泉」，文苑英華作「船」，又注：「一作『泉』。」
〔六〕「猶是」，文苑英華作「獨夜」，又注：「一作『猶是』。」
〔七〕「誰」，文苑英華校注：「集作『唯』。」「故」，文苑英華作「暮」，又注：「一作『故』。」
〔八〕「歌」，分類本作「歇」。

盡，碎浪柔紋相與翻。雲間悵望荆衡路，萬里青山一時暮。琵琶寺裏響空廊，熨斗陂前濕荒戍。沙尾長檣發漸稀，竹竿草屩涉流歸。夷陵遠色半成燒，漢上遊倡始濯衣。船門相對多商估，葛服龍鍾篷下語。自是湘川石燕飛，非關齊地商羊舞。曾爲江客念江行，腸斷秋荷雨打聲。摩天古木不可見，住岳高僧空得名。今朝拜手臨欲别，遥憶荆門雨中發。

贈康洽

黄髮康兄酒泉客，平生出入王侯宅。今朝醉卧又明朝，忽憶舊鄉頭已白。流年恍惚瞻西日，陳事蒼茫指南陌。聲名常壓鮑參軍，班位不過楊執戟。爾來七十遂無幾〔一〕，空是咸陽一布衣。後輩輕肥賤衰朽，故侯門館許相依。自言萬物有移改，始信桑田變成海。同時獻賦人皆盡，共壁題詩君獨在。步出東城風景和，青山滿眼少年多。漢家尚壯今則老，髮短心長知奈何。華堂舉杯莫歎晚，龍鍾相見誰能免。君今已及我正來〔二〕，朱顔宜笑能幾回。借問蒙蘢花樹下，

〔一〕「爾」，四庫本作「邇」。
〔二〕「及」，四庫本作「返」。

誰家畚鍤築高臺。

于武陵八首 或作于鄴。

孤雲

南北各萬里，有雲心更閑。因風離海上，伴月到人間。洛浦少高一作佳。樹〔一〕，長安無舊山。徘徊不可住〔二〕，漠漠又東還。

南遊有感

杜陵無厚業，不得駐車輪。重到曾遊處，多非舊主人。東風千嶺樹〔三〕，西日一洲蘋。又渡

〔一〕「高」，文苑英華校注：「百家詩作『佳』。」
〔二〕「住」，文苑英華作「駐」，又注：「百家詩作『住』。」
〔三〕「嶺」，文苑英華作「里」。

湘江水，湘江水復春。

客中

楚人歌竹枝，遊子淚沾衣。異國久爲客，寒宵頻夢歸。一封書未返，千樹葉皆飛。南過洞庭水，更應消息稀。

洛陽道

浮世若浮雲，千回故復新。旋添青草塚，更有白頭人。歲暮客將老，雪晴山欲春。行行車與馬，不盡洛陽塵。

夜與故人別

白日去難駐，故人非舊容。今宵一別後，何處更相逢。過楚水千里，到秦山幾重〔一〕。語來天又曉〔二〕，月落滿城鍾。

感懷

青山長寂寞，南望獨高歌。四海故人盡，九原新塚多。西沉浮世日，東注逝川波。不使年華駐，此生看幾何。

長信宮

簟涼秋氣初，長信恨何如。拂黛月生指，解鬟雲滿梳。一從悲畫扇，幾度泣前魚。坐聽南

〔一〕「幾」，文苑英華作「萬」，又注：「集作『幾』。」

〔二〕「語」，文苑英華作「話」，又注：「一作『語』。」「又」，文苑英華作「未」，又注：「一作『又』。」

宫樂，清風摇翠裾。

過侯王故第

過此一酸辛，行人淚有痕。獨殘新碧樹，猶擁舊朱門。歌歇雲初散〔一〕，簷空燕尚存。不知彈鋏客，何處感新恩〔二〕。

熊孺登一首

貞元中人。

經古墓

碑折松枯山火燒，夜臺曾閉不曾朝〔三〕。那將逝者比流水，流水東流逢上潮。

〔一〕「初」，文苑英華作「應」，又注：「詩選作『初』。」

〔二〕「新」，文苑英華作「深」，又注：「詩選作『新』。」

〔三〕「曾」，四庫本作「從」。

張繼三首 字懿孫，大曆中人。

楓橋夜泊

月落烏啼霜滿天，江楓漁火對愁眠〔一〕。姑蘇城外寒山寺，夜半鍾聲到客船〔二〕。

閶門即事

耕夫占募逐樓船〔三〕，春草青青萬頃田。試上吴門看郡郭〔四〕，清明幾處有新煙。

〔一〕「江楓漁火」，文苑英華作「江村漁父」，又注：「詩選作『江楓漁火』。」

〔二〕「夜半」，文苑英華作「半夜」，又注：「詩選作『夜半』。」

〔三〕「占」，文苑英華作「召」。

〔四〕「看」，文苑英華作「窺」。

過春申君廟

春申祠宇空山裏，古柏陰陰石泉水。日暮江南無士人，彌令過客思公子。蕭條寒景傍山村，寂寞誰知楚相尊。當時珠履三千客，趙使懷慙不敢言。

包佶四首

字幼正，貞元初，爲秘書監、丹陽郡公。

酬于侍郎湖南見寄〔一〕

桂嶺千崖斷，湘流一派通。長沙今賈傅，東海舊于公。章甫經殊俗，離騷繼雅風。金閨文作字，玉匣氣成虹。翰墨時無侶，丹青夙在公〔二〕。主恩留左掖，人望積南宮。巧拙循名異，浮沉顧位同。九遷歸上略，三已契愚衷。責謝庭中禮〔三〕，悲寬塞上翁。楚材欣有適，燕石愧無功。山曉

〔一〕文苑英華「見寄」後有「十四韻」。
〔二〕「公」，文苑英華作「工」。
〔三〕「禮」，文苑英華作「吏」，又注：「詩選作『禮』。」

重嵐外，林春苦霧中。雪花翻海鶴，波影倒江楓。去札頻逢信，回帆早挂空。避賢方有日，非敢愛微躬。

贈廬山白鶴觀劉尊師〔一〕

蒼蒼五老霧中壇，杳杳三山洞裏官。手護崑崙象牙簡，心推霹靂棗枝盤。春飛雪粉加毫潤，曉漱瓊膏冰去。齒寒〔二〕。漸恨流年筋力少，唯思露冕事星冠。

嶺下卧疾寄劉長卿員外

唯有貧兼病，能令親愛疎。歲時供放逐，身世付空虛。脛弱秋添絮，頭風曉廢梳〔三〕。波瀾

〔一〕「贈」，文苑英華作「宿贈」。
〔二〕文苑英華無注「去」。
〔三〕「廢」，宋刻本作「費」。

喧衆口，藜藿静吾廬。喪馬思開卦〔二〕，占鴞嬾發書。十年江海隔，離恨子知予。

近獲風痺之疾題寄所懷〔三〕

病夫將已矣，無可答君恩。衾枕同羈客，圖書委外孫。久來從吏道，常欲奉空門。急走機先息〔三〕，攲行力漸煩。無醫能卻老，有變是遊魂。鳥宿還依伴，蓬飄莫問根。寓形齊指馬〔四〕，觀境制心猿。唯借南榮地，清晨暫負暄。

〔二〕「喪馬思開卦」，黄録何批作：「睽：『初九，喪馬勿逐，自復見惡人，無咎。』此句義取下文，見惡人以避咎。」

〔三〕「痺」，文苑英華作「瘴」，又注：「集作『痺』。」

〔三〕「急」，文苑英華作「疾」。

〔四〕「寓」，文苑英華作「宿」。

包何一首

江上田家

近海川原薄〔一〕，人家本自稀。黍苗期臘酒，霜葉是寒衣。市井誰相識〔二〕，漁樵夜始歸。不須騎馬問，恐畏狎鷗飛。

鮑防二首

雜感

漢家海内承平久，萬國戎王皆稽首。天馬嘗銜苜蓿花，胡人歲獻蒲桃酒。五月荔枝初破

〔一〕「原」，文苑英華作「源」。
〔二〕「誰」，文苑英華作「雖」。

顔，朝辭象郡夕函關。[一]雁飛不度桂陽嶺，馬走先過林邑山。甘泉御果垂仙閣，日暮無風香自落。遠物皆重近皆輕，雞雖有德不如鶴。

送薛補闕入朝

平原門下十餘人，獨受恩多未殺身。每歎陸家兄弟少，更憐楊氏子孫貧。柴門豈斷施行馬，魯酒那堪醉近臣。賴有軍中遺令在[二]，猶將談笑對風塵[三]。

[一] 「天馬嘗銜苜蓿花，胡人歲獻蒲桃酒。五月荔枝初破顔，朝辭象郡夕函關」，黄録何批作：「以此詩觀之，則子瞻專謂天寶歲貢取諸涪者非也。」

[二] 「軍中」，文苑英華校注：「一作『將軍』。」

[三] 「對」，文苑英華作「静」。

張登二首 貞元中爲漳州刺史。

送王主簿遊南海 得錢字。

平生推久要，留滯共三年。明日東南路，窮荒霧露天。曠懷常寄酒，素業不言錢。道在貧非病，時來醜亦妍。過山乘蠟屐，涉海附樓船〔二〕。行矣無爲恨，宗門有大賢。

因遇小雪日戲題絶句

甲子徒推小雪天，刺桐猶緑槿花然。陽和長養無時歇，卻是炎洲雨露偏。

〔二〕「樓」，何校本「艛」塗改作「樓」，宋刻本、分類本、清宋犖本、雙清閣本、和刻本作「艛」，四庫本作「樓」。

皇甫冉上二十首〔一〕

字茂政，大曆中王縉爲河南節度，鎮徐州，辟掌書記，後終左補闕。

巫山峽〔二〕

巫峽見巴東，迢迢出半空〔三〕。雲藏神女館，雨到楚王宫。朝暮泉聲落，寒暄樹色同。清猿不可聽，偏在九秋中。

與張補闕王鍊師徐方清河路同舟南下於臺頭寺留别趙員外裴補闕同賦雜韻一首〔四〕

朝朝春事晚，泛泛行舟遠。淮海思無窮，悠颺煙景中。幸將仙子去，復與故人同〔五〕。高枕隨

〔一〕何校本校注：「近刻所無者七篇。」

〔二〕「峽」，文苑英華作「高」。

〔三〕「出半」，文苑英華校注：「一作『半出』。」

〔四〕「徐方」，四庫本作「自徐方」。

〔五〕「故」，分類本作「古」。

流水，輕帆任遠風。鍾聲野寺迴，草色古城空。送别高臺上，徘徊共惆悵。懸知白日斜，定是猶相望。

屏風上各賦一物得攜琴客

不是向空林〔二〕，應當就磐石〔三〕。白雲知隱處，芳草迷行跡。如何秪役心，見爾攜琴客。

獨孤中丞筵陪餞韋使君赴昇州〔三〕

中司龍節貴，上客虎符新。地控吴襟帶，才光漢搢紳〔四〕。泛舟應度臘，入境便行春。何處

〔一〕「是」，宋刻本、分類本作「見」。
〔二〕「磐」，宋刻本、分類本作「盤」。
〔三〕「筵」，文苑英華作「宅筵」。本首篇題，分類本作「獨孤中丞筵陪餞昇州韋使君」。
〔四〕「光」，文苑英華校注：「間氣集作『高』。」「搢」，分類本作「縉」。

歌來暮，長江建業人〔二〕。

酬李郎中侍御秋夜登福州城樓見寄

辛勤萬里道，蕭索九秋殘。月照閩中夜，天凝海上寒。王程無地遠，主意在人安。遥寄登樓作，空知行路難。

送元晟還於灊山所居〔三〕

深山秋事早〔三〕，歸去復何如〔四〕。裛露收新稼〔五〕，迎寒葺舊廬。題詩即招隱，作賦是閑居〔六〕。

〔二〕「建業」，分類本作「建鄴」。

〔三〕本首篇題，文苑英華卷二三一作「送王山人歸别業」，又注：「集作送元晟歸灊山所居。」卷二七二重出，作「送元晟還於灊山所居」。

〔三〕「事」，文苑英華校注：「間氣集作『意』。」

〔四〕「歸」，文苑英華校注：「集作『君』。」「復」，文苑英華作「意」，又注：「集作『復』。」

〔五〕「裛」，文苑英華作「浥」。

〔六〕「是」，文苑英華作「足」，又注：「集作『是』。」

別後空相憶，嵇康嬾寄書〔二〕。

送康判官往新安賦得江路西南永

不向新安去，那知江路長。猿聲比廬霍，水色勝瀟湘。驛樹收殘雨，漁家帶夕陽。何須愁旅泊，使者有輝光。

酬盧十一過宿

乞還方未遂，日夕望雲林。況復逢春草，何勞問此心。閑門公務散，枉策故情深。遥夜他鄉酒，同君梁甫吟。

〔二〕「寄」，文苑英華校注：「集作『讀』。」

三月三日義興李明府後亭泛舟

江南煙景復如何，聞道新亭更可過。處處蓺蘭春浦緑〔一〕，萋萋藉草遠山多〔二〕。壺觴須就陶彭澤，風俗猶傳晉永和。更使輕橈徐轉去，微風落日水增波。

酬裴十四 得宴字。

淮海各聯翩，三年方一見。素心終不易，玄髮何須變。舊國想平陵，春山滿陽羨。鄰雞莫遽唱，共惜良宵宴。

〔一〕「蓺」，分類本作「執」，黄録何校作「執」：「當如雜詠作『執蘭』，此用韓詩。」
〔二〕「藉」，宋刻本、分類本作「耕」。

夜集張諲所居 得飄字。

江南成久客，門館日蕭條。唯有圖書在，多傷鬢髮凋。諸生陪講誦，稚子給漁樵。虚室寒燈净〔一〕，空堦落葉飄。滄洲自有趣，誰道隱須招。

送顧萇往新安〔二〕

由來山水客，復道向新安。半是乘潮便，全非行路難。晨裝林月在〔三〕，野飯浦沙寒〔四〕。嚴子千年後，何人釣舊灘〔五〕？

〔一〕「净」，四庫本作「静」。
〔二〕「顧萇」，文苑英華作「顧中史」，又注：「『中』字，詩選作『長』。」
〔三〕「裝」，文苑英華校注：「一作『秋』。」
〔四〕「野飯浦沙寒」，文苑英華作「夜飲渚沙寒」，又注：「詩選作『野飲浦沙寒』。」
〔五〕「何」，文苑英華作「誰」。

送段明府

遥夜此何其，霜空殊杳靄。方嗟異鄉別，暫是同心會〔一〕。海林秋更疎，野水寒猶大。離人轉吴岫，旅雁從燕塞。日夕望前期，勞心白雲外。

送王司直

西塞雲山遠，東風道路長。人心勝潮水，相送過潯陽。

同李蘇州傷美人〔二〕

玉佩石榴裙，當年嫁使君。專房獨見寵，傾國衆皆聞。歌舞嘗無對〔三〕，幽明忽此分。陽臺千

〔一〕「暫」，宋刻本作「慙」。

〔二〕「同」，文苑英華作「奉同」。

〔三〕「嘗」，文苑英華作「長」，四庫本作「常」。

萬里，何處作行雲。

題高雲客舍〔一〕

孤興日自深，浮雲非所仰。窗中西城峻，樹外東川廣。晏起簪葛巾，閑吟倚藜杖。阮公道在醉，莊子生恒養。五柳轉扶疎，千峰恣來往。清秋香秔穫〔二〕，白露寒菜長〔三〕。吴國滯風煙〔四〕，平陵延夢想。時人趣纓弁，高鳥違羅網。世事徒糾紛，吾心方浩蕩。唯將山與水，處處諧真賞。

同諸公有懷絶句

舊國迷江樹，他鄉近海門。移家南渡久，童稚解方言。

〔一〕黄録何批作：「高雲詩今不傳。通鑑注中載其白著歌二句，云『上元官吏務剥削，江淮之人多白著』，蓋鮑防雜感之流也。」

〔二〕「秔穫」，宋刻本作「穫成」。

〔三〕「露」，宋刻本作「雲」。

〔四〕「滯」，宋刻本作「帶」。

送李録事赴饒州〔一〕

北人南去雪紛紛，雁叫汀沙不可聞〔二〕。積水長天隋遠客，荒城極浦足寒雲〔三〕。山從建業千峰遠〔四〕，江至潯陽九派分〔五〕。借問督郵纔弱冠，府中年少不如君。〔六〕

寄高雲

南徐風日好，悵望毗陵道。毗陵有故人，一見恨無因。獨戀青山久，唯令白髮新。每嫌持手板，時見著頭巾。煙景臨寒食，農桑起仲春。家貧仍嗜酒，生事今何有。芳草遍江南，勞心憶攜手。

〔一〕「李録事」，文苑英華校注：「一作『裴員外』。」

〔二〕「汀沙」，文苑英華作「河洲」。

〔三〕「荒城」，文苑英華作「孤舟」，又注：「一作『荒林』，又作『荒城』。」

〔四〕「遠」，文苑英華校注：「一作『起』。」四庫本作「出」，黄録何校作：「疑『繞』，他本或作『斷』，或作『出』，皆非也。」

〔五〕「至」，文苑英華作「到」。

〔六〕「借問督郵纔弱冠，府中年少不如君」，黄録何批作：「中二連極望遠惜别之情，結句點破。」

酬權器

南望江南滿山雪，此情惆悵將誰説。徒隨群吏不曾閑，顧與諸生爲久別。聞君静坐轉耽書，種樹葺茅還舊居。終日白雲應自足，明年芳草又何如。人生有懷苦不展，出入公門猶未免。回舟朝夕待春風，先報華陽洞深淺。

唐百家詩選　卷十

皇甫冉下六十五首

奉和徐州王相公彭祖井之作

上公旌節在徐方，舊井莓苔近寢堂。訪古因知彭祖宅，得仙何必葛洪鄉。清虚不共春池競，盥漱偏宜夏日長。聞道延年如玉液，欲將調鼎獻明光。

又和雪〔一〕

春雪偏當夜，暄風卻變寒。庭深不復掃〔二〕，城曉更宜看〔三〕。命酒閑令酌，披裘晚未冠。連

〔一〕本首篇題，文苑英華作「奉賀王相公喜雪」，「王」，又注：「詩選作『徐』。」分類本作「和雪」，又注：「和徐相公。」

〔二〕「庭」，分類本作「夜」。

〔三〕「城曉更宜看」，黄録何批作：「『城曉』二字，已起結句。」

營鼓角動，忽似戰桑乾。

送蕭處士〔一〕

惆悵煙郊晚，依然此送君。長河隔旅夢〔二〕，浮客伴孤雲。淇上春山直，黎陽大道分。西陵儻一弔，應有士衡文。

之京留别劉方平

客子慕儔侣，含悽整晨裝。邀歡日不足，況乃前期長。離袂惜嘉月，遠懷勞折芳。遲遲越二陵，回首但蒼茫。喬木清宿雨，故關愁夕陽。人言長安樂，其奈緬相望。

〔一〕何校本校注：「集本有『往鄴中』三字。」

〔二〕「長河隔旅夢」，黄録何批作：「第三言夢魂亦難越也。」

出塞

吹角出塞門，前瞻即胡地。三軍盡回首，皆洒望鄉淚。轉念關山長，行看風景異。由來征戍客，各負輕生義。

館陶李丞舊居

盛名天下挹餘芳，棄置終身不拜郎。詞藻世傳平了賦，園林人比鄭公鄉。門前墜葉浮秋水，籬外寒皋帶夕陽。日日青松成古木，秖應來者爲心傷。

送劉兵曹還隴山居

離堂徒讌語，行子但悲辛。雖是還家路，終爲上隴人。先秋雪已滿，近夏草初新。唯有聞羌笛，梅花曲裏春。

同裴少府安居寺對雨

共結尋真會，還當退食初〔一〕。鑪煙雲氣合，林葉雨聲餘。溽暑銷珍簟，浮涼入綺疏。歸心從念遠，懷此復何如。

贈鄭山人

白首滄洲客，陶然得此生。龐公採藥去，萊氏與妻行。乍見還州里，全非隱姓名。枉帆臨海嶠，貰酒秣陵城。伐木吴山曉，持竿越水清。家人忘貧賤，物外任衰榮。忽爾辭林壑，高歌至上京。避喧心已慣，念遠夢頻成。石路寒花發，江田臘雪明。玄纁儻有命，何以遂躬耕。

寄劉八山中

東皋若近遠，苦雨隔還期。閏歲風霜晚，山田收穫遲。茅簷燕去後，樵路菊黄時。平子遊都

〔一〕「退」，分類本作「對」。

久，知君坐見嗤。

雜言無錫惠山寺流泉歌

寺有泉兮泉在山，鏘金鳴玉兮長潺潺。作潭鏡兮澄寺内，泛巖花兮到人間。土膏脉動知春早，隈隩陰深長苔草。處處縈回石磴喧〔一〕，朝朝盥漱山僧老。林松自古草自新，清流活活無冬春。任疏鑿兮與汲引，若有意兮山中人。偏依佛界通仙境，明滅玲瓏媚林嶺〔二〕。宛如太室臨九潭〔三〕，詎減天台望三井。〔四〕我來結綬未經秋，已厭微官憶舊遊。且復遲回猶未去，此心只爲靈泉留。

田家作

卧見高原燒，閑尋空谷泉。土膏消臘後，麥隴發春前。藥驗桐君録，心齊莊子篇。荒村三

〔一〕「磴」，分類本作「蹬」。
〔二〕「林」，分類本作「休」。
〔三〕「室」，分類本、黄録宋本作「空」。
〔四〕「宛如太室臨九潭，詎減天台望三井」，黄録何批作：「太室九潭、天台三井。」

數處，衰柳百餘年。好就山僧去，時過野舍眠。汲流寧厭遠，卜地本求偏。向子諳樵路，陶家置黍田。雪峰明晚景，風雁急寒天。且復冠名鷃，寧知冕戴蟬。問津夫子倦，荷蓧丈人賢。顧物皆從爾，求心正儻然。嵇康懶慢性，秖自戀風煙。

寄劉方平

十年不出蹊林中，一朝結束甘從戎。嚴子持竿心寂歷，寥落荒籬遮舊宅。終日碧湍聲自喧，暮秋黄菊花誰摘。每望南峰如對君，昨來不見多寒雲。石徑幽人何所在，玉泉疎鍾時獨聞。與君從來同語默，豈是悠悠但相識。天畔三秋空復情，袖中一字無由得。世人易合復易離，故交棄置求新知。歎息青青長不改，歲寒霜雪貞松枝。

温湯即事

天仗星辰轉，霜冬景氣和。樹含温液潤〔一〕，山入繚垣多。丞相金錢賜，平陽玉輦過。魯人求

〔一〕「含」，分類本作「寒」。

一謁，無路獨如何。[一]

送張南史[二] 效何記室體。

馬卿工詞賦，位下年將暮。謝客愛雲山，家貧身不閑。風波杳未極，幾處逢相識。富貴人更變，誰能念貧賤。岸有經霜草，林有故年枝。俱應待春色，獨使客心悲。

送孔巢父赴河南軍 得河字。

江城相送阻煙波，況復新秋一雁過。聞道全師征北虜，更言諸將會南河。邊心杳杳鄉人絶，塞草青青戰馬多。共許陳琳工奏記，知君名宦未蹉跎。[三]

[一] 「魯人求一謁，無路獨如何」，文苑英華作「接輿來自楚，朝夕值行歌」。

[二] 「史」，分類本、黄録宋本作「長」。

[三] 全詩，黄録何批作：「『全師北伐，諸將獨南，則是棄甲奔還也。此指九節度鄴城之潰，得詩史遺意，而又渾然無跡。時艱若此，可以知我已晚嫌屈跡戎幕乎？落句釋其抑塞兼致勉也。會南河，謂保河陽。』」

和元中丞奉使承恩還終南舊居

軒車尋舊隱〔一〕，賓從滿郊園。蕭散煙霞興，殷勤故老言。謝公山不改，陶令菊猶存〔二〕。苔蘚侵垂釣，松篁長閉門。風霜清吏事，江海諭君恩。祇召趨宣室，沉冥在一論。

酬李司兵直夜見寄

江城聞鼓角，旅宿復何如。寒月清宵半，春風舊歲餘。徒云資薄禄，未必勝閑居。見欲扁舟去，誰能畏簡書。

送薛判官之越

時艱自多務，職小亦求賢。道路無辭遠，雲山併在前。樟亭待潮處，已是越人煙〔三〕。

〔一〕「尋」，分類本作「還」。
〔二〕「菊」，分類本作「策」。
〔三〕「是」，分類本作「見」。

同温丹徒登萬歲樓〔一〕

高樓獨上思依依〔二〕，極浦遥山合翠微〔三〕。江客不堪頻北望，塞鴻何事復南飛〔四〕。丹陽古渡寒煙積〔五〕，瓜步空洲遠樹稀。聞道王師猶轉戰，誰能談笑解重圍。

送鄒判官赴河南

看君發原隰，四牡去皇皇。始罷滄江吏，還隨粉署郎。海圻軍未息〔六〕，河畔歲仍荒。征税人全少，榛蕪虜近亡。所行知宋遠，相隔嘆淮長。早晚裁書寄，銀鈎佇八行。

〔一〕「丹」，文苑英華作「司」。
〔二〕「獨上」，文苑英華詩後補注：「集作『獨立』。」
〔三〕「合」，文苑英華作「涵」，又注：「詩選作『合』。」
〔四〕「復」，文苑英華作「獨」，又注：「詩選作『復』。」「塞鴻何事復南飛」，黄録何批作：「『塞鴻』，謂避兵而南渡者也。」
〔五〕「丹陽」，文苑英華作「維陽」，詩後補注：「集作『聊陽』。」「丹」，黄録宋本作「聊」。
〔六〕「圻」，何校本校注：「疑作『沂』。」分類本、黄録宋本作「沂」。

宿淮陰南樓酬常伯熊

淮陰日落上南樓，喬木荒城古渡頭。浦外野風初入户，窗中海月早知秋。滄波一望通千里，畫角三聲起百憂。獨立宵分遠來客，煩君步屧忽相求。

小江懷靈一上人六言。

江上年年春早，津頭日日人行。借問山陰遠近，猶聞薄暮鍾聲。

送唐别駕赴郢州

莫歎辭家遠，方看佐郡榮。長林通楚塞，高嶺見秦城。雪向嶢關下，人從郢路迎。翩翩駿馬去，自是少年行。

酬李補闕

十年歸客但心傷，三徑無人已自荒。夕宿靈臺伴煙月，晨趨建禮逐衣裳。久因麋鹿隨豐草，謬荷鵷鸞借末行〔二〕。縱有諫書猶未獻，春風拂地日空長。

同韓給事觀畢給事畫松石 入聲〔三〕。

海嶠微茫那得到，楚關迢遞心空憶。夕郎善画巖間松，遠意幽姿此何極。千條萬葉紛異狀，虎伏螭盤争勁力。扶疎半映晚天青，凝澹全和曙雲黑。煙籠月照安可道，雨濕風吹未曾息。能將積雪辨晴光，每與連峰作寒色。龍樓不競繁花吐，騎省偏宜遥夜直。羅浮道士訪移來，少室山僧舊應識。掖垣深沉晝無事，終日亭亭在人側。古槐衰柳寧足論，還對罘罳列行植。

〔二〕「鵷」，黄録宋本作「鴛」。

〔三〕分類本無注「入聲」。

送令狐明府

行當臘候晚，共惜歲陰殘。聞道巴山遠，如何蜀路難。荒林藏積雪，亂石起驚湍。君有親人術，應令勞者安。

送從姪栖閑律師

能知出世法，詎有在家心。南院開門送，東山策杖尋。經年期故里，及夏到空林。念遠長勞望，朝朝草色深。

舟中送李觀

江南近別亦依依，山晚川長客伴稀。獨坐相思計行日，出門臨水望君歸。

故齊王贈承天皇帝挽歌

禮盛追崇日，人知友悌恩。舊居從代邸，新壠入文園。鴻寶仙書秘，龍旂帝服尊。蒼蒼松裏月，萬古此高原。

贈恭順皇后挽歌

徂謝年方久，哀榮事獨稀。雖殊百兩迓，同是九泉歸。詔使傳金册，神人送玉衣。空山竟不從，寧肯學湘妃。

送太常大夫加散騎常侍赴朔方〔一〕

故壘煙塵促，新軍河塞間。金貂寵漢將，玉節度蕭關。散漫沙中雪，依稀漠口山。人知竇

〔一〕「太常」，黄録宋本無，空二格。

車騎，計日勒銘還。

送王翁信還剡中舊居

海岸耕殘雪，溪沙釣夕陽。家中何所有，春草漸看長。

奉寄皇甫補闕 張繼作附此。

京口情人別久，揚州估客來疎。潮至潯陽回去，相思無處通書。

酬張繼 并序

懿孫，余之舊好，祗役武昌，有六言詩見懷。今以七言裁答，蓋拙于事者繁而費。

悵望南徐登北固，迢遥西塞限東關〔二〕。落日臨川問音信，寒潮唯帶夕陽還。

送柳八員外赴江西

岐路無窮極，長江九派分。行人隨旅雁，楚樹入湘雲。久在征南役，何殊薊北勳。離心不可問，歲暮雪紛紛。

送陸遼潛夫 并序

頃者江淮征鎮，屢有掄才之舉，子不列焉，有司之過。子方耕山釣湖，避人如逃寇，徒欲羅高鴻，捕深魚，窮年竭日〔三〕，甚不可得也。今齒髮向暮，執勞無力，衆雛嗷嗷，開口待

〔二〕「遥」，四庫本作「迢」。
〔三〕「竭」，分類本作「渴」，黄録宋本作「愒」。

哺。如有知者，子其行乎，無爲自苦〔二〕。

高山迴欲登〔三〕，遠水深難渡。杳杳復漫漫，行人別家去。

又得雲字

何事千年遇聖君，坐令雙鬢老如雲。南行更入山深淺，歧路悠悠水自分。

又送陸灊夫延陵尋友

登山自補屐，訪友不齎粮。坐歇青楓晚，行吟白日長。人煙隔水見，草氣入林香。誰作招尋侶，清齋宿紫陽。

〔二〕分類本序後有「題一絶賦長道」。

〔三〕「迴」，黄録宋本、黄録何校作「回」。

送鄭二堪之茅山 六言〔一〕。

水流絶澗終日，草長深山暮春。犬吠雞鳴幾處，條桑種杏何人。

問李二司直所居雲山

門外水流何處，天邊樹遶誰家。山色東西多少〔二〕，朝朝幾度雲遮。

閑居作

多病辭官罷，閑居作賦成。圖書唯藥籙〔三〕，飲食止藜羮〔四〕。學謝淹中術，詩無鄴下名。不

〔一〕分類本無注「六言」。
〔二〕「色」，分類本作「絶」。
〔三〕「籙」，分類本作「録」。
〔四〕「飲」，分類本作「飯」。

堪趨建禮，詎是厭承明。已輟金門步，方從石路行。遠山期道士，高柳覓先生。性懶尤因疾，家貧自少營。種苗雖尚短，穀價幸全輕。篇詠投康樂，壺觴就步兵。何人肯相訪，開户一逢迎。

和王給事禁省梨花〔二〕

巧解迎人笑，還能亂蝶飛。春風時入户，幾片落朝衣。

歸渡洛水

暝色赴春愁，歸人南渡頭。渚煙空翠合，灘月碎光流。澧浦饒芳草，滄浪有釣舟。誰知放歌客，此意正悠悠。

〔二〕 本首篇題，分類本作「和王給事禁省梨花詩」。

送陸灃郭郎

纔見吴洲百草春〔一〕，已聞燕雁一聲新。秋風何處催年急，偏逐山行水宿人。

重陽日酬李觀

不見白衣來送酒，但令黄菊自開花。愁看日晚良辰過，步步行尋陶令家。

送蔣評事往福州

江上春常早，閩中客去稀。登山怨迢遰，臨水惜芳菲。煙樹何時盡，風帆幾日歸。還看復命處，盛府有光輝。

〔一〕「洲」，分類本作「州」。

送從弟豫貶袁州

何事成遷客，思歸不見鄉。遊吴經萬里，弔屈過三湘。水與荆巫接，山通鄢郢長。名嗟黄綬繫，身是白眉良。獨結南枝恨，應思北雁行。憂來沽楚酒，玄鬢莫凝霜。

送錢塘路少府赴制舉

公車待詔赴長安〔一〕，客裏新正阻舊歡。遲日未能銷野雪，晴花偏自犯江寒。東溟道路通秦塞，北闕威儀覩漢官。共許郤詵工射策〔二〕，恩榮請向一枝看。

賦得荆溪夜湍送蔣逸人歸義興山

驚湍流不極，夜度識雲岑。長帶溪沙淺，時因山雨深。方同七里路，更遂五湖心。揭厲朝

〔一〕「赴」，文苑英華作「詣」，又注：「一作『赴』」。
〔二〕「共」，文苑英華作「時」。「工射」，文苑英華作「能對」。

將夕，潺湲古至今〔一〕。花源若許到，雖遠亦相尋。

送孔黨赴舉

入貢列諸生，詩書業早成。家承孔聖後，身有魯儒名。楚水通滎浦〔二〕，秦山擁漢京。愛君方弱冠，爲賦少年行。

送裴陟歸常州

夜雨須停棹〔三〕，秋風暗入衣。見君常北望，何事卻南歸。

〔一〕「至」，分類本、黄録宋本作「望」。
〔二〕「滎」，分類本作「榮」。
〔三〕「須」，分類本、黄録宋本作「頻」。

徐州送丘侍御之越

時鳥催春色，離人惜歲華。遠山隨擁傳，芳草引還家。北固潮當闊，西陵路稍斜。縱令寒食過，猶有鏡中花。

送韋山人歸所居鍾山〔一〕

逸人歸路遠，弟子出山迎。服藥顔須駐〔二〕，耽書癖已成。柴扉度歲月〔三〕，藜杖見公卿。更作儒林傳，還應有姓名〔四〕。

〔一〕「歸」，分類本、黄録宋本無。本首篇題，文苑英華作「送韋逸人歸鍾山」，題作者爲「郎士元」。

〔二〕「須」，文苑英華作「猶」。

〔三〕「度」，文苑英華作「多」。

〔四〕「還應有」，文苑英華作「應須載」。

和袁郎中破賊後經剡中山水 同用溪字[一]。

武庫分帷幄，儒衣事鼓鼙。兵連越徼外，寇盡海門西。節比全疎勒，功當雪會稽。旌旗回剡嶺，士馬濯耶溪[二]。受律梅初發，班師草未齊。行看佩金印[三]，豈得訪丹梯。

送處州裴使君赴京

使君朝北闕，車馬發東方。別喜天書召，寧愁地脉長。山行朝復夕，水宿露爲霜。秋草連秦塞，孤帆落漢陽。新銜趨建禮，舊位識文昌。唯有聯翩翼，翻隨南雁翔。

[一] 文苑英華無注「同用溪字」。
[二] 「耶」，文苑英華校注：「集作『靈』。」
[三] 「金」，文苑英華作「侯」，又注：「一作『金』。」

送包佶賦得天津橋

洛橋歲暮作征客，□□□□□□□[二]。相望依然一水間，相思已如千里隔。晴煙霽景滿天津，鳳闕龍樓映水濱。豈無朝夕軒車度，其奈相逢非所親。鞏樹甘陵愁遠道，他鄉一望人堪老。君報還期在早春，橋邊日日看芳草。

宿嚴維宅送包七

江湖同避地，分手自依依。盡室今爲客，經秋空念歸。歲儲無別墅，寒服羨鄰機。草色村橋晚，蟬聲江樹稀。夜涼宜共醉，時難惜相違。何事隨陽侶，汀洲忽背飛。[三]

[二] 分類本、黄録宋本此處無闕，「洛橋歲暮作征客」下接「相望依然一水間」。

[三] 「何事隨陽侶，汀洲忽背飛」，黄録何批作：「結句回抱『同避地』恰好。」

送延陵陳法師赴上元〔一〕

延陵初罷講，建業去隨緣。翻譯推多學，壇場最少年。浣衣逢野水〔二〕，乞食向人煙。遍禮南朝寺〔三〕，焚香古像前。

賦得海邊樹

歷歷緣荒岸，冥冥入遠天。每同沙草發，長共水雲聯。摇落潮風早，離披海雨偏。故傷游子意，多在客舟前。

〔一〕 本首篇題，文苑英華作「送延陵法師往上都」。
〔二〕 「逢」，文苑英華作「隨」。
〔三〕 「朝寺」，文苑英華作「峰頂」。

題昭上人房

沃洲傳教後，百衲老空林。慮盡朝昏磬，禪隨坐卧心。鶴飛湖草迥，門閉野雲深。地與天台接〔一〕，中峰早晚尋。

寄韋司直〔二〕

前郎士元有此詩，未知孰是。〔三〕

聞君感歎二毛初，舊友相依萬里餘。烽戍有時驚暫定，甲兵無處可安居。客來吴地星霜久，家在平陵音信疎。昨夜春風還入户〔四〕，登山臨水復何如〔五〕。

〔一〕「地」，文苑英華作「願」，又注：「一作『地』」。
〔二〕「寄」，文苑英華校注：「集作『贈』。」題作者爲「皇甫冉」，又注：「百家詩選作郎士元。」
〔三〕按：此首詩在唐百家詩選卷七「郎士元二十一首」中重出。
〔四〕「昨夜春風還入户」，黄録何批作：「『春風』字誤，『感歎二毛』，『登山臨水』，皆悲秋也。」
〔五〕「復」，文苑英華校注：「集作『意』」。

送魏十六還蘇州

秋夜沉沉此送君，陰蟲切切不堪聞。歸舟明日毗陵道，回首姑蘇是白雲。

婕妤怨

由來詠團扇，今已值秋風。事逐時偕往，恩無日再中。早鴻聞上苑，寒露下深宫。顔色年年謝，相如賦豈工。

送客

旗鼓軍威重，關山客路賒。待封甘度隴，回首不思家。城下春山路，營中瀚海沙。河源雖萬里，音信寄來查〔二〕。

〔二〕「來」，分類本作「東」。

唐百家詩選　卷十一

劉商九首〔一〕

送劉南史往杭州拜覲別駕叔

兄弟漂零自長年〔二〕，見君眉白轉相憐。清揚似玉須勤學，富貴由人不在天〔三〕。萬里榛蕪迷舊國，兩河烽火復相連。林中若使題書信，但向漳濱訪客船。

〔一〕何校本校注：「近刻所無者一篇。」

〔二〕「自長年」，黄録何批作：「『自長年』言己方老病，已無能爲，若乃少年，何可不蚤加勉也。」

〔三〕「富貴由人不在天」，黄録何批作：「喪亂流離，往往安之於命，衰阻不振，故第四以自强激發其志氣。」

合溪送王永歸東郭[一]

君去春山誰共遊，鳥啼花落水空流。如今送別臨溪水，他日相思來水頭。

春日卧病書情

楚客經年病，孤舟人事稀。晚晴江柳變[二]，春夢塞鴻歸。今日方知命，前年自覺非[三]。不能憂歲計，無限故山薇。

[一]「送王永歸東郭」，分類本無。

[二]「晚晴江柳變」，黄録何批作：「第三用『園柳變鳴禽』。」

[三]「前」，何校本校注：「身。」詩上邊欄校注：「衆妙集作『身』。」

銅雀妓

魏主矜蛾眉〔一〕，美人美於玉。高臺無晝夜，歌舞竟未足。盛色如轉圜，夕陽落深谷。仍令身歿後，尚縱平生慾。紅粉横淚痕，調絃向空屋。舉頭君不在，唯見西陵木。玉輦豈再來，嬌鬟爲誰緑。那堪秋風裏，更舞陽春曲。曲罷情不勝，闌干向西哭。臺邊生野草，來去罥羅縠。况復陵寢間，雙雙見麋鹿。〔二〕

緑珠怨

從來上臺榭，不敢倚欄干〔三〕。零落知成血，高樓直下看。

〔一〕「蛾」，四庫本作「娥」。
〔二〕全詩，黄録何批作：「無味，雖不作可。」
〔三〕「欄」，四庫本作「闌」。

醉後口號

春草秋風老此身，一瓢長醉任家貧。醒來還愛浮萍草，漂寄官河不屬人。

秋夜聽嚴紳巴童唱竹枝歌

巴人遠從荆江客，回首荆山楚雲隔。思歸夜唱竹枝歌，庭槐葉落秋風多。曲中歷歷敘鄉思，鄉思綿綿楚詞古。身騎吴牛不畏虎，手提蓑笠欺風雨。猿啼日暮江岸邊，緑林連山水連天。來時十三今十五，一成新衣已再補。鴻雁南飛報鄰伍，在家懽樂辭家苦。天晴露白鍾漏遲，淚痕滿面看竹枝。曲終寒竹風裊裊〔二〕，西方日落東方曉〔三〕。

〔二〕「終」，分類本作「中」。
〔三〕「日」，何校本校注：「一刻『月』。」

柳條歌送客

露井夭桃春未到，遲日猶寒柳開早。高枝低枝飛鸝黄，千條萬條覆官墻。幾回離别折欲盡，一夜東風吹又長。毵毵拂人行不進，依依送君無遠近。青春去住隨柳條，卻寄來人以爲信。

雜言同豆盧郎中郭南七里橋哀悼姚倉曹[一]

橋邊足離别，終日爲悲辛。登橋因歎逝，卻羨别離人。橋下東流水，芳樹櫻桃蘂。流水與潮回[二]，花落明年開。可憐三語掾，長作九泉灰。宿昔懽遊在何處，花前飲足求仙去。

[一] 「中」，黄録宋本無。
[二] 「流水與潮回」，黄録何批作：「鮑詩『寫海有歸潮，衰容不還稚』。」

羊士諤十七首

過三鄉望女几山早歲有卜築之志〔一〕

女几山頭春雪消〔二〕，路傍仙杏發柔條〔三〕。心期欲去知何日〔四〕，惆悵迴車上野橋。

和都官李郎中經宮人斜

翡翠無窮掩夜泉，猶疑一半作神仙。秋來還照長門月〔五〕，珠露寒花是野田。

〔一〕「過三鄉」，分類本無。
〔二〕「消」，分類本作「銷」。
〔三〕「路傍仙杏發柔條」，黄録何批作：「第二襯出『望』字，意遠語工。」
〔四〕「期」，分類本作「思」。
〔五〕「門」，分類本、黄録宋本作「明」。

郡中即事二首〔一〕

紅衣落盡暗香殘，葉上秋光白露寒。越女含情已無限〔二〕，莫教長袖倚闌干〔三〕。

登臨何事見瓊枝，白露黄花自遶籬。唯有樓中好山色，稻畦殘水入秋池。

小園春至偶書呈吏部竇郎中孟員外

松篠雖苦節，冰霜慘其間。欣欣發佳色，如喜東風還。幽抱想前躅，冥鴻度南山。春臺一以眺，達士亦解顔。偃息非老圃，沉吟閟玄關。馳暉忽復失，壯歲不得閑。君子當濟物，丹梯難共攀。心期自有約，去掃蒼苔斑〔四〕。

〔一〕「二首」，分類本作小注。
〔二〕「限」，分類本作「恨」。
〔三〕「闌」，分類本作「欄」。
〔四〕「斑」，分類本作「班」。

登樂遊原寄司封孟郎中盧補闕〔一〕

爽節時清眺，秋懷悵獨過〔二〕。神皋值宿雨，曲水已增波。白鳥陵風迴，紅蕖濯露多。〔三〕伊川有歸思，君子復如何。

郡樓晴望

霽色朝雲盡，亭皋露亦晞。褰開臨曲檻，蕭瑟換輕衣。地遠秦人望，天晴社燕飛〔四〕。無功慙歲晚，惟念故山歸。

〔一〕「原」，黄録宋本作「苑」。

〔二〕「獨過」，黄録何批作：「『獨』字呼起結句。」

〔三〕「白鳥陵風迴，紅蕖濯露多」，黄録何批作：「第五興歸思，第六所謂『采之欲遺誰，所思在遠道』也。」

〔四〕「天晴社燕飛」，黄録何批作：「第六所謂『燕知社日辭巢去』也。」

九月十日郡樓獨酌

掾史當授衣，郡中稀物役。嘉辰悵已失，殘菊誰爲惜。欞軒一樽泛，天景洞虛碧。暮節獨賞心，寒江鳴湍石。歸期北州里，舊友東山客。飄蕩海雲深，相思桂花白。

梁國惠康公主挽歌詞二首

特詔令百官進詩，駙馬即司空于公之子。

湯沐成塵跡，山林遂寂寥。鵲飛應織素，鳳起獨吹簫。玉殿中參罷，雲軿上漢遥。皇情悲不極，空輟未央朝。

授册榮天使，陳詩感聖恩。河山啓梁國，縞素及于門。泉向金巵咽，霜來玉樹繁。都人聽哀挽，淚盡望寒原。

林館避暑

池島清陰裏，無人泛酒船。山蜩金奏響，花露水精圓。静勝朝還暮，幽觀白已玄。家林正如此，何事賦歸田。〔一〕

寒食宴城北山池即故郡守滎陽鄭綱目爲折柳亭〔二〕

別館青山郭，遊人折柳行。落花經上巳，細雨帶清明。鶗鴂流芳暗〔三〕，鴛鴦曲水平。歸心何處醉，寶瑟有餘聲。

〔一〕「家林正如此，何事賦歸田」，黄録何批作：「結句翻案，言投荒不異歸田也。」
〔二〕「綱」，分類本作「絅」。「目」，清宋犖本同，分類本、和刻本、雙清閣本、四庫本作「自」。
〔三〕「鴂」，分類本作「鴃」。

夜聽琵琶

破撥聲繁恨已長，低鬟斂黛更摧藏。潺湲隴水聽難盡，併覺風沙繞杏梁。

酬蕭使君出妓夜宴見送

玉顔紅燭忽驚春，微步淩波拂暗塵。自是當歌斂眉黛，不應惆悵爲行人。

西川獨孤侍御見寄七言四韻一來爲郡翰墨都捐逮此酬答誠乖拙速

百雉層城上將壇，列營西照雪峰寒〔一〕。文章立事須銘鼎，談笑論功恥據鞍。草檄青油推健筆，曳裾黄閣聳危冠。雙金未比三年字，負弩空慙知者難。

〔一〕「列營」，黄録宋本作「川榮」。

息舟荆溪入陽羨南山遊善權寺呈李功曹巨〔一〕

結纜蘭渚曉，柴車上連岡〔二〕。晏温值初霽，去遶山河長〔三〕。獻歲冰雪盡，細泉生路傍。行披煙杉入，激瀾横石梁。層閣表精廬，飛甍切雲翔。冲襟得高步，清眺極遠方。潭嶂積佳氣，荑英多早芳。具觀澤國秀，重使春心傷。念遵煩促途，榮利鶩隟光。勉君脱冠意，共匿無何鄉。

永寧里園亭休沐悵然成詠

雲景含初夏，休歸曲陌深。幽簾宜永日，珍樹始清陰。遲客唯長簟，忘言有匣琴。晝披靈物態，書見古人心。芳草多留步，鮮飆自滿襟。勞形非立事，蕭灑去頭簪。

〔一〕 黄録何批作：「近柳。」

〔二〕 「車」，黄録宋本作「居」。

〔三〕 「河」，何校本校注：「疑作『阿』。」

長孫佐輔十三首

德宗時人，弟公輔爲吉州刺史，佐輔往依焉〔一〕。

尋山家

獨訪山家歇還涉，茅屋斜連隔松葉。主人聞語未開門，繞籬野菜飛黄蝶。

答邊信

征人去年戍遼水，夜得邊書字盈紙。揮刀就燭裁紅綺，結作同心答千里。君寄邊書書莫絶，妾答同心心自結。同心再解心不離，書字頻看字愁滅。結成一夜和淚封，貯書只在懷袖中。莫如書字固難久，願學同心長可同。

〔一〕何校本校注：「近刻所無者一篇。」

山居雨霽即事

結茅蒼嶺下，自與喧卑隔。況值雷雨晴，郊原轉岑寂。出門看反照，繞屋殘溜滴。古路絶人行，荒陂響螻蟈。籬崩瓜豆蔓，圃壞牛羊跡。斷續古祠鴉，高低遠村笛。喜聞東皋潤，欲往未通屐。杖策試危橋，攀蘿瞰苔壁。鄰翁夜相訪，緩酌聊跂石。新月出污罇，浮雲在巾舄〔二〕。常隳腐儒操，謬習經邦畫。有待時未知，非關慕沮溺。

擬古詠河邊枯樹

野火燒枝水洗根，數圍枯樹半心存。應是無機承雨露，卻將春色寄苔痕。〔三〕

〔二〕「巾」，何校本「中」塗改作「巾」，四庫本作「巾」，分類本、清宋犖本、和刻本、雙清閣本、黄録宋本作「中」。

〔三〕「痕」，分類本作「根」。「應是無機承雨露，卻將春色寄苔痕」，黄録何批作：「反透『枯』字。」

對鏡吟

憶昔逢君新納娉，青銅鑄出千年鏡。意憐光彩固無瑕，義比恩情永相映。每將鑒面兼鑒心，鑒來不輟情逾深。君非結心空結帶，結處尚新恩已背。開簾覽鏡悲難語，對面相看孟門阻。掩匣徒慙雙鳳飛，懸臺欲效孤鸞舞。妝成持照尚當時，只畏愁多遽變衰。〔一〕昔日照來人共許，今朝照罷自生疑。鏡上有塵猶可拂，君恩詎肯無迴時。

南中客舍對雨送故人歸北〔二〕

猿聲啾啾雁聲苦，卷簾相對愁不語。幾年客吴君在楚，況送君歸我猶阻。家書作得不忍封，北風吹斷堦前雨。

〔一〕「妝成持照尚當時，只畏愁多遽變衰」，黄録何批作：「近刻脱『妝成持照』二句，乃從紀事中掇拾者也。」

〔二〕「送」，分類本無。

杭州秋日留别故友

相見又相别，大江秋水深。悲歡一世事，去住兩鄉心。淅瀝籬下葉〔一〕，淒清堦上琴。獨隨孤棹去，何處更同衾。

關山月

淒淒還切切，戍客多離别。何處最傷心，關山見秋月。關月竟如何，由來遠近過。始經玄兔塞〔二〕，終繞白狼河。忽憶秦樓婦，流光應共有。已得並蛾眉〔三〕，還知攬纖手。去歲照同行，比翼復連形。今宵照獨立，顧影自煢煢。餘暉漸西落，夜夜看如昨。借問映旃旗，何如鑒帷幕。拂曉朔風悲，蓬驚雁不飛。幾時征戍罷，還向月中歸。

〔一〕「淅」，分類本作「浙」。
〔二〕「玄兔」，四庫本作「玄菟」。
〔三〕「蛾」，分類本作「娥」。

別友人

愁多不忍醒時別，想極還尋靜處行。誰遣同衾又分手，不如行路本無情。

山行書事

日落風颼颼，驅車行遠郊。中心有所悲，古墓穿黄茅。茅中狐兔窠〔二〕，四面烏鳶巢。鬼火時獨出，人煙不相交。行行近破村，一徑欹還坳。迎霜聽蟋蟀，向月看蠨蛸。翁喜客來坐，客來羞厨庖。濁醪誇撥螘，時果仍新苞。相勸對寒燈，呼兒爇枯梢。性朴頗近古，其言無斗筲。憂歡世上并，歲月途中抛。誰知問津客，空作楊雄嘲。

古宮怨〔三〕

窗前好樹名玫瑰，去年花落今年開。無情春色尚識返，君心忽斷何時來。憶昔妝成候仙

〔二〕「狐」，四庫本作「孤」。

〔三〕黄録何批作：「此唐初遺制。」

仗，宫瑣玲瓏日新上。拊心卻笑西子嚬，掩鼻誰憂鄭姬謗。草染文章衣下履，花粘甲乙床前帳。三千玉貌休自誇，十二金釵獨相向。盛衰傾奪欲何如，嬌愛翻悲逐佞諛。重遠豈能慙沼鵠，棄前方見泣船魚。看籠不記薰龍腦，詠扇空曾禿鼠鬚。始喜類蘿新託柏，終傷如薺卻甘荼。院深獨開還獨閉，鸚鵡驚飛苔覆地。滿箱舊賜前日衣，漬枕新垂夜來淚。恨多開鏡照還悲，緑鬢青蛾尚未衰。莫道新縑長絶比〔一〕，猶逢故劍會相追。

隴西行

陰雲凝朔氣，隴上正飛雪。四月草不生，北風勁如切。朝來羽書急，夜宿長城窟。道隘行不前，相呼抱鞍歇。人寒指欲墮，馬凍蹄亦裂。射雁旋充飢，斧冰還止渴。寧辭解圍鬭，但恐乘疲没。早晚邊候空〔二〕，歸來養羸卒。

〔一〕「比」，黄録宋本作「此」。
〔二〕「候」，四庫本作「堠」。

代別後夢別

別中還夢別，悲後更生悲。覺夢俱千里，追尋難再期。翻思夢裏苦，卻恨覺來遲。縱是非真事，何妨夢會時。

李約三首

汧國公勉之子，仕爲尚書兵部員外郎。

觀祈雨

桑條無葉土生煙，簫管迎龍水廟前。朱門幾處看歌舞，猶恐春陰咽管絃。

過華清宮

君王遊樂萬機輕，一曲霓裳四海兵。玉輦升天人已盡〔一〕，故宮猶有樹長生。

〔一〕「升」，分類本作「昇」。

城南訪裴氏昆季

相思起中夜，夙駕訪柴荆。早霧桑柘隱，曉光溪澗明。村蹊蒿棘間，往往斷新耕。貧野煙火微，晝無烏鳶聲。田頭逢餉人，道君南山行。南山千萬峰，盡是相思情。野老無拜揖，村童多裸形。相呼看車馬，顔色喜相驚。荒圃雞豚樂，雨牆禾莠生。欲君知我來，壁上空書名。

竇常二首

字中行[一]，扶風平陵人，左拾遺叔向之子，與弟牟、群、庠、鞏俱有名，寶曆中爲國子祭酒，致仕卒。

之任武陵寒食日途次松滋渡先寄劉員外[二]

杏花榆莢曉風前，雲際離離上峽船。江轉數程淹驛騎，楚曾三户少人煙。看春又遇清明節，筭老重經癸巳年。幸得柱山當郡舍[三]，在朝長詠卜居篇。

[一]「中行」，四庫本作「仲行」。
[二]「途」，分類本無。
[三]「柱」，何校本「住」塗改作「柱」，四庫本作「柱」，清宋犖本、雙清閣本、和刻本作「住」，分類本、黄録宋本作「杜」。

北固晚眺

水國芒種後，梅天風雨涼。露蠶開晚簇，江燕繞危檣。山趾北來固，潮頭西去長。年年此登眺，人事幾銷亡。

竇牟一首 字貽周，長慶中爲國子司業。

秋夕閑居對雨贈別盧七侍御坦

燕燕辭巢蟬蛻枝，窮居積雨壞藩籬。夜長簷溜寒無寢，日晏厨煙濕未炊。悟主一言那可學，從軍五首竟徒爲〔二〕。故人驄馬朝天使〔三〕，洛下秋聲恐要知。

〔二〕「首」，何校本「百」改作「首」，黄録何校作「首」：「從軍五首，即文選中王仲宣詩也，得宋本聯珠集，乃袪積歲之惑。」

〔三〕「驄」，何校本「駿」改作「驄」。

竇群一首 字丹列，元和中自御史中丞出爲黔中觀察使，貶開州刺史，徙容管經略使，卒。

黔中書事

萬事非京國，千山擁麗譙。佩刀看日曬，賜馬傍江調。言語多重譯，壺觴每獨謡。沿流如著翅，不敢問歸橈。

竇庠一首 字胄卿，爲婺州刺史。

陪留守韓僕射巡内至上陽宫感興

愁雲漠漠草離離，太液鈎陳處處疑。薄暮毁垣春雨裏，殘花猶發萬年枝。

竇鞏八首

字友封，元稹爲武昌軍節度使，辟爲秘書少監，兼御史中丞，充節度副使。

南遊感興

傷心欲問前朝事，惟見江流去不迴。日暮東風春草緑，鷓鴣飛上越王臺。

寄南遊弟兄

書來未報幾時還，知在三湘五嶺間〔一〕。獨立衡門秋水闊，寒鴉飛去日銜山。

放魚

金錢贖得免刀痕〔二〕，聞道禽魚亦感恩〔三〕。好去長江千萬里，不須辛苦上龍門。

〔一〕「湘」，何校本「湖」改作「湘」。

〔二〕「金錢」，文苑英華作「黄金」，又注：「雜録作『金錢』。」

〔三〕「感」，文苑英華作「報」，又注：「雜録作『感』。」

宫人斜

離宫路遠北原斜，生死恩深不到家。雲雨今歸何處去，黄鸝飛上野棠花。

代鄰叟

年來七十罷耕桑，就暖支羸强下床。滿眼兒孫身外事，閑梳白髮向殘陽。

新營别墅寄兄

嬾性如今成野人，行藏由興不由身〔二〕。莫驚此度歸來晚，買得西山正值春。

〔二〕「身」，四庫本作「人」。

自京師將赴黔南

風雨荆州二月天，問人初雇峽中船。西南一望雲和水，猶道黔南有四千。

永寧小園與校書接近因寄

故里心期奈别何，手移芳樹憶庭柯。東皋黍熟君應醉，梨葉初紅白露多。

唐百家詩選　卷十二

楊巨源四十六首〔一〕

送太和公主和蕃〔二〕

北路古來難，年光獨認寒。朔雲侵鬢起，邊月向眉殘。蘆井尋沙到，花門度磧看。薰風一萬里，來處是長安。

〔一〕何校本校注：「近刻所無者七篇。」
〔二〕何校本校注：「此篇僅見於衆妙集。」

春日奉獻聖壽無疆詞

代是文明晝，春當燕喜時。鑪煙添柳重，宫漏出花遲。漢典方寬律，周官正採詩。〔一〕碧霄傳鳳吹，紅旭在龍旗。〔二〕造化膺神契，陽和沃聖慈。無因隨百獸，率舞奏丹墀。

贈鄰家老將〔三〕

白首羽林郎，丁年戍朔方。陰天瞻磧路，秋日渡遼陽。大漠寒山黑，孤城夜月黄。十年依蓐食，萬里帶金瘡。拂雪陳師祭，衝風立教場。箭飛瓊羽合，旗動火雲張。虎翼分營勢，魚鱗擁陳行。誓心清塞色，鬭血雜沙光。戰地晴暉薄〔四〕，軍門曉氣長。寇深争暗襲，關迥勒春防。身賤竟何訴，

〔一〕「漢典方寬律，周官正採詩」，黄録何批作：「尚德緩刑，求民之瘼，此獲福之本，頌聲所由作也。『寬律』、『采詩』一連，與下『神契』、『聖意』呼應。」

〔二〕「碧霄傳鳳吹，紅旭在龍旗」，黄録何批作：「『碧霄』一連如畫，妙是在遠想望，神味已含結句。」

〔三〕黄録何批作：「語少煩而氣自厚。」

〔四〕「暉」，文苑英華作「輝」。

天高徒自傷。功成封寵將，力盡到貧鄉。雀老方悲海，鷹衰卻念霜。空餘孤劍在，開匣一霑裳。

和練師索秀才楊柳[一]

水邊楊柳緑煙絲，立馬煩君折一枝。惟有春風最相惜，殷勤更向手中吹。

大堤詞

二八嬋娟大堤女，開壚相對依江渚。待客登樓向水看，邀郎卷幔臨花語。細雨濛濛濕芰荷，巴東商侶住帆多。自傳芳酒翻紅袖，誰調妍妝回翠蛾。珍簟華燈夕陽後，當罏理瑟矜纖手。月落星微五鼓聲，春風摇蕩窗前柳。歲歲逢迎沙岸間，背人多整緑雲鬟[二]。無端嫁與五陵少，離别煙波傷玉顔。

[一]「索」，分類本作「素」。

[二]「背人多整緑雲鬟」，黄録何批作：「『背人多整』，近刻『北人多識』。」

聖恩洗雪鎮州寄獻裴相公

天借春光洗緑林，戰塵收盡見花陰。好生本是君王德，忍死何妨壯士心。〔一〕曾賀截雲翻栅遠，仍聞斵凍下營深。井陘昨日雙旗入，蕭相無言淚濕襟。

上劉侍中

命代生申甫，承家翊禹湯。廟謨膺間氣，師律動清霜。鍾鼎勳庸大，河山誠誓長〔二〕。英姿凌虎視，逸步壓龍驤。道協陶鈞力，恩回日月光。一言弘社稷，九命備珪璋。政洽軍逾肅，仁敷物已康。朱門重棨戟，丹詔半縑緗。位總興龍野〔三〕，師臨涿鹿鄉。射雕天更碧，吹角塞仍黄。

〔一〕「好生本是君王德，忍死何妨壯士心」，黄録何批作：「此謂穆宗赦王庭凑也。忍死以待朝廷之救，當指牛元翼在深州。」

〔二〕「河山」，文苑英華作「山河」，又注：「一作『河山』。」

〔三〕「興」，文苑英華作「雲」，又注：「一作『興』。」

深入平夷落，横行闢漢疆。功垂貞石遠，名映色絲香。度磧瞻貔武〔一〕，臨池識鳳凰。舞腰凝綺榭，歌響拂雕梁〔二〕。杯浄傳鸚鵡，裘鮮照鷫鷞。吟詩白羽扇，校獵緑沉槍。風景佳人地，煙沙壯士場。幕中邀謝監〔三〕，麾下得周郎。珠影含空徹，瓊枝映坐芳〔四〕。王渾知武子，陳寔奬元方。富貴春無限，歡娱夜未央。管絃隨玉帳，樽俎奉金章。俗理寧因勸，邊城詎假防。軍容雄朔漠，公望冠巖廊。分野鄰孤島，京坻溢萬箱。曙華分碣石，秋色入漁陽。城遠迷玄兔〔五〕，川明辨白狼。忠賢多感激，今古共蒼茫。堤擁紅蕖艷，橋分翠柳行。軒車紛自至，亭館鬱相當。珍簟回煩暑，層軒引早涼。聽琴知思静，説劍覺神揚。佳景燕臺上，清暉鄭驛傍〔六〕。鼓鍾喧北里〔七〕，珪玉映東牀。敢銜由之瑟，甘循賜也牆。官微思假路，戰勝望几堂〔八〕。欲奮三年翼，頻回一夕腸。消

〔一〕「度」，文苑英華作「斷」，又注：「一作『度』。」
〔二〕「雕」，文苑英華作「彫」。
〔三〕「監」，文苑英華作「鑒」，又注：「一作『監』。」
〔四〕「坐」，文苑英華作「座」。
〔五〕「玄兔」，四庫本作「玄菟」。
〔六〕「暉」，文苑英華作「輝」。
〔七〕「鍾」，文苑英華作「鼙」，又注：「或作『鐘』。」
〔八〕「望」，文苑英華作「忝」。

憂期酒聖，乘興任詩狂。海内分桃李〔二〕，天涯剪稻粱〔三〕。升沉門下客〔三〕，誰道在蒼蒼。

郊居秋日酬奚贊府見寄

繁菊照深居，芳香春不如。聞尋周處士，知伴庾尚書。日晚汀洲曠，天晴草木疎。閑言揮麈柄，清步掩蝸廬。野老能親牧，高人念遠漁。幽叢臨古岸，輕葉度寒渠。暮色無狂蝶，秋華有嫩蔬。若爲酬郢曲，從此愧璠璵。

上裴中丞

六年西掖弘湯誥，三捷東堂總漢科〔四〕。政引風霜成物色，語回天地到陽和。清威更助朝端

〔一〕「分」，文苑英華作「栽」，又注：「一作『分』。」
〔二〕「剪」，文苑英華作「荷」，又注：「一作『剪』。」
〔三〕「升」，文苑英華作「昇」。「客」，文苑英華作「意」，又注：「一作『客』。」
〔四〕「三捷東堂總漢科」，黄録何批作：「第二句暗伏同年。」

重〔二〕，聖澤曾隨筆下多。〔三〕應笑白鬚揚執戟，可憐春日老如何。

送裴中丞出使

一清淮甸假朝綱，金印初迎細柳黄。辭闕天威和雨露，出關春色避風霜。龍韜何必陳三略，虎旅由來肅萬方。宣諭生靈真重任，回軒應問石渠郎。

酬崔駙馬惠牋紙百張兼貽四韻

百張雲樣亂花開，七字文頭艷錦回。浮碧定從天上得，殷紅應自日邊來。〔三〕捧持價重欺雲葉，封裹香深笑海苔。滿篋清光應照眼，欲題凡韻輒徘徊。

〔二〕「清威更助朝端重」，黄録何批作：「中丞。」

〔三〕「政引風霜成物色，語回天地到陽和。清威更助朝端重，聖澤曾隨筆下多」，黄録何批作：「中二連款款敘去，卻已貫注結處。」

〔三〕「浮碧定從天上得，殷紅應自日邊來」，黄録何批作：「三四貼駙馬。」

送司徒童子

衛多君子魯多儒〔一〕，七歲聞天笑舞雩。光彩春風初轉蕙，性靈秋水不藏珠。兩經在口知名小，百拜垂髫禀氣殊。況復元侯旌爾善，桂林枝上得鵷鶵。

元日含元殿下立仗丹鳳樓下宣赦上門下相公二首〔二〕

天垂台耀拂欃槍〔三〕，壽獻山青祝聖明〔四〕。丹鳳闕前歌九奏〔五〕，金雞竿上鼓千聲〔六〕。衣裳南

〔一〕「衛多君子魯多儒」，黄録何批作：「發端得體。」
〔二〕「樓下」，文苑英華作「樓門下」。「上門下相公二首」，文苑英華作「相公稱賀二首」，「相公稱賀」又注：「四字一作『上相公』。」
〔三〕「拂」，文苑英華作「掃」。「欃」，文苑英華作「攙」。「天垂台耀拂欃槍」，黄録何批作：「相公起。」
〔四〕「山青」，文苑英華作「香山」，又注：「雜詠作『山青』。」
〔五〕「闕」，文苑英華作「樓」，又注：「雜詠作『闕』。」
〔六〕「上」，文苑英華作「下」。

面薰香動〔一〕，文字東方喜氣生。從此登封資廟略〔二〕，兩河連海一時清。〔三〕

臨軒啓扇似雲收，率土朝天劇水流。瑞色含春當正殿，香煙捧日在高樓。〔四〕三朝起草迎恩澤〔五〕，萬歲長聲繞冕旒〔六〕。請問漢家功第一〔七〕，麒麟閣上識鄷侯。〔八〕

賀田僕射子弟榮拜金吾

五侯恩澤不同年，叔姪朱門䆁稍連。鳳沼九重相喜氣〔九〕，雁行一半入祥煙。街衢燭影侵寒

〔一〕「裳」，文苑英華作「冠」。「香」，文苑英華作「風」。

〔二〕「從此登封資廟略」，黄録何批作：「從『東方』二字生下。」

〔三〕全詩，黄録何批作：「中間二事平列，以相公起結，次篇始點元日。」

〔四〕「臨軒啓扇似雲收，率土朝天劇水流。瑞色含春當正殿，香煙捧日在高樓」，黄録何批作：「『雲收』、『捧日』，俱有呼應。」

〔五〕「起草」，文苑英華作「氣蚤」。

〔六〕「長聲」，文苑英華作「聲長」。

〔七〕「請問漢家功第一」，黄録何批作：「相公結。」

〔八〕全詩，黄録何批作：「句句穩愜，張水部頗效其體，卻未到此功夫。」

〔九〕「相喜氣」，黄録何批作：「『相』，猶贍也。」

月，文武珂聲疊曉天[一]。爲數麒麟高閣上，誰家父子勒燕然。

觀打毬

親掃毬場如砥平，龍驤驟馬曉光晴。入門百拜瞻雄勢，動地三軍唱好聲。玉勒回時霑赤汗，花騣分處拂紅纓。欲令四海氛煙浄，杖底纖塵不敢生。

送人過衛州

憶昔征南府内遊[二]，君家東閣最淹留。縱横聯句長侵曉，次第看花直到秋。論舊舉杯先下淚，傷離臨水更登樓。相思前路幾回首，滿眼青山過衛州[三]。

[一]「文武珂聲疊曉天」，黄録何批作：「第六對變。」
[二]「憶」，分類本作「惜」。
[三]「滿」，分類本作「舊」。

贈李傅

知因公望掩能文，誓激明誠在致君。曾罷雙旌瞻白日，猶將一劍許黄雲。摇窗竹色留僧語，入院松聲共鶴聞。莫被此心生晚計，鎮南人憶杜將軍。

送絳州盧使君

應將清静結心期，又共陽和到郡時。絳老問年須筭字，庾公逢月要題詩。朱欄迢遞因高勝，粉堞清明欲下遲。〔一〕他日徵還作霖雨，不須求賽敬亭祠。

〔一〕「堞」，清宋犖本同，雙清閣本、和刻本、四庫本作「蝶」。「朱欄迢遞因高勝，粉堞清明欲下遲」，黄録何批作：「暗起望闕。」

和裴舍人觀田尚書出獵〔一〕

聖代司空比玉清，雄藩觀獵見皇情。雲禽已覺高無益，霜兔應知狡不成。飛鞚擁塵寒草盡，彎弓開月朔風生。今朝始賀將軍貴，紫禁詩人看旆旌。〔二〕

送李舍人歸蘭陵里

清詞舉世皆藏篋，美酒當山爲滿罇。三畝嫩蔬臨綺陌，四行高樹擁朱門。家貧境勝心無累，名重官閑口不論。惟有道情常自足，啓期天地易知恩。

〔一〕黄録何批作：「舊唐書憲宗本紀元和七年十一月乙丑詔，田興以魏博請命，宜令司封郎中知制誥裴度往彼宣慰。度至魏州，興禮侍甚恭，仍請度至六州諸縣，宣達朝旨。裴詩作於此時也。」「美六州之順命，而歸本于神武駕馭，知體得勢。」

〔二〕「今朝始賀將軍貴，紫禁詩人看旆旌」，黄録何批作：「『詩人』二字，並帶出『和』字，『旆旌』二字，用車攻詩中語收『出獵』，韻脚最穩，亦仍與『皇情』關會也。」

和人與人分惠賜冰

天水藏來玉墮空，先頒密署幾人同。映盤皎潔非關露，當扇清涼不在風。瑩質方從綸閣內，凝輝更借錦帷中。麗詞珍貺難雙有〔二〕，迢遞金鑾殿角東〔三〕。

寄中書同年舍人

晴明紫閣最高峰〔三〕，仙掖開簾范彥龍。五色天書詞煥爛，九華春殿語從容。綵毫應染鑪煙細，清珮仍含玉漏重〔四〕。二十年前同日喜，碧霄何路得相逢。〔五〕

〔二〕「麗詞」，黄録何批作：「二字帶和詩。」
〔三〕「迢遞金鑾」，黄録何批作：「『密署』。」
〔三〕「晴明紫閣最高峰」，黄録何批作：「發端言其地望之高。」
〔四〕「珮」，四庫本作「佩」。
〔五〕「二十年前同日喜，碧霄何路得相逢」，黄録何批作：「鋪揚正尾自傷，結處唤醒。」

早春即事呈劉員外

明朝晴暖即相隨，肯信春光被雨欺〔一〕。且任文書堆案上，免令杯酒負花時。馬蹄經歷應須遍，鶯語丁寧已怪遲。更待雜芳成黼錦〔二〕，鄴中争唱仲宣詩。

酬于駙馬二首

綺陌塵香曙色分，碧山如畫又逢君。蛟藏秋月一片水，驥鎖晴空千尺雲。戚里舊知何駙馬，詩家今得鮑參軍。陽和本是煙霄曲，須向花間次第聞。

芳時碧落心應斷，今日清詞事不同〔三〕。瑶草秋殘仙圃在，綵雲天遠鳳樓空。晴花曾送金羈影，涼葉還生玉簟風。長得聞詩懽自足，會看春露濕蘭叢。

〔一〕「光」，分類本作「風」。
〔二〕「待」，分類本作「得」。
〔三〕「今日清詞事不同」，黄録何批作：「伏『聞詩』。」

和侯大夫秋原觀征人回

兩河罷戰萬方清，原上軍回識舊營。立馬望雲秋塞净，射雕臨水晚天晴。戍閑部伍分岐路，地遠家鄉寄旆旌。聖代止戈資廟略，諸侯不復更長征。

同太常尉遲博士闕下待漏

沉沉延閣抱丹墀，松色苔花顥露滋。爽氣曉來青玉甃〔一〕，薰風宿在翠花旗。方瞻御陌三條廣，猶覺仙門一刻遲。此地含香從白首，馮唐何事怨明時。〔三〕

〔一〕「曉」，分類本作「晚」。

〔三〕「此地含香從白首，馮唐何事怨明時」，黄録何批作：「末句言我白首乃始爲郎，如馮公之老于郎署，又何足怨也。」「作『从任』之『从』亦得。」

見薛侍御戴不損裹帽子因贈〔一〕

潘郎對青鏡，烏帽似新裁。曉露鴉初洗，春荷葉半開。堪將護巾櫛，不獨隔塵埃。已見籠蟬翼，無因映鹿胎。何人呈巧思，好手自西來。有意憐衰醜，煩君致一枚。

寄昭應王丞

武皇金輅輾香塵，每歲朝元及此辰。光動泉心初浴日，氣蒸山腹總成春。謳歌已入雲韶曲，詞賦方歸侍從臣。瑞靄朝朝猶望幸，天教赤縣有詩人。〔二〕

〔一〕「見」，分類本無。「裹」，分類本作「裹」。

〔二〕「瑞靄朝朝猶望幸，天教赤縣有詩人」，黄録何批作：「末二句一收，即是筆力恣肆。」

將歸東都別令狐舍人

緑楊紅杏滿城春，一騎悠悠萬井塵。岐路未關今口事，風光欲醉長年人。閑過綺陌尋高寺，强到朱門謁近臣。多病晚來還有策，洛陽山色舊相親。

寄江州白司馬

江州司馬平安否，惠遠東林住得無。湓浦曾聞似衣帶，廬峰見説勝香爐。題詩歲晏離鴻斷，望闕天遥病鶴孤。莫謾勾牽雨花社，青雲依舊是前途。

薛司空自青州歸朝

天眷君陳久在東，歸朝人看大司空。黄河岸畔長無事，滄海東邊獨有功。已變畏途成雅俗，仍過舊里揖清風。一門累葉凌煙閣，次第儀形漢上公。

送章孝標校書歸杭州因寄白舍人

曾過靈隱江邊寺，獨宿東樓看海門。潮色銀河鋪碧落，日光金柱出紅盆。不妨公事資高卧，無限詩情要細論。若訪郡人徐孺子，應須騎馬到沙村。

述舊紀勳寄太原李侍中光顔二首

玉塞含悽見雁行，北垣新詔拜龍驤。弟兄間世真飛將，貔虎歸時似故鄉。鼓角因風飄朔氣，旌旗映水發秋光。河源收地心猶壯，笑向天西萬里霜。

倚天長劍截雲孤，報國縱横見丈夫。五載登壇真宰相，六重分閫正司徒。曾聞轉戰平堅寇，共説題詩壓腐儒。料敵知機在方寸，不勞心力講陰符。

胡二十拜户部兼判度支

清機果被公材撓，雄拜知承聖主恩。廟略已調天府實，國征方覺地官尊。徒言玉節將分閫，定是沙隄欲到門。爲愛山前新卜第〔二〕，不妨風月事琴罇。

酬裴舍人見寄〔三〕

誰道重遷是舊班，自將霄漢比鄉關。二妃樓下宜臨水，五老祠西好看山。再葺吾廬心已足，每來公府跡常閑。詩陪亞相逾三紀，石筍煙霞不共攀。

〔二〕「山前」，何校本校注：「疑作『前山』。」「爲愛山前新卜第」，黄録何批作：「收轉『清機』。」

〔三〕黄録何批作：「河中少尹時作。」

早朝

鍾傳清禁纔應徹，漏報仙闈儼已開。雙闕薄煙籠菡萏，九城初日照蓬萊。朝時但向丹墀拜，仗下方從碧落回。聖代逍遥更何事，願將巴曲贊康哉。

元日呈元逢吉舍人

華夷文物賀新年，霜仗遥排鳳闕前。一片綵霞迎曙日，萬條紅燭動春天。稱觴山色和元氣，端冕爐香疊瑞煙。共説正初當聖澤，試過西掖問群賢。

酬盧員外

話舊，感往年相國河東張公弘靖常臨北府，忝寮屬之末，君有鄉里之親有作。

謝傅旌旄控上游，盧郎罇俎借前籌。舜城風土臨清廟，魏國山川在白樓。雲寺當時接高步，水亭今日又同遊。滿筵舊府笙歌在，獨有羊曇最淚流〔一〕。

述美寄申州盧拱使君

領郡仍聞倅虎貔，致身還是見男兒。小船隔水催桃葉，大鼓當風舞柘枝。酒座微酣諸客倒，毬場慢撥幾人隨。從來樂事憎詩苦，莫被窗中遠岫知。

贈張將軍

關西諸將揖容光，獨立營門劍有霜。知愛魯連歸海上，肯令王翦在頻陽。天晴紅幟當山滿〔二〕，日暮清笳入塞長。年少功高人最美〔三〕，漢家壇樹月蒼蒼。

〔一〕「羊曇」，黄録何批作：「鄉里。」
〔二〕「天晴紅幟當山滿」，黄録何批作：「功高。」
〔三〕「美」，何校本校注：「一作『羡』。」

酬崔博士

自知頑叟更何能，唯學雕蟲謬見稱。長被有情邀唱和，近來無力更祇承〔一〕。青松樹杪千年鶴，白玉壺中一片冰。今日爲君書壁右，孤貞莫怕世人憎。

古意贈王常侍

繡户紗窗北里深，香風暗動鳳皇簪〔二〕。組紃長在佳人手，刀尺空摇寒女心。欲學齊謳逐雲管，還思楚練拂霜砧。東家少婦當機織，應念無衣雪滿林。

〔一〕「近來無力更祇承」，黄録何批作：「第四不復覺其屬對。」
〔二〕「皇」，四庫本作「凰」。

和杜中丞西禪院看花

一林堆錦映千燈，照眼牽情欲不勝。〔二〕知倚晴明嬌自足，解將顔色醉相仍。好風輕引香煙入，甘露纔和粉艷凝。深處最憐鶯蹂踐，嫩時先被蝶侵凌。對持真境應無取，分付空門又未能。迎日似翻紅燒斷，臨流疑映綺霞層。幽含晚態憐丹桂〔三〕，盛續春光識紫藤。每到花枝獨惆悵，山東唯有杜中丞。

王建上二十四首

太和中爲陝州司馬。

送人

白日向西没，黄河復東流。人生足著地，寧免四方遊。我行無返顧，祝子勿回頭。當須向

〔二〕「一林堆錦映千燈，照眼牽情欲不勝」，黄録何批作：「『香煙』、『甘露』一聯從『照眼』生來，『真境』、『空門』一聯從『牽情』生來，爲尤密也。」

〔三〕「幽含晚態憐丹桂」，黄録何批作：「此句松得妙。」

前去，何用起離憂。但恐無廣路，平地作山丘。令我車與馬，欲疾反停留。蜀客多積貨，邊人競封侯。男兒戀家鄉，懽樂爲仇讎。丁寧相勸勉，苦口幸無尤。對面無相成，不如豺虎儔。彼遠不寄書〔一〕，此寒莫寄裘。與君俱絶跡，兩念無因由。

將歸故山留别杜侍御

有川不得涉，有路不得行。沉沉百憂中，一日如一生。錯來干諸侯，石田廢春耕。虎戟衛重門，何因達中誠。日月俱照曜，山川異陰晴。如何百里間，開目不見明。我今歸故山，誓與草木并。願君去丘坂，長使道路平。

上七泉寺上方

長年好名山，本性今得從。回看塵土遥，稍見麋鹿蹤。老僧雲中居，石門青重重。陰泉養

〔一〕「彼遠不寄書」，黄録何批作：「反足上意。」

成龜，古壁飛卻龍。掃石禮新經，懸幡上高峰。日夕猿鳥合，覓食聽山鍾。將火尋遠泉，煮蔆傍寒松。晚隨采藥人，便宿南磵中。晨起銜露行，濕花枝茸茸。歸依向禪師，願作香火翁。

温門山

早入温門山，群峰亂如戟。崩崖欲相觸，呀豁斷行跡。脱屨尋淺流，定足畏攲石。路盡十里溪，地多千歲柏。洞門晝陰黑，深處惟石壁。似見丹沙光，亦聞鍾乳滴。靈池出山底，沸水衝地脉。暖氣成濕煙〔一〕，濛濛窗中白。隨僧入古寺，便是雲外客。月出天氣涼〔二〕，夜鍾山寂寂〔三〕。

酬柏侍御聞與韋處士同遊靈臺寺見寄

西域傳中説，靈臺屬雍州。有泉皆聖跡，有石皆佛頭。所出蒼蔔香，外國俗來求。毒蛇護

〔一〕「暖氣成濕煙」，黄録何批作：「温。」

〔二〕「月」，分類本作「日」。「月出天氣涼」，黄録何批作：「反收『温』字。」

〔三〕「鍾」，分類本作「中」。

其下，樵者不可偷。古碑在雲顛，備載置寺由。魏家移下來，後人始增修。近與韋處士，愛此山之幽。各自具所須，竹籠盛茶甌。牽馬過危棧，襞衣涉奔流。草開平路盡，林下大石稠。回廊轉經峰，忽見東西樓。瀑布當寺門，迸落衣裳秋。石苔鋪紫花，溪葉裁緑油。松根載殿高，飄飄仙山浮。縣中賢大夫[一]，一月前此遊。賽神荷得雨，豈暇多停留。二十韻新詩，遠寄尋山儔[二]。清令玉磵泣，冷切石磬愁。君名高難閑[三]，余身愚終休[四]。相將長無因，從今生離憂。

送韋處士老舅

憶昨癡小年，不知有經籍。常隨童子遊，多向外家劇。偷花入鄰里，弄筆書墻壁。照水學梳頭，應門未穿幘。人前賞文性，梨果蒙不惜。賦字詠新泉，探題得幽石。自從出關輔，三十年

[一]「縣中賢大夫」，黄録何批作：「柏侍御。」
[二]「遠寄尋山儔」，黄録何批作：「『儔』字帶出與韋。」
[三]「君名高難閑」，黄録何批作：「應『豈暇』句。」
[四]「餘身愚終休」，黄録何批作：「對『多停留』。」

作客。風雨一飄颻，親情多阻隔。如何二千里，塵土驅衰瘠〔二〕。良久陳苦辛〔三〕，從頭嘆衰白。既來今又去，暫笑還成慼。落日動征車，春風卷離席。雲臺觀西路，華嶽祠前柏。會得過帝鄉，重尋舊行跡。

邯鄲主人

遠客無主人，夜投邯鄲市。飛蛾繞殘燭，半夜人醉起。壚邊酒家女，遺我緗綺被。合成雙鳳花，宛轉不相離。縱令顏色故，勿遣合歡異。一念始爲難，萬金誰足貴。門前長安道，去者如流水。晨風群鳥翔，徘徊别離此。

〔二〕「衰」，黄録何校作：「集作『蹇』。」
〔三〕「苦辛」，四庫本作「辛苦」。

泛水曲

載酒入煙浦，方舟泛渌波〔一〕。子酌我復飲，子飲我還歌。蓮深微路通，峰曲幽氣多。閲芳無留瞬，弄桂不停柯。水上秋日鮮，西山碧峨峨。兹歡良可貴，誰復更來過。

題壽安南館

明蒙竹間亭，天暖幽桂碧。雲生四面山〔二〕，水接當堦石〔三〕。濕樹浴鳥痕，破苔卧鹿跡。不緣塵駕觸，堪作商皓宅。

〔一〕「渌」，四庫本作「緑」。
〔二〕「山」，分類本作「水」。
〔三〕「水」，分類本作「山」。

江南新體二首

江上風脩脩，竹間湘水流。日夜桂花落，行人去悠悠。復見離別處，蟲聲陰雨秋。

處處江草緑，行人發瀟湘。瀟湘回雁多，日夜思故鄉。春夢不知數，空山蘭蕙芳。

涼州行

涼州四邊沙皓皓，漢家無人開舊道。邊頭州縣盡胡兵，將軍別築防秋城。萬里征人皆已没，年年旌節發西京。多來中國收婦女，一半生男爲漢語。蕃人舊日不耕犁，相學如今種禾黍。驅羊亦著錦爲衣〔二〕，爲惜氈裘防鬭時。養蠶繰繭成匹帛，那將繞帳作旌旗。城頭山雞鳴角角，洛陽家家教胡樂。

〔二〕「驅羊亦著錦爲衣」，黄録何批作：「『驅羊』句，即中行説教匈奴得漢絮繒，以馳草棘中，衣袴皆裂弊，以視不如旃裘堅善意。」

寒食行

寒食家家出古城，老人看屋少年行〔一〕。丘隴年年無舊道，車徒散行入衰草。牧童驅牛下塚頭，畏有家人來洒掃。遠人無墳水頭祭，還引婦姑望鄉拜。〔二〕三日無火燒紙錢，紙錢那得到黄泉。但看壠上無新土，此中白骨應無主。〔三〕

促刺詞〔四〕

促促復刺刺〔五〕，水中無魚山無石。少年雖嫁不將歸，白頭猶著父母衣。四邊田宅非所有，我身不及逐雞飛。出門若有歸死處，猛虎當衢向前去。百年不遣踏君門，在家誰喚爲新婦。豈

〔一〕「年」，四庫本作「人」。

〔二〕「遠人無墳水頭祭，還引婦姑望鄉拜」，黄録何批作：「『遠人』二句，插在中間，則前後二段皆誤爲名利所牽，不能上先人之丘，觸目驚心，更不徒變化不直致也。」

〔三〕「但看壠上無新土，此中白骨應無主」，黄録何批作：「與『家人』句反應。」

〔四〕「刺」，黄録何校作「刺」，且注明「下同」。

〔五〕「促促復刺刺」，何校本校注：「集作『促刺復促刺』。」

不見他鄰舍娘，嫁來長在舅姑傍。

隴頭水

隴水何年隴頭别，不在山中亦嗚咽。征人塞耳馬不行，未到隴頭聞水聲。謂是西流入蒲海，還聞北去繞龍城。隴東隴西多屈曲，野麋飲水長蔟蔟。胡兵夜回水傍住，憶著來時磨劍處。向前無井復無泉，放馬回看隴頭樹。〔二〕

北邙行

北邙山頭少閑土，盡是洛陽人舊墓。舊墓人家歸葬多，堆著黄金無買處。天涯悠悠葬日促，岡坂崎嶇不停轂。高張素幕繞銘旌，夜唱挽歌山下宿。洛陽城北復城東，魂車祖馬長相逢。

〔二〕「向前無井復無泉，放馬回看隴頭樹」，黄録何批作：「結句可悲，更進一層，卻在言外不露。」

車轍廣若長安路，蒿草少於松柏樹〔二〕。山頭澗底石漸稀，盡向墳前作羊虎。誰家石碑文字滅，後人重取書年月。朝朝車馬送葬回，還起大宅與高臺。

温泉宮行〔三〕

十月一日天子來，青繩銜路無塵埃。宮前内裏湯各别，每箇白玉芙蓉開。朝元閣向山上起，城繞青山龍煖水。夜開金殿看星河，宮女知更月明裏〔三〕。武皇得仙王母去，山雞晝鳴宮中樹。温泉決決出宮流，宮使年年修玉樓。禁兵去盡無射獵〔四〕，日西麋鹿登城頭。梨園弟子偷曲譜，頭白人間教歌舞。

〔二〕「少」，清宋犖本同，雙清閣本、和刻本、四庫本作「多」。
〔三〕本首篇題，文苑英華作「温泉宮」。
〔三〕「月明」，文苑英華作「明月」，又注：「集作『月明』。」
〔四〕「去」，文苑英華作「除」，又注：「集作『去』。」

春詞

紅煙滿户日照梁，天絲軟弱蟲飛揚。菱花霍霍繞帷光，美人對鏡著衣裳。庭中並種相思樹，夜夜還栖雙鳳皇〔一〕。

遼東行

遼東萬里遼水曲，古戍無城復無屋。黄雲蓋地雪作山，不惜黄金貴衣服。戰回各自收弓箭，正西回面家鄉遠。年年都郡送征人，將與遼東作丘坂。寧爲草木鄉中生，有身不向遼東行。

〔一〕「皇」，四庫本作「凰」。

塞上梅

天山路傍一株梅〔一〕，年年花發黄雲下。昭君已没漢使回，前後征人唯繫馬。日夜風吹滿隴頭，還隨隴水東西流。此花若近長安路，九衢年少無攀處。

戴勝詞

戴勝誰與爾爲名，木中作窠墻上鳴。聲聲催我急種穀，人家向田不歸宿。紫冠綵綵褐羽斑，銜得蜻蜓飛過屋。可憐白鷺滿緑池，不如戴勝知天時。〔二〕

〔一〕「傍」，四庫本作「上」。

〔二〕「可憐白鷺滿緑池，不如戴勝知天時」，黄録何批作：「末句刺用貪吏而輕本富也。」

鞦韆詞

長長絲繩紫復碧，嫋嫋横枝高百尺。少年女兒重鞦韆，盤巾結帶垂兩邊。身輕裙薄易生力，雙手向空如鳥翼。下來立定重繫衣，復畏斜風高不得。〔二〕旁人送上那足貴，終賭明璫鬭自起。回回若與高樹齊，頭上寶釵從墮地。眼前争勝難爲休，足踏平地看始愁。

開池得古釵

美人開池北堂下，拾得寶釵金未化。鳳皇半在雙股齊，鈿花落處生黄泥。當時墮地覓不得，暗想窗中還夜啼。可知將來對夫壻，鏡前學梳古時髻。莫言至死亦不遺，還似前人初得時。

〔二〕「下來立定重繫衣，復畏斜風高不得」，黄録何批作：「此句中已藏『愁』字。」

賽神曲

男抱琵琶女作舞，主人再拜聽神語。新婦上酒勿辭勤，使爾舅姑無所苦。椒漿湛湛桂座新，一雙長箭繫紅巾。但願牛羊滿家宅，十月報賽南山神。青天無風水復碧，龍馬上鞍牛服軛。紛紛醉舞踏衣裳，把酒路傍勸行客。

唐百家詩選　卷十三

王建下六十八首

田家留客

人客少能留我屋，客有新漿馬有粟。遠行僮僕應苦飢，新婦厨中炊欲熟。不嫌田家破門户，蠶房新泥無風土。行人但飲莫畏貧，明府上來可辛苦〔一〕。丁寧回語屋中妻，有客勿令兒夜啼。雙塚直西有縣路，我教丁男送君去。〔二〕

〔一〕「辛苦」，何校本校注：「集作『苦辛』。」

〔二〕「雙塚直西有縣路，我教丁男送君去」，黄録何批作：「結句方是田家非逆旅，意到筆到。」

精衛詞

精衛誰教爾填海，海邊石子青磊磊。但得海水作枯池，海中魚龍何所爲。口穿豈爲空銜石，山中草木無全枝。朝在樹頭暮海裏，飛多羽折時墮水。高山未盡海未平，願我身死子還生。

老婦歎鏡

嫁時明鏡老猶在，黄金鏤盡雙鳳背〔一〕。憶昔咸陽初買來，燈前自繡芙蓉帶。十年不開一片鐵，長向暗中梳白髮。今日後床重照看，生死終當此長別。

望夫石

望夫處，江悠悠。化爲石，不回頭。山頭日日風復雨，行人歸來石應語。

〔一〕「盡」，何校本校注：「集作『畫』。」「鏤盡」，黄録何校本作：「集作『縷畫』。」

別鶴曲

主人一去池水絶，池鶴散飛不相別。青天漫漫碧海重，知向何山風雪中。萬里雖知音影在，兩心終是死生同。池邊巢破松樹死，樹頭年年烏生子。

烏栖曲

章華宮人夜上樓，君王望月西山頭。夜深宮殿門不鏁，白露滿山山葉墮。

雉將雛

雉咿喔，雛出殻。毛斑斑，觜啄啄。學飛未得一尺高，還逐母行旋母脚。麥壠淺淺難蔽身，遠去戀雛低怕人。時時土中鼓兩翅，引雛拾蟲不相離。

白紵歌二首

天河漫漫北斗粲〔一〕，宫中烏啼知夜半。新縫白紵舞衣成，來遲邀得吴王迎。低鬟轉面掩雙袖，玉釵浮動秋風生〔二〕。酒多夜長夜未曉，月明燈光兩相照，後庭歌聲更窈窕。

館娃宫中春日暮，荔支木瓜花滿樹。城頭烏栖休擊鼓，青娥彈瑟白紵舞。夜天熣熣不見星，宫中火照西江明。美人醉起無次第，墮釵遺佩滿中庭。此時但願可君意，回晝爲宵亦不寐，年年奉君君莫棄。

短歌行

人初生，日初出。上山遲，下山疾。百年三萬六千朝，夜裏分將强半日。有歌有舞聞早

〔一〕「粲」，清宋犖本同，雙清閣本、和刻本、四庫本作「燦」。

〔二〕「秋」，清宋犖本同，雙清閣本、和刻本、四庫本作「春」。「玉釵浮動秋風生」，黄録何批作：「襯出舞態。」

爲〔二〕，昨日健於今日時。人家見生男女好，不知男女催人老。短歌行，無樂聲。

飲馬長城窟

長城窟，長城窟邊多馬骨。古來此地無井泉，賴得秦家築城卒。征人飲馬愁不回，長城變作望鄉堆。蹄蹤未乾人去近，續後馬來泥污盡。枕弓睡著待水生，不見陰山在前陣。馬蹄足脱裝馬頭，健兒戰死誰封侯。

烏夜啼

庭樹烏，爾何不向别處栖，夜夜夜半當户啼。家人把燭出洞户，驚栖出羣飛落樹〔三〕。一飛直欲飛上天，回回不離舊栖處。未明重繞主人屋，欲下空中黑相觸。風飄雨濕亦不移，君家樹

〔二〕「聞」，四庫本作「須」。

〔三〕「出」，何校本校注：「集作『失』。」

頭多好枝。

簇蠶辭

蠶欲老，箔頭作繭絲皓皓。場寬地高風日多，不向中庭曒蒿草。神蠶急作莫悠揚，年老爲爾祭神桑。但得青天不下雨，上無蒼蠅下無鼠。新婦拜簇願繭稠，女灑桃漿男打鼓。三日開箔雪團團，先將新繭送縣官。已聞鄉里催織作，去與誰人身上著。

渡遼水

渡遼水，此去咸陽五千里。來時父母知隔生，重著衣裳如送死。亦有白骨歸咸陽，營家各與題本鄉。身死應無回渡日〔二〕，住馬相看遼水傍〔三〕。

〔二〕「身」，四庫本作「生」。「死」，何校本校注：「集作『在』。」

〔三〕「住」，何校本校注：「集作『駐』。」

空城雀

空城雀，何不飛來人家住，空城無人種禾黍〔一〕。土間生子草間長，滿地蓬蒿幸無主。近村雖有高樹枝，雨中無食常苦飢。八月小兒挾弓箭，家家畏我田頭飛。但能不出空城裏，秋時百草皆有子〔二〕。黄口莫啾啾，長爾得成無横死。

水運行

江西運船立紅幟，萬棹千帆繞江水。去年六月無稻苗，已説水鄉人餓死。縣官部船日筭程，暴雨惡風亦不停。在生有樂當有苦，三年作官一年行。壞舟畏鼠復畏漏，恐向太倉折升斗〔三〕。辛勤耕種非毒藥，看著不入農夫口。用盡百金不爲費，但得一金則爲利。遠徵海稻供邊

〔一〕「空城無人種禾黍」，黄録何批作：「對『田頭』。」

〔二〕「子」、「黄」之間，何校本校注：「集有『報言』二字。」

〔三〕「升」，何校本「勝」改作「升」，四庫本作「升」，清宋犖本、雙清閣本、和刻本作「勝」，黄録何批作：「『勝』與『升』古字通用。」

食，豈如多種邊頭地。

當牕織

歎息復歎息，園中有棗行人食。貧家女大富家織，翁母隔墻不得力。水寒手澁絲脆斷，續來續去心腸爛。草蟲促促機下啼，兩日催成一匹半。輸官上頭有零落，姑未得衣身不著〔一〕。當牕卻羨青樓倡，十指不動衣盈箱。〔二〕

失釵怨

貧女銅釵惜於玉，失卻來尋三日哭〔三〕。嫁時女伴與作裝，頭戴此釵如鳳凰。雙杯行酒六親

〔一〕「姑未得衣身不著」，黄録何批作：「應『翁母』句。」
〔二〕「當牕卻羨青樓倡，十指不動衣盈箱」，黄録何批作：「結句刺在上者不恤民病而奉倡優，與『園中有棗行人食』相應，非自棄也。」
〔三〕「來尋」，黄録何校作：「集作『來來』。」

喜，我家新婦宜拜堂。鏡中乍無失髻樣，初起猶疑在床上。高樓翠鈿飄舞塵，明日從頭一片新。

水夫謡

苦哉生長水驛邊，官家使我牽驛船。苦日多，樂時少，水宿沙行如海鳥。逆風上水萬斛重，前驛迢迢波淼淼。半夜緣堤雪和雨，受他驅遣還復去。夜寒衣濕披短莎〔二〕，臆穿足裂忍痛何。到明辛苦無處説，齊聲騰踏牽船歌。一間茅屋何所直，父母之鄉去不得。我願此水作平田，長使水夫不怨天。

田家行

男聲欣欣女顔悦，人家不怨言語别。五月雖熱麥風清，簷頭索索繰車鳴。野蠶作繭人不

〔二〕「莎」，四庫本作「蓑」。

取，葉間撲撲秋蛾生。麥收上場絹在軸，的是輸得官家足〔二〕。不望入口復上身，且免向城賣黄犢。田家衣食無厚薄，不見縣門身即樂。

神樹詞

我家家西老棠樹，須晴即晴雨即雨。四時八節上盃盤，願神莫離神處所。男不著丁女在舍，事官上下無言語。老身長健樹婆娑，萬歲千年作神主。

公無渡河

渡頭惡天兩岸遠，波濤塞川如疊坂。幸無白刃驅向前，何用將身自棄捐。蛟龍齧屍魚食血，黄泥直下無青天。男兒縱輕婦人語，惜君性命還須取。婦人無力挽斷衣，舟沉身死悔難追，公無渡河公自爲。

〔二〕「是」，黄録何校作：「集作『如』。」

行見月

月初生，居人行。見月一年十二月，强半馬上看盈缺。百年歡樂能幾何，在家見少行見多。不緣衣食相驅遣，此身誰願長奔波。篋中有帛倉有粟，豈向天涯走碌碌。家人見月望我歸，正是道上思家時。

寄遠客〔一〕

美人別來無處所，巫山明月湘江雨。千回想見不分明〔二〕，井底看星夢中語。兩心相見尚難知〔三〕，何況萬里不相疑。

〔一〕「客」，清宋犖本同，雙清閣本、和刻本、四庫本作「曲」。
〔二〕「想」，四庫本作「相」。「想見」，黄録何校作：「集作『相見』。」
〔三〕「相見」，黄録何校作：「集作『相對』。」

春來曲

春欲來，每日望春門早開。黄衫白馬有塵土，逢著探春人卻回。御堤内園曉過急，九衢大宅家家入。青帝少女染桃花〔一〕，露裝初出紅猶濕。光風暾暾蝶宛宛〔二〕，遶樹氣匝枝柯軟。可憐寒食街中郎，早起著得單衣裳。少年即見春雲處〔三〕，似我白頭無好樹。

春去曲

春亦去〔四〕，花亦不知春去處。緣岡繞磵卻歸來，百回看著無花樹。就中一夜風來惡，收紅拾紫無遺落。老大不比年少兒，不中數與春别離〔五〕。

〔一〕「青帝少女染桃花」，黄録何批作：「謂少女風。」
〔二〕「暾暾」，何校本「瞰瞰」改作「暾暾」，四庫本作「暾暾」，清宋犖本、雙清閣本、和刻本作「瞰瞰」。
〔三〕「雲」，清宋犖本同，雙清閣本、和刻本、四庫本作「好」。
〔四〕「亦」，清宋犖本同，雙清閣本、和刻本、四庫本作「已」。
〔五〕「不中數與春别離」，黄録何批作：「『中』如字。左傳成三年無能爲役，注：不中爲之役使。」

東征行 裴度征淮西事也。

桐柏水西賊星落，梟雛夜飛林木惡。相國刻日波濤清，當朝自請東南征〔一〕。舍人爲賓侍郎副，曉覺蓬萊欠珮聲〔二〕。玉堦蹈舞謝旌節，生死向前山可穴〔三〕。同時賜馬并賜衣，御樓看帶弓刀發。馬前猛士三百人，金書左右紅旗新。司庖嘗膳皆得對，好事將軍封爾身。男兒生殺在手裏，營門老將皆憂死。曈曈白日當南山，不立功名終不還。

傷鄰家鸚鵡詞〔四〕

東家小女不惜錢，買得鸚鵡獨自憐。自從死卻家中女，無人更共鸚鵡語。十日不飲一滴漿，淚漬綠毛頭似鼠。舌關啞咽畜哀怨，開籠放飛離人眼。短聲亦絕翠臆翻，新墓崔嵬舊巢遠。

〔一〕「南」，何校本「西」改作「南」。

〔二〕「曉覺蓬萊欠珮聲」，黄録何批作：「『曉覺蓬萊欠珮聲』，此剩語也。」「『欠珮聲』句，亦巷無居人之意。」

〔三〕「生死向前山可穴」，黄録何批作：「『生死向前山可穴』，只似一健兒。」

〔四〕黄録何批作：「善敘致。」

此禽有志女有靈，定爲連理相並生。

傷孔雀詞

可憐孔雀初得時，美人見好別開池。池邊鳳凰作伴侶，新聲鸚鵡無言語。雕籠玉架嫌不棲，夜夜思歸向南廡〔一〕。如今憔悴人見惡，萬里更求新孔雀。熱眠雨水飢拾蟲，翠尾拖泥金色落〔二〕。多時人養不解飛，海山風黑無處歸〔三〕。

荆門行

江邊行人暮悠悠，山頭殊未見荆州。峴亭西頭路多曲，櫟林深深石鏃鏃。看炊紅米煮白魚，

〔一〕「廡」，何校本校注：「集作『舞』。」四庫本作「舞」。
〔二〕「拖」，何校本校注：「集作『盤』。」「色」，何校本校注：「作『彩』。」
〔三〕「無」，何校本校注：「作『何』。」

夜向雞鳴店家宿。南中三月蚊蚋生，黄昏不聞人語聲。紗帷疎薄如露臥〔一〕，隔衣噆膚耳邊鳴。欲明不待燈火起，唤得官船過蠻水。女兒停客茅屋新，開門掃地桐花裏。火聲朴朴塞溪煙，人家燒竹種山田。巴雲欲雨蒸石熱，麇鹿入江蟲出穴。大虵過處一山腥，野牛驚跳雙角折。斜分漢水横湘山，山青水緑荆門間。向前問箇長沙路，舊是屈原沉溺處〔二〕。誰家丹旐已南來，逢著流人從北去。月明山鳥多不栖，下枝飛上高枝啼。主人念遠心不斁〔三〕，羅衫對舞章臺夕。紅燭交横各自歸，酒醒還是他鄉客。壯年留滯尚思家，況復白頭在天涯。

鏡聽詞

重重摩挲嫁時鏡，夫壻遠行憑鏡聽〔四〕。回身不遣别人知，人意丁寧鏡神聖。懷中收拾雙錦

〔一〕「紗帷疎薄如露臥」，黄録何批作：「集作『生紗帷疎薄如露』，不如此下三字有力。」
〔二〕「是」，四庫本作「時」。
〔三〕「斁」，何校本校注：「作『懌』。」
〔四〕「鏡聽」，四庫本作「聽鏡」。

帶，恐畏街頭見驚怪。嗟嗟嚓嚓下堂階，獨自竈前來跪拜。出門不願聞悲哀〔二〕，身在任郎回不回〔三〕。月明地上人過盡，好語多同皆道來。卷帷上床喜不定，與郎裁衣失翻正。可中三日得相見，重繡鏡囊磨鏡面。

行宫詞

上陽宫到蓬萊殿，行宫磊磊遥相見。向前天子行幸多，馬蹄車轍山山遍。當時州縣每年脩，皆留内人看玉案。禁兵奪得明堂後，長閉桃源與綺岫〔三〕。開元歌舞百草頭，原州樂世嫌舊遊〔四〕。官家定人作宫户〔五〕，不泥宫墻斫宫樹。兩邊仗屋半崩摧，野火入林燒殿柱。休封中岳六十年，行宫不見人眼穿。

〔二〕「不願」，何校本校注：「作『願不』。」
〔三〕「不」，何校本校注：「作『未』。」
〔三〕「長閉桃源與綺岫」，黄録何批作：「桃源，不見於唐書地理志。」
〔四〕「原」，何校本校注：「集作『梁』。」「樂」、「世」二字之間，何校本校注：「人。」「原州樂世嫌舊遊」，黄録何校作：「集作『梁州樂人世嫌舊』。」
〔五〕「定」，何校本校注：「作『乏』。」四庫本作「乏」。

羽林行〔一〕

長安惡少出名字，樓下劫商樓上醉。天明下直明光宫，散入五陵松柏中。一回殺人身合死〔二〕，赦書上有收城功〔三〕。九衢一日消息定，鄉吏籍中重改姓。出來依舊屬羽林，立在殿前番射禽〔四〕。

射虎行〔五〕

自去射虎得虎歸，官差射虎得虎遲。獨行以死當虎命，兩人相疑終不定。朝朝暮暮空手回，山下緑苗已成徑。遠立不教污箭鏃，聞死還來分虎肉。惜留猛虎著深山，射殺恐畏終身閑。〔六〕

〔一〕黄録何批作：「此刺神策軍士憑借中尉亂京輦也。」
〔二〕「一」，何校本校注：「作『百』。」
〔三〕「上」，何校本校注：「作『尚』。」
〔四〕「番」，四庫本作「翻」。
〔五〕黄録何批作：「細尋結句，乃刺長慶河朔之師。」
〔六〕今詩，黄録何批作：「雖欲在上者聞而知誡，其若不諷而勸之弊何？」

遠將歸

遠將歸，勝未别離時。在家相見熟，新歸歡不足。去願車輪遲，回思馬蹄速。但令在舍相對貧，不向天涯金遶身。

尋橦歌

人間百戲皆可學，尋橦不比諸餘樂。重梳短髻下金鈿，紅帽青巾各一邊。身輕足捷勝男子，繞竿四面争先緣。習多倚付欺竿滑〔一〕，上下蹁躚皆著襪。翻身摇頸欲落地，卻住把腰初似歇〔二〕。大竿百夫擎不起，裊裊半在青雲裏。纖腰女兒不動容，戴行直舞一曲終。回頭但覺人眼見，矜難恐畏天無風。險中更險何曾失，山鼠懸頭猿挂膝。小垂一手當舞盤，斜慘雙蛾看落日。

〔一〕「付」，四庫本作「附」。
〔二〕「腰」，何校本「煙」夹注：「集作『腰』。」清宋犖本、雙清閣本、和刻本作「煙」，四庫本作「腰」。

斯須改變曲解新〔一〕，貴欲歡他平地人。散時滿面生顔色，行步依前無氣力。

杜中丞書院新移小竹

此地本無竹，遠從山寺移。經年求養法，隔日記澆時。嫩緑卷新葉，殘黄收故枝。色經寒不動，聲與静相宜。愛護出常數，稀稠看自知。貧家緣未有，客散獨行遲。〔二〕

原上新春二首〔三〕

自掃一閑房〔四〕，唯鋪獨卧床。野羹溪菜滑，山紙水苔香。陳藥初和蜜，新經未入黄。近來心力少，休讀養生方。

〔一〕「變」，何校本校注：「作『遍』。」

〔二〕「貧家緣未有，客散獨行遲」，黄録何批作：「此句反照到中丞。」

〔三〕「春」，清宋犖本同，雙清閣本、和刻本、四庫本作「居」。

〔四〕「閑」，何校本「間」塗改作「閑」。

住處去山近，傍園麋鹿行。野桑穿井長，荒竹過墻生。新識鄰里面，未諳村舍情。名田無力及〔二〕，賤賃與人耕。

題所賃宅牡丹

賃宅得花饒，初開恐是妖。粉光深紫膩〔三〕，肉色退紅嬌〔三〕。且願風留著，唯愁日炙銷〔四〕。可憐零落蕊，收取作香燒。

〔二〕「名」，何校本「石」塗改作「名」，黄録何校作：「『石田』，集作『名田』爲是。董仲舒請『限民名田，以澹不足』，注：名田，占田也。方與『無力及』三字相關。若作『石田』，亦不得云『賤賃』也。」

〔三〕「粉」，文苑英華作「霞」，又注：「集作『粉』。」

〔三〕「退」，文苑英華作「遠」。

〔四〕「銷」，文苑英華作「爍」，又注：「雜詠作『銷』。」

送人遊塞

初晴天墮絲[一]，晚色上春枝[二]。城下路分處[三]，邊頭人去時。停車數行日，勸酒問回期。亦是茫茫客，還從此别離。

邊上逢故人[四]

百戰一身在，相逢白髮生。何時得家信，每日算歸程。走馬登寒壠，驅羊入廢城。羌歌三兩曲，人醉海西營。

[一] 「初晴天墮絲」，黄録何批作：「起三四。」

[二] 「晚色上春枝」，黄録何批作：「起五六。」

[三] 「城下路分處」，黄録何批作：「『路分』二字中已暗藏落句。」

[四] 「逢」，何校本「送」塗改作「逢」。

南中

天南多鳥聲，州縣半無城。野市依蠻姓，山村逐水名。瘴煙沙上起，陰火雨中生。獨有求珠客，年年入海行。

汴路水驛

晚泊水邊驛，柳塘初起風。〔二〕蛙鳴蒲葉下，魚入稻花中。去舍已行遠〔三〕，問程猶向東。近來多怨別，不與少年同。

〔二〕「晚泊水邊驛，柳塘初起風」，黄録何批作：「水驛。」

〔三〕「行」，何校本校注：「作『云』。」

淮南使回留别竇侍御

戀戀春恨結，綿綿淮草深。病身愁至夜，遠道畏逢陰。忽逐酒杯會，暫同風景心。從今一分散，還足曉枝禽。

汴路即事〔一〕

千里河煙直，青槐夾岸長。天涯同此路，人語各殊方。草市迎江貨，津橋稅海商。迴看故宫柳，憔悴不成行。

山居

屋在瀑泉西，茅房下有溪。閉門留野鹿，分食與山雞。桂熟長收子，蘭生不作畦。初開洞

〔一〕黄録何批作：「句句是路。」

中路，深處轉松梯。

醉後憶山中故人

花開草復秋，雲水自悠悠。因醉暫無事，在生難免愁。遇晴須看月，聞健且登樓。暗想山中伴，如今盡白頭。

送流人

且説長沙去〔一〕，無親亦共愁。陰雲鬼門夜，寒雨瘴江秋。水國山魈引，蠻鄉洞主留。漸看歸處遠，垂白住炎洲。

〔一〕「且」，分類本、清宋犖本同，雙清閣本、和刻本、四庫本作「見」，黄録何校作：「集作『見』，『且』字佳，有説不得之意。」

宫中三臺詞

魚藻池邊射鴨，芙蓉苑裏看花。日色柘黄相似，不著紅鸞扇遮。

池北池南草緑，殿前殿後花紅。天子千年萬歲，未央明月清風。

寄賀田侍中東平功成

使回高品滿城傳，親見沂公在陣前。百里旗幡衝即斷〔二〕，兩重衣甲射皆穿。探知點檢兵應怯，筭得新移栅未堅。營被數驚承勢破，將經頻敗逐生全〔三〕。密招殘寇防人覺，遥斬元兇恐自專。首讓諸軍無敢近，功歸部曲不争先。開通州縣斜連海，交割山河直到燕。戰馬散驅還逐草，肉牛齊散卻耕田。府中獨拜將軍貴，門下兼分宰相權。唐史上頭功第一，春風雙旆好朝天。

〔二〕「幡」，四庫本作「旛」。
〔三〕「逐」，四庫本作「遂」。

送裴相公上太原

還攜堂印向并州，將相兼權是武侯。時難獨當天下事，功成卻進手中籌。〔二〕再三陳乞爐煙裏，前後封章玉案頭〔三〕。朱架早朝排立戟，緑槐殘雨看張油。遥知雁塞從今好，直得漁陽以北愁〔三〕。邊鋪恐巡旗盡换〔四〕，山城欲過館重脩。千羣白刃兵迎節，十對紅妝妓打毬。聖主分明教暫去，不須高起見京樓。

早春五門西望

百官朝下五門西，塵起春風過御堤〔五〕。黄帕蓋鞍呈了馬，紅羅纏項鬭回雞。宫松葉重牆頭

〔二〕「時難獨當天下事，功成卻進手中籌」，黄録何批作：「送李愬云：『閑來不對人論戰，難處長先自請行。』亦名句也。」

〔三〕「封」，何校本「分」塗改作「封」，清宋犖本、雙清閣本、和刻本、四庫本作「分」。

〔三〕「以」，分類本作「已」。

〔四〕「恐」，何校本校注：「集作『警』。」

〔五〕「塵起春風過御堤」，黄録何批作：「中二連皆庾公塵也。」

出〔二〕，渠柳條長水面齊。唯有教坊南草色，古城陰處冷淒淒。〔三〕

上李庶子

紫煙樓閣碧沙亭，上界詩仙獨自行。奇險驅回還寂寞，雲山經用始鮮明。藕綃紋縷裁來滑，鏡水波濤濾得清。昏思顛因秋露洗，幸容階底禮先生。

周家溪亭

少年因病離天仗，乞得歸家自養身。買斷竹溪無別主，散分泉水與新鄰。山頭鹿下長驚犬，池面魚行不怕人。鄉使到門常欵語，還聞世上有功臣。

〔二〕「宫」，分類本作「館」。

〔三〕全詩，黄録何批作：「發端二句是賦，下六句皆比也。朝無君子而賢者獨不得志，隱然在言表。張籍集中有贈太常王建藤杖笋鞋、使至藍溪驛寄太常王丞二詩，此云『教坊南草色』，其爲太常丞時所作乎？紀事但言其爲太府丞，蓋失之疏，或訛字也。」

從軍後答山友〔二〕

愛仙無藥住溪貧，脱卻山衣事漢臣。夜半聽雞梳白髮，天明走馬入紅塵。村童近去嫌腥食，野鶴高飛避俗人。勞動先生遠相視〔三〕，別來弓箭不離身。

唐昌觀玉蕊花

一樹籠鬆玉刻成，飄廊點地色輕輕。女官夜覓香來處，唯見階前碎月明。

眼病寄同官

天寒眼病少心情，隔霧看人夜裏行。年少往來常不住，墻西凍地馬蹄聲。

〔二〕「答山友」，文苑英華作「寄山中友人」。

〔三〕「視」，文苑英華作「示」。

九日登叢臺

平原池閣在誰家，雙塔叢臺野菊花。零落故宮無入路，西來磵水繞城斜。

題酸棗縣蔡中郎碑

蒼苔滿字土埋龜，風雨銷磨絶妙詞。不向圖經中舊見，無人知是蔡邕碑。

江陵使至汝州

回看巴路在雲間，寒食離家麥熟還。日暮數峰青似染，商人説是汝州山。

霓裳詞

敕賜宮人澡浴回，遥看美女院門開。一山星月霓裳動，好字先從殿裏來。〔二〕

〔二〕 全詩，黄録何批作：「十首中獨存此一首，未喻。」

宫中詞五首

雨入珠簾滿殿涼，避風新出石盆湯。内人恐要秋衣著，不住薰籠换好香。

金吾除夜進儺名，畫袴朱衣四隊行。院院燒燈如白日，沉香火底坐吹笙。

蜂鬟蟬翅薄鬆鬆，浮動搔頭似有風。一度出時抛一遍，金條零落滿函中。

樹頭樹底覓殘紅，一片西飛一片東。自是桃花貪結子，錯教人恨五更風。

金殿當頭紫閣重，仙人掌上玉芙蓉。太平天子朝迎日〔二〕，五色雲車駕六龍。

〔一〕「迎」，清宋犖本同，雙清閣本、和刻本、四庫本作「元」。

唐百家詩選　卷十四

武元衡四首

途次近蜀驛蒙恩賜寶刀並借馬使還奉寄中書李鄭二相[一]

草草事行役，遲遲出故關[二]。碧幢遥隔霧[三]，紅旆漸依山。感激慙恩淚[四]，風霜去國顔。[五]

[一] 文苑英華卷二五五，「並借馬」作「及飛龍厩馬」，「奉寄中書李鄭二相」作「因寄李鄭二中書」。文苑英華卷二九七重出，「並借馬」作「及飛龍馬」，「使還奉寄中書李鄭二相」作「使還日寄中書二相公」。黄録何批作：「詩情在『途次近蜀』四字。」

[二] 「出」，文苑英華作「入」，又注：「詩選作『出』。」

[三] 「隔」，文苑英華作「隱」，又注：「詩選作『隔』。」

[四] 「慙」，文苑英華校注：「集作『酬』。」

[五] 「感激慙恩淚，風霜去國顔」，黄録何批作：「虚頓二句，上下縈拂。」

捧刀金賜字〔一〕。歸馬玉連環。龍鳳辭三署，干戈護八蠻。〔二〕應憐宣室召，溫樹不同攀。

早秋西亭宴徐員外

鼎鉉辭台座，麾幢領益州。曲池連月曉，横笛滿城秋。有美皇華使，曾同白社遊。今來重相見，偏覺艷歌愁。

夏夜作〔三〕

夜久喧暫息，池臺唯月明。無因駐清景，日出事還生。

〔一〕「賜」，何校本校注：「一作『錫』。」文苑英華作「錫」，又注：「詩選作『賜』。」

〔二〕「龍鳳辭三署，干戈護八蠻」，文苑英華作「威鳳翔雙闕，征夫護八蠻」，又注：「詩選作『龍鳳辭三署，干戈護八蠻』。」

〔三〕「夏」，分類本作「夏日」。

送唐君次[一]

都門去馬嘶，灞水春流淺。青槐驛路直[二]，白日離亭晚。望望煙景微，草色行人遠。

令狐楚四首

發潭州日寄李寧常侍

君今侍紫垣，我已墮青天。委廢從兹日，旋歸在幾年。心爲西靡樹，眼是北流泉。更過長沙去，江風滿驛船。[三]

[一]「君」，文苑英華無。

[二]「直」，文苑英華校注：「集作『長』。」

[三]黄録何批作：「此篇近刻缺後一絶。」

郢城秋懷寄江州錢徽侍郎

晚歲俱爲郡，新秋各異鄉。燕鴻一驚叫，郢樹遠青蒼。山露侵衣潤，江風捲簟涼。相思如漢水，日夜向潯陽。〔二〕

贈符道士

偶逢蒲家郎，乃是葛仙客。行常乘青竹，飢即煮白石。腰間嫌大組，心内保尺宅。我願從之遊，深山鍊玉液〔三〕。

〔二〕全詩，黄録何批作：「此篇於慤士爲高格。」
〔三〕「鍊」，何校本「鑠」塗改作「鍊」，清宋犖本、雙清閣本、和刻本、四庫本作「鑠」。

鄂州使至竇鞏中丞副使見示與元稹相公獻酬之什余頃任户部尚書日中丞是當司外郎每有篇章多相唱和因題四韻以寄所懷

仙吏秦城别，新詩鄂渚來。才推今八米〔一〕，職副舊二台。雕鏤心偏許，緘封手自開。何年相贈答，卻得在中臺。

劉言史十七首〔二〕

瀟湘遊

夷女采山蕉，緝紗浸江水。野花滿髻妝色新，閑歌曖迺深峽裏〔三〕。曖迺知從何處生，當時

〔一〕「米」，四庫本作「斗」。
〔二〕何校本校注：「近刻所無者六篇。」
〔三〕「曖迺」，四庫本作「欸乃」。下句同。

泣舜腸斷聲。翠華寂寞嬋娟没，野篠空餘紅淚情。青煙冥冥覆杉桂，崖壁參天風雨細〔二〕。昔人幽恨此地遺，緑芳紅艷含怨姿。清猿未盡鼯鼠切，淚水流到湘妃祠。北人莫作瀟湘遊，九疑雲入蒼梧愁。

放螢怨

放螢去，不須留，聚時年少今白頭。架中科斗萬餘卷，一字千回重照見。青雲杳眇不可親，開囊欲放增餘怨。且逍遥〔三〕，還酩酊，仲舒漫不窺園井。那將寂寞老病身，更就微蟲借光影〔三〕。欲放時，淚沾裳。衝籬落，千點光。〔四〕

〔二〕「參」，何校本「麥」塗改爲「參」，清宋犖本、雙清閣本、和刻本作「麥」，四庫本作「淩」。
〔三〕「且逍遥」，黄録何批作：「頓住。」
〔三〕「就」，四庫本作「求」。
〔四〕「衝籬落，千點光」，黄録何批作：「仍有氣。」

觀繩伎 潞府李相公席上作。

泰陵遺樂何最珍，綵繩冉冉天仙人。廣場寒食風口好，百夫伐鼓錦臂新。銀畫青綃抹雲髮，高處綺羅香更切。重肩接立三四層，著屐背行仍應節。兩邊丸劍漸相迎，側身交步何輕盈。閃然欲落卻收得，萬人肉上寒毛生。危機險勢無不有，倒挂纖腰學垂柳。下來一一芙蓉姿，粉薄鈿稀態轉奇。座中還有沾巾者，曾見先皇初教時。

買花謡

杜陵村人不田穡，入谷經溪復緣壁。每至南山草木春，即向侯家取金碧。幽艷凝華春景曙，採夫移得將何處。蝶惜芳容送下山，尋斷孤香始回去。豪少居連鳷鵲東，千金使買一株紅。院多花少栽未得，零落綠蛾纖指中。咸陽貴戚長安里，無限將金買花子。澆紅濕綠千萬家，青絲玉轤聲啞啞。

送婆羅門歸本國

刹利王孫字迦攝，竹錐横寫叱蘿葉。遥知漢地未有經，手牽白馬繞天行。龜兹磧西胡雪黑，大師凍死來不得。地盡年深始到船，海裏更行三十國。行多耳斷金環落，冉冉悠悠不停脚。馬死經留卻去時，往來應盡一生期。出漢獨行人絶處，磧西天漏雨絲絲。

春過趙墟

下馬邯鄲陌頭歇，寂寥崩隧臨車轍。古柏重生枝亦乾，餘漆見風幽燄滅。白蒿微微紫槿新，行人感此復悲春。

王中丞宅夜觀舞胡騰

石國胡兒人見少，蹲舞鐏前急如鳥。織成蕃帽虚頂尖，細氎胡衫雙袖小。手中抛下蒲桃醆〔一〕，

〔一〕「蒲桃醆」，分類本作「葡桃盞」。

西顧忽思鄉路遠。跳身轉轂寶帶鳴，弄脚繽紛錦韡軟。四坐無言皆瞪目，横笛琵琶遍頭促。亂騰新毯雪朱毛，傍拂輕花下紅燭。酒闌舞罷絲管絶，木槿花西見殘月〔二〕。

葛巾歌 貝州漳南縣贈楊炯㶲。

一片白葛巾，潛夫自能結。籬邊折枯蒿，聊用簪華髮。有時醉倒長松側，酒醒不見心還憶。谷鳥銜將卻趁來，野風吹去還尋得。十年紫竹谿南住，跡同玄豹依深霧。草堂窗底漉春醅，山寺門前逢暮雨。臨汝袁郎得相見，閑雲引到東陽縣。魯性將他類此身，還拈野物贈傍人。空留棁杖犢鼻褌，濛濛煙雨歸山村。

與孟郊洛北野泉上煎茶

粉細越笋牙，野煎寒谿濱。恐乖靈草性，觸事皆手親。敲石取鮮火，撇泉避腥鱗。熒熒爨風鐺，拾得墜巢薪。潔色既爽別，浮氳亦殷勤。以兹委曲靜，求得正味真。宛如摘山時，自歠指

〔二〕「槿」，分類本作「錦」。

下春。湘瓷泛輕花，滌盡昏渴神。此遊愜醒趣，可以話高人。

初下東周贈孟郊 時依鄭相。

鶴老耳更工，龜死殼亦靈。正性非外沿，終始全本情。〔一〕童子不戲塵，積書就巖扃。身著木葉衣，養鹿兼牸耕。偶隨下山雲，茌苒失故程。漸入機險中，危思難太行。十髮九縷絲，悠然東周城。言詞野麋態，出口多累形。因依漢元寮，未似羈紲輕〔二〕。冷竈助新熱，静砧與寒聲。斷蓬在闉闠〔三〕，豈當桃李榮。寄食若蠹蟲，侵損利微生。〔四〕固非崛爲强〔五〕，懦劣舛瘵并〔六〕。素堅冰

〔一〕「鶴老耳更工，龜死殼亦靈。正性非外沿，終始全本情」，黄録何批作：「發端以喻東野但保堅貞，已足自致不朽，無假求諸外也。」

〔二〕「輕」，四庫本作「經」。

〔三〕「闉」，何校本校注：「一作『門』。」

〔四〕「漸入機險中，危思難太行。十髮九縷絲，悠然東周城。言詞野麋態，出口多累形。因依漢元寮，未似羈紲經。冷竈助新熱，静砧與寒聲。斷蓬在闉闠，豈當桃李榮。寄食若蠹蟲，侵損利微生」，黄録何批作：『機險』至『累行』，懦劣也。『冷竈』至『微生』，寂寥也。近刻未爲非。」

〔五〕「崛」，何校本「拙」塗改作「崛」，清宋犖本、雙清閣本、和刻本、四庫本作「拙」。

〔六〕「舛瘵」，何校本校注：「寂寥。」「舛」，四庫本作「外」。

蘗心，潔立保賢貞。修文返正風，刊字齊古經。慙將衰末分，高棲喧世名。〔二〕

北原情三首

錯莫天色愁，挽歌出重闉。誰家白網車，送客入幽塵。銘旌下官道，葬輿去轔轔。蕭條黄蒿中，奠酒花翠新。米雪晚霏微，墓成悄無人。烏鳶下空地，煙火殘荒榛。生人更多苦，入户事盈身。營營日易深，卻到不得頻。寂寥孤隧頭，草緑棠梨春。

洛陽城北山，古今葬冥客。聚骨朽成泥，此山土多白。近來送葬人，亦去聞歸聲。豈能車輪疾，漸是墓侵城。城中人不絶，哀挽相次行。莫非北邙後，重向洛陽生。

卜地起孤墳，全家送葬去。歸來卻到時，不復重知處。疊疊葬相續，土乾草已緑。裂紙瀉

〔二〕「慙將衰末分，高棲喧世名」，黄録何批作：「結似自責，實以諷東野也。本潛岩扃，偶依留守，然有文如此，何不崛强高栖，使當世可聞而不可見，乃以衰末輕就羈绁，懦劣寂寥，得不償失乎？他日東野哭劉詩云：『常於衆中會，顔色兩切磋。』其深有味於此歟。」

壺漿，空向春雲哭。

林中獨醒

晚來林沼静，獨坐間瓢罇〔一〕。向已非前跡，齊心欲不言。微涼生亂篠，輕馥起孤萱。未得渾無事，瓜田草正繁。

江陵客舍留别樊尚書

信陵門館下，多病有歸思。墜履忘情後，寒灰更濕時。委欄芳蕙晚，憑几雪髻垂。明日秋關外，單車風雨隨。

〔一〕「間」，四庫本作「閒」。

過春秋峽

峭壁蒼蒼苔色新，無風晴景自勝春。不知何樹幽崖裏，臈月開花似北人。

竹裏梅

竹與梅花相並枝，梅花正發竹枝垂。風吹總向竹枝上，直似王家雪下時。

張碧二首

題祖山人池上怪石

寒姿數片奇突兀，曾作秋江秋水骨。先生應是壓風雷〔二〕，著向池邊塞龍窟。我來池上傾酒

〔二〕「壓」，分類本作「厭」。

罇，半酣書破青煙痕〔二〕。參差翠縷攞不落，筆頭驚怪粘秋雲。我聞吴中項容水墨有高價，邀得將來倚松下。鋪卻雙縉直道難，掉首空歸不成畫。

李涉三十七首

渤之兄也，大和中爲太學博士。

野田行

風昏晝色飛斜雨，冤骨千堆髑髏語。八紘牢落人物稀，盡是田園荒廢主。悲嗟自古争天子，幾度乾坤復如此。秦皇矻矻築長城，漢主區區白虵死。野田之骨兮又成塵，樓閣風煙兮還復新。願作華山之下長歸馬，野田無復堆冤者。

濰陽行

黄昏日暮驅羸馬，夜宿濰陽烽火下。此地新經殺戮來，墟落無煙空碎瓦。層冰塞斷隋朝

〔二〕「半酣書破青煙痕」，黄録何批作：「題石。」

水，一道銀河貫千里。愁心翻覆夢難成，病僕呻吟呼不起。泗水三千招義軍，本自征戰邀殊勳。十年麾下畜壯氣，一朝此地爲愁雲。昨口太陽回照燭，轉見天心重含育。早晚東風的發生，古堤春草年年緑。

六歎 并序

五噫、四愁、九歌、七啓，皆創文者立意之終，紀其數而名之也。清江、白雲、孤山、遠嶼，皆得時之人吟詠性情耳，余無暇於是焉。窮居歲陰，偶懷無悰，因追感聞見，成文六篇，目曰六歎。懼質文之不備，復何全於比興乎？録之私齋，以示同道。格韻枯缺，多慚見知。

綺幕香風翡翠車，清明獨傍芙蓉渠。上有雲鬟洞仙女，垂羅掩縠煙中語。風月頻驚桃李時，滄波久別鴛鴻侶。欲傳一札孤飛翼，山長水遠無消息。卻鎖重關一院深，半夜空庭明月色。

蓬萊島邊採珠客，西望人寰星漢隔。千重疊浪聳雲高，萬里平沙連月白。海中洞穴尋難極，水底鮫人半相識。玄蚌初開影暫明，驪龍欲近威難逼。辛苦風濤白首期，得珠卻恨求珠時。隋侯歿世幾千載，只今薄俗空嗤嗤。

燕王愛賢築金臺，四方豪俊承風來。秦皇燒書殺儒客，肘腋之中千里隔。去年八月幽并道，昭王陵邊哭秋草。今年二月遊函關，秦家城外悲河山。河上山邊車馬路，殘日青煙五陵樹。

關東病儒客梁城，五歲十回逢亂兵。燒人之家食人肉，狼虎熾心都未足。城裏愁雲晝不開，城頭野草春還緑。五十餘年忠烈臣，臨危守節羞謀身。堂上英髦沉白刃，門前輿隸乘朱輪。千古傷心汴河水，陰天落日悲風起。

漢臣一没丁零塞，牧羊西過陰沙外。朝憑南雁信難回，夜望北辰心獨在。漢家茅土横九州，高門長戟分王侯。但將鍾鼓悦私愛，肯以犬戎爲國羞。夜宿寒雲卧冰雪，嚴風獨刃縣旌節。丁年奉使白頭歸，泣盡李陵衣上血。

深院梧桐夾金井，上有轆轤青絲索。美人清晝汲寒泉，寒泉欲上銀缾落。迢迢碧甃千餘尺，竟日倚欄空歎息。惆悵不來照明鏡，卻掩洞房花寂寂。

題清溪鬼谷先生舊居

翠壁開天池，青崖列雲樹。水容不可狀，杳若秋河霧。常聞先生教，指示秦儀路。二子材不同，逞詞過尺度。偶因從吏役，遠到冥棲處。松月想舊山，煙霞了如故。未遑鍊金鼎，日覺容光暮。萬慮隨境生，何由返真素。寂寞天籟息，清迥鳥聲曙。回首望重重，無期挹風馭。

閑中紀事想吴楚舊遊寄河陽從事楊濳〔一〕

憶昨天台尋石梁，赤城枕下看扶桑。金烏欲上海如血，翠色一點蓬萊光。安期先生不可見，

〔一〕「紀」，四庫本作「記」。

蓬萊目極滄海長。回舟偶得風水便，煙帆數夕歸瀟湘。瀟湘水清巖嶂曲，夜宿朝遊常不足。一自無名身事閑〔一〕，五湖雲月偏相屬。進者恐不營，退者恐不深。魚遊鳥逝兩雖異，彼此各有遂生心。身解耕耘妾能織，歲晏飢寒免相逼。稚子年才七歲餘，漁樵一半分渠力。〔二〕吾友從軍在河上，腰佩吴鈎佐飛將。偶與嵩山道士期，西尋汴水來相訪。見君顔色猶憔悴，知君未展心中事。落日驅車出孟津，高歌共歎傷心地。洛邑秦城少年别，兩都陳事空聞説。漢家天子不東遊，古木行宫蔽煙月。洛濱老翁年八十，西望殘陽臨水泣〔三〕。自言生長開元中，武皇恩化親霑及。當時天下無甲兵，雖聞賦斂毫毛輕。紅車翠蓋滿衢路，洛中歡笑争逢迎。一從戎馬來幽薊，函谷虎狼無捍制。九重宫殿閉豺狼，萬國生人自相噬。蹭蹬瘡痍今不平，干戈南北常縱横。中原膏血焦欲盡，四郊貪將猶憑陵。〔四〕秦中豪寵争出羣，巧將言智寬明君。南山四皓不敢語，渭上釣人何足云。君不見昔時槐柳八百里，路傍五月清陰起。只今零落幾株殘，枯根半死黄

〔一〕「一自無名身事閑」，黄録何批作：「有名則不得不引以爲憂，視以爲負矣。」

〔二〕「稚子年才七歲餘，漁樵一半分渠力」，黄録何批作：「七歲稚子猶雜漁樵，誠不忍見生民之困，惟恐奪其資以自遂也。」

〔三〕「西望殘陽臨水泣」，黄録何批作：「『殘陽』，謂代當季末也。」

〔四〕「中原膏血焦欲盡，四郊貪將猶憑陵」，黄録何批作：「鋒鏑之所倖免者，國家復以重斂浚之，況又不能庇捍，使貪將得從而憑陵恣其徵求乎？」

河水。

醉中贈崔膺

與君兄弟匡嶺故，與君相逢楊子渡。白浪南分吴塞雲，緑楊西入隋宫路。隋家文物今雖改，舞館歌臺基尚在。煬帝陵邊草木深，汴河流水空歸海。今古悠悠人自别，此地繁華終未歇。大道青樓夾翠煙，瓊墀繡帳開明月。與君一言兩相許，外捨形骸中爾汝。揚州歌酒不可追，洛神映箔湘妃語。白馬黄金爲身置，誰能獨羨他人醉。暫到香爐一夕間，能展愁眉百年事。君看白日光如箭，一度别來顔色變。早謀侯印佩腰間，莫遣看花鬢如霰。

岳陽别張祜秀才

十年蹭蹬爲逐臣，鬢毛白盡巴江春。鹿鳴猿嘯雖寂寞，水蛟山魅多精神。山瘧困中聞有赦，死灰不望光陰借。半夜州符唤牧童，虚教衰病生驚怕。巫峽洞庭千里餘，蠻陬水國何親疏。由來真宰不宰我，徒勞歎者懷吹噓。霸橋昔與張生别，萬變桑田何處説。龍虵縱在没泥塗，長衢卻爲駑駘設。愛君氣堅風骨峭，文章真把江淹笑。洛下諸生懼刺先，烏鳶不得齊鷹鶚。岳陽西南湖上寺，水閣松房遍文字。新釘張生一首詩，自餘吟著皆無味。策馬前途須努力，莫學龍鍾虛歎息。

卻歸巴陵途中走筆寄唐知言

去年臘月來夏口，黑風白浪打頭吼。櫓聲軋軋摇不前，看他撩亂張帆走。逾月始到鸚鵡洲，嗚嗚暮角喧城頭。逡巡未得見官長，夢寢但覺生愁憂。軍中賢倅李監察〔一〕，人馬曉來兼手札。教令參謁禮數全，頭頭要處相稱挈。唐氏一門今五龍，聲華殷殷皆如鍾。就中十一最年少，别有俊氣横心胸。巧綴五言才刮骨，卻怕柱天身硉矹。後輩無勞續出頭，坳塘不合窺溟渤。君家三兄舊山侣，方寸久來常許與。不覺淹留兩月餘，風光漫爛生洲渚。宇文文學儒家子，竹遶書齋花映水。醉舞狂歌此地多，有時酩酊扶還起。猥蒙方伯憐飢貧，假名許得陪諸賓。酒家債負有填日，恣意頗敢排青緡。余瞿二家同愛客，園蔬任遣奴人摘。野狐泉頭銀葉方，一别十年今再

〔一〕「軍中」，四庫本作「中軍」。

覿。更有風流歙奴子，能將盤帕來欺爾。白馬青袍豁眼明，許他真是查郎髓。良會芳時難再來，隟光電影長相催。扁舟惆悵人南去，目斷江天凡幾回。

春山三朅來

釣魚朅來春日暖，沿溪不厭舟行緩。野竹初裁碧玉長，澄潭欲下青絲短。昔人避世兼避仇，暮栖雲外朝悠悠。我今無事亦如此，亦鯉忽到長竿頭。泛泛隨波凡幾里，碧莎如煙沙似砥。瘦壁横空怪石危，山花鬬日禽争水。有時帶月歸扣舷，身閑自是漁家仙。

山上朅來採新茗，雜花亂發前山頂〔一〕。瓊英動摇鍾乳碧，叢叢高下隨崖嶺。未必蓬萊有仙藥，能向鼎中雲漠漠。越甌遥見裂鼻香，欲覺身輕騎白鶴〔八〕

〔一〕「雜」，何校本「新」塗改作「雜」，分類本、清朱犖本、雙清閣本、和刻本、四庫本作「新」。

採藥揭來藥苗盛，藥生只傍人行徑〔一〕。世人重耳不重目，指似藥苗心不足〔二〕。野客住山三十載，妻兒共寄浮雲外。小男學語便分别，已辨君臣知匹配〔三〕。都市廣場開大鋪，疾來求者多相悞。見説韓康舊姓名，識之不識先相怒。

山中五無奈何

無奈落葉何，紛紛滿衰草。疾來無氣力，擁户不能掃。欲訪雲外人，都迷上山道。〔四〕

無奈澗水何，喧喧夜鳴石。疎林透斜月，散亂金光滴。欲訪澗底人，路窮潭水碧。

無奈牧童何，放牛喫我竹。隔林呼不應，叫笑如生鹿。欲報田舍翁，更深不歸屋。

〔一〕「人行」，何校本「行人」調换作「人行」，分類本、清宋犖本、雙清閣本、和刻本、四庫本作「行人」。

〔二〕「足」，何校本校注作：「定。」

〔三〕「匹配」，四庫本作「配匹」。

〔四〕全詩，黄録何批作：「未免襲用韋左司語。」

無奈阿鼎何，嬌啼索梨栗。柴門正風雨，千向千回出。欲識老病心，賴渠將過日。

無奈梅花何，滿巖光似雪。春風總未至，獨自驚時節。欲見惆悵心，又看花上月。

牧童詞

朝牧牛，牧牛下江曲。夜牧牛，牧牛村口谷。荷蓑出林春雨細，蘆管卧吹沙草緑。亂插蓬蒿箭滿腰，不怕猛虎欺黄犢。

題鶴林寺僧室〔一〕

終日昏昏醉夢間，忽聞春盡强登山。因過竹院逢僧話〔二〕，又得浮生半日閑。

〔一〕「僧室」，文苑英華作「上方」。

〔二〕「院」，文苑英華校注：「一作『寺』。」

春晚遊鶴林寺寄使府諸公

野寺尋春花已遲，背巖唯有兩三枝。平明攜酒猶堪醉，爲報春風且莫吹。

題開聖寺

宿雨初收草木濃，羣鴉飛散下堂鍾。長廊無事僧歸院，盡日門前獨看松。

再葺夷陵幽居

負郭依山一徑深，萬竿如束翠沉沉。從來愛物多成癖，辛苦移家爲竹林。

過襄陽寄上于司空相公

方城漢水舊城池，陵谷依然世自移。歇馬獨來尋故事，逢人唯説峴山碑。〔一〕

送魏簡能東遊二首〔二〕

獻賦論兵命未通，卻乘羸馬出關東〔三〕。灞陵原上重回首，十載長安似夢中〔四〕。

燕市悲歌又送君，目隨征雁過寒雲〔五〕。孤亭宿處時看劍，莫使塵埃蔽斗文。

〔一〕全詩，黄録何批作：「疊山云：于頔鎮襄陽，爲政苛刻，詩以羊公之仁而見思，諷其當以爲法，詞婉而妙。」

〔二〕「二首」，文苑英華無，僅有第一首。

〔三〕「出」，文苑英華作「去」，又注：「一作『出』。」

〔四〕「似」，文苑英華作「是」，又注：「一作『似』。」

〔五〕「目」，分類本作「自」。

陜中遇赦寄秦洛舊知

天網初開釋楚囚，殘骸已廢自知休。荷蓑不是人間事，歸去滄江有釣舟。

題連雲堡

由來天地有關扃，斷壑連山接杳冥。一出縱知邊上事，滿朝誰信語堪聽。

從秦城回再題武關

遠別秦城萬里遊，亂山高下出商州。關門不鎖寒溪水，一夜潺湲送客愁。

題宇秀才櫻桃

風光莫占少年家〔一〕，白髮殷勤最戀花。今日顛狂君莫笑，趁愁得醉眼麻嗏〔二〕。

題月水臺

平流白日無人愛，橋上閑行若箇知。水似晴天天似水，兩重星點碧琉璃。

黄葵花

此花莫遣俗人看，新染鵝黄色未乾。好逐秋風天上去，紫陽宫女要頭冠。

〔一〕「風光莫占少年家」，黄録何批作：「倒説風光占少年，婉妙。」

〔二〕「嗏」，黄録何批作：「『嗏』字，廣韻及集韻皆不收。」

别南溪二首

如雲不厭蒼梧遠，似雁逢春又北飛。唯有隱山溪上月，年年相望兩依依。

常歎春泉去不回，我今此去更難來。欲知别後留情處，手種巖花次第開。

井欄砂宿遇夜客

暮雨蕭蕭江上村，緑林豪客夜知聞。他時不用逃名姓，世上如今半是君。

唐百家詩選　卷十五

盧仝十三首〔一〕

走筆謝孟諫議寄新茶

日高丈五睡正濃，軍將打門驚周公。口云諫議送書信，白絹斜封三道印。開緘宛見諫議面，手閲月團三百片。聞道新年入山裏，蟄蟲驚動春風起。天子須嘗陽羡茶，百草不敢先開花。仁風暗結珠琲瓃，先春抽出黄金牙。摘鮮焙芳旋封裹，至精至好且不奢。至尊之餘合王公，何事便到山人家。柴門反關無俗客，紗帽挂頭自煎喫〔二〕。碧雲引風吹不斷，白花浮光凝椀面。一

〔一〕「十三」，原作「十四」，據收詩實際數量改。

〔二〕「挂」，四庫本作「籠」。

椀喉吻潤，兩椀破孤悶。三椀搜枯腸，惟有文字五千卷〔一〕。四椀發輕汗，平生不平事，盡向毛孔散。五椀肌骨清，六椀通仙靈。七椀喫不得也，唯覺兩腋習習清風生。蓬萊山，在何處，玉川子，乘此清風欲歸去。山上羣仙司下土〔二〕，地位清高隔風雨。安得知百萬億蒼生命，墮在顛崖受辛苦。便爲諫議問蒼生，到頭合得蘇息否。〔三〕

憶金鵝沈山人

君愛煉藥藥欲成，我愛煉骨骨已清。試自比校得仙者〔四〕，也應合得天上行。天門九重高崔嵬，青空鑿出黄金堆。夜叉守門晝不啓，半夜醮祭半夜開。夜叉喜歡動關鏁，鏁聲㩧地生風雷。地上禽獸重血食，性命血化飛黄埃。太上道君蓮花臺，九門隔闊安在哉？嗚呼沈君大藥成，兼須巧會鬼物情，無貪長生喪厥生。

〔一〕「惟有文字五千卷」，黄録何批作：「無功業及於蒼生，則所以自通於後者，徒有文字而已。」
〔二〕「山上羣仙司下土」，黄録何批作：「『山上羣仙』，自至尊以及王公皆在焉。」
〔三〕「便爲諫議問蒼生，到頭合得蘇息否」，黄録何批作：「欲使蒼生蘇息，此其夢見周公之志也。發端不是漫爲俳諧。」
〔四〕「比」，分類本作「此」。

楊州送伯齡

伯齡不厭山，山不養伯齡。松顛有樵墮，石上無禾生。不忍六尺軀，遂作東南行。諸侯盡食肉，壯氣吞八紘。不啣溜鈍漢，何由通姓名。夷齊餓死日，武王稱聖明。節義士枉死，何異鴻毛輕。努力事干謁，我心終不平。

歎昨日

天下薄夫苦耽酒，玉川先生也耽酒。薄夫有錢恣張樂，先生無錢養恬漠。有錢無錢俱可憐，百年驟過如流川。平生心事消散盡，天上白日悠悠懸。上帝版版主何物，日車劫劫西向沒。自古聖賢無奈何，道行不得皆白骨。白骨化土鬼入泉，生人莫負平生年。何時出得禁酒國，滿甕釀酒曝背眠。

月蝕詩

新天子即位五年，歲次庚寅。斗柄插子，律調黄鍾。〔一〕森森萬木夜殭立，寒氣贔屓頑無風。爛銀盤從海底出，出來照我草屋東。天色紺滑凝不流，冰光交貫寒曈曨。初疑白蓮花，浮出龍王宫。八月十五夜，比並不可雙。此時怪事發，有物吞食來。輪如壯士斧斫壞，桂似雪山風拉摧。百鍊鏡，照見膽，平地埋寒灰。火龍珠，飛出腦，卻入蚌蛤胎。摧環破壁眼看盡，當天一搭如煤炲。磨蹤滅跡須臾間，便似萬古不可開。不料至神物，有此大狼狽。星如撒沙出，争頭事光大。〔二〕奴婢炷暗燈，揜烏感菼如玳瑁。今夜吐燄如長虹，孔隙千道射户外〔三〕。玉川子，涕泗下，中庭獨自行。念此日月者，太陰太陽精。皇天要識物，日月乃化生。走天汲汲勞四體，與天作眼行光明。此眼不自保，天公行道何由行。吾見陰陽家有説，望日蝕月月光滅，朔月掩日日光

〔一〕「新天子即位五年，歲次庚寅。斗柄插子，律調黄鍾」，黄録何批作：「是時吐突承璀帥師討王承宗，爲盧從史所侮，弊賦損威，逾年無功，憲宗不加誅竄，此詩蓋嫉中人之蔽明也。詩中所謂『恒州陳斬酈定進』，即揶揄承璀撓敗之實。唐書藩鎮傳云：承璀至軍，無威略，師不振，神策大將酈定進號驍將，以擒劉闢功王陽山郡，至是戰北馳而僨，趙人曰酈王也，害之，師氣益折。發端大書甲子，欲使後之讀者得以論其世也。」

〔二〕「星如撒沙出，争頭事光大」，黄録何批作：「『星如撒沙出』二句，並爲後伏脈，『蚩尤』句之屬皆該其中。」

〔三〕「隟」，黄録何校作「隙」。

吾恐天似人，好色即喪明。又孔子師老子云，五色令人目盲。吾恐天似人，好色即喪明。幸且非春時，萬物不嬌榮。青山破瓦色，緑水冰峥嶸。花枯無女艷，鳥死沉歌聲。頑冬何所好，偏使一目盲。〔一〕傳聞古老説，蝕月蝦蟆精。徑圓千里入汝腹，汝此癡骸阿誰生。可從海窟來〔二〕，便解緣青冥。恐是眶睫間，揞塞所化成。黄帝有二目，帝舜重明之〔三〕。二帝懸四目，四海生光輝。吾不遇二帝，滉漭不可知。何故瞳子上，坐受蟲豸欺。長嗟白兔搗靈藥，恰似有意防姦非。藥成滿臼不中度，委任白兔夫何爲。憶昔堯爲天，十日燒九州。金爍水銀流〔四〕，玉燭音炒。丹砂焦。六合烘爲窯，音遥。堯心增百憂。帝見堯心憂，勃然發怒決洪流。立擬沃殺九日妖，天高日走沃不及，但見萬國赤子𧏙𧏙生魚頭。此時九御導九日，争持節幡麾幢旒。駕車六九五十四頭蛟螭虯，掣電九火輈。汝若蝕開𪗾齵輪，御轡執索相爬鉤，推蕩轟訇入汝喉。紅鱗焱鳥燒口快，翎鬣倒側聲䤠鄒。撑腸拄肚礧傀如山丘，自可飽死更不偷。不獨填飢坑，亦解堯心憂。恨汝時當

〔一〕「頑冬何所好，偏使一目盲」，黄録何批作：「從來宦者用事，皆由人主遊宴後庭，而憲宗未嘗耽於内寵，故曰非『五色』也。『兩眼不相攻』，言非明於彼而蔽於此，不應南衙得人，反有偏聽奄豎之失也。」

〔二〕「可從海窟來」，黄録何批作：「唐書宦者傳云：是時諸道，歲進閹兒號私白，閩嶺最多，時謂閩爲中官區藪。吐突承璀即閩人，故曰『可從海窟來』也。」

〔三〕「明之」，分類本、清宋犖本同。雙清閣本、和刻本、四庫本作「瞳明」。

〔四〕「爍」，四庫本作「鑠」。

食，藏頭撧腦不肯食。不當食，張脣哆觜食不休。食天之眼養逆命，安得上帝請汝劉。嗚呼，人養虎，被虎齧。天媚蟆，被蟆瞎。乃知恩非類，一一自作孽。吾見患眼人，必索良工訣。想天不異人，愛眼固應一。安得常蛾氏[一]，來習扁鵲術。手操舂喉戈，去此睛上物。其初猶朦朧，既久如抹漆。但恐功業成，便此不吐出。玉川子又涕泗下，心禱再拜額榻砂土中[二]。地上蟣虱臣仝告愬帝天皇，臣心有鐵一寸，可刳妖蟆癡腸。上天不爲臣立梯磴，臣血肉身無由飛上天，揚天光。封詞付與小心風，颰排閶闔入紫宫。密邇玉几前擘坼，奏上臣仝頑愚胸。敢死横干天，代天長[三]。東方蒼龍角插戟，尾捭風，當心開明堂。統領三百六十鱗蟲，坐理東方宫。月蝕不救援，安用東方龍。南方火鳥赤潑血，項長尾短飛跋躠，頭戴井冠高逵枿。月蝕鳥宫十三度，鳥爲居停主人不覺察。貪向何人家，行赤口毒舌。毒蟲頭上喫卻月，不啄殺，虚眨鬼眼赤突音抉窸[四]，鳥罪不可雪。西方攫虎立踦踦，音几。斧爲牙，鑿爲齒，偷犧牲，食封豕。大蟆一臠，固當

[一]「常」，四庫本作「嫦」。「蛾」，何校本「娥」塗改作「蛾」，分類本、清宋犖本、雙清閣本、和刻本、四庫本作「娥」。

[二]「榻」，四庫本作「蹋」。

[三]「代天長」，何校本校注：「集作『謀其長』。」黄録何校作：「集作『代天謀其長』，『長』讀如字。」「長」，分類本、清宋犖本同，雙清閣本、和刻本、四庫本作「謀」。

[四]「突」，四庫本作「宊」。「赤突」，分類本作「明突」。

軟美。見似不見，是何道理？爪牙根天不念天，天若準擬錯準擬。北方寒龜被蛇縛，藏頭入殼如入獄，蛇筋束緊束破殼。寒龜夏鼈一種味，且當脽其肉〔一〕。一底板，没信處，唯堪支床脚，不堪鑽灼與天下卜。歲星主福德〔二〕，官爵奉董秦〔三〕。忍使黔婁生，覆尸無衣巾。天失眼不弔，歲星胡其仁。熒惑矍鑠翁，執法大不中。月明無罪過，不糺蝕月蟲。年年十月朝太微，支盧謫罰何災凶。土星與土性相背，反養福德生禍害。到人頭上死破敗，今夜月蝕安可會。太白真將軍，怒激鋒鋩生。恒州陣斬酈定進，項骨脆甚春蔓菁。天唯兩眼失一眼，將軍何處行天兵。辰星任廷尉，天律自主持。人命在盆底，固應樂見天盲時。天若不肯信，試喚臯陶鬼一問。一如今日三台文昌宫，作上天紀綱。環天二十八宿〔四〕，磊磊尚書郎。整頓排班行，劍握他人將。一四太

〔一〕「脽」，分類本作「臛」。

〔二〕「歲星主福德」，黄録何批作：「五緯非月所行，故韓詩但及經星。」

〔三〕「官爵奉董秦」，黄録何批作：「東坡云：董秦，李忠臣也。屢立戰功，後污朱泚僞命誅，考其終始，非無功而享厚禄者，不知玉川子何以有此句。余謂董秦之死，去元和庚寅遠矣，此句蓋借董秦以刺于頔也。頔以貪虐倔强居襄，憚憲宗之英威，爲子季友求尚公主，帝因諷之入朝，自山南東道節度使檢校尚書左僕射，爲守司空同中書門下平章事，時方與杜佑俱爲三公。而宰相表大曆十四年三月丁未前淮西節度使檢校司空同平章事，其除授正相類，蓋謂以董秦官爵奉頔也。以秦醜之，欲言之無罪耳。春渚紀聞謂指董偃、秦宫二人，可謂老不曉事矣。」「李肇國史補：太子目賈僕射爲識字董秦。則德宗之于賈耽已有斯語，故玉川借用之。」

〔四〕「宿」，分類本無。

陽側，一四天市傍〔二〕。操斧代大匠，兩手不怕傷。弧矢引滿反射人，天狼呀啄明煌煌。癡牛與駿女，不肯勤農桑。徒勞含淫思，旦夕遥相望。蚩尤簸旗弄，旬始搥天鼓鳴璫琅〔三〕。枉矢能蛐行，眊目森森張〔三〕。天狗下舐地，血流何滂滂。譎險萬萬黨，架構何可當。眯目釁成就，害我光明王。請留北斗一星相北極〔四〕，指麾萬國懸中央。此外盡掃除，堆積如山岡，贖我父母光。當時常星没，殞雨如拼漿〔五〕。似天會事發，叱喝誅奸强。何故中道廢，自遺今日殃。善善又惡惡，郭公所以亡。願天神聖心，無信他人忠。玉川子詞訖，風色緊格格。近月黑暗邊，有似動劍戟。須臾癡蟆精，兩吻自決拆〔六〕。初露半箇璧，漸吐滿輪魄。衆星盡原赦，一蟆獨誅磔。腹肚忽脱落，依舊掛穹碧。光彩未蘇來，慘澹一片白。奈何萬里光，受此吞吐厄。再得見天眼，感荷天地力。或問玉川子，孔子修春秋，二百四十年，月蝕盡不收。今子咄咄詞，頗合孔意不？玉川子笑

〔一〕「市」，分類本作「帝」。
〔二〕「旬」，清宋犖本同，分類本、雙清閣本、和刻本、四庫本作「旬朔」。
〔三〕「眊」，黄録何校作：「毛。」
〔四〕「請留北斗一星相北極」，黄録何批作：「錢求赤云：此蓋帝星，故留之。」
〔五〕「拼」，分類本、清宋犖本同，和刻本、四庫本作「迸」，雙清閣本作「逬」。
〔六〕「拆」，分類本作「坼」。

答，或請聽逗遛。孔子父母魯，諱魯不諱周。書外書大惡，故月蝕不見收。〔二〕予命唐天，口食唐土。唐禮過三，唐樂過五。小猶不説，大不可數。災沴無有小大瘉，安引衰周，研覈可否。日分晝，月分夜，辨寒暑。一主刑，一主德，政乃舉。孰爲人面上，一目偏可去。願天完兩目，照下萬方土，萬古更不瞽。萬萬古，更不瞽，照萬古。

有所思〔三〕

當時我醉美人家，美人顔色嬌如花。今日美人棄我去，青樓珠箔天之涯。娟娟恒蛾月〔三〕，三五盈又缺。翠眉蟬鬢生别離，一望不見心斷絶。心斷絶，幾千里。夢中醉卧巫山雲，覺來淚滴湘江水。湘江兩岸花木深，美人不見愁人心。含愁更奏緑綺琴，調高絃絶無知音。美人兮美

〔二〕「書外書大惡，故月蝕不見收」，黄録何批作：「『彼月而食，則維其常，此日而食，于何不臧？』詩人之言可與春秋互證也，玉川奈何以己意誣孔意哉？」

〔三〕黄録何批作：「遠追明遠，近擬太白。」

〔三〕「恒蛾」，何校本「姮娥」塗改作「恒蛾」，詩上邊欄校注：「『恒』，集避真宗諱作『常』。」清宋犖本、雙清閣本、和刻本、四庫本作「姮娥」。

人，不知爲暮雨兮爲朝雲。相思一夜梅花發，忽到窗前疑是君。

樓上女兒曲

誰家女兒樓上頭，指麾婢子掛簾鈎。林花撩亂心之愁，卷卻羅袖彈箜篌。箜篌歷亂五六絃，羅袖掩面啼向天。相思向天情不斷，落花紛紛心欲穿。心欲穿，凭欄干。相憶柳條緑，相思錦帳寒。直緣感君恩愛一回顧，使我雙淚長珊珊。我有嬌靨待君笑，我有嬌蛾待君掃。鸎花爛漫君不來，及至君來花已老。心腸寸斷誰得知，玉階冪歷生青草。

新月

仙宫雲箔卷，露出玉簾鈎。清光無所贈，相憶鳳凰樓。

悲新年

新年何事最堪悲，病客遥聞百舌兒。太歲只遊桃李逕，春風肯管歲寒枝。

訪含曦上人

三入寺，曦未來。轆轤無繩井百尺，渴心歸去生塵埃。

寄崔柳州

使者立取書，疊紙生百憂。使君若不信，他時看白頭。三百六十州，剋情唯柳州。柳州蠻天末，鄙夫嵩之幽。花落隴水頭，各自東西流。凜凜長相逐，爲謝波上鷗。

蕭二十三赴歙州婚期 僕客揚州，早春寄一絶。

淮上客情殊冷落，蠻方春早客何如。相思莫道無來使，回雁峰前好寄書。

出山作

出山忘掩山門路，釣竿插在枯桑樹。當時只有鳥窺窬，更亦無人得知處。家僮若失釣魚竿，定是猿猴把將去。

于鵠三首

題鄰居

僻巷鄰家少，茅簷喜並居。蒸梨常共竈，澆薤亦同渠。傳屐朝尋藥〔一〕，分燈夜讀書。雖然

〔一〕「傳屐朝尋藥」，黄録何批作：「傳展。」

在城市，還得似樵漁。

過淩霄斷天謁張先生祠〔一〕

戢戢亂峰裏，一峰獨淩天。下看如尖高〔二〕，上有十里泉。志人愛幽深〔三〕，一住五十年〔四〕。懸牘到其上〔五〕，乘牛耕藥田。衣食不下求，乃是雲中仙。山僧獨知處，相引銜碧煙。斷崖晝昏黑，差泉橫隻椽〔六〕。面壁攀石稜，養力方敢前。累歇日已没，始到茅堂邊。見客不問誰，禮質無周旋。醉卧枕欹樹〔七〕，寒坐展青氈〔八〕。折松掃藜牀，秋果顔色鮮。鍊蜜敲石炭，洗澡乘瀑泉。

〔一〕「斷」，文苑英華、分類本、清宋犖本同，雙清閣本、和刻本、四庫本作「洞」。
〔二〕「如」，文苑英華作「知」，又注：「一作『如』。」
〔三〕「志」，文苑英華作「至」。
〔四〕「五十」，文苑英華作「十五」，又注：「一作『五十』。」
〔五〕「牘」，分類本、清宋犖本同，文苑英華、雙清閣本、和刻本、四庫本作「犢」，文苑英華又注：「一作『牘』。」
〔六〕「差泉」，文苑英華、分類本、清宋犖本同，雙清閣本、和刻本、四庫本作「槎臬」。「隻」，文苑英華作「雙」，又注：「一作『隻』。」「椽」，分類本作「掾」。
〔七〕「欹」，文苑英華作「歌」。
〔八〕「寒坐」，文苑英華作「坐寒」。

白犬舐客衣，驚走聞腥膻。乃知軒冕徒，寧比雲壑眠。

寄盧儼員外秋衣詞

寄遠空以心，心誠亦難知。篋中有秋帛，裁作遠客衣。縫製雖女功，尺度手自持。容貌常目中，長短不復疑。斜縫密且堅，遊客多塵緇。意欲都無言，澣濯耐歲時。殷勤託行人，傳語慎勿遺。别來已年老，亦聞鬢成絲。縱然更相逢，握手唯是悲。所寄莫復棄，願見長相思。

朱慶餘一首〔一〕

題薔薇花〔二〕

四面垂條密〔三〕，浮陰入夏清。緑攢傷手刺，紅墮斷腸英。粉著蜂須膩，光凝蝶翅明。雨中

〔一〕「朱慶餘」，四庫本作「朱餘慶」。
〔二〕本首篇題，文苑英華作「薔薇」。
〔三〕「四面」，文苑英華作「遶架」，又注：「雜詠作『四面』。」

看亦好〔一〕，況復值初晴。

張祜十三首

字永吉，以處士居蘇州，令狐楚嘗薦其詩於朝，不報〔二〕。

江南雜題〔三〕

積潦池新漲，頹垣趾舊高〔四〕。怒蛙橫飽腹，鬭雀墮輕毛。碧瘦三棱草〔五〕，紅鮮百葉桃。幽棲日無事，痛飲讀離騷。

〔一〕「中」，文苑英華作「來」，又注：「雜詠作『中』。」

〔二〕何校本校注：「近刻所無者五篇。」「永」，黄録何校作：「承。」

〔三〕本首篇題，蜀刻別集作「江南雜題三十首」，此首爲組詩之二十四。

〔四〕「趾」，蜀刻別集作「沚」。

〔五〕「棱」，何校本「稜」塗改作「棱」。

賦得福州白竹扇子 探得輕字〔一〕。

金泥小扇謾多情〔二〕，未勝南工巧織成〔三〕。藤縷雪光纏柄滑，篾鋪銀薄露花輕〔四〕。清風坐向羅衫起，明月看從玉手生。猶賴早時君不棄，每憐初作合歡名。

哭京兆龐尹〔五〕

楊子津頭昔共迷，一爲京兆隔雲泥。故人昨日同時弔，舊馬今朝别處嘶。向壁愁眉無復畫〔六〕，扶床稚齒已能啼。也知世路名堪貴，誰信莊周論物齊〔七〕。

〔一〕蜀刻別集無注「探得輕字」。
〔二〕「謾」，蜀刻別集作「漫」。
〔三〕「工」，蜀刻別集作「功」。
〔四〕「鋪」，蜀刻別集作「編」。「花」，蜀刻別集作「華」。
〔五〕文苑英華題作者爲「張祐」。黄録何批作：「酷罵，卻仍藴藉。」
〔六〕「畫」，蜀刻別集作「盡」。
〔七〕「論物」，蜀刻別集、文苑英華作「物調」。

入關〔一〕

都城連百二〔二〕，雄險此回環。地勢遥尊嶽，河流側讓關。秦皇曾虎視，漢祖亦龍顔〔三〕。何事梟兇輩〔四〕，干戈自不閑。

潤州楊別駕宅送蔣侍御收兵歸揚州〔五〕

冷氣清金虎〔六〕，兵威壯鐵冠。揚旌川色暗〔七〕，吹角水風寒。人對輜軿醉，花垂睥睨殘〔八〕。

〔一〕本首篇題，蜀刻別集作「入潼關」。

〔二〕「連百二」，蜀刻別集作「三百里」。

〔三〕「亦」，蜀刻別集作「昔」。

〔四〕「事」，蜀刻別集作「處」。「兇」，蜀刻別集作「雄」。

〔五〕「楊」，文苑英華作「陽」。文苑英華題作者爲「李嘉祐」。

〔六〕「冷」，文苑英華作「沴」。

〔七〕「色」，文苑英華作「邑」。「暗」，文苑英華作「瞑」，又注：「一作『唱』。」

〔八〕「垂」，文苑英華作「看」，又注：「集作『垂』。」

羨歸丞相閤[一]，空望舊門闌。

觀泗州李常侍打毬[二]

日出樹煙紅，開場畫鼓雄。驟騎鞍上月[三]，輕撥鐙前風。斗轉時乘勢[四]，旁梢乍迸空[五]。等來低背手，争得旋分騣[六]。遠射門斜入，深排馬迴通[七]。遥知三殿下，長恨出征東。

[一]「閤」，文苑英華作「府」，又注：「集作『閣』，一作『問』。」
[二]「打毬」，蜀刻别集作「抛打毬」。
[三]「驟」，蜀刻别集作「穩」。
[四]「時」，蜀刻别集作「俄」。
[五]「旁」，蜀刻别集作「傍」。「梢」，四庫本作「捎」。
[六]「旋」，蜀刻别集作「便」。「騣」，蜀刻别集作「鬃」。
[七]「馬」，蜀刻别集作「鳥」。

寄遷客

萬里南遷客，辛勤嶺路遥。溪行防水弩〔一〕，野店避山魈。瘴海須求藥，貪泉莫舉瓢〔二〕。但能堅志義，白日甚昭昭。

閑居〔三〕

僻巷新苔徧，空庭弱柳垂。井欄防稚子，盆水試鵝兒〔四〕。喜客加籩食〔五〕，邀僧長路棋〔六〕。未能抛世事，除此更何爲？

〔一〕「防」，蜀刻别集作「逢」。
〔二〕「貪泉莫舉瓢」，黄録何批作：「第六不是勵遷客語，便不可謂之真詩。」
〔三〕本首篇題，蜀刻别集作「閑居作五首」，此首爲組詩之二。
〔四〕「盆」，蜀刻别集作「溢」。「鵝」，蜀刻别集作「魚」。
〔五〕「喜客加籩食」，黄録何批作：「『加籩』亦與處士不稱。」
〔六〕「棋」，蜀刻别集作「飢」。

題金山寺〔一〕

一宿金山頂〔二〕，微茫水國分〔三〕。僧歸夜船月，龍出曉堂雲。樹影中流見〔四〕，鍾聲兩岸聞。因悲在朝市〔五〕，終日醉醺醺。

題惠山寺〔六〕

舊宅人何在〔七〕，空門客自過。泉聲到池盡，山色上樓多〔八〕。小洞穿斜竹〔九〕，重欄夾瘦

〔一〕本首篇題，蜀刻別集作「題潤州金山寺」，文苑英華作「金山寺」。
〔二〕「頂」，蜀刻別集作「寺」，文苑英華校注：「集作『寺』」。
〔三〕「微茫水國分」，蜀刻別集作「超然離世群」，文苑英華校注：「集作『超然離世羣』。」
〔四〕「影」，蜀刻別集作「色」。
〔五〕「因悲」，蜀刻別集作「翻思」，文苑英華校注：「集作『翻思』。」
〔六〕本首篇題，文苑英華作「常州無錫縣惠山寺」。
〔七〕「宅人」，蜀刻別集作「人宅」。
〔八〕「山」，蜀刻別集作「月」，文苑英華校注：「集作『月』。」
〔九〕「穿」，蜀刻別集作「生」，文苑英華校注：「集作『生』。」

莎〔一〕。殷勤又城市〔二〕，雲水暮鍾和。

送楊秀才遊雲南〔三〕

鄂渚逢遊客，瞿唐上去船。〔四〕江連萬里海，峽入一條人。鳥影沉沙日，猿聲隔樹煙。新詩北來便，爲草寄巴箋。

〔一〕「欄」，蜀刻別集作「堦」，文苑英華作「階」。「瘦」，蜀刻別集作「細」。

〔二〕「又」，蜀刻別集作「望」，文苑英華作「入」，又注：「集作『望』。」

〔三〕「雲南」，蜀刻別集、文苑英華作「蜀」。文苑英華題作者爲「張佑」。

〔四〕文苑英華無「江連萬里海」之後詩句。「鄂渚逢遊客，瞿唐上去船」後作：「峽深明月夜，江淨碧雲天。舊俗巴歈舞，離情蜀國絃。不堪揮慘恨，一涕自潸然。」「淨」，又注：「集作『靜』。」「離情」，又注：「集作『新聲』。」

薔薇花〔一〕

曉風抹破燕支顆〔二〕，夜雨催成蜀錦機。當晝開時正明媚，故鄉疑是買臣歸〔三〕。

洛中感寓〔四〕

擾擾都城曉四開〔五〕，不關名利也塵埃。千門甲第身遥入〔六〕，萬里銘旌死後來〔七〕。洛水暮天

〔一〕本首篇題，分類本作「題薔薇花」。
〔二〕「破」，蜀刻別集作「盡」。「支」，分類本作「脂」。「顆」，蜀刻別集作「顋」。
〔三〕「故鄉疑是買臣歸」，黄録何批作：「第四句中仍有一張處士，所以爲工。」
〔四〕「感寓」，蜀刻別集作「寓懷」。
〔五〕「城」，蜀刻別集作「門」。
〔六〕「門」，蜀刻別集作「名」。「入」，蜀刻別集作「占」。
〔七〕「銘旌」，蜀刻別集作「旌旗」。

横莽蒼〔二〕，邙山秋日露崔嵬〔三〕。須知此事堪爲鏡，莫遣黄金漫作堆〔三〕。

曹唐二首

暮春戲贈吴端公

年少英雄好丈夫，大家望拜漢金吾。閑眠曉日聽鶗鴂，笑倚春風杖轆轤〔四〕。深院吹笙從漢婢，静街調馬任奚奴。牡丹花外簾鈎下，獨凭紅肌捋虎鬚。

〔一〕「横」，蜀刻别集作「沉」。
〔二〕「秋」，蜀刻别集作「終」。「露」，蜀刻别集作「見」，四庫本作「路」。
〔三〕「漫」，蜀刻别集作「謾」。
〔四〕「杖」，四庫本作「仗」。

和周侍御買劍

將軍溢價買吴鈎，要與中原静寇讎。試掛窗前驚電轉，略抛床上怕泉流。青天露拔雲霓泣，黑地潛擎鬼魅愁。見説夜深星斗畔，等閑期剋月支頭。

賈島二十三首 字閬仙，爲倉曹參軍，會昌二年卒。

寄遠〔一〕

别腸多鬱紆，豈能肥肌膚。始知相結密，不及相結疎。疎别恨應少，密離恨難祛。門前南流水，中有北飛魚。魚飛向北海，可以寄遠書。不惜寄書遠〔二〕，故人今在無。〔三〕况此數尺身，阻

〔一〕黄録何批作：「此篇惟才調集本最善，今賈集中亦脱誤。」
〔二〕「書遠」，文苑英華作「遠書」。
〔三〕「魚飛向北海，可以寄遠書。不惜寄書遠，故人今在無」，黄録何校作：「魚飛向北海，此情復何如。欲剪衣上襟，書作寄遠書。不惜寄遠書，故人今在無。華山苕嶢形，遥望齊平蕪。」

彼萬里途。自非日月光，難以知子軀。

和劉涵

京官始云滿，野人依舊閑。閉扉一畝居，中有古風還〔一〕。市井日已午，幽窗夢南山。喬木覆北齋，有鳥鳴其間。前日遠岳僧，來時與開關。新題驚我瘦，窺鏡見醜顔。〔二〕陶情昔自瀹，此意復誰攀〔三〕？

〔一〕「中有古風還」，黄録何批作：「『古風』含下二層意。」

〔二〕「新題驚我瘦，窺鏡見醜顔」，黄録何批作：「身不自覺，乃見劉意之厚。」

〔三〕「誰」，何校本「羣」改作「誰」。

答王參

寸晷不相待，四時互如競〔一〕。客思先覺秋，蟲聲各知暝〔二〕。霜松積舊翠，露月團新鏡。詩負屬景同，琴孤坐堂聽。相期黄菊節，别約桃花徑〔三〕。每把式微篇，臨風一長詠。

延康吟〔四〕

寄居延壽里，爲與延康鄰。不愛延康里，愛此里中人。人非十年故，人非九族親。人有不朽語，得之煙山春。

〔一〕「如」，黄録何校作：「集作『苦』。」

〔二〕「各」，何校本校注：「集作『苦』。」

〔三〕「桃花徑」，黄録何批作：「『桃花徑』，追溯初别之時也，應轉『寸晷不待』。」

〔四〕黄録何批作：「樂天寄張十八詩云：『同病者張生，貧僻住延康。』然則此詩爲張水部作也。」

戲贈友人

一日不作詩，心源如廢井。筆硯無轆轤〔一〕，吟詠作縈綆〔二〕。朝來重汲引，依舊得清冷。書贈同懷人，詞中多苦辛。

哭柏巖禪師

苔覆石床新，師曾占幾春。寫留行道影〔三〕，焚卻坐禪身。塔院關松雪〔四〕，經房鎖隙塵。自嫌雙淚下，不是解空人。

〔一〕「無」，文苑英華作「爲」。
〔二〕「縈」，文苑英華作「縻」。
〔三〕「留」，文苑英華作「流」。
〔四〕「雪」，文苑英華作「路」，又注：「集作『雪』。」

山中道士

頭髮梳千下，休粮帶瘦容。養雛成大鶴〔二〕，種子作高松。白石通宵煮，寒泉盡日春。不曾離隱處，那得世人逢。

哭孟郊

身死聲名在，多應萬古傳。寡妻無子息，破宅帶林泉。塚近登山道，詩隨過海船。故人相弔後，斜日下寒天〔三〕。

〔二〕「大」，文苑英華作「老」，又注：「集作『大』。」
〔三〕「寒天」，文苑英華校注：「一作『天邊』。」

南池

蕭條微雨後〔一〕，荒岸抱清源。入舫山侵塞，分泉稻接村〔二〕。秋聲依樹色，月影在蒲根。淹泊方難遂〔三〕，他宵闕夢魂。

寄龍池寺貞空二上人

受命終南住〔四〕，俱妨去石橋。林中秋信絶，峰頂夜禪遥。寒草煙藏虎，高松月照雕〔五〕。霜天期到寺，寺置即前朝。

〔一〕「後」，文苑英華作「絶」。
〔二〕「稻」，文苑英華作「道」。
〔三〕「泊」，分類本作「泪」。
〔四〕「命」，文苑英華作「請」。
〔五〕「松」，文苑英華作「僧」。

訪李甘原居

原西居處静，門對曲江開。石縫銜枯草，查根漬古苔。翠微泉夜落，紫閣鳥時來。仍憶尋淇岸，同行採蕨回。

題李疑幽居

閑居少鄰並，草徑入荒園。鳥宿池中樹，僧敲月下門。過橋分野色，移石動雲根。暫去還來此，幽期不負言。

百門陂留辭從叔蓍

幽鳥飛不遠，我行千里間。寒衝陂水路，醉下菊花山。有恥長爲客，無成又入關。何時臨澗柳，吾黨共來攀。

懷博陵故人

孤城易水頭，不忘舊交遊。雪壓圍棋屋，風吹飲酒樓。路遥千里月，人别十三秋。吟苦相思處，天寒江急流。

送友人遊蜀〔一〕

萬岑深積翠〔二〕，路向此中難。欲暮多羈思，因高莫遠看。卓家人寂寞，楊子業凋殘〔三〕。惟有岷江水〔四〕，悠悠帶月寒。

〔一〕本首篇題，文苑英華作「送蜀客還」。題作者爲「耿緯」。
〔二〕「岑」，文苑英華作「峯」。
〔三〕「凋」，文苑英華作「荒」。
〔四〕「惟有」，文苑英華作「唯見」。

再投李益常侍

何處初投刺，當時赴尹京。淹留花柳變〔一〕，然諾肺腸傾。避暑蟬移樹，高眠雁過城〔二〕。人家嵩岳色，公府洛河聲。聯句逢秋盡，嘗茶見月生。新衣裁白紵，思從曲江行。

送惟一遊清涼寺

去有巡臺侶，荒溪衆樹分。瓶殘秦地水，錫入晉山雲。秋月離喧見，寒泉入定聞。人間臨欲別，旬日雨紛紛。〔三〕

〔一〕「柳」，文苑英華作「木」。
〔二〕「高眠」，文苑英華作「登高」。
〔三〕「人間臨欲別，旬日雨紛紛」，黄録何批作：「落句言不待他時始相思也。」

酬張籍王建

疎林荒宅古坡前，久住還因太守憐。漸老更思深處隱，多閑數得上方眠。鼠抛貧屋收田日，雁度寒江擬雪天〔一〕。身事龍鍾應是分，水曹芸閣枉來篇。

方鏡

背如刀截機頭錦，面似升量澗底泉〔二〕。銅雀臺南秋日得，照來照去已三年。

渡桑乾〔三〕

客舍并州已十霜，歸心日夜憶咸陽。無端更渡桑乾水，卻望并州是故鄉。

〔一〕「擬」，文苑英華校注：「一作『撒』。」

〔二〕「升」，分類本作「勝」。

〔三〕黄録何批作：「此詩見御覽集中作劉皂，愨士選進當元和之初。賈，范陽人，桑乾正其故鄉，詩意亦不相合也。」

贈梁蒲秀才班竹拄杖

揀得林中最細枝，結根石上長身遲。莫嫌滴瀝紅斑少〔二〕，恰是湘妃淚盡時。〔三〕

宿杜家亭子〔三〕

牀頭枕是溪中石，井底泉通竹下池。宿客未眠過半夜〔四〕，獨聞山雨到來時。

〔二〕「斑」，分類本作「班」。
〔三〕「莫嫌滴瀝紅斑少，恰是湘妃淚盡時」，黄録何批作：「放翁云：拄杖，斑竹爲上，竹欲老瘦而堅勁，斑欲微赤而點疏，此詩蓋善言拄杖者也。余謂詩中兼寓地寒才退年晚之意，蓋自道也。」
〔三〕「杜家亭子」，文苑英華作「杜司空東亭」。
〔四〕「過」，文苑英華作「當」。

三月晦日贈劉評事〔一〕

三月正當三十日〔二〕，風光別我苦吟身〔三〕。共君今夜不須睡〔四〕，未到曉鍾猶是春〔五〕。

趙嘏六首

會昌二年擢進士第，終渭南尉。

長安秋望

雲物淒涼拂曙流，漢家宫闕動高秋。殘星幾點雁横塞，長笛一聲人倚樓。紫艷半開籬菊静，紅衣落盡渚蓮愁。鱸魚正美不歸去，空戴南冠學楚囚。

〔一〕「劉評事」，文苑英華作「録事」，又注：「一作『評事』。」

〔二〕「正」，文苑英華作「更」，又注：「一作『正』。」

〔三〕「風」，文苑英華作「春」，又注：「一作『風』。」

〔四〕「睡」，文苑英華作「寢」，又注：「集作『寐』，一作『睡』。」

〔五〕「到」，文苑英華作「至」。「未至曉鍾」，文苑英華校注：「集作『未到五更』。」

長安月夜與友生話故山〔一〕

宅邊秋水浸苔磯〔二〕，日日持竿去不歸。楊柳風多潮未落，蒹葭霜在雁初飛。〔三〕重嘶匹馬吟紅葉，卻聽疎鍾憶翠微。今夜秦城滿樓月，故人相見一沾衣〔四〕。

重寄盧中丞

賤子來還去，何人伴使君。放歌迎晚醉，指路上高雲。此夜雁初至，空山雨獨聞。別多頭欲白，惆悵惜餘曛。

〔一〕文苑英華無「月夜」，「話」作「舊」。「長安」，又注：「一有『月夜』二字。」「舊」，又注：「一作『故』。」

〔二〕「浸」，文苑英華作「舊」，又注：「一作『浸』。」「宅邊秋水浸苔磯」，黄録何批作：「『憶翠微』。」

〔三〕「楊柳風多潮未落，蒹葭霜在雁初飛」，黄録何批作：「『潮未落』比身退不得，『雁初飛』則家書又難爲辭也。」

〔四〕「見」，文苑英華作「向」。

汾上宴别

雲物如故鄉，山川知異路。年來未歸客，馬上春色暮。一罇花下酒，殘日水西樹。不待絃管終，摇鞭背花去。

獻淮南李僕射

早年曾謁富人侯，今日難甘失鵠羞。新諾似山無力負，舊恩如水滿身流。馬嘶紅葉蕭蕭晚，日照長江灎灎秋。功德萬重知不惜，一言抛得百生愁。

曲江春望懷江南故人

杜若洲邊人未歸，水寒煙暖想柴扉。故園何處風吹柳，一雁南來雪滿衣。目極思隨原草徧，浪高書到海門稀。此時愁望情多少，萬里春流遶釣磯。

唐百家詩選　卷十六

許渾三十三首〔一〕大中末爲郢州刺史。

淩歊臺〔二〕在當塗縣西。宋高祖築。

宋祖高高樂未回〔三〕，三千歌舞宿層臺。湘潭雲盡暮山出，巴蜀雪消春水來。行殿有基荒薺合，寢園無主野棠開。百年便作萬年計〔四〕，巖畔古碑空緑苔〔五〕。

〔一〕「三十三」，原本作「三十二」，據收詩實際數量改。
〔二〕「淩」，文苑英華作「陵」。「歊」，分類本作「敲」。
〔三〕「高高」，蜀刻別集作「淩高」，又注：「一作『歊』。」文苑英華作「高臺」，又注：「集作『陵歊』。」
〔四〕「便」，文苑英華作「應」，又注：「集作『便』。」「萬」，蜀刻別集作「百」。
〔五〕「畔」，蜀刻別集校注：「一作『上』。」文苑英華作「上」，又注：「集作『畔』。」

送蕭處士歸緱嶺別業

醉斜烏帽髮如絲，曾看仙人一局棋。賓館有魚爲客久，鄉書無雁到家遲。緱山住近吹笙廟，湘水行逢鼓瑟祠。今夜月明何處宿，九疑雲盡緑參差。

贈蕭兵曹

廣陵陞上昔離居，帆轉瀟湘萬里餘〔一〕。楚澤病時無鵩鳥〔二〕，越鄉歸去有鱸魚〔三〕。潮生水郭蒹葭響，雨過山城橘柚疎。聞說攜琴兼載酒，邑人争識馬相如〔四〕。

〔一〕「瀟湘」，蜀刻別集校注：「一作『湘南』。」
〔二〕「澤」，蜀刻別集作「客」。「鵩」，蜀刻別集作「鴟」。
〔三〕「鄉」，蜀刻別集校注：「一作『江』。」「去」，蜀刻別集作「處」。
〔四〕「邑人争識」，蜀刻別集校注：「一作『邛人休羨』。」

淩歊臺送韋秀才〔一〕

雲起高臺日未沉，數村殘照半巖陰〔二〕。野蠶成繭桑柘盡，溪鳥引雛蒲稗深〔三〕。帆勢依依投極浦，鍾聲杳杳隔前林。故山迢遞故人去，一夜月明千里心。

送嶺南盧判官罷職歸華陰山居

曾到劉琨雁塞空〔四〕，十年書劍似飄蓬〔五〕。東堂舊屈移山志〔六〕，南國新留煮海功。還挂一帆

〔一〕「歊」，文苑英華作「獻」，分類本作「敲」。
〔二〕「巖」，文苑英華注：「一作『蘿』。」
〔三〕「溪」，文苑英華作「山」，又注：「集作『溪』。」
〔四〕「到」，蜀刻别集、文苑英華作「事」，黄録何校作：「事。」
〔五〕「似」，蜀刻别集、文苑英華校注：「一作『任』。」
〔六〕「屈」，蜀刻别集、文苑英華校注：「一作『有』。」

青草上，更開三徑碧蓮中。關西舊友應相問〔一〕，已許滄浪伴釣翁。

登故洛陽城

禾黍離離半野蒿，昔人城此豈知勞〔二〕。水聲東去市朝變，山勢北來宫殿高。鵶噪暮雲歸古堞，雁迷寒雨下空壕。可怜緱嶺登仙子，猶自吹笙醉碧桃〔三〕。

懷舊居

兵書一篋老無功，故國郊扉在夢中。藤蔓覆梨張谷暗，草花侵菊庾園空。朱門跡忝登龍客，白屋心期失馬翁。楚水吴山何處是，北窗殘月照屏風。

〔一〕「舊」，蜀刻別集校注：「一作『親』。」文苑英華作「親」。「應」，蜀刻別集校注：「一作『如』。」文苑英華作「如」。
〔二〕「此」，蜀刻別集作「在」。
〔三〕「猶」，蜀刻別集校注：「一作『獨』。」

哭虞將軍〔一〕

白首從軍未有名〔二〕，近將孤劍到江城〔三〕。巴童戍久能番語，胡馬調多解漢行。對雪夜窮黄石略，望雲秋計黑山程〔四〕，可憐身死家猶遠〔五〕，汴水東流無哭聲。

晚自朝臺津至韋隱居郊園〔六〕

秋來鳧雁下方塘，繫馬朝臺步夕陽。村逕繞山松葉滑，野門臨水稻花香〔七〕。雲連海氣琴書潤，風帶潮聲枕簟涼。西去磻溪猶萬里，可能垂白待文王。

〔一〕本首篇題，文苑英華校注：「一作傷河東虞押衙。」
〔二〕「白首」，文苑英華作「自首」，又注：「集作『白首』，一作『十載』。」
〔三〕「將」，文苑英華作「來」。
〔四〕「計」，蜀刻别集校注：「一作『筭』。」「秋計」，文苑英華校注：「集作『秋筭』，一作『朝筭』。」
〔五〕「可憐」，文苑英華校注：「一作『誰知』。」
〔六〕「津」，蜀刻别集無。
〔七〕「野」，蜀刻别集、分類本、清宋犖本同，雙清閣本、和刻本、四庫本作「柴」。

嘗與故宋補闕秋夕遊練湖南亭今復登賞愴然有感〔一〕

西風渺渺月連天，同醉蘭舟未十年〔二〕。鵩鳥賦成人已没〔三〕，嘉魚詩在世空傳。榮枯盡寄浮雲外，哀樂猶驚逝水前。日暮長隄更回首，一聲鄰笛舊山川〔四〕。

灞上逢元九處士東歸〔五〕

瘦馬頻嘶灞水寒，灞南高處望長安。何人更結王生韈〔六〕，此客虚彈貢氏冠〔七〕。江上蟹螯沙

〔一〕本首篇題，蜀刻別集作「重遊練湖懷書」，又注「并序」。序言作：「余嘗與故宋補闕次都秋夕遊練湖南亭，今復登賞，愴然有感，因賦是詩。」

〔二〕「醉」，蜀刻別集作「泛」。

〔三〕「鵩」，蜀刻別集作「鵂」。

〔四〕「一聲鄰笛舊山川」，蜀刻別集校注：「一作『一聲蟬續一聲蟬』。」

〔五〕「儿」，蜀刻別集無。

〔六〕「韈」，蜀刻別集、分類本作「襪」。「何人更結王生韈」，黄録何批作：「『新知』。」

〔七〕「此客虚彈貢氏冠」，黄録何批作：「『舊交』。」

渺渺〔二〕，塢中蝸殼雪漫漫。舊交已盡新知少〔三〕，卻伴漁師把釣竿。

經故丁補闕郊居

死酬知己道終全，波暖孤冰且自堅。〔三〕鵬上承塵纔一日，鶴歸華表亦千年〔四〕。風吹蘗蔓迷樵逕，水暗蘆花失釣船。四尺孤墳何處是，闔閭城外草連天。〔五〕

〔二〕「江上蟹螯沙渺渺」，黄録何批作：「『伴漁師』。」

〔三〕「盡」，蜀刻別集作「變」，又注：「一作『盡』。」黄録何校作：「集作『變』，方與『虚』字相應。」

〔三〕「孤」，蜀刻別集、分類本、黄録何校作「狐」。「死酬知己道終全，波暖孤冰且自堅」，黄録何批作：「發端反其辭以嗤之，言贊皇當國不能用，何乃以死附之？第二則言其不知時也，李回、鄭亞之徒卒皆離涣，丁之智顧出狐之渡冰下耶？後半則嗤其徒死，而一郊居之莫保耳。許以李玨爲恩門，與杜牧善，集中有元正一篇，詆贊皇爲奸臣，宜乎其爲是言也。」

〔四〕「亦」，蜀刻別集校注：「一作『已』。」

〔五〕「四尺孤墳何處是，闔閭城外草連天」，黄録何批作：「新唐書李德裕傳末載丁柔立事云：德裕當國時，或薦其直清可任諫争官，不果用。大中初爲左拾遺，德裕被放，上書直其冤，坐阿附貶南陽尉。左拾遺，通鑑作右補闕。此詩指柔立也，誼士所羞誦。然柔立爲吾郡先哲，則賴落句爲據云。」

祗命南海至盧陵逢表兄軍倅奉使淮海別後卻寄〔一〕

盧橘花香拂釣磯，佳人猶舞越羅衣。三洲水淺魚來少，五嶺山高雁到稀。客路晚依紅樹宿，鄉關暗望白雲歸。交親不念征南吏〔二〕，昨夜風帆去似飛。

送王總下第歸丹陽〔三〕

秦橋心斷楚江湄〔四〕，繫馬秋風酒一卮〔五〕。汴水月明東下疾，練塘花發北枝遲〔六〕。青燕定没

〔一〕本首篇題，蜀刻別集作「別表兄軍倅」，又注：「并序。」序言作：「余祗命南海至盧陵，逢表兄軍倅奉使南海，別後卻寄是詩。」

〔二〕「吏」，蜀刻別集校注：「一作『客』。」

〔三〕「送」，文苑英華作「呈」。

〔四〕「橋」，文苑英華校注：「一作『樓』。」「心斷」，文苑英華作「西望」。「江湄」，文苑英華作「天涯」，又注：「集作『江清』。」

〔五〕「秋」，蜀刻別集、文苑英華作「春」。

〔六〕「枝」，蜀刻別集、文苑英華作「來」，文苑英華又注：「一作『歸』。」

安貧處〔一〕，黄葉應催獻賦時〔二〕。憑寄家書問回報〔三〕，舊居還有故人知〔四〕。

登尉佗樓〔五〕

劉項持兵鹿未窮，自乘黄屋島夷中。南來作尉任囂力，北向稱臣陸賈功。〔六〕簫鼓尚陳今世廟，旌旗猶鎮昔時宫。越人未必知虞舜，一奏薰絃萬古風。

〔一〕「蕪」，文苑英華作「山」。「定没」，文苑英華作「虚戀」，又注：「集作『定没』。」「處」，文苑英華作「計」。

〔二〕「黄葉」，文苑英華作「白髮」，又注：「集作『黄葉』。」「時」，文苑英華校注：「一作『期』。」

〔三〕「憑」，文苑英華作「爲」。「問」，蜀刻别集作「爲」，又注：「一作『周』。」「問回報」，文苑英華作「報消息」。文苑英華「爲寄家書報消息」句又注：「集作『憑寄家書爲回報』。」

〔四〕「居」，文苑英華作「鄉」，又注：「集作『君』。」

〔五〕「佗」，原本作「陀」，據蜀刻别集、文苑英華改。

〔六〕「南來作尉任囂力，北向稱臣陸賈功」，黄録何批作：「有功於民則祀之，三四嗤其不應祭法。」

題崔處士山居

坐窮今古掩書堂，二頃湖田一半荒。荆樹有花兄弟樂，橘林無實子孫忙。龍歸曉洞雲猶濕，麝過春山草自香。向夜欲歸心萬里，故園松月更蒼蒼。

酬綿竹于中丞使君見寄〔一〕

故人書信越褒斜，新意雖多舊約賒。皆就一麾先去國，共謀三逕未還家。荆巫夜隔巴西月，鄢郢春連漢上花。半月離居猶悵望，可堪垂白各天涯。

〔一〕「酬」，蜀刻別集作「詶」。「竹」，蜀刻別集作「州」。

金陵懷古

玉樹歌殘王氣終〔一〕，景陽兵合戍樓空〔二〕。松楸遠近千官塚〔三〕，禾黍高低六代宫。石鷰拂雲晴亦雨，江豚吹浪夜還風。英雄一去豪華盡，唯有青山似洛中。

秋晚雲陽驛西亭蓮花池〔四〕

心憶蓮塘秉燭遊，葉殘花敗尚維舟。煙開翠扇清風曉〔五〕，水泛紅衣白露秋。神女暫來雲易散，仙娥初去月難留。空懷遠道無持贈〔六〕，醉倚西欄盡日愁。

〔一〕「殘」，蜀刻别集校注：「一作『愁』。」

〔二〕「戍」，蜀刻别集校注：「一作『書』。」

〔三〕「松」，蜀刻别集校注：「一作『梧』。」

〔四〕「秋晚」，文苑英華作「秋晚題」。「花」，蜀刻别集、文苑英華無。

〔五〕「清」，分類本作「青」。「曉」，文苑英華作「晚」。

〔六〕「持」，文苑英華作「時」。

題衛將軍廟〔一〕

將軍名逖，陽羨人。少習詩書，學劍〔二〕，二十七遊并、汾間。神堯皇帝始建義旗〔三〕，逖以勇藝進，備行列。洎擒竇建德，逖持挾槍劍〔四〕，前突後翼，太宗顧而奇之。天下既定，録其功，拜將軍宿衛。以母老病，且乞歸侍殘年，辭旨哀激，詔許之。既而以孝敬睦閨門，以然信居鄉里。及卒，邑人懷其賢，廟于荆溪之湄〔五〕，以平生弓甲，懸東西廡下，歲時祠祭，頗福其土焉。文士王教撰碑〔六〕，辭實詳備，而國史闕書其人〔七〕，因題是詩于廟壁。〔八〕

武牢關下獲龍旗〔九〕，挾槊彎弧馬上飛〔一〇〕。漢業未興王霸在，秦軍纔散魯連歸。墳穿大澤埋

〔一〕「題衛將軍廟」，蜀刻別集校注：「并序。」

〔二〕「學劍」，蜀刻別集作「學弓劍有武略」。

〔三〕「神堯」，蜀刻別集作「遇神堯」。

〔四〕「持」，蜀刻別集作「時」。

〔五〕「于」，蜀刻別集作「宇」。

〔六〕「王教」，蜀刻別集作「王敖」。

〔七〕「而」，蜀刻別集作「惜乎」。

〔八〕「將軍」至「廟壁」，原連綴於篇題下，據蜀刻別集校注，此段當爲序文，據改。

〔九〕「獲」，清宋犖本同，蜀刻別集、雙清閣本、和刻本、四庫本作「護」。

〔一〇〕「槊」，蜀刻別集校注：「一作『戟』。」「弧」，蜀刻別集作「弓」。

金劍，廟枕長溪挂鐵衣。欲奠忠魂何處問〔一〕，葦花楓葉雨霏霏。

歲暮自廣江至新興往復中道題峽山寺四首

夜醉晨方醒，孤吟恐失羣。海鰌潮上見，江鵠霧中聞。末臈梅先實，終冬草自薰〔二〕。樹隨山崦合，泉到石稜分。虎跡空林雨，猿聲絶嶺雲。蕭蕭異鄉鬢，明日共絲棼。

薄暮緣西峽，停橈一訪僧。鷺巢横卧柳，猿飲倒垂藤。水曲巖千疊，雲重樹百層。山嵐寒殿磬〔三〕，溪雨夜船燈。灘漲危槎没，泉衝怪石崩。中臺一襟淚，歲杪别良朋。〔四〕

〔一〕「奠」，蜀刻别集校注：「一作『弔』。」

〔二〕「終」，蜀刻别集作「經」，又注：「一作『終』。」

〔三〕「嵐」，蜀刻别集作「風」，黄録何校作：「集作『風』。」

〔四〕「水曲巖千疊，雲重樹百層。山嵐寒殿磬，溪雨夜船燈。灘漲危槎没，泉衝怪石崩。中臺一襟淚，歲杪别良朋」，黄録何批作：「『水曲』二句，言欲訪而復不可即，但風度磬聲而已，已極凄寂。『灘漲』二句，則並停橈亦不可也。一路逼出『淚』字。」

密樹分蒼壁，長溪抱碧岑。海風聞鶴遠，潭日見魚深。〔一〕松蓋環清韻，榕根架緑陰。南方大葉榕樹〔二〕，横枒危者，輒生根垂地如柱大〔三〕。洞丁多斵石，蠻女伴淘金〔四〕。端州斵石，浛洭縣淘金爲業〔五〕。南浦驚春至，西樓送月沉。江流不回嶺〔六〕，何處寄歸心。〔七〕

月在行人起，千峰復萬峰。海虚争翡翠，溪邏鬭芙蓉。南方呼市爲虚，呼戍爲邏，新州有翡翠虚、芙蓉邏〔八〕。古木高生斛，陰池滿種松。木斛花生於他樹槎枿。池沼多松〔九〕，謂之水松也。〔一〇〕火探深洞鷰，香送遠

〔一〕「海風聞鶴遠，潭日見魚深」，黄録何批作：「詩：『鶴鳴于九皋，聲聞于野。』鄭箋：喻賢者雖隱居，人咸知之。『魚潛在淵，或在于渚。』鄭箋：喻賢者世亂則隱，治平則出佐時君也。此正用其意。」

〔二〕「榕」，蜀刻别集作「容」。

〔三〕「垂」，蜀刻别集作「垂入」。

〔四〕「伴」，蜀刻别集作「半」。

〔五〕「洭」，蜀刻别集作「涯」。

〔六〕「回」，蜀刻别集作「過」。

〔七〕「南浦驚春至，西樓送月沉。江流不回嶺，何處寄歸心」，黄録何批作：「『南浦』二句，言但送他人北歸。」

〔八〕「芙蓉邏」，蜀刻别集作「芙蓉邏也」。

〔九〕「多松」，何校本「多」後補入「松」字，蜀刻别集作「多松」。

〔一〇〕「水松也」，何校本「水松」後補入「也」字，蜀刻别集作「水松也」。「古木高生斛，陰池滿種松」，黄録何批作：「『古木』一連，亦自比寄跡失所。前後雜陳嶺外風土，則騷人體源也。」

潭龍。南方持火於乳洞中取蠹而食〔一〕，康州悦城縣有媪龍，即蚍也〔二〕，隨來往舟船至人家或千里外，皆以香火酒果送之〔三〕。藍塢寒先燒，禾堂晚併舂。種藍多在塢中，先燒其地。人以木槽舂禾〔四〕，謂之禾堂〔五〕。更投何處宿，西峽隔雲鍾。

王居士

笻杖倚柴關，都城賣卜還。雨中耕白水，雲外斸青山。有藥身長健，無機性自閑。即應生羽翼，華表在人間。

〔一〕「於」，何校本「以」塗改作「於」，蜀刻别集、清宋犖本、雙清閣本、和刻本作「以」，四庫本作「於」。「洞」，蜀刻别集作「同」。

〔二〕「媪」，何校本原作「温媪」，删「温」字，黄録何校删「温」：「英華注：集本『媪』上有『温』字。」「龍即蚍也」，何校本原作「龍池」，「池」塗改作「蚍」，前後分别加入「即」、「也」二字，蜀刻别集作「龍即蛇也」。

〔三〕「火」，蜀刻别集無。

〔四〕「木槽舂」，蜀刻别集作「木槽爲舂」。

〔五〕「禾」，蜀刻别集作「舂」。

寄題商洛王隱居〔一〕

近逢商洛客，知爾住南塘。草閣平春水，柴門掩夕陽。隨蜂收野蜜〔二〕，尋麝採生香〔三〕。更憶前年醉〔四〕，松花滿石牀。

別韋處士〔五〕

南北斷蓬飛，別多相見稀〔六〕。更傷今日酒〔七〕，未換昔年衣〔八〕。舊友幾人在〔九〕，故鄉何處

〔一〕「隱居」，文苑英華作「隱士居」。
〔二〕「隨」，文苑英華作「尋」。
〔三〕「尋」，文苑英華作「隨」。「採」，文苑英華作「拾」，又注：「集作『採』。」
〔四〕「醉」，文苑英華作「別」，又注：「集作『醉』。」
〔五〕「別」，文苑英華作「送」，又注：「集作『別』。」
〔六〕「多」，蜀刻別集作「來」。
〔七〕「酒」，文苑英華作「鬢」，又注：「集作『酒』。」
〔八〕「年」，文苑英華作「時」，又注：「集作『年』。」
〔九〕「人」，蜀刻別集校注：「一作『多』。」

歸〔一〕。秦原向西路，雲晚雪霏霏。

將赴京師留題孫處士山居〔二〕

草堂近西郭，遥對敬亭開〔三〕。枕膩海雲起，簟涼山雨來。高歌懷地肺〔四〕，遠賦憶天台。應學相如志〔五〕，終須駟馬回。

〔一〕「處」，文苑英華作「所」，又注：「集作『處』。」
〔二〕本首篇題，文苑英華、蜀刻別集作「將赴京師留題孫處士山居二首」。文苑英華中此首爲組詩之二，蜀刻別集中此首爲組詩之一。
〔三〕「敬」，文苑英華作「鏡」，又注：「集作『敬』。」
〔四〕「肺」，蜀刻別集作「胇」。
〔五〕「學」，文苑英華作「笑」，又注：「集作『學』。」

春日題韋曲野老村舍[一]

背嶺枕南塘[二]，數家村落長。鶯啼幼婦嬾[三]，蠶出小姑忙。煙草近溝濕，風花臨路香。自憐非楚客，春望亦心傷。

題倪居士舊居

儒翁九十餘，舊向北山居。生寄一壺酒，死留千卷書。欄摧新竹少，池淺故蓮疏。但有子孫在，帶經還荷鋤[四]。

〔一〕本首篇題，文苑英華作「題春日韋曲席野老村舍二首」，此首爲組詩之一；蜀刻別集作「春日題韋曲野老村舍二首」，此首爲組詩之二。
〔二〕「嶺」，蜀刻別集作「領」。
〔三〕「幼」，文苑英華作「中」，又注：「一作『幼』。」
〔四〕「荷鋤」，蜀刻別集校注：「一作『自鋤』。」

江上喜洛中親友繼至

戰馬昔紛紛〔一〕，風驚嵩少塵。全家南渡遠，舊友北來頻〔二〕。罷酒松桂晚，賦詩楊柳春。誰言今夜月〔三〕，同是洛陽人。

獻白尹〔四〕

醉舞任生涯，褐寬烏帽斜。庾公先在郡，疎傅早還家。林晚鳥争樹，園春蝶護花〔五〕。高吟應更逸，嵩路舊煙霞〔六〕。

〔一〕「昔紛紛」，蜀刻別集校注：「一作『兩河湄』。」
〔二〕「舊」，蜀刻別集作「書」。
〔三〕「誰」，蜀刻別集校注：「一作『何』。」
〔四〕「獻白尹」，蜀刻別集校注：「即樂天也。」
〔五〕「蝶」，蜀刻別集作「蜂」。
〔六〕「路」，蜀刻別集作「洛」。

送從兄別駕歸蜀川〔一〕

從兄彥昭與桂陽令韋伯達，貞元中俱爲千牛。伯達官至王府長史。長慶中，非罪受譴。前年會赦，復故秩，詔未及而身已没〔二〕。從兄自蜀而南，發旅櫬，歸葬塗上。既而西還，因成十韻贈別。〔三〕

聞與湘南令，童年侍玉墀。家留秦塞曲，官謫瘴溪湄。道直姦臣屏，冤深聖主知。逝川東注疾〔四〕，霈澤北來遲。清漢龍髯失〔五〕，蒼岑馬鬣移〔六〕。風悽聞笛處〔七〕，月慘罷琴時〔八〕。客路黄公廟，鄉關白帝祠。已稱鸚鵡賦，寧望鶺鴒詩〔九〕。遠道書難達，長亭酒莫持〔一〇〕。當憑蜀江水，萬

〔一〕本首篇題，蜀刻別集、文苑英華作「送從兄別駕歸蜀川」，又注：「并序。」

〔二〕「身已没」，蜀刻別集、文苑英華作「已身殁」。

〔三〕「從兄」至「贈別」，原連綴於篇題下，據蜀刻別集、文苑英華，此段當爲序文，據改。

〔四〕「注」，蜀刻別集、文苑英華作「去」。

〔五〕「清」，蜀刻別集、文苑英華作「青」。「失」，文苑英華作「去」。

〔六〕「岑」，蜀刻別集校注：「一作『山』。」文苑英華作「山」。

〔七〕「悽」，蜀刻別集校注：「一作『清』。」文苑英華作「棲」。

〔八〕「月」，文苑英華作「日」。

〔九〕「望」，文苑英華作「誦」。

〔一〇〕「莫」，文苑英華作「重」，又注：「集作『莫』。」

里寄相思。

項斯十二首

字子遷，江東人，會昌四年擢進士第，爲潤州丹徒縣尉，卒官。

題令狐處士溪居

白髮已過半，無心離此溪。病嘗山藥遍，貧起草堂低。爲月窗從破，因詩壁重泥。近來常夜坐，寂寞與僧齊。

山友贈蘚花冠

塵污出山髮，慙君青蘚冠。此身閑未得，終日戴應難。好就松陰挂，宜當枕石看。會須尋道士，簪去遶霜壇。

蠻家

領得賣珠錢，還歸銅柱邊。看兒調小象，打鼓試新船。醉後眠神樹，耕時語瘴煙。不逢寒便老，相問莫知年。

送華陰隱者

往往到城市，得非徵藥錢。世人空識面，弟子不知年。自説能醫死，相期更學仙。近來移住處，毛女舊峰前。

欲别

花時人欲别，每日醉櫻桃。買酒金錢盡，彈筝玉指勞。歸期無歲月，客路有風濤。錦段裁衣贈，騏驎落剪刀。

留别張籍郎中〔一〕

省中重拜别，兼領寄人書。已念此行遠〔二〕，不應相問疎〔三〕。子城西並宅〔四〕，御水北同渠。要取春前到，乘閑候起居。

寄流人

毒草不曾枯，長流客健無。霧開蠻市合，船散海城孤。象跡頻經水，龍涎遠閉珠。家人秦地老，泣對日南圖。

〔一〕本首篇題，文苑英華作「省中留别」。
〔二〕「行」，文苑英華作「程」，又注：「詩選作『行』。」
〔三〕「應」，文苑英華作「憂」。
〔四〕「子」，文苑英華作「禁」，又注：「詩選作『子』。」

長安退將

塞外衝沙損眼明，將來養病住秦京。上高樓閣看星坐，著白衣裳把劍行。常説老身思鬬將，最悲無力制蕃營。翠眉紅臉和回鶻，惆悵中原不用兵。

遥裝夜

卷蓆貧抛壁下床，且鋪他處對燈光。欲行千里從今夜，猶惜殘春發故鄉。蚊蚋已生團扇急，衣裳未了翦刀忙。誰知更有芙蓉浦，南去令人愁思長。

蒼梧雲氣

何年化作愁〔一〕，漠漠便難收。數點山能遠，平鋪水不流。濕連湘竹暮，濃蓋舜墳秋。亦有

〔一〕「化」，分類本作「畫」。

思鄉客，看來盡白頭。

送宫人入道

願隨仙女董雙成，王母前頭作伴行[一]。初帶玉冠多悮拜[二]，欲辭金殿别稱名。將敲碧落新齋磬[三]，卻進昭陽舊賜箏。旦暮焚香繞壇上，步虛猶作按歌聲。

晚春花

陰洞日光薄，花開不及時。當春無半樹，經燒足空枝[四]。疎與香風會，細將泉影移。此中人到少，開盡幾人知。

[一]「作」，文苑英華作「結」，又注：「百家詩選作『作』。」
[二]「帶」，文苑英華作「戴」。
[三]「落」，文苑英華作「發」。
[四]「燒」，文苑英華作「晚」。

李頻十九首

睦州遂安人，乾符初，自尚書工部員外郎爲建州刺史。

秦原早望

一忝鄉書薦，長安未得回。年光逐渭水，春色上秦臺。鷰掠平蕪去，人衝細雨來。東風生故里，又過幾花開。

送孫明秀才往潘州謁韋卿

北鳥飛不到，北人今去遊。天涯浮瘴水，嶺外問潘州。草木春冬茂，猿猱日夜愁。定知遷客淚，只敢對君流。

送友人之揚州〔一〕

一別長安後，晨征便信雞。河聲入峽急，地勢出關低。緑樹叢垓下，青蕪闊楚西〔二〕。路長知不惡，隨處好詩題〔三〕。

送人入蜀

天際蜀門開，西看舉別盃。何人不異禮，上客自懷才。花間青林發，煙和緑水來。臨邛行樂處，莫到白頭回。

〔一〕本首篇題，文苑英華作「送人遊淮南」，又注：「詩選作『之揚州』。」

〔二〕「闊」，文苑英華作「澗」。

〔三〕「好」，文苑英華作「得」，又注：「詩選作『好』。」

送德清喻明府

棹返霅溪雲，仍參舊使君。州傳多古跡，縣記是誰文。水柵横舟閉，湖田立木分。但如詩思苦，爲政即超羣。

南遊湘漢寄友人

南去遠三京，三湘五月行。巴江雪水卜，楚澤火雲生。向野聊中歓〔一〕，乘涼探暮程。離懷不可説，已近峽猿聲。

送鳳翔范書記

京西無暑氣，節候似全秋。大幕來相辟，高人去自由。山川通蜀國，日月近神州。好共將

〔一〕「歓」，何校本校注：「一作『飯』。」黄録何校作：「近刻作『飦』，誤。」

軍話，河蘭地未收。

送邊將

防秋戎馬恐來奔，詔發將軍入雁門。遥領短兵登隴首，獨横長劍向河源。悠揚落日黄雲動，莽蒼陰風白草翻。若縱干戈更深入，應聞收得到崑崙。

湘口送人

中流欲暮見湘煙，岸葦無窮接楚田〔一〕。去雁遠銜雲夢雪，離人獨上洞庭船。風波盡日緣原轉，星漢通宵向水連〔二〕。回首羨君偏有我，故園歸醉又新年。一本云「歸去及新年」。

〔一〕「田」，黄録何校作：「才調作『天』。」
〔二〕「連」，分類本作「眠」。

太和公主還宮

天驕發使犯邊塵，漢將推功遂奪親。離亂應無初去貌，死生難有卻回身。禁花半老曾攀樹，宮女多非舊識人。重上鳳樓追故事，幾多愁思向青春。

春日客舍言懷

未識東南此路安，青春日月坐銷難。如何別卻故園後，五度花開五處看。

吳門月夜與曹太尉話別

早晚更看吳苑月，西齋長憶月當窗。不知明夜誰家見，應照離人隔楚江。

張司馬別業

庭前樹盡手中栽，先後花分幾番開。巢鳥戀雛驚不起，野人思酒去還來。自抛官與青山近，誰許身爲白日催。門外尋常行樂處，重重履跡在莓苔。

鄂州頭陁寺上方

高寺上方無不見，天涯客上思迢迢。西江帆挂東風急，夏口城銜楚塞遥。沙岸漁歸多濕網，桑林蠶後盡空條。感時歎物尋僧話，惟向禪心得寂寥。

將赴黔州先寄本府中丞

八月瞿塘倒底翻，孤舟上得已銷魂。幕中職罷猶趨府，闕下官成未謝恩。丹嶂聳空無過鳥，青林覆水有垂猿。感知肺腑終難説，從此辭歸便掃門。

和友人下第北遊感懷

聖代爲儒可致身，誰知又別五陵春。青門獨出空啼鳥，紫陌相逢盡醉人。江島去尋垂望遠，塞山來見舉頭頻。且須共漉邊城酒，何必陶家有白綸。

長安感懷

一第知何日，全家待此身。空將灞陵酒，酌送向東人。

送劉山人歸洞庭

卻共孤雲去，高眠最上峰。〔一〕半湖乘早月，中路入疎鍾。秋盡蟲聲急〔二〕，夜深山雨重。當時

〔一〕「卻共孤雲去，高眠最上峰」，文苑英華作「去意無人會，唯應道是從」。
〔二〕「蟲聲」，文苑英華作「户蟲」。

同隱者〔一〕，分得幾株松。

送友人往塞北

朔北已秋風，前程見磧鴻。日西身獨去，山轉路無窮。樹隔高關斷，沙連大漠空。君看河外將，早晚擬平戎。

〔一〕「同」，文苑英華作「將」。

唐百家詩選　卷十七

李遠五首

字求古，大中中爲忠州刺史。

贈寫御真李長史

玉坐煙銷硯水清，龍髯不動彩毫輕。乍分隆準山河秀，初點重瞳日月明。宮女卷簾皆暗認，侍臣開殿盡遥驚。六朝供奉應無敵〔一〕，始覺僧繇浪得名。

〔一〕「供奉」，分類本作「天下」。

失鶴

秋風吹卻九皋禽〔一〕，一片閑雲萬里心。碧落有情應悵望，青天無路可追尋〔二〕。初來白雪翎猶短〔三〕，欲去丹砂頂漸深〔四〕。華表柱頭留語後〔五〕，更無消息到如今〔六〕。

送人入蜀〔七〕

蜀客本多愁，君今是勝遊。碧藏雲外樹，紅壓驛邊樓〔八〕。杜宇呼名語〔九〕，巴江學字流。不知

〔一〕「卻」，文苑英華作「起」，又注：「雜詠作『卻』。」
〔二〕「青天」，文苑英華作「瑶臺」，又注：「詩選作『青天』。」
〔三〕「初來」，文苑英華校注：「一作『來時』。」
〔四〕「欲去」，文苑英華校注：「一作『去日』。」
〔五〕「柱」，文苑英華作「樹」。
〔六〕「更無消」，文苑英華作「不知消」，又注：「類詩作『更無』。」
〔七〕「人」，文苑英華作「友人」。
〔八〕「壓」，文苑英華作「露」，又注：「詩選作『壓』。」
〔九〕「宇」，文苑英華作「魄」。「語」，文苑英華作「叫」。

煙雨夜，何處夢刀州。

聽話叢臺〔一〕

有客新從趙地回，自言曾上古叢臺。雲遮襄國天邊盡，樹遶漳河掌裏來〔二〕。絃管變成山鳥哢〔三〕，綺羅留作野花開。金輿玉輦無蹤跡，風雨誰知長碧苔。

黄陵廟詞〔四〕

黄陵廟前莎草春，黄陵女兒蒨裙新。輕舟小楫唱歌去〔五〕，水遠山長愁殺人〔六〕。

〔一〕本首篇題，分類本作「聽話叢臺人」。
〔二〕「掌」，四庫本作「地」。
〔三〕「哢」，分類本作「弄」。
〔四〕本首篇題，文苑英華作「黄陵廟二首」，此首爲組詩之二，題作者爲「李群玉」。
〔五〕「唱」，文苑英華作「隨」。
〔六〕「遠」，文苑英華作「闊」。

雍陶二十五首

大中中終簡州刺史〔一〕。

廬岳閑居十韻〔二〕

擾擾走人寰，争如占得閑。防愁心付酒，求静力登山。見藥芳時採，逢花好處攀。望雲開病眼，臨澗洗愁顔。春色流巖下，秋聲碎竹間。錦文苔點點，錢樣菊斑斑。路遠朝無客，門深夜不關。鶴飛高縹緲，鶯語巧綿蠻。養拙甘沉默，忘懷絶險艱〔三〕。更憐雲外路，空去又空還。

蜀中戰後感事十韻

蜀國英靈地，山重水又回。文章四子盛，道路五丁開。詞客題橋去，忠臣叱馭來。卧龍同

〔一〕何校本校注：「近刻所無者三篇。」
〔二〕「廬」，何校本「盧」改作「廬」。
〔三〕「忘」，分類本作「亡」。

駭浪，躍馬比浮埃〔一〕。已謂無妖土，那知有禍胎。蕃兵依漢柳，蠻旆指江梅。戰後悲逢血，燒餘恨見灰。空留犀厭怪，無復酒除災。歲積萇弘怨，春深杜宇哀。〔二〕家貧移未得，愁上望鄉臺。

送于中丞使北蕃 同用聲字。

朔將引雙旌，山遥磧雪平。經年通國信，計日得蕃情。野次依泉宿，沙中望火行。遠雕秋有力，寒馬夜無聲。看獵臨胡帳，思鄉見漢城。回鶻中有漢城。來春擁邊騎，新草滿歸程。〔三〕

自述

萬事誰能問，一名猶未知。貧當多累日，閑過少年時。燈下和愁睡，花前帶酒悲。無媒常

〔一〕「躍馬比浮埃」，黄録何批作：「『浮埃』，點化莊子『塵埃』、『野馬』之語。」

〔二〕「戰後悲逢血，燒餘恨見灰。空留犀厭怪，無復酒除災。歲積萇弘怨，春深杜宇哀」，黄録何批作：「『犀酒』，承『見灰』。『萇弘』、『杜宇』，承『逢血』。」

〔三〕「來春擁邊騎，新草滿歸程」，黄録何批作：「行寒苦無人之地，歸見路草，亦復可愛，結句有餘味。」

委命，轉覺命堪疑。

河陰新城

高城新築壓長川，虎踞龍盤氣色全。五里似雲根不動，一重如月暈初圓。河流暗與溝池合，山色遥將睥睨連。自有此來當汴口，武牢何用鏁風煙。

崔少卿池塘詠雙白鷺

雙鷺應憐水滿池，風飄不動頂絲垂。立當青草人先見，行傍白蓮魚未知。一足獨拳寒雨裏，數聲相叫早秋時。林塘得爾須增價，況與詩家物色宜。

哀蜀人爲南蠻俘虜五章

初出成都聞哭聲

但見城池還漢將，豈知佳麗屬蠻兵。錦江南渡聞遥哭，盡是離家别國聲。

過大渡河蠻使許之泣望鄉國

大渡河邊蠻亦愁，漢人將渡盡回頭。此中郵寄思鄉淚，南去應無水北流。

出青溪關有遲留之意

欲出鄉關行步遲，此生無復卻回時。千冤萬恨何人見，唯有空山鳥獸知。

別嶲州一時慟哭雲日爲之變色

越嶲城南無漢地，傷心從此便爲蠻。冤聲一慟悲風起，雲暗青天日下山。

入蠻界不許有悲泣之聲

雲南路出陷河西，毒草長青瘴色低。漸近蠻城誰敢哭，一時收淚羨猿啼。

過舊宅看花 花即昔年手植〔一〕。

山桃野杏兩三栽，樹樹繁花去後開。今日主人相引看，誰知曾是客移來。

〔一〕 分類本無「花即昔年手植」。

和河南白尹西池北新葺水齋招賞十二韻

二室峰前水，三川府右亭。亂流深竹逕，分遶小花汀。池角通泉脉，堂心豁地形。坐中寒瑟瑟，床下細泠泠。雨夜思巫峽，秋朝想洞庭。千年孤鏡碧，一片遠天青。魚戲摇紅尾，鷗閑退白翎。荷傾瀉珠露，沙亂動金星。藤架如紗帳〔一〕，苔墻似錦屏。龍門人少到〔二〕，仙棹自多停。游憶高僧伴，吟招野客聽。〔三〕餘波不能惜，便欲養浮萍。

蜀中經巒後友人馬乂見寄

茜馬渡瀘水，北來如鳥輕。幾年期鳳闕，一日破龜城。此地有征戰，誰家無死生。人悲還舊里，鳥喜下空營。弟姪意初定，交朋心尚驚。自從經難後，吟苦似猿聲。

〔一〕「紗」，分類本作「紅」。
〔二〕「龍門人少到」，黄録何批作：「起結句。」
〔三〕「游憶高僧伴，吟招野客聽」，黄録何批作：「二句卻放開。」

送契玄上人南遊

紅葉落湘川，楓明映水天。尋鍾過楚寺，擁錫上瀧船。病客思留藥，迷人待説禪。南中多古跡，應訪虎溪泉。

和劉補闕秋園寓興六首〔一〕

水木夕陰冷，池塘秋意多。庭風吹故葉，堦露浄寒莎。愁燕窺燈語，情人見月過。砧聲聽已别，蟲響復相和。

閉門無事後，此地即山中。但覺鳥聲異，不知人境同。晚花開爲雨，殘果落因風。獨坐還吟酌，詩成酒已空。

〔一〕「秋園」，分類本作「秋園行」。

自得家林趣，常時在外稀。對僧餐野食，迎客著山衣。鬬雀翻簷散，驚蟬出樹飛。功成他日後，何必五湖歸。

秋色庭蕪上，清朝見露華。疎篁抽晚笋，幽藥吐寒芽。引水新渠浄，登臺小逕斜。人來多愛此，蕭爽似山家〔二〕。

禁掖朝回後，林園勝賞時。野人來辨藥，庭鶴住看棋。晚日明丹棗，朝霜潤紫梨。還因重風景，猶自有秋詩。

聖代少封事，閑居方屏喧。漏寒雲外闕，木落月中園。山鳥宿簷樹，水螢流洞門。無人見清景，林下自開罇。

〔二〕「山」，分類本作「仙」。

送徐山人歸睦州舊隱

君在桐廬何處住，草堂應與戴家鄰。初歸山犬翻驚主，久别江鷗卻避人〔一〕。終日欲爲相逐計，臨時空羨獨行身〔二〕。秋風釣艇遥相憶〔三〕，七里灘西片月新。

天津橋春望

津橋春水浸紅霞，煙柳風絲拂岸斜。翠輦不來金殿閉，宫鶯啣出上陽花。

寄永樂殷堯藩明府

古縣蕭條秋景晚，昔年陶令亦如君。頭巾漉酒臨黄菊，手板支頤向白雲。百里豈能容驥

〔一〕「江」，文苑英華作「沙」，又注：「集作『江』。」
〔二〕「臨時」，文苑英華作「臨歧」，又注：「集作『當時』。」
〔三〕「相」，文苑英華作「堪」，又注：「集作『相』。」

足，九霄終自別雞羣。相思不恨書來少，佳句多從闕下聞。

塞上宿野寺

塞上蕃僧老，天寒疾上關。遠煙平似水，高樹暗如山。去馬朝常急，行人夜始閑。更深聽刁斗，時到磬聲間。

章碣四首 唐末人。

旅舍早起

跡暗心多感，神疲夢不遊。鷩舟同厭夜，獨樹對悲秋。曉角和人戰，殘星入漢流。門前早行子，敲鐙唱離憂。

焚書坑

竹帛煙銷帝業虚，關河空鏁祖龍居。坑灰未冷山東亂，劉項原來不讀書〔二〕。

春别

擲下離觴指亂山，趨程不待鳳笙殘。花邊馬嚼金銜去，樓上人垂玉筯看。柳陌雖然風裊裊，葱河猶自雪漫漫。殷勤莫厭貂裘重，恐犯三邊五月寒。

送謝進士歸閩

百越風煙接巨鰲，還鄉心壯不知勞。雷霆入地建溪險，星斗逼人梨嶺高〔三〕。卻擁木綿吟麗

〔二〕「原」，分類本作「元」。
〔三〕「梨嶺」，四庫本作「黎嶺」。

句，便攀龍眼醉香醪。名場聲利喧喧在，莫向林泉改鬢毛。

施肩吾一首 字希聖，洪州人。

效古興

金雀無舊釵，緗綺無舊裾。唯有一寸心，長貯萬里夫。南軒夜蟲織已促，北牖飛蛾遶殘燭。

秖言衆口鑠千金，誰信獨愁銷片玉。不知歲晚歸不歸，又將啼眼縫征衣。

陳陶六首 武宣時人，自稱三教布衣〔二〕。

閑居雜興

一顧成周力有餘，白雲閑釣五溪魚。中原莫道無麟鳳，自是皇家結網疎。

〔二〕何校本校注：「近刻所無者一篇。」

長壽一作愛。真人王子喬，五松山月伴吹簫。從他浮世悲生死，獨駕蒼麟入九霄。

鄱陽秋夕

憶昔鄱陽旅遊日，曾聽南家争擣衣。今夜重聞舊砧杵，當時還見雁南飛。

旅次銅山途中先寄温州韓使君

亂山滄海曲，中有横陽道。束馬過銅梁，苕華坐堪老。鴆鳴高崖裂[一]，熊鬬深樹倒。絶壑無坤維，重林失蒼昊。躋攀寡儔侣，扶接念輿皁。俛仰慄嵌空，無因掇靈草。梯窮聞戍鼓[二]，魂續賴丘禱。蔽豁天地歸[三]，縈紆村落好。悠悠思蔣徑，擾擾愧商皓。馳想永嘉侯，應傷此懷抱。

[一]「鴆」，文苑英華作「鳩」。
[二]「梯」，文苑英華校注：「疑作『睇』。」
[三]「蔽」，文苑英華作「敞」。

題徐稺湖亭

伏龍山横洲渚地，人如白蘋自生死。洪崖成道二千年，唯有徐君播青史。

泉州刺桐花詠〔一〕

猗猗小艷夾通衢，晴日薰風笑越姝。只是紅芳移不得，刺桐屏障滿中都。

李群玉七首 字文山，澧州人。大中中宰相崔鉉進其詩，以處士除弘文館校書郎。

經費拾遺所居呈封員外

雲卧竟不起，少微空隕光。惟應孔北海，爲立鄭公鄉。〔二〕舊館苔蘚合，幽齋松菊荒。空餘書

〔一〕「泉」，分類本作「皇」。「刺」，黄録何校作：「刺。」本首篇題，文苑英華作「泉州刺桐花詠五首兼呈趙使君」，此首爲組詩之三。

〔二〕「惟應孔北海，爲立鄭公鄉」，黄録何批作：「三四帶出『呈封』，自然不費辭。」

帶草，日日上堦長。

古鏡

明月何處來，朦朧在人境。得非軒轅作，妙絶世莫並。瑶匣開旭日〔二〕，白電走孤影〔三〕。泓澄一尺天，徹底函霜景〔三〕。冰輝凛毛髮，使我肝胆冷。忽驚行深幽，面落九秋井。雲天入掌握，爽朗神魄静。不必負局仙〔四〕，金沙發光炯。陰沉畜靈怪，可與天地永。恐爲悲龍吟，飛去在俄頃。

傷思

八月白露濃，芙蓉抱香死。紅枯金粉墮，寥落寒塘水。西風團葉下，疊縠參差起。不見棹

〔二〕「旭日」，黄録何校本作：「集作『地日』。」
〔三〕「孤」，何校本校注：「集作『狐』。」
〔三〕「函」，分類本作「涵」。
〔四〕「局」，分類本作「扃」。「不必負局仙」，黄録何批作：「倔强。」

歌人，空垂緑房子。

洞庭入澧江寄巴丘故人

四月桑半枝，吴蠶初弄絲。江行好風日，燕舞輕波時。去事旋成夢，來歡難預期。唯憑東流水，日夜寄相思。

自澧浦東遊江表途出巴丘投員外從公虞

短翮後飛者，前攀鸞鶴翔。力微應萬里，矯首空蒼蒼。誰昔探花源〔二〕，考槃西嶽陽。高風動商洛，綺皓無馨香。一朝下蒲輪，清輝照巖廊。孤醒立衆醉，古道何由昌。經術震浮盪，國風掃齊梁。文襟即玄圃，筆下成琳琅。霞水散吟嘯，松筠奉琴觴。冰壺避皎潔，武庫羞鋒鋩。小子書代耕，束髮頗自强。難哉水投石，壯志空摧藏。十年侣鼉魚，垂髮在三湘。巴歌掩白雪，鮑

〔二〕「花源」，黄録何校作：「疑『化源』。」

肆埋蘭芳。騷雅道未消，何憂名不彰。饑寒束困厄，默塞飛星霜。百志一不成，東波擲年光。塵生脱粟甑，萬里違高堂。中夜恨火來，焚燒九回腸。平明梁山淚，緣枕霑匡床。依泊洞庭波，木葉忽已黄。哀碪擣秋色，曉月啼寒螿。復此棹孤舟，雲濤浩茫茫。朱門待媒贄，短褐誰揄揚。仰羡野陂鳧，無心憂稻粱〔二〕。不如天邊雁，南北皆成行。男兒白日閒，變化未可量。所希困辱地，剪拂成騰驤。咋筆話肝肺，詠兹枯魚章。何由首西路，目斷白雲鄉。

洞庭驛樓雪夜宴集奉贈前湘州張員外

昔與張湘州，閑登岳陽樓。目窮衡巫表，興盡荆吴秋。擲筆落郢曲，巴人不能酬。是時簪裾會，景物窮冥搜。謬忝玳筵秀，得陪文苑遊。幾篇雲楣上，風雨沈銀鉤〔三〕。

〔二〕「粱」，原本作「梁」，據四庫本改。
〔三〕黄録何批作：「近刻此篇『銀鉤』下有脱文，若止此，則此夕開宴及奉贈皆未敘，致不成章也。」

盧溪道中

曉發潺湲亭，夜泊潺湲水。風篁拂石瀨，琴聲九十里。光奔覺來眼，寒落夢中耳。曾向三峽行，巴江亦如此。〔一〕

章孝標一首 太和中爲山南東道從事，試大理評事。

長安秋夜〔二〕

田家無五行，水旱卜蛙聲。牛犢乘春放，兒孫候暖耕。池塘煙未起，桑柘雨初晴。歲晚香醪熟，村村自送迎。

〔一〕「曾向三峽行，巴江亦如此」，黄録何批作：「第四連覆裝便佳。」
〔二〕何校本校注：「題有誤。」黄録蔣杲按：「三體唐詩作『田家』。」

馬戴三首 博士。

易水懷古

荆卿西去不復返，易水東流無盡期。落日蕭條薊城北，黄沙白草任風吹。

送客南遊

擬卜何山隱，高秋指岳陽。葦乾雲夢色，橘熟洞庭香。竦雨殘虹影，回雲背鳥行。靈均如可問，一爲哭清湘。〔二〕

〔二〕 全詩，黄録何批作：「鳥飛逆風，故曰『背』，以比干時而不知否泰消長者。」「五六是動遭阻遏，無成空返，逼起一『哭』字，然造語又何蘊藉也。色聲香味觸法，三四以『色』字對『香』字，極工穩。命意則秦風蒹葭、楚辭橘頌，透出上『隱』字也。」

寄襄陽王公子

君馬勒金羈，君家貯玉笄。白雲登峴首，碧樹醉銅鞮。澤廣荆州北，山多漢水西。鹿門知不隱，芳草自萋萋。

劉得仁二首

題邵公院〔一〕

無事門多掩〔二〕，陰階竹掃苔〔三〕。勁風吹雪聚，渴鳥啄冰開。樹向寒山得，人從瀑布來。終期天目老，擎錫逐雲回。

〔一〕「題」，文苑英華作「冬日題」。
〔二〕「門」，文苑英華作「關」。
〔三〕「掃」，文苑英華作「拂」。

悲老宫人

白髮宫娃不解悲，滿頭猶自插花枝。曾緣玉貌君干寵，准擬人看似舊時。

高蟾三首

春

明月斷魂清藹藹，平蕪歸思緑迢迢。人生莫遣頭如雪，縱得春風亦不銷。

灞陵亭

一條歸夢朱絃直，一片離心白羽輕。明日灞陵新霽後，馬頭煙樹緑相迎。〔一〕

〔一〕「明日灞陵新霽後，馬頭煙樹緑相迎」，黄緑何批作：「不道經時阻雨，只准擬明日新霽，襯出歸思之迫，味在言外。」

偶作

丁當玉珮三更雨，平帖金閨一覺雲。明日薄情何處去，風流春水不知君。

崔塗八首

字禮仙，光啓四年登進士第。

夕次洛陽道中

秋風吹故城，城下獨吟行。高樹鳥已息，古原人尚耕。流年川暗度，往事月空明。不復嘆岐路，馬前塵夜生。

春夕旅懷

水流花謝兩無情，送盡東風過楚城。蝴蝶夢中家萬里，杜鵑枝上月三更。故園書動經年絶，華髮春唯兩鬢生〔二〕。自是不歸歸便得，五湖煙景有誰争。

上巳日永崇里言懷

未敢分明賞物華，十年如見夢中花。遊人過盡衡門掩〔三〕，獨自憑欄到日斜。

蜀城春望

天涯憔悴身，一望一沾巾。在處有芳草，滿城無故人。懷材皆得路，失計獨傷春。青鏡不忍照，鬢毛應更新。

〔二〕「唯」，黄録何校作：「移。」

〔三〕「遊」，何校本校注：「集作『故』。」

鸚鵡洲春眺

悵望春襟鬱未開，重臨鸚鵡益堪哀。曹瞞尚不能容物，黄祖何因解愛才。幽島暖聞燕雁去〔一〕，曉江晴覺蜀波來。誰人正得風濤便，一點輕帆萬里回。

感花

繡軶香韉夜不歸，少年争忍最紅枝〔二〕。東風一陣黄昏雨，又到繁華夢覺時。

〔一〕「島」，分類本作「鳥」。
〔二〕「忍」，分類本作「認」。

過陶徵君舊居〔一〕

陶令曾居此〔二〕，弄琴遺世情〔三〕。田園三畝緑，軒冕一銖輕。衰柳自無主，白雲猶可耕。不隨陵谷變，應只有高名〔四〕。

孤雁

幾行歸塞盡，念爾獨何之。暮雨相呼失，寒塘欲下遲。渚雲低暗渡，關月冷相隨。未必逢矰繳，孤飛自可疑。

〔一〕「陶徵君舊居」，文苑英華作「陶潛故宅」。
〔二〕「曾」，文苑英華作「昔」。
〔三〕「情」，文苑英華作「榮」，又注：「詩選作『情』。」
〔四〕「只有」，文苑英華作「秖是」，「秖」，又注：「詩選作『有』。」

唐百家詩選　卷十八

李郢十八首

字楚望，大中中進士及第，爲藩鎮從事，兼侍御史〔一〕。

夏日登信州北樓

高樓上長望，百里見靈山。雨歇河珠定，雲開谷鳥還。田苗映林合，牛犢傍村閑。始得銷憂處，蟬聲催入關。

春晚題山家

偶與樵人熟，春殘日日來。依岡尋紫蕨，挽樹得青梅。燕静銜泥起，蜂喧抱蘂回。嫩茶重攪緑，新酒略吹醅。漠漠蠶生紙，涓涓水弄苔。丁香正堪結，留步小庭隈。

〔一〕何校本校注：「近刻所無者五篇。」

送人之嶺南

關山迢遞古交州，歲晏憐君走馬遊。謝氏海邊逢素女，越王潭上見青牛。嵩臺月照啼猿曙〔二〕，石室煙含古桂秋。回望長安五千里，刺桐花下莫淹留〔三〕。

江亭春霽

江蘺漠漠荇田田，江上雲亭霽景鮮。蜀客帆檣背歸燕，楚山花木怨啼鵑。春風掩映千門柳，晚色淒寒萬井煙。金磬泠泠水南寺，上方僧室翠微連。

友人適越路過桐廬寄題江驛

桐廬縣前洲渚平，桐廬江上晚潮生。莫言獨有山川秀，過日仍聞官長清。麥壠虛涼當水

〔二〕「嵩」，何校本「嵩」塗改作「崇」，分類本、清宋犖本、雙清閣本、和刻本、四庫本作「嵩」。

〔三〕「刺」，黄録何校作「刺」。

店，鱸魚鮮美稱蓴羹。王孫客棹殘春去，相送河橋羨此行。

秦處士移家富陽發樟亭懷寄

潮落空江洲渚生，知君已上富春亭。常聞郭邑山多秀，更説官寮眼盡青。離別幾宵魂耿耿，相思一坐髪星星。仙翁白石高歌調，無復松齋半夜聽。

暮春山行田家歇馬〔一〕

雨濕菰蒲斜日明，茅厨煮繭掉車聲〔二〕。青虵上竹一種色，黄蠋隔溪無限情。〔三〕何處樵漁將

〔一〕本首篇題，文苑英華作「漷河館」，又注：「集作暮春山行田家歇馬。」

〔二〕「掉」，文苑英華作「棹」。

〔三〕「蠋」，文苑英華、四庫本作「蝶」，文苑英華又注：「集作『蠋』。」「黄蠋隔溪無限情」，黄録何批作：「詩：『蜎蜎者蠋。』箋云：『蠋，蜎蜎然特行，久處桑野，有似勞苦者。』已起『獨行』意。」

遠餉[一]，故園田土憶春耕。千峰靄靄水潏潏[二]，羸馬此中愁獨行。

孔雀

越鳥青春好顔色，晴軒入户看呫衣。一身金翠畫不得，萬里山川來者稀。絲竹慣聽時獨舞，樓臺初上欲孤飛。刺桐花謝芳草歇[三]，南國同巢應望歸。

茶山貢焙歌

使君爱客情無已，客在金臺價難比。春風三月貢茶時，盡逐紅旌到山裏。焙中清曉朱門開，筐箱漸見新芽來。陵煙觸露不停採，官家赤印連帖催，朝饑暮匐誰興哀[四]。喧闐競納不盈

[一]「漁」，分類本作「魚」。
[二]「靄靄」，文苑英華作「萬瀨」，又注：「集作『靄靄』。」
[三]「刺」，黄録何校作「剌」。
[四]「饑」，分類本作「肌」。「朝饑暮匐誰興哀」，黄録何批作：「獨多一句，呼起後半。」

掬，一時一餉還成堆。蒸之馥之香勝梅，研膏架動轟如雷。茶成拜表貢天子，萬人争噉春山摧〔二〕。䮾騎鞭聲砉流電，半夜驅夫誰復見。十日王程路四千，到時須及清明宴。吾君可謂納諫君，諫官不諫何由聞。九重城裏雖旰食，天涯吏役長紛紛。使君憂民慘容色，就焙嘗茶坐諸客。幾回到口重咨嗟，嫩緑鮮芳出何力。山中有酒亦有歌，樂營房户皆仙家。仙家十隊酒百斛，金絲宴饌隨經過。使君是日憂思多，客亦無言徵綺羅。殷勤繞焙復長歎，官府例成期如何。吴民吴民莫憔悴，使君作相期蘇爾。

江亭晚秋

碧江涼冷雁來疎，閑看江雲思有餘。秋館池亭荷葉歇，野人籬落豆花初。無愁自得仙翁術，多病能忘太史書。聞説故園香稻熟，片帆歸去就鱸魚。

〔二〕「萬人争噉春山摧」，黄録何批作：「噉，聲也，非噉食之謂。」

鵝兒

臘後閑行村舍邊，黄鵝清水真可憐。何窮散亂隨新草，永日淹留在野田。無事群鳴遮水際，争來引頸逼人前。風吹楚澤蒹葭暮，看下寒溪逐去船。

送劉谷

村橋西路雪初晴，雲暖沙乾馬足輕。寒澗渡頭芳草色，新梅嶺外鷓鴣聲。郵亭已送征車發，山館誰將候火迎。落日千峰轉迢遞，知君回首望高城。

江上逢王將軍

虬鬚憔悴羽林郎，曾入甘泉侍武皇。雕没夜雲知御苑，馬隨春仗識天香。五湖歸去孤舟月，六國平來兩鬢霜。唯有桓伊江上笛，卧吹三弄送殘陽。

秋晚寄題陸勳校書義興禪居時淮南從事

禪居秋草晚，蕭索異前時。蓮幕青雲貴，翺翔絶後期。薜房楻架掩，山砌石盆攲。劍戟晨趨静，笙歌夜散遲。谷寒霜狖寂，林晚磬蟲悲。惠遠煙霞在，方平屨杖隨。骨清須貴達，神重有威儀。萬卒千蹄馬，横鞭從信期〔二〕。

酬友人春暮寄枳花茶

昨日東風吹枳花，酒醒春晚一甌茶。如雲正護幽人塹，似雪纔分野老家。金餅拍成和雨露，玉塵煎出照煙霞。相如病渴今全校，不羨生臺白頸鴉。司馬相如故事。

〔二〕「期」，四庫本作「騎」。

郢自街西醉歸馬鞭墜失崔員外趙秘書知其闕用皆許見貽俄頃之間一一信俱至短長堅重價不相饒輒抒短章仰酬珍錫

蜀巖陰面冷冥冥，偃雪欺霜半露青。銛刃剪裁多鵲媚，細鞘揮拂帶龍腥。崖垂萬仞知無影，蘚漬千年合有靈。蘭省貴寮蓬閣吏，一時緘贈到雲亭。

即目

自笑騰騰者，非憨又不狂。何爲跧似鼠，而復怯於麞。落拓無生計，伶俜戀酒鄉。冥搜得詩窟，偶戰出文場。愛雪愁冬盡，懷人覺夜長。石樓多爽氣，樫案有餘香。運去非關拙，時來不在忙。平生兩閑暇，孤趣滿滄浪。

羅敷東館亭下流泉云至前山擁咽經歲移時掬弄惆悵成章〔一〕

看山亭下小鳴泉，嗚咽難通亦可憐。惆悵無人爲疏鑿，擁愁含恨過年年。

薛逢三首 咸通初爲嘉州刺史、將作監。

偶題黄花驛

孤戍迢迢蜀路長，鳥鳴山館客思鄉。更看絶頂煙霞外，數樹巖花照夕陽。

涼州詞

昨夜蕃軍報國讎，沙州都護破涼州。黄河九曲今歸漢，塞外縱横戰血流。

〔一〕「云」，分類本作「去」。

宫詞河滿子

繫馬宫槐老，持杯店菊黄。故交今不見，流恨滿川光。

鄭畋一首

謁昇仙太子廟

在昔靈王子，吹笙遡泬寥。六宫攀不住，三島互相招。亡國原陵古，賓天歲月遥。無蹊窺海曲，有廟訪山椒。石帳龍蚫拱，雲樓彩翠銷。露壇裝琬琰，真像寫松喬。珠館青童宴，琳宫阿母朝。氣輿仙女侍，天馬吏兵調。湘妓紅絲瑟，秦郎白管簫。西城邀綽約，南嶽命嬌嬈。句曲觴金洞，天台嘯石橋。晚花珠弄蘂，春茹玉生苗。一景神光祕，三元寶籙饒。霧垂鴉翅髮，冰束虎章腰。鶴馭争銜箭，龍妃各獻綃。衣從星渚浣，丹就日宫燒。物外花常滿，人間葉自凋。望臺悲漢戾，閲水笑梁昭。古殿香殘地〔二〕，荒堦柳長條。幾曾期七日，無復降重霄。嵩嶺絙天漢，伊瀾

〔二〕「地」，黄録何校作：「灺。」

入海潮。何由得真訣，使我珮環飄。

薛能二十六首〔一〕

龍門八韻

河浸華夷闊，山横宇宙雄。高波萬丈瀉〔二〕，夏禹幾年功。川迸晴明雨，林生旦暮風。人看翻進退，鳥性斷西東〔三〕。氣逐雲歸海，聲驅石落空。近身毛乍豎，當面語難通。沸沫歸何處，盤渦傍此中。從來化鬐者，攀去路應同。

〔一〕「二十六」，原本作「二十八」，據收詩實際數量改。何校本校注：「近刻所無者三篇。」
〔二〕「瀉」，分類本作「寫」。
〔三〕「性」，何校本校注：「作『怯』。」

送李溟出塞

邊城官尚惡〔一〕，況乃是羈遊。別路應相憶〔二〕，離亭更少留。黄沙人外闊，飛雪馬前稠。甚險穹廬宿，無爲過代州。

山中尋僧

盡日行方到，何年獨此林。客歸唯鶴伴，人少似師心。坐石落松子，禪床摇竹陰。山靈怕驚定，不遣夜猿吟。

〔一〕「尚」，文苑英華校注：「集作『自』。」
〔二〕「相」，文苑英華校注：「一作『多』。」

冬日送僧歸吴中〔一〕

去掃東林下，閑持未遍經〔二〕。爲山低鑿牖〔三〕，容月廣開庭。舊業雲千里〔四〕，生涯水一瓶。還應覓新句，看雪倚禪扃。

恭僖皇太后挽歌

八月曾殊選，三皇固異儀。祔陵經灞滻，歸賵雜華夷。旌去題新謚，宫存鏁素帷。重泉應不恨，生見太平時。

〔一〕「吴中」，文苑英華作「吴中舊居」。
〔二〕「持」，文苑英華作「時」。
〔三〕「爲」，文苑英華作「望」。
〔四〕「業」，文苑英華作「日」。

題逃户

幾世葺農桑，凶年竟失鄉。朽關生濕菌，傾屋照斜陽。雨水淹殘臼，葵花壓倒墻。明時豈致此，應自負蒼蒼。

寓居有懷呈舊知

緑草閉深院，悄然花正開。新年人未去，戊日燕還來。雨地殘枯沫，燈窗積舊煤。歸田語不忘，樗散料非才。

夏日蒲津寺居[一]

日日閑車馬，誰來訪此身。一門兼鶴静，四院與僧鄰。雨室墻穿溜，風窗筆染塵[二]。空餘氣長在，天子用平人。

開元觀閑遊因及後溪偶成二韻

山屐經過滿逕蹤，隔溪遥見夕陽春。當時諸葛成何事，只合終身作卧龍。

[一] 本首篇題，文苑英華作「夏日蒲津寺居二首」，此首爲組詩之一。

[二] 「塵」，文苑英華校注：「集作『茵』。」

嘉秦驛〔一〕

盡室可招魂〔二〕，蠻餘出蜀門。電涼隨雨氣〔三〕，江熱傍山根。蠶月繅絲路〔四〕，農時碌碡村。干將磨欲盡，無位可酬恩。

褒斜道中〔五〕

十驛褒斜到處慵，眼前常似接靈蹤。江遥旋入旁來水〔六〕，山闊猶藏向後峰〔七〕。鳥徑惡時應

〔一〕本首篇題，文苑英華作「題嘉秦驛」。
〔二〕「盡」，分類本作「晝」。
〔三〕「電」，文苑英華、分類本作「雹」。
〔四〕「繅」，文苑英華作「繅」。
〔五〕本首篇題，文苑英華作「褒斜道中作」。
〔六〕「旋」，文苑英華作「放」，又注：「詩選作『旋』。」「旁」，文苑英華作「傍」。
〔七〕「闊」，文苑英華作「豁」。

立虎，畬田開日自燒松〔二〕。行吟卻笑公車役〔三〕，夜發星馳半不逢。

新雪

細落纚和忽復繁，頓清朝市不聞喧。天迷皓色風何亂，地濕春泥土半翻。香暖會中懷岳寺，樵鳴村外想家園。閑吟只愛煎茶澹〔三〕，斡破平光向近軒。

秋夜旅舍寓懷

庭鑠荒蕪獨夜吟〔四〕，西風吹動故山心。三秋木落半年客，滿地月明何處砧。漁唱亂沿汀鷺

〔二〕「開」，文苑英華作「閑」。
〔三〕「笑」，文苑英華作「誚」。「役」，文苑英華作「使」，又注：「詩選作『役』。」
〔三〕「閑」，四庫本作「門」。
〔四〕「庭」，分類本作「夜」。

合，雁聲寒咽隴雲深。平生只有松堪對，露浥霜欺不受侵。〔一〕

許州題德星亭〔二〕

瀵水南流東有隄〔三〕，隄邊亭是武陵溪。槎松配石堪僧坐，蘂杏含春欲鳥啼〔四〕。高處月生滄海外〔五〕，遠郊山在夕陽西。頻來不似軍從事〔六〕，只戴紗巾只杖藜。

〔一〕「平生只有松堪對，露浥霜欺不受侵」，黄録何批作：「結句反應平生自負何如，此夕被他吹動，萬箭攢心，惘然失步。妙在不説盡，但見其崢嶸變化也。」

〔二〕「題」，文苑英華無。

〔三〕「瀵水」，文苑英華作「漢水」。

〔四〕「春」，文苑英華作「香」。

〔五〕「滄」，文苑英華作「蒼」。

〔六〕「似」，文苑英華作「是」。

送判官赴京

闕下情偏已絶稀，天涯身遠復相依。庭花每對從容落，夜燭多同笑語歸〔一〕。君子是行應柏署，鄙人何望即柴扉。青雲若遇交親話，白璧無心待發揮。

獻僕射相公

清如冰玉重如山，百辟嚴趨禮絶攀。强虜外聞應破胆〔二〕，平人長見盡開顔〔三〕。朝廷有道青春好，門館無私白日閑。致卻垂衣更何事，幾多詩句詠關關〔四〕。

〔一〕「笑語」，分類本作「語笑」。
〔二〕「應」，文苑英華作「須」，又注：「一作『應』。」
〔三〕「見」，文苑英華作「説」，又注：「一作『見』。」
〔四〕「句詠」，文苑英華作「句定」，又注：「一作『合詠』。」

漢南春望

獨尋春色上高臺，三月皇州駕未回。幾處松筠燒後死，誰家桃李亂中開。姦邪用法元非法，唱和求才不是才。自古浮雲蔽白日，洗天風雨幾時來。

清河泛舟

都人層立似山丘，坐嘯將軍擁棹遊。遶郭煙波浮泗水，一船絲竹載涼州。城中覩望皆丹艭，旗裏鶯飛盡白鷗。儒將不須誇郤縠，未聞詩句解風流。

老圃堂

邵平瓜地接吾廬，穀雨晴時偶自鋤。昨日春風欺不在，就床吹落讀殘書。

鼇厔官舍新竹〔一〕

心覺清涼體似吹，滿風輕撼葉垂垂。無端種在幽閑處，衆鳥嫌寒鳳未知。

贈老僧

清瘦形容八十餘，瓠懸籬落似村居。勸師莫羨人間有，幸是元無免破除。

折楊柳

和花煙樹九重城，夾路春陰千萬營〔二〕。唯向邊頭不堪望，一株憔悴少人行。

〔一〕「鼇」，何校本「盩」塗改作「鼇」，清宋犖本、雙清閣本、和刻本、四庫本作「盩」。

〔二〕「千」，清宋犖本同，雙清閣本、和刻本、四庫本作「十」。

吴姬四首

樓臺重疊滿天雲，殷殷鳴鼉世上聞。此日楊花初似雪，女兒絲管弄參軍。

畫燭燒蘭暖復迷，殿帷深密下銀泥。開門欲作侵晨散，已是明朝日向西。

冠剪黄綃帔紫羅，薄施鉛粉畫青蛾。因將素手誇纖巧，從此椒房寵更多。

自是三千第一名〔一〕，内家叢裏獨分明。芙蓉殿上中元日，水拍銀盤弄化生。

〔一〕「名」，黄録何校作：「身。」

秦韜玉四首

春雪

雲重寒空思寂寥，玉塵如糝滿春朝。片纔著地輕輕陷，力不禁風旋旋銷。惹砌任從香粉妬，縈叢自學小梅嬌。〔一〕誰家醉捲珠簾看，絃管堂深暖易調。

對花

長與韶光闇有期〔二〕，可憐蜂蝶卻先知〔三〕。誰家促席臨低樹，何處横釵帶小枝〔四〕。麗日多情

〔一〕「惹砌任從香粉妬，縈叢自學小梅嬌」，黄録何批作：「第六兼與『春』字相關，第五則尋常體物語也。」

〔二〕「闇」，文苑英華作「暗」。

〔三〕「卻」，文苑英華作「即」，又注：「詩選作『卻』。」

〔四〕「帶」，文苑英華作「戴」，又注：「詩選作『帶』。」

疑曲照〔二〕，和風得路合偏吹。向人雖道渾無語，幾勸王孫到醉時。

貧女

蓬門未識綺羅香，擬托良媒益自傷。誰愛風流高格調，共憐時世儉梳妝。敢將十指誇纖巧，不把雙眉鬬畫長。每恨年年壓金線，爲他人作嫁衣裳。

送友人罷舉除南陵令

共言愁是酌離杯，況惜弦歌枉大才。獻賦未爲龍化去，除書猶喜鳳銜來。花明驛路煙脂煖〔三〕，山入江亭罨畫開。莫把新詩題別處，謝家臨水有樓臺。

〔二〕「疑」，文苑英華作「宜」，又注：「詩選作『疑』。」

〔三〕「煙」，四庫本作「燕」。

羅鄴五首

牡丹

落盡春紅始著花〔一〕，花時比屋事豪奢。買栽池館恐無地，看到子孫能幾家。門倚長衢攢繡軛〔二〕，幄籠輕日護香霞。歌鍾滿座争歡賞，肯信流年鬢有華。

洛水

一道潺湲濺暖莎〔三〕，年年惆悵是春過。莫言行客聽如此，流入深宫恨更多。橋畔月來清見底，柳邊風去緑生波。縱然滿眼添歸思，未把魚竿奈爾何。

〔一〕「著」，文苑英華作「見」，又注：「雜詠作『着』。」
〔二〕「軛」，文苑英華作「轂」，又注：「雜詠作『軛』。」
〔三〕「莎」，分類本作「蓑」。

出都門

青門春色一花開，長到花時把酒杯。自覺無家似潮水，不知歸處去還來。

水簾

萬點飛泉下白雲，似簾懸處望疑真。若將此水爲霖雨，更勝長垂隔路塵。

賞春〔一〕

芳草和煙暖更青，閑門要路一時生。年年點檢人間事，唯有春風不世情。

〔一〕本首篇題，文苑英華作「芳草二首」，此首爲組詩之二。

皮日休六首 字襲美，咸通八年登進士第。

旅舍除夕〔一〕

永夜誰能守，羈心不放眠。挑燈猶故歲，聽角已新年。出谷空嗟晚，銜杯尚愧先。晚來辭逆旅，雪涕野槐天。

過雲居院玄福上人舊居

重到雲居獨悄然，隔窗窺影尚疑禪。不逢野老來聽法，猶見鄰僧爲引泉。龕上已生新石耳，壁間空帶舊茶煙。南宗弟子時時到，泣把山花奠几筵。

〔一〕「夕」，分類本作「夜」。

陪江西裴公遊襄州延慶寺

丹霄路上歇征輪，勝地偷閑一日身。不著前驅驚野鳥，惟將後乘載詩人。巖邊候吏雲遮卻，竹下朝衣露滴新。更向碧山深處問，不妨猶有草茅臣。

西塞山泊漁家

白綸巾下髮如絲，静倚楓根坐釣磯。中婦桑村挑葉去，小兒沙市買蓑歸。雨來蓴菜流船滑，春後鱸魚墜釣肥。西塞山前終日客，隔波相羡盡依依。

襄州春遊

信馬騰騰觸處行，春風相引與詩情。等閑遇事成歌詠，取次衝筵隱姓名。映柳認人多錯誤，透花窺鳥最分明〔一〕。岑牟單絞何曾著，莫道倡狂似禰衡。

送從弟歸復州〔二〕

羡爾優遊正少年，竟陵煙月似吴天〔三〕。車螯近岸無妨取〔四〕，舴艋隨風不費牽。處處路傍千頃稻〔五〕，家家門外一渠蓮。慇懃莫笑襄陽住，爲愛南塘縮項鯿〔六〕。

〔一〕「透花窺鳥最分明」，黄録何批作：「鳥亦人也，即花鳥使之意。」

〔二〕「從弟」，文苑英華作「從弟皮崇」。

〔三〕「煙」，文苑英華作「風」，又注：「集作『煙』。」

〔四〕「妨」，文苑英華作「勞」，又注：「詩選作『妨』。」

〔五〕「傍」，文苑英華作「旁」。「傾」，文苑英華、分類本作「頃」。

〔六〕「塘」，文苑英華作「溪」，分類本作「遊」。

唐百家詩選　卷十九

劉滄四首 字藴靈，大中八年進士及第。

長洲懷古

野燒空原盡荻灰，吴王此地有樓臺。千年事往人何在，半夜月明潮自來。白鳥影從江樹没，清猿聲入楚雲哀。停車日晚薦蘋藻，風静寒塘花正開。

經煬帝行宫

此地曾經翠輦過，浮雲流水竟如何。香銷南國美人盡，怨入東風芳草多。殘柳宫前空露葉，夕陽川上浩煙波。行人遥起廣陵思，古渡月明聞棹歌。

與僧話舊

巾舄同時下翠微，舊遊因話事多違。南朝古寺幾僧在，北嶺空林唯鳥歸。莎徑晚煙凝竹塢，石池春色染苔衣。此來相見又相別，即是關河朔雁飛。

咸陽懷古

經過此地無窮事，一望悽然感廢興。渭水故都秦二世，咸原秋草漢諸陵。天空絶塞聞邊雁，葉盡孤村見夜燈。風景蒼蒼多少恨，寒山半出白雲層。

劉威一首

遊東湖黄處士園林

偶向東湖更向東，數聲雞犬翠微中。遥知楊柳是門處，似隔芙蓉無路通。樵客出來山帶雨，漁舟過去水生風。物情多與閑相稱，所恨求安計不同。

曹鄴一首

始皇陵下作

千金買魚燈，泉下照狐兔。行人上陵過，卻弔扶蘇墓。壘壘壙中物，多於養生具。若使山可移，應將秦國去。舜殁雖在前，今猶未封樹。

曹松十四首

長安春日

浩浩看花晨，六街揚遠塵。塵中一丈日，誰是晏眠人。御柳垂著水，野鶯啼破春。徒云多失意，猶自惜離秦。

晨起

曉色教不睡，卷簾清氣中。林殘數枝月，髮冷一梳風。並鳥含鍾語，欹河隔霧空。莫疑營白日，道路本無窮。

秋日送方干遊上元

天高淮泗白，料子趨修程。汲水疑山動，揚帆覺岸行。雲離京口樹，雁入石頭城。後夜分遥念，諸峰霧露生。

金谷園

當年歌舞時，不説草離離。今日歌舞盡，滿園秋露垂。

夏日東齋

三庚到秋伏，偶來松檻立。熱少清風多，開門放山入。

送喻坦之遊太原〔一〕

北鄙征難盡，詩愁滿去程。廢巢侵燒色〔二〕，荒塚入鋤聲〔三〕。逗野河流濁，離雲磧日明〔四〕。并州戎壘地〔五〕，角動引風生。

〔一〕「送」，文苑英華作「送進士」。
〔二〕「燒」，文苑英華作「曉」。
〔三〕「荒」，文苑英華作「孤」，又注：「詩選作『荒』。」
〔四〕「日」，文苑英華作「月」。
〔五〕「戎壘地」，文苑英華作「戍壘暮」，又注：「詩選作『戎壘地』。」

塞上

邊寒來處闊，今日復明朝。河凌去聲。堅通馬，胡雲缺見雕。砂中程獨泣〔一〕，鄉外隱誰招。回首苦經歲，靈州生柳條。

題鶴鳴泉

仙鶴曾鳴處，泉兼半井苔。直峰抛影入，片月寫光來。瀲灧侵顔冷，深沉熨眼開。〔二〕何因值丹頂，滿汲石缾回。〔三〕

〔一〕「砂中程獨泣」，黄録何批作：「所見唯雕，則更無人跡繼至矣，渡到『獨』字。」
〔二〕「直峰抛影入，片月寫光來。瀲灧侵顔冷，深沉熨眼開」，黄録何批作：「中二連言既清且寒，如之何其不食也。」
〔三〕全詩，黄録何批作：「此詩兼采詩之『鶴鳴』、易井九三之『不食』『可汲』二意成之。」

己亥歲二首

南國江山入戰圖，生民何計樂樵蘇。憑君莫話封侯事，一將功成萬骨枯。

波間一戰百神愁，兩岸强兵過未休。誰道滄江總無事，近來常共血争流。

南海旅次

憶歸休上越王臺，歸思臨高不易裁。爲客正當無雁處，故園誰道有書來。城頭早角吹霜盡，郭裏殘潮蕩月回。心似百花開未得，年年争向被春催[二]。

[二] 「向」，清宋犖本同，雙清閣本、和刻本、四庫本作「發」。

陪湖南李中丞宴隱谿 璋〔二〕。

竹林啼鳥不知休，羅列飛橋水亂流。觸散柳絲回玉勒，約開蓮葉上蘭舟。酒邊舊侶真何遜，雲裏新聲是莫愁。若值主人嫌晝短，應陪秉燭夜深遊。

別湖上主人

門繫釣舟雲滿岸，借君幽致坐移旬。湖村夜叫白蕪雁，菱市曉喧深浦人。遠水日邊重作雪，寒林燒後別生春。不辭更住醒還醉，太一東峰歸夢頻。

商山贈野叟

垂白商於原下住，兒孫共死一身忙。木弓未得長離手，猶與官家射麝香。

〔二〕文苑英華無注「璋」。

張喬二首

送河西從事

結束佐戎旃，河西住幾年。隴頭隨日去，磧裏寄星眠。水近沙連帳，程遥馬入天。聖朝思上策，重待奏安邊。

送進士許棠

離鄉積歲年，歸路遠依然。夜火山頭市，春江樹杪船。干戈愁鬢改，瘴癘喜家全。何處營甘旨，潮濤浸薄田。

劉駕一首

釣臺懷古

澄流可濯纓，嚴子但垂綸。孤坐九層石，遠笑清渭濱。潛龍飛上天，四海豈無雲。清氣不零雨，安使洗塵氛[二]。我來吟高風，髣髴見斯人。江月尚皎皎，江石亦磷磷。如何臺下路，明日又迷津。

崔魯十二首[三]

春日長安即事

一百五日又欲來，梨花梅花參差開。行人自笑不歸去，瘦馬獨吟真可哀。杏酪漸香鄰舍

〔二〕「洗塵氛」，文苑英華作「澆埃塵」。「澆」，又注：「詩選作『洗』。」

〔三〕何校本校注：「近刻所無者一篇。」

粥，榆煙將變舊爐灰。玉樓春暖清歌夜，肯信愁腸獨九回。

春晚岳陽城言懷

翠煙如鈿柳如環，晴倚南樓獨看山。江國草花三月晚，帝京塵夢一年閑。虛舟尚笑縈難解，飛鳥空慚倦未還。何似不羈詹父伴，睡煙歌月老潺潺。

煙花零落過清明，異國光陰老客情。雲夢夕陽愁裏色，洞庭春浪坐來聲。天邊一與舊山別，江上幾看芳草生。獨凭欄干意難寫，暮笳嗚軋調孤城。

過鑾溪渡

綠楊如髮雨如煙，立馬危橋獨喚船。山口斷雲迷舊路，渡頭芳草憶前年。身隨遠道徒悲梗，詩賣明時不值錢。歸去楚臺還有計，釣船春雨日高眠。

暮春對花

病香無力被風欺，多在青苔少在枝。馬上行人莫回首，斷君腸是欲殘時。

華清宮四首〔一〕

銀河漾漾月輝輝，樓礙星邊織女機。横玉叫雲清似水，滿空霜逐一聲飛。

障掩金雞蓄禍機，翠環西拂蜀雲飛。珠簾一閉朝元閣，不見人歸見燕歸。

草遮回磴絶鳴鑾，雲樹深深碧殿寒。明月自來還自去，更無人倚玉闌干〔二〕。

〔一〕黄録何批作：「第一篇近刻作聞笛者近之，恐荆公誤也。紀事與此同。」

〔二〕「闌」，分類本作「欄」。

門橫金鏁悄無人，落日秋聲渭水濱。紅葉下山寒寂寂，濕雲如夢雨如塵。

春晚泊船江村

芳草青青古渡頭，漁家住處暫維舟。殘花半樹悄無語，細雨滿天風似愁。家信不來春又晚，客程難盡水空流。自憐愛失心期約，看取花時更遠遊。

山路見花

曉紅初坼露香新，獨立空山冷笑春。春意自知無主惜，恣風吹逐馬蹄塵。

岸梅

含情含態一枝枝，斜壓漁家短短籬。惹袖尚憐香半日，向人如訴雨多時。初開偏稱雕梁畫，未落先愁玉笛吹。行客見來無去意，解帆煙浦爲題詩。

張蠙六首

字象文，昭宗時爲尚書膳部員外郎。

社日村居〔一〕

鵝湖山下稻粱肥，豘穽雞棲對掩扉。桑柘影斜春社散，家家扶得醉人歸。

送友人歸武陵

聞近桃源住，無村不是花。戍旗招海客，廟鼓集江鴉。别島垂橙實，閑田長荻芽〔二〕。遊秦未得意〔三〕，看即更離家〔四〕。

〔一〕黄録何批作：「三體唐詩作張演。」
〔二〕「芽」，文苑英華、分類本作「花」。
〔三〕「秦」，文苑英華作「春」。
〔四〕「更」，文苑英華作「是」。

別後寄友人〔一〕

上馬如飛鳥，飄然隔去塵。共看今夜月，獨作異鄉人。就養江田熟，移居井賦新。襄陽所卜隱〔二〕，應與孟家鄰。

送友人赴涇州幕〔三〕

杏園沉飲散，榮別就嘉招。日月相期盡，山川獨去遥〔四〕。府樓明蜀雪，關磧轉胡雕。縱有煙塵動，應隨上策銷。

〔一〕「人」，文苑英華作「生」，又注：「詩選作『人』。」

〔二〕「所」，清宋犖本同，文苑英華作「曾」，雙清閣本、和刻本、四庫本作「堪」。

〔三〕本首篇題，文苑英華校注：「一作送李中丞再赴虔州。」

〔四〕「川」，文苑英華作「河」。

野泉

遠出白雲中，長年聽不窮〔一〕。細聲縈石亂〔二〕，寒色入潭空〔三〕。挂壁聊成雨，穿林別起風。

温泉非爾類，源發在深宫。

述懷

白首成何事〔四〕，無歡可替悲。空餘酒中興，猶似少年時。

〔一〕「窮」，文苑英華作「同」，又注：「一作『窮』。」

〔二〕「石亂」，文苑英華作「亂石」，又注：「一作『石亂』。」

〔三〕「潭」，文苑英華作「長」。

〔四〕「何」，何校本「空」塗改作「何」。

方干二首 字雄飛，新定人，咸通中進士不第，隱會稽之鏡湖及江東，人謂爲玄英先生。〔一〕

君不來

遠路東西欲問誰，寒來無處寄寒衣。去時初種庭前樹，樹已勝巢人未歸。

山中

愛山卻把圖書賣，嗜酒空教僮僕賒。只向堦前便漁釣，那知枕上有雲霞。暗泉出石飛仍咽，小徑通橋直復斜。窗竹未抽今夏筍，庭梅曾試當年花。姓名未及陶弘景，髭鬢白於姜子牙。松月水煙千古在，未知終久屬誰家。

〔一〕「雄飛」，分類本作「飛雄」。「及江東人」，分類本作「江東人相」。何校本校注：「近刻所無者一篇。」

王駕四首

字大用，河中人，大順初進士及第，仕至尚書禮部員外郎，自稱守素先生，與司空圖、鄭谷相善爲詩友。

古意

夫戍蕭關妾在吴，西風吹妾妾憂夫。一行書信千行淚，寒到君邊衣到無。

過故友居

鄰笛寒吹日落初，舊居今已別人居。亂來兒姪皆分散，惆悵僧房認得書。

晴景

雨前初見花間蘂，雨後兼無葉裏花。蛺蝶飛來過墻去，應疑春色在鄰家。

亂後曲江

憶昔爭遊曲水濱，未春長有探春人。遊春人盡空池在，直至春深不似春。

杜荀鶴四首

字彦之，自稱九華山人，大順中登進士第。

春宫怨

早被嬋娟誤，欲妝臨鏡慵。承恩不在貌，教妾若爲容。風暖鳥聲碎，日高花影重。年年越溪女，相憶採芙蓉。

雪〔一〕

風攬長空寒骨生〔二〕，先於曉色報窗明。江湖不見飛禽影，巖谷唯聞折竹聲〔三〕。巢穴幾多相似處〔四〕，路岐兼得一般平。擁袍公子莫言冷，中有樵夫跣足行〔五〕。

溪興

山雨溪風卷釣絲，瓦甌蓬底獨斟時。醉來睡著無人喚，流下前溪也不知〔六〕。

〔一〕本首篇題，文苑英華作「對雪」。黄録何批作：「能不用粉絮等體物語，故荆公取之。大抵承崑體之後，唯主于脱换故方也。」
〔二〕「攬」，蜀刻别集作「攪」。
〔三〕「唯」，文苑英華作「時」，又注：「集作『唯』。」
〔四〕「巢穴幾多相似處」，文苑英華作「溝壑本深無復滿」，又注：「集作『巢穴幾多相似處』。」
〔五〕「中有樵夫跣足行」，黄録何批作：「結句收到自己。傳云：『足寒傷心，民怨傷國。』又以志僖、昭爲季世也。」
〔六〕「溪」，蜀刻别集作「灘」。

哭貝韜〔二〕

交朋來哭我來歌，喜傍山家葬薜蘿〔三〕。四海十年人殺盡，似君埋少不埋多。

〔二〕「貝」，何校本「具」塗改作「貝」。
〔三〕「薜」，蜀刻別集作「荔」。

唐百家詩選　卷二十

吴融二十七首

字子華，昭宗時爲翰林學士，户部侍郎。

壬戌歲閿鄉卜居〔二〕

六載抽毫侍禁闈，不堪多病决然歸。五陵年少如相問，阿對泉頭一布衣。阿對是楊伯起家僮，嘗引泉灌蔬，其泉至今尚在。

野廟

古原荒廟掩莓苔，何處喧喧鼓笛來。日暮鳥啼人散盡，野風吹起紙錢灰。

〔二〕黄録何批作：「昭宗天復二年，又五年而唐亡。」

小逕

礙竹妨花一逕幽，攀緣應對玉峰頭。若教須似康莊好，便有高車駟馬憂。

閑望

三點五點映山雨，一枝兩枝臨水花。蛺蝶狂飛掠芳草，鴛鴦熟睡翹暖沙。闕下新居非己業，江南舊隱是誰家。東還西去都無計，卻羨暝歸林上鴉。

即事

抵鵲山前寄掩扉，便甘終老脱朝衣。曉窺清鏡千峰入，暮倚長松獨鶴歸。雲裏引來泉脉細，雨中移得藥苗肥，何須一筯鱸魚鱠，始挂孤帆問釣磯。

書懷

傍巖依樹結簷楹，夏物蕭疏景更清。灘響忽高何處雨，松陰自轉此山晴〔二〕。見多鄰犬遥相認，來慣幽禽近不驚。争敢便誇饒勝事，九衢塵裏免勞生。

海棠

太尉園林兩樹春，今番禺太尉徐公興化亭子有海棠兩株。年年奔走探花人。今來獨傍荆山看，回首長安落戰塵。

寄貫休

休公何處在，知我宦情無。已似馮唐老，方知武子愚。一身仍更病，雙闕又須趨。若得重

〔二〕「此」，分類本、清宋犖本同，雙清閣本、和刻本、四庫本作「遠」。

相見，冥心學半銖。

楚事

悲秋應亦抵傷春，屈宋當年並楚臣〔二〕。屈原云：目極千里傷春心。宋玉云〔三〕：悲哉秋之爲氣。何事從來好時節，只將惆悵付詞人。

金橋感事

太行和雪疊晴空，二月郊原尚朔風。飲馬早聞臨渭北，射雕今欲過山東。百年徒有伊川歎，五利寧無魏絳功。日暮長亭正愁絶，哀笳一曲戍煙中。

〔二〕「年」，分類本作「來」。

〔三〕「玉」，分類本無。

送策上人

昨來非有意，今去亦無心。闕下抛新院，江南指舊林。鉼添新澗緑，笠卸晚峰陰。八字如相許〔一〕，終辭尺組尋。

松江晚泊

樹遠天疑盡，江奔地欲隨。孤帆落何處，殘日更新離。客是淒涼本，情爲繫滯枝。寸腸無計免，應只楚猿知。

廢宅

風飄碧瓦雨摧垣，卻有鄰人爲鏁門。幾樹好花虚白晝，滿庭荒草易黄昏。放魚池涸蛙争

〔一〕「八字如相許」，黄録何批作：「『八字』未詳。」

聚，棲燕梁空雀自喧。不獨淒涼眼前事，咸陽一火便寒原。

途中

一棹歸何處，蒼茫落照昏。無人應失路〔一〕，有樹始知村。湖岸春耕廢，江城戰鼓喧。儒冠竟相悮，學劍盡乘軒。

岐下聞杜鵑

化去蠻鄉北，飛來渭水西。爲多亡國恨，不忍故山啼。怨已驚秦鳳，靈應識漢雞。〔二〕數聲煙漠漠，餘思草萋萋〔三〕。樓迥波無際，林昏日又低。如何不腸斷，家近五雲溪。

〔一〕「應」，清宋犖本同，雙清閣本、和刻本、四庫本作「因」。
〔二〕「怨已驚秦鳳，靈應識漢雞」，黄録何批作：「襯句恰貼出岐下。」
〔三〕「萋萋」，分類本作「淒淒」。

杏花三韻

春物競相妬〔一〕，杏花應最嬌。紅輕欲愁殺，粉薄似啼消。願作南華夢，翩翩遶此條。〔二〕

華清宫三首

中原無鹿海無波，鳳輦鸞旗出幸多。今日故宫歸寂寞，太平功業在山河。

四郊飛雪暗雲端，唯此宫中落旋乾。緑樹碧簷相掩映，無人知道外邊寒。

漁陽烽火照函關，玉輦匆匆下此山。一曲羽衣聽不盡，至今遺恨水潺潺。

〔一〕「競」，分類本作「竟」。

〔二〕全詩黄録何批作：「此亦閑情賦也。」

春寒

固教梅忍落，休與杏藏嬌。已過冬疑剩，將來暖未饒。玉堦殘雪在，羅薦暗香銷。莫問王孫恨，煙無尚寂寥。

彭門用兵後經汴路

長亭一望一徘徊，千里關河百戰來。細柳舊營猶鏁刀，祁連新冢已封苔。霜凋緑野愁無際，燒接黃雲慘不開。若比江南更牢落，子山詞賦莫興哀。

隋堤風物已淒涼，堤下仍多舊戰場。金鏃有苔人拾得，蘆衣無土鳥銜將〔二〕。秋聲暗促河聲急，野色遥連日色黃。獨上寒城正愁絶，戍鼙驚起雁行行。

〔二〕「衣」，清宋犖本同，雙清閣本、和刻本、四庫本作「花」。「土」，清宋犖本同，雙清閣本、和刻本、四庫本作「主」。

高侍御話皮博士池中白蓮因寄

白玉花開緑錦池，風流御史報人知。看來應是雲中墮，偷去須從月下移。已被亂蟬催晼晚，更禁涼雨動襹褷。習家秋色堪圖畫，只欠山公倒接羅〔一〕。

新安道中翫流水

一渠春碧弄潺潺，密竹繁花掩映間。看處便須終日住，筭來争得此身閑。縈紆似接迷人洞，清冷應連有雪山。上卻征車更回首，了然塵土不相關。

〔一〕「羅」，分類本作「籬」。「接羅」，黄録何批作：「『接羅』，仍與『白』字相關。」

憶山泉

穿雲落石細潸潸〔二〕，杳杳疑聞弄管絃。千仞灑來寒碎玉〔三〕，一泓深處碧涵天。煙迷葉亂尋難見，月好風清聽不眠。春雨正多歸未得，只應流恨更潺湲。

紅樹〔三〕

一聲南雁已先紅，槭槭凄凄葉葉同。自是孤根非暖地，莫驚他木耐秋風。曉煙散去陰全薄〔四〕，明月臨來影半空。長憶洞庭千萬樹，照山横浦夕陽中。

〔二〕「穿雲落石細潸潸」，黄録何批作：「含第六。」

〔三〕「千仞灑來寒碎玉」，黄録何批作：「含第五。」

〔三〕黄録何批作：「句句是樹，别有一篇句句是葉。」

〔四〕「曉」，分類本作「燒」。

微雨

天清織未遍，風急舞難成。粉重低飛蝶，黄濃不語鶯。乍隨春靄亂，還放夕陽明。惆悵池塘遠，荷珠點點輕。

韓偓五十九首〔一〕

字致光，一云字致堯，昭宗時翰林學士承旨、尚書兵部侍郎。

雨後月中玉堂閑坐

銀臺直北金鑾外，暑雨初晴皓月中。唯對松篁聽刻漏，更無塵土翳虚空。緑香熨齒冰盤果，清冷侵肌水殿風。夜久忽聞鈴索動，玉堂西畔響丁東。

〔一〕「偓」，原本作「渥」，據雙清閣本、和刻本、四庫本改。

六月十七日召對自辰及申方歸本院

清暑簾開散異香，恩深咫尺對龍章。花應洞裏常時發，日向壺中特地長。坐久忽疑槎犯斗，歸來兼恐海生桑。如今冷笑東方朔，唯用詼諧侍漢皇〔一〕。

中秋禁直

星斗疎明禁漏殘，紫泥封後獨憑欄。露和玉屑金盤冷，月射珠光貝闕寒。天襯樓臺籠苑外，風吹歌管下雲端。長卿秖爲長門賦，未識君臣際會難。

〔一〕「詼」，分類本作「談」。

錫宴日作〔一〕

是歲大稔，内出金帛錫百官，充觀稼宴，學士院別賜越綾百匹〔二〕，委京尹勾當，後宰相一日宴于興化亭。

玉銜花馬踏香街，詔遣追懽綺席開。中夜押從天上去〔三〕，是日在外四學士排門齊入，同進狀辭赴宴所，奉差學士院使二人押去〔四〕。外人知自日邊來。臣心浄比漪漣水，聖澤深於瀲灩杯。纔有異恩頒稷卨，已將優禮及鄒枚。清商適向梨園降，妙妓新行峽雨回〔五〕。不敢通宵離禁直，晚乘殘醉入銀臺。〔六〕

〔一〕「日」，分類本無。
〔二〕「越」，分類本作「大」。
〔三〕「夜」，清宋犖本同，雙清閣本、和刻本、四庫本作「使」。
〔四〕「奉」，分類本作「奉宣」。
〔五〕「妙妓新行峽雨回」，黄録何批作：「暗度『晚』字。」
〔六〕「不敢通宵離禁直，晚乘殘醉入銀臺」，黄録何批作：「結與『在外四学士』注又有照應。」

冬至夜作 天復二年隨駕在鳳翔府。

中宵忽見動葭灰，料得南枝有早梅。四野便應枯草緑，九重先覺凍雲開。陰冰莫向河源塞，陽氣今從地底回。不道慘舒無定分，卻憂蚊響又成雷。

秋霖夜憶家 隨駕在鳳翔府。

垂老何時見弟兄，背燈悲泣到天明。不知短髮能多少，一滴秋霖白一莖。

出官經峽石縣 天復三年三月二十日作。

謫宦過東畿，所抵州名濮。故里欲清明，臨風堪慟哭。溪長柳似帷，山暖花如醭。逆旅訝簪裾，南路以久無儒服，經過皆相聚觀。野老悲陵谷。瞑鳥影聯翩，驚狐尾毒蔌〔一〕。尚得佐方州，信是

〔一〕「毒蔌」，清宋犖本同，雙清閣本、和刻本、四庫本作「纛遨」。

皇恩沐。

訪同年虞部二十五郎中 四年二月在湖南。

策蹇相尋犯雪泥，厨煙未動日平西。門庭野水䴙䴘鷺，鄰里短墻咿喔雞。未入慶霄君擇肉，畏逢華轂我吹虀。地爐貰酒成狂醉，更覺襟懷得喪齊。

春陰獨酌寄同年李郎中

春陰漠漠土脉潤，寒氣微微風意和。閑嗤入甲奔競態，醉唱落調漁樵歌。詩道揣量疑可進，宦情刓缺轉無多。酒酣狂興依然在，無奈千莖鬢雪何。

雪中過重湖信筆偶成

道方時險擬如何，謫去甘心隱薜蘿。青草湖將天暗合，白頭浪與雪相和。旗亭臘酎踰年熟，水國春寒向晚多。處困不忙仍不怨，醉來唯是欲傞傞。

寄湖南從事

索漠襟懷酒半醒，無人一爲解餘酲。岸頭柳色春將盡，船背雨聲天欲明。去國正悲同旅雁，隔江何忍更啼鶯。蓮花幕下風流客，試與温存譴逐情。

翫水禽 此後七首醴陵縣作。

兩兩珍禽渺渺溪，翠衿紅掌浄無泥。向陽眠處莎成毯，踏水飛時浪作梯。依倚雕梁輕社燕，抑揚金距笑晨雞〔二〕。勸君細認漁翁意，莫遣絚羅誤穩棲。

〔二〕「距」，分類本作「鉅」。

早雪翫梅有懷親友

北陸候纔變，南枝花已開。無人同悵望，把酒獨徘徊。湅白雪爲伴，寒香風是媒。何因逢越使，腸斷謫仙材〔二〕。

小隱

借得茅齋岳麓西，擬將身世老鋤犁。清晨向市煙涵郭，寒夜歸村月照溪。爐爲窗明僧偶坐，松因雪折鳥驚啼。靈椿朝菌由來事，卻笑莊生始欲齊。

〔二〕「材」，黄録何校作「才」。

曛黑

古木侵天日已沉〔一〕，露華涼冷潤衣襟。江城曛黑人行絶，唯有啼烏伴夜砧。

醉着

萬里清江萬里天，一村桑柘一村煙。漁翁醉着無人唤，過午醒來雪滿船。

早起三韻

萬樹緑楊垂，千般黄鳥語。庭花風雨餘，岑寂如村塢。依依官渡頭，晴陽照行旅。

〔一〕「古木侵天」，黄録何批作：「黑。」「日已沉」，黄録何批作：「曛。」

即目

萬古離懷憎物色，幾年愁緒溺風光。廢城沃土肥春草，野渡空船蕩夕陽。倚道向人多脉脉〔二〕，爲情因酒易倀倀。宦途棄擲須甘分，回避紅塵是所長。

贈易卜崔江處士（袁州）

白首窮經通秘義，青山養老度危時。門傳組綬身能退，家學樵漁跡更奇。四海盡聞龜策妙，九霄堪嘆鶴書遲。壺中日月將何用，借與閑人試一窺。

乙丑歲九月蕭灘鎮忽得楊迢員外書賀余除戎曹仍舊承旨還緘後因書四十字

旅寓在江郊，秋風正寂寥。紫泥虚寵奬，白髮已漁樵。事往淒涼在，時危志氣銷。若爲將

〔二〕「脉脉」，何校本「脉脉」塗改作「脉脉」。

朽質，猶擬杖於朝。

登南臺僧寺

無奈離腸日九回，强攄懷抱立高臺。中華地向城邊盡，外國雲從島上來。四序有花長見雨，一冬無雪卻聞雷。日宫紫氣生冠冕，試望扶桑病眼開。

花時與錢尊師同醉因成二十字

橋下淺深水，竹間紅白花。酒仙同避世，何用厭長沙。

有屬〔一〕

晚涼閑步向江亭，默默看書旋旋行。風轉滯帆狂得勢，潮來諸水寂無聲。誰將覆轍詢長

〔一〕「屬」，分類本、清宋犖本同，雙清閣本、和刻本、四庫本作「矚」。

策，願把棼絲屬老成。安石本懷經濟意，何妨一起爲蒼生。

蜻蜓

碧玉眼睛雲母翅，輕於粉蝶瘦於蜂。坐來迎拂波光舞，可是慇懃爲蓼叢。

宫柳 此後二首在内庭作。

莫道秋來芳意違〔二〕，宫娃猶似妬蛾眉〔三〕。幸當玉輦經過處，不怕金風浩蕩時。草色長承垂地葉，日華先照映樓枝。澗松亦有淩雲分，争似盤根太液池。

〔二〕「違」，分類本作「遲」。
〔三〕「蛾」，分類本作「娥」。

苑中

上苑離宮處處迷，相風高與露盤齊。金堦鑄出狻猊立，玉柱雕成狒秝啼〔一〕。外使調鷹初得案，五坊外案使，以鷹隼初調習，始能擒獲，謂之得案。中官過馬不教嘶。上每乘馬，必閹官馭以進，謂之過馬，既乘之而後蹀躞嘶鳴也。笙歌繡錦雲霄裏，獨許詞臣醉似泥。

即目

書墻暗記移花日，洗瓮先知醖酒期。須信閑人有忙事，早來衝雨覓漁師。

過臨淮故里

交遊昔歲已凋零，第宅今來亦變更。舊廟荒涼時饗絶，諸孫飢凍一官成。五湖竟負他年

〔一〕「秝」，四庫本作「狁」。「狒秝」，分類本作「翡翠」。

志，百戰空垂異代名。榮盛幾何流落久，遺人襟抱薄浮生。

亂後卻至近甸有感 乙卯年作。

狂童容易犯金門，比屋齊人作旅魂。夜户不扃生茂草，春渠自溢浸荒園。關中卻見屯邊卒，塞外翻聞有漢村。堪恨無情清渭水，渺茫依舊遶秦原。

寄鄰莊道侶

聞説經旬不啓關，藥窗誰伴醉開顔。夜來雪壓村前竹，剩見溪南幾尺山。

亂後春日途經野塘

世亂他鄉見落梅，野塘晴煖獨徘徊。船衝水鳥飛還住，袖拂楊花去又來。季重舊遊多喪逝，子山新賦極悲哀。眼看朝市成陵谷，始信昆明是劫灰。

惜花

皺白離情高處切，膩紅愁態静中深。眼隨片片沿流去，恨滿枝枝被雨淋。總得苔遮猶慰意，便教泥污更傷心。臨軒一盞悲春酒，明日池塘是緑陰。

半醉

水向東南更不回，紅顔白髮遞相催。壯心暗逐高歌盡，往事空因半醉來。雲護雁霜籠淡月，雨連鶯曉落殘梅。西樓悵望芳菲節，處處斜陽草似苔。

漢江行次

村寺雖深已暗知，幡竿殘日迴依依。沙頭有廟青林合，驛步無人白鳥飛。牧笛自由隨草遠，漁歌得意扣舷歸。竹園相接春波暖，痛憶家鄉舊釣磯。

春盡

惜春連日醉昏昏，醒後衣裳見酒痕。細水浮花歸別澗，斷雲含雨入孤村。人閑易有芳時恨，地勝難招自古魂。慚愧流鶯相厚意，清晨猶爲到西園。

贈湖南李思齊處士

兩板船頭濁酒壺，七絲琴畔白髭鬚。三春日日黄梅雨，孤客年年青草湖。燕俠冰霜難狎近，楚狂鋒刃觸凡愚。知余絶粒窺仙事，許到名山看藥爐。

睡起

睡起墻陰下藥欄，瓦松花白閉柴關。斷年不出僧嫌癖，逐日無機鶴伴閑。塵土莫尋行止處，煙波長在夢魂間。終撑舴艋稱漁叟，賒買湖心一崦山。

寄友人

傷時惜别心交加，措頤一向千咨嗟。曠野風吹寒食月，廣庭煙著黄昏花。長擬曛酣遣世事〔二〕，若爲局促問生涯。夫君亦是多情者，幾度將愁泥酒家。

見别離者因贈之

征人草草盡戎裝，征馬蕭蕭立路傍。罇酒闌珊將遠别，秋山邐迤更斜陽。白髭兄弟中年後，瘴海程途萬里長。曾向天涯懷此恨，見君嗚咽更淒涼。

傷亂

岸上花根總倒垂，水中花影幾千枝。一枝一影寒山裏，野水野花清露時。故國幾年猶戰

〔二〕「遣」，何校本校注：「一作『遺』。」

鬭，異鄉終日見旌旗。交親流落身羸病，誰在誰亡兩不知。

南亭

每日在南亭，南亭似僧院。人語静先聞，鳥啼深不見。松瘦石稜稜，山光溪澱澱。塹蔓墜長茸[二]，島花垂小蒨。行簪隱士冠，卧讀先賢傳。更有興來時，取琴彈一遍。

太平谷中翫水上花

山頭水從雲外落，水面花自山中來。一溪紅點我獨惜，幾樹密房誰見開。應有妖魂隨暮雨，豈無香跡在蒼苔。凝眸不覺斜陽盡，忘逐樵人躡石回。

〔二〕「塹」，分類本作「壍」。「茸」，分類本作「草」。

雨

坐來蔌蔌山風急，山雨隨風暗原隰。樹帶繁聲出竹聞〔一〕，溪將大點穿籬入。餉婦寥翹布領寒，牧童擁苴蓑衣濕。此時高味共誰論，掩鼻吟詩空佇立。

幽獨

幽獨起侵晨，山鶯啼更早。門巷掩蕭條，落花滿芳草。煙愁魂共遠，春與人同老。默默又依依，淒然此懷抱。

江行

浪蹙青山江北岸，雲含黑雨日西邊。舟人偶語憂風色，行客無聊罷書眠。爭似槐花九衢

〔一〕「聞」，分類本作「間」。

裏，馬蹄安穩慢揚鞭。

初赴朝集

輕寒着背雨淒淒，九陌無塵未有泥。還是平時舊滋味，慢垂鞭袖向街西。

向隅

守道得途遲，中兼遇亂離。剛腸成繞指，玄髮變垂絲。客路少安處，病床無穩時。弟兄消息絶，獨斂向隅眉。

秋郊閑望有感

楓葉微紅近有霜，碧雲秋色滿吴鄉。魚衝駭浪雪鱗健，鴉閃夕陽金背光。心爲感恩長慘戚，鬢緣經亂早蒼浪。可憐廣武山前事，楚漢寧教作戰場。

襄漢旅道值鄰境軍新過村落皆空因有此感

水白潺湲日自斜，盡無雞犬有鳴鵶。千村萬落似寒食，不見人煙空見花。

深院

鵝兒唼啑梔黄嘴，鳳子輕盈膩粉腰〔二〕。深院下簾人晝寢，紅薔薇架碧芭蕉。

辛酉冬隨駕日作今方追憶全篇因附於此〔三〕

曳裾談笑殿西頭，忽聽征鐃從冕旒。鳳蓋行時移紫氣，鸞旗駐處認皇州。曉題御服頒群吏，夜發宫嬪詔列侯。雨露涵濡三百載，不知誰擬殺身酬。

〔二〕「鳳」，分類本作「蜂」。

〔三〕黄録何批作：「天復元年。」

安貧

手風慵展八行書，眼暗休尋九局圖。窗裏日光飛野馬，案頭筠管長蒲盧。謀身拙爲安蚍足，報國危曾捋虎鬚。滿世可能無默識，未知誰擬試齊竽。

殘春旅舍

旅舍殘春宿雨晴，恍然心地憶咸京。樹頭蜂抱花鬚落，池面魚吹柳絮行。禪伏詩魔歸静域，酒衝愁陣出奇兵。兩梁免被塵埃污〔一〕，拂拭朝簪待眼明。

鵲

偏承雨露潤毛衣，黑白分明衆所知。高處營巢親鳳闕，静時閑語上龍墀。化爲金印新祥

〔一〕「被」，分類本作「彼」。

瑞，飛向銀河舊路岐。莫怪天涯棲不穩，託身須是萬年枝。

隰州新驛

盛德已圖形，胡爲忽搆兵。燎原雖自及，誅亂不無名。擲鼠須防誤，連雞莫憚驚。本期將係虜，未策但嬰城。肘腋人情變，朝廷物論生。果聞荒谷縊，旋覩藁街烹。帝怒今方息，時危喜暫清。始終俱以此，天意甚分明。

偶題

俟時輕進固相妨，實行丹心仗彼蒼。蕭艾轉肥蘭蕙瘦，可能天亦妬馨香。

湖南絶少含桃偶人以新摘者見惠感事傷懷因成四韻

時節雖同氣候殊，未知堪薦寢園無。合充鳳食留三島，誰許鶯偷過五湖。苦笋恐難同象匕，秦中謂三月爲櫻笋時。酪漿無復瑩蠙珠。湖南無牛酪之味。金鑾歲歲長宣賜，忍淚看天憶帝都。每歲初進之後，先宣賜學士。

翠碧鳥

天長水遠網羅稀，保得重重翠碧衣。挾彈少年多害物，勸君莫近五陵飛。

憶故都

故都遥想草萋萋〔一〕，上帝深疑亦自迷。塞雁已侵池籞宿，宫鴉猶戀女墻啼。天涯烈士空垂涕，地下强魂必噬臍。掩鼻計成終不覺，馮諼無路效鳴雞。

〔一〕「都」，分類本作「鄉」。

附録：唐百家詩選序跋與提要

甲、序跋

王荆公唐百家詩選序　【宋】王安石

余與宋次道同爲三司判官時，次道出其家藏唐詩百餘編，諉余擇其精者，次道因名曰百家詩選。廢日力於此，良可悔也。雖然，欲知唐詩者觀此足矣。

清宋犖刊本王荆公唐百家詩選卷首

楊蟠刻唐百家詩選序　【宋】楊蟠

詩之所可樂者，人人能爲之，然匠意造語要皆安穩愜當，流麗飄逸，其歸不失正者，昔人之所長也。思採其長，而益己之未至，則非博窺而深討之不可。夫自古風騷之盛無出於唐，而唐之作者不知幾家。其間篇目之多，或至數千，盡致其全編則厚幣不足以購寫，而大車不足以容載。彼幽野之人，何力而致之哉？丞相荆國王公，道德文章，天下之師，於詩尤極其工，雖嬰以萬務，而未嘗忘之。是知詩之爲道也，亦已大矣。公自歷代而下無不考正，於唐選百家，特録其警篇，而杜、韓、李所不與，蓋有微旨焉。噫！詩繫人之好尚，於去取之際，其論猶紛紛，今一經公之手，則恬然無復以議矣。合爲二十卷，號唐百家詩選，得者幾希，因命工刻板，以廣其傳，細字輕帙，不過出斗酒金而直挾之於懷袖中，由是人之几上往往皆有此詩矣。子將命友以文共求昔人之遺意而商榷之，有觀此百家詩而得其所長，及明荆公所以去取之法者，願以見告，因相與哦於西湖之上，豈不樂哉？元符戊寅七月望日章安楊蟠書。

宋刊分類本唐百家詩選卷首

倪仲傳唐百家詩選序〔一〕

【宋】倪仲傳

音有妙而難賞，曲有高而寡和，古今通然，無惑乎唐百家詩選之淪没於世也。予自弱冠肄業于香溪先生門，嘗得是詩于先生家藏之秘，竊愛其拔唐詩之尤清古典麗，正而不冶，凡以詩鳴於唐，有驚人語者悉羅於選中。於是心惟口誦，幾欲裂去夏課而學焉。先生知之，一日索而鑰諸笥，越至於今，不復過目者有年矣。頃有親戚游宦南昌，因得之於臨川以歸，首以出示，發卷數過，不啻如獲遺珠之喜，惜其道遠難致，且字畫漫滅，近世士大夫嗜此詩者往往不能無恨，故鏤板以新其傳，庶幾丞相荆國公銓擇之意，有所授於後人也，雅德君子儻於三冬餘暇，玩索唐世作者用心，則發而爲篇章，殆見遊刃餘地，運斤成風矣。乾道己丑四月望日蘭臯倪仲傳序。

清宋犖刊本王荆公唐百家詩選卷首

〔一〕倪仲傳，或作倪傳，王士禛香祖筆記卷五曾引用本序，其曰：「王介甫唐詩百家選全本，近牧仲開府寄來新刻，乃常熟毛扆所得江陰某氏藏本，計百有四人。有乾道己丑蘭臯倪仲傳序。」宋犖筠廊偶筆二筆卷上：「王荆公百家唐詩二十卷，淪没已久，餘曩得殘帙八卷，付山陽丘邇求迴刻行，近復得乾道間盤谷倪仲傳舊本，所亡十二卷皆在，更屬邇求續刻，稱全書矣。」

宋犖刻唐百家詩選序

【清】宋犖

昔予嘗購求王荆公唐百家詩選二十卷，廑得殘帙八卷於江南藏書家。庚辰秋，舉示山陽故人子丘邇求。邇求好學嗜古，請依舊式重梓，以廣其傳，予甚誼之，因序其首，略云：

夫物莫不聚於所好，而天地之氣，有開必先。故好龍而龍降，市駿而駿來。天下之大，安知更無嗜古如邇求者，或別購其半，則幾乎全矣。及梓成，果大行於時，寶愛之者，比于吉光片羽，莫不思復得河東三篋，以覩其全焉。先是，吴中毛黼季氏喜刊古本，而家中藏書最多。予因屬其勤求是選，黼季敬諾而去，旁搜遠索，無日以怠。今癸未秋，黼季來謁予曰：「日者宸游江陰，親見王荆公唐百家詩選二十卷於某氏藏書家，特來告公。」予驚喜，趣購得之，凡所亡十二卷皆在焉。總數之得，百有四家，而曰百家者，舉成數也。有乾道己丑盤谷倪仲傅後序。夫荆公没，至孝宗乾道時，不過六七十年，間而序已云唐百家詩選淪没於世。蓋由北轅南渡，播遷喪亂中，其所亡失書籍固不止此也，亦可慨夫！況乾道至今又六百年，而予寤寐之求甚久，一朝忽得，殆如香山居士所云，在在處處有靈物護之者乎？於是復招邇求補刊十二卷，俾成完書，公諸同好，此固陳農之所不能求，而張安世之所不及識者也。天下賞心樂事，無踰於此。昔雷煥得豐城雙劍，以爲靈異之物，終當化去，留一自佩，送一與張華。華報書曰：詳觀劍文，乃干將也，莫邪何復不至？雖然，天生神物，終當合耳。其後果化延津之雙龍。噫！物莫不聚於所好，凡好之而不篤，篤而不久，久而怠倦以忘者，吾未見其能聚也。非邇求嗜古，先梓其半，以爲之招，而黼季又爲予勤求歷久而不倦，其能終拿哉？是故精誠之至，可以貫金石而通神明，凡事盡然，此其一徵也。康熙癸未中秋，西陂宋犖識。

清宋犖刊本王荆公唐百家詩選卷首

唐百家詩選跋

【清】丘迥

自宋以來，選唐詩者不下數十家，而荆公本爲善，序云：「欲知唐詩者，觀此足矣。」豈欺我哉？顧近世罕有其書。庚辰秋，吾師商丘宋公購得殘本八卷，授余校梓。斷玦殘璋，固已人爭寶重。越三年癸未秋，公復得乾道己丑倪氏本二十卷於嘗熟藏書家。時閱賑邳、徐，道經淮郡，余迎謁舟次，因出以相示曰：「好龍而龍降，市駿而駿來。曩者吾固已言之，今果得全本。子其亟補刊無怠。」余承命，即加讎校，闕者補，譌者正，其字句與他本小異，而意可兩通，或文義間有可疑，而他本弗録，無從考訂者，悉仍其舊，不敢妄易一字。凡三月工畢，於是卷帙完整如初，而荆公精神所注，炯炯紙上，無復不全之憾矣。竊歎是書選自荆公數百年來，寥寥不概見於世，而學士大夫知之者亦寡。復有章安楊蟠僞本亂真欺世。倘非我公精於鑒别，廣爲搜求，獲兹本而重新之，以傳於無窮，則是書之不亡，蓋亦幾矣。余小子，於是有深幸焉。至其選輯之大略，則馬氏通考載之甚詳，學者可案而求，無庸余喋喋爲也。甲申仲春，淮山陽丘迴跋。

清宋犖刊本王荆公唐百家詩選卷末

跋初刻唐百家詩選

【清】閻若璩

余與宋次道同爲三司判官，時次道出其家藏唐詩百餘編，諉余擇其精者，次道因名曰百家詩選。廢日力於此，良可悔也。雖然，欲知唐詩者觀此足矣。

右王荆公原序，見集中者，宋刻殘本失去，余從集中取以冠卷端，以見復荆公之舊云。嘗聞前輩撰列朝詩集，先採詩於白下，從亡友黄俞邵及丁菡生輩借書，每借輒荷數擔至，前輩以人之書也，不著筆，又不用籤帖其上，但以指甲掐其欲選者，令小胥鈔。胥奉命惟謹，於掐痕侵他幅者亦並鈔，後遂不復省視。此與羣牧司吏遺籤置不取小詩上者何異？古今事恒相類，説者謂吏失之嬾，胥失之勤，其爲失則一，可發一笑也。今閲殘本八卷，去取頗精，足徵老眼無花，則邵氏聞見録云云，疑傳聞，非實事。而前輩指掐本，余猶就俞邵家見之。回憶五十載前，曾遇閩中書賈持翻刻本，正二十卷，啓中丞公廣購之，卒不可得。五十載之事，約如浮雲，須臾變滅，豈惟書可勝慨歎？雖然，羽陵之蠹復完，河東之亡再覯，安知今不有類於古？爲報中丞公，且珍此以俟，何如？

清文淵閣四庫全書本潛邱札記卷五

補刻唐百家詩選序

【清】閻若璩

今年中秋後三日，大中丞宋公以賑荒，舟過淮。余以病未往謁。公手唐百家詩選全本授謁者曰：子爲我致百詩作一序，以賀余之遭，彼序固有言，珍此以俟俟焉，果得矣。命竟未達，豈委之於草莽乎？抑謂我老耄而舍我也。既而有獻疑者曰：吴下人好作僞紙，非宋箋刻，易而爲繕寫，安知不復如楊公濟所爲，以博公之一笑乎？余獨以爲不然。公撫軍久，吴人仰若神明，非惟不可欺，實不忍欺。凡事且然，況書籍乎？有試之之法，在高棅見全本以玄宗皇帝早度蒲關爲開卷第一，今其書合乎？合則真矣。陳振孫見全本，非惟不及李、杜、韓三家，而王維、韋應物、元、白、劉、柳、孟郊、張籍皆不及。倘闌入以上之一首，則不合，合又真矣。公觀詩之眼，如月有隙斯照，苟出近人假託，譬衣布衲者，必不能如前刻八卷一色之精，公固早辨及此。而謂其不真，可乎？馬貴與著文獻通考，憾延壽史無志，故南北日食多異同。其父門下士李謹思序，按唐張太素叔姪撰魏志百卷，天文尤備。中州集，蔡珪補南北志六十卷，今亡矣。夫安得二志忽焉呈現，以爲君書之助，公兹殆有相之道耶？雖然，余更有請焉者。聞前輩云：吴武陵太守謝承後漢書，方從哲從史館持去，世遂不可得。不知吾鄉陽曲縣張氏、傅氏、黄氏皆有，緣城破失去。此永樂年間揚州刊本也，安知世不更有其書乎？前輩苦求李燾續長編，後於内閣抄卷初五大本。絳雲樓災，遂成燼。後數十年，錫山人從嘉興高氏購得建隆至治平者，質諸前輩，前輩曰：

「吾焚香一瓣，首一叩，始敢讀一版。」其欣賞如此，安知世不更有熙寧後以補足乎？曰纂志於洞庭，徐司寇出典籍庫中大元大一統志十數本，皆蜀中地記。尚有九百八十餘本。曾見葉文莊家書目，此志與經世大典並列，安知世不更有足本乎？又前輩慨唐會要不可見，今復出；吴草廬周禮考註、儀禮考註，年譜且不載其目，今復出。太常因革禮，亡友吴志伊物也，既失而復爲司寇所收。竊以公之力，上所已出者，或寫或刊，以廣其傳；上所未見者，積誠以求之，寬歲月以待之，如是則大有功於斯文，不獨詩已也。余終始未見其全本，漫以意序之如此云。

清文淵閣四庫全書本潛邱札記卷五

初跋王介甫唐百家詩選不全本

【清】王士禛

宋中丞牧仲在吳中，得王介甫唐百家詩選殘本，自第五卷王昌齡、李頎起，至第八卷錢起、盧綸、司空曙止。又自十三卷王建起，建詩二卷，逸上卷。至十六卷許渾止。中間第六卷沈千運已下，全取元次山篋中集而益以李嘉祐等七人，通三十八家。蓋亦詳於中、晚而略于初、盛。宋人選唐詩，大概如此。意初唐、盛唐諸人之集，更五代亂離，傳者較少故耶？牧仲謂今世所傳十卷，是章安楊蟠所改竄，非介甫元本。此雖闕本，而真面目尚在。山陽閻百詩若璩云：曾見閩賈持翻刻本，正二十卷，惜無從見之矣。

清康熙五十七年程哲七略書堂刻本帶經堂集卷九十一

跋王介甫唐百家詩全本

【清】王士禛

王介甫唐詩百家選全本，近牧仲開府寄來新刻，乃常熟毛扆所得江陰某氏藏本，計百有四人，有乾道己丑蘭皋倪仲傳序。略云：予自弱冠肄業於香溪之門，嘗見是書。頃有親戚宦南昌，得之臨川以歸。惜其道遠難致，且字畫漫滅，故鏤版以新其傳云。余按其去取多不可曉者，如李、杜、韓三大家不入選，尚自有説。然沈、宋、陳子昂、張曲江、王右丞、韋蘇州、劉昚虛、劉文房、柳子厚、劉夢得、孟東野概不入選，下及元、白、温、李、皮、陸諸家，不存一字，而高、岑、皇甫冉、王建數子，每人所録幾贏百篇。介甫自序謂欲觀唐詩者，觀此足矣。然乎否耶？世謂介甫一生好惡拂人之性，此選亦然。故物自可寶惜，然謂爲佳選，則未敢謂然。請以質諸後之善言詩者，當知余言不妄。

清康熙五十七年程哲七略書堂刻本帶經堂集卷九十一

跋百家詩選

【清】王士禛

嚴滄浪云：王荆公百家詩選，蓋本于唐人英靈、間氣集，其初明皇、德宗、薛稷、劉希夷、韋述之詩，無少增損，次序亦同。儲光羲而下，方是荆公自去取。大曆以後，其去取深不滿人意。況如王、楊、盧、駱、沈、宋、陳拾遺、張燕公、張曲江、王右丞、賈至、韋應物、孫逖、祖詠、劉昚虛、綦毋潛、劉長卿、李賀諸公，皆大名家，而集皆無之。其序乃言觀唐詩者觀此足矣，豈不誣哉？今人但以荆公所選，斂衽而莫敢議，可歎也。與予前論暗合若符節，益信予所見非謬。然予實不記滄浪先有此論也。

清康熙五十七年程哲七略書堂刻本帶經堂集卷九十一

跋王荆公百家詩選

【清】何焯

八卷乃秘閣藏書，商丘公從東海司寇家得之。二十卷全者，斧季得之吴興鬻書人抄本，非宋刻也，書跡類明初人，亦不知與八卷有異同否。商丘喜於復完，不復研覈，但非出於毛之僞造，或真爲荆公之舊耶？

余見錢牧翁手校岑嘉州詩，上有「荆」字印者，或與此不盡合，此則其可疑者，豈牧翁一時疏略耶？康熙己丑重九日前二日，鶯脰湖舟中，焯記。

清宋犖刊本王荆公唐百家詩選卷首

晁氏讀書志云：唐百家詩選二十卷，宋敏求次道嘗取其家所藏唐人一百八家詩，選擇其佳者凡一千二百四十六首爲一編。王介甫觀之，因再有所去取，且題云：欲觀唐詩者，觀此足矣。遂以爲介甫所纂。余按玉海載唐百家詩選二十卷，不言介甫撰録，得晁氏之説，乃涣然無疑。今爲詩一千二百六十首。

清宋犖刊本王荆公唐百家詩選卷末[二]

[二] 以上三跋，另見於陸心源皕宋樓藏書志卷一一二。

荆公之意，以浮文妨要，恐後人蹈其所悔，故有「觀此足矣」之語，非自謂此選乃至極也。後來譏彈之口，並失其本趣。

清乾隆刻本義門先生集卷九

跋宋刊本王荆公唐百家詩選

傅增湘

王荆公唐百家詩選二十卷，分類選録各家之詩，今存卷九至十六，計八卷。宋刊本，每半葉九行，每行二十字，注雙行同，白口，左右雙闌，版心題「唐詩選九」、「唐詩選十」不等，下方記刊工姓名，有王仲、王華、王景、徐岳、陳祐、陳彦、謝興等。宋諱玄、殷、弘、敬、貞、曙、恒、佶皆爲字不成。間有補刊及刓修之葉，如卷十五末葉儲光羲詒余處士詩：「市亭忽雲構」，「構」字注「御名」。此書蝶裝廣幅，有水泐痕，無收藏印記，望而識爲内閣大庫佚書，内四卷得之文德韓佑，另四卷張君庾樓所貽，余以明活字印本曹子建集全帙報之，即嘗印入四部叢刊之本也。

案：此書郡齋讀書志、直齋書録解題皆言就宋次道家藏唐人集一百八家選其佳者，而不明著其爲分類與否。今以各家著録考之，其行世實有二本，一爲分人選録，一爲分類選録。分人本黄蕘圃有宋本，存卷一至十一，半葉十行，行十八字，有楊蟠序，即百宋一廛賦注所謂「荆公之百家」者也，今不知在何許。康熙時，商丘宋中丞曾據一宋刊分人本翻雕行世，前有乾道己丑四月望日蘭皋盤谷倪仲傳序。然何義門手校本見皕宋樓藏書志。有跋云：「八卷乃祕閣藏書，商丘公從東海司寇家得之。二十卷全者斧季得之吴興鬻書人，鈔本，非宋刻也，書迹類明初人，亦不知與八卷有異同否。商丘喜於復完，不復研覈，但非出於毛之僞造，或真爲荆公之舊耶？」又曰：「余見錢牧翁手校岑嘉州詩，上有『荆』字印者，或與此不盡合，此則其可疑者，豈牧翁一時疏略耶！」是商丘所刻當時即有致疑者。以今考之，倪序言：「初得是書於香溪先生家藏之祕，嗣得南昌刻本，惜其字畫漫滅，故鏤版以新其傳」，是商丘傳刊實原倪本，倪本又復淵源有自，第所得之本殘缺，以明鈔補之，遂啓人疑竇耳。然自此刻盛行而舉世幾不知有分類本矣。

顧分類本流傳實稀，惟皕宋樓有殘本，存卷一至五，卷十一至十五，凡十卷，編次全然不同，即百宋一廛賦注中所謂「又有分類宋槧殘本，在小讀書堆」者也。其前亦有元符戊寅七月望日章安楊蟠序。余所藏本亦即是刻，其相重各卷，核之類目，正復相符。然有不可解者，楊蟠序言：「細字輕帙，不過出斗酒金而直挾之於懷袖中。」以其詞測之，必爲巾箱本矣。余本則版匡甚高，大字疏朗，豈楊序者爲别一本而兹刻乃轉録楊序歟？其分人之本，倪氏亦傳自南昌舊本。古人一書而兩本並行，詳略互見者，如郡齋讀書志、名臣言行録之類甚多，又烏足致疑乎！至義門謂牧翁校岑嘉州詩，與荆公選不盡合者，是牧翁所據或爲分類本，義門以商丘所刻分人本證之，宜其多所牴牾也。陸本所存，合之余本，去其複者得十三卷，并鈔類目於後，以資參證。若寫補缺卷，異時當於海東静嘉文庫求之焉。乙丑立春前一日，棘人傅增湘記。

卷一：日、月、雨、雪、雲。　卷二：四時、晨昏、節序、泉石。　卷三：花木、茶菓、蟲魚。　卷四：京闕、省禁、屋室、田園。　卷五：樓隱、歸休。　卷九：投謝、慶賀、酬答。　卷十：僧、道。　卷十一：音樂、書畫、親族、墳廟、城驛、雜詠。　卷十二：古宫榭、古京室、古方國、昔人遺賞、昔人居處。　卷十三：送上。　卷十四：送下。　卷十五：別意、有懷。　卷十六：邊塞、軍旅、射獵。

上海古籍出版社一九八九年版藏園群書題記卷十九

再跋唐百家詩選

傅增湘

世傳荆公此選其去取之意多不可得，且李、杜大家皆不見録，即入録者亦鮮長篇，因舉聞見後録之言，謂三司吏鈔録移易籤帖所致。今考邵氏書云，晁以道言：王荆公與宋次道同爲群牧司判官，次道家多唐人詩集，荆公盡即其本擇善者籤帖其上，令吏抄之。吏厭書字多，輒移荆公所取長詩籤置所不取小詩上。荆公性忽略，不復更視。唐人衆詩集以經荆公去取皆廢。今世所謂唐百家詩選曰荆公定者，乃群牧司吏人定也云云。按此説清波雜志亦載之，予初未敢遽以爲然。嗣見王氏聞見近録云，黄魯直嘗問王荆公：「世謂四家選詩丞相以歐、韓高李太白耶？」荆公曰：「不然。陳和叔嘗問四家之詩，乘問簽示和叔。時書吏適先持杜集來，而和叔遂以其所送先後編集，初無高下也。李、杜自昔齊名者也，何可下之！」魯直歸問和叔，和叔與荆公之説同。今人乃以太白下歐、韓而不可破也。以此事證之，是荆公性本疏忽，選録時隨意籤題，不復爲之次第，則百家詩選爲吏人所給，捨長取短，未暇覆審，致貽後人之譏議。晁氏之説，亘若可信也。庚午閏月，書潛又記。

上海古籍出版社一九八九年版藏園群書題記卷十九

乙、書目提要

郡齋讀書志・唐百家詩選二十卷提要　【宋】晁公武

右皇朝宋敏求次道編。次道爲三司判官，嘗取其家所藏唐人一百八家詩，選擇其佳者凡一千二百四十六首爲一編。王介甫觀之，因再有所去取，且題云：欲觀唐詩者，觀此足矣。世遂以爲介甫所纂。

四部叢刊本郡齋讀書志卷四下下

直齋書録解題・唐百家詩選二十卷提要

【宋】陳振孫

王安石以宋次道家所有唐人詩集選爲此編。世言李、杜、韓詩不與，爲有深意，其實不然。按此集非特不及此三家，而唐名人如王右丞、韋蘇州、元、白、劉、柳、孟東野、張文昌之倫，皆不在選。意荆公所選，特世所罕見，其顯然共知者固不待選耶？抑宋次道家獨有此一百五集，據而擇之，他不復及耶？未可以臆斷也。案晁公武讀書志，宋敏求爲三司判官，嘗取其家所藏唐人一百八家詩，選擇其佳者凡一千二百四十六首爲一編。王介甫觀之，因再有所去取，且題曰：欲觀唐詩者觀此足矣。世遂以爲介甫所纂也。

武英殿聚珍版叢書本直齋書録解題卷十五

四庫全書總目・唐百家詩選二十卷提要

舊本題宋王安石編。安石有周禮新義，已著録。是書去取，絶不可解。自宋以來，疑之者不一，曲爲解者亦不一。然大抵指爲安石。惟晁公武讀書志云：「唐百家詩選二十卷，皇朝宋敏求次道編。次道爲三司判官，嘗取其家所藏唐人一百八家詩，選擇其佳者凡一千二百四十六首爲一編。王介甫觀之，因再有所去取，且題曰：『欲觀唐詩者觀此足矣。』世遂以爲介甫所纂。」其説與諸家特異。案讀書志作於南宋之初，去安石未遠，又晁氏自元祐以來，舊家文獻，緒論相承，其言當必有自。邵博聞見後録引晁説之之言，謂：「王荆公與宋次道同爲群牧司判官。次道家多唐人詩集，荆公盡即其本，擇善者籤帖其上，令吏鈔之。吏厭書字多，輒移所取長詩籤置所不取小詩上。荆公性忽略，不復更視。今世所謂唐百家詩選曰荆公定，乃群牧司吏人定也。」其説與公武又異。然説之果有是説，不應公武反不知。考周煇清波雜志亦有是説，與博所記相合。煇之曾祖與安石爲中表，故煇持論多左袒安石。當由安石之黨以此書不愜於公論，造爲是説以解之，託其言於説之，博不考而載之耳。此本爲宋乾道中倪仲傳所刊，前有仲傳序。其書世久不傳，國朝康熙中，商丘宋犖始購得殘本八卷刻之，既又得其全本，續刻以行，而二十卷之數復完。當時有疑其僞者。閻若璩歷引高棅唐詩品彙所稱以玄宗早渡蒲關詩爲開卷第一，陳振孫書録解題所稱非惟不及李、杜、韓三家，即王維、韋應物、元、白、劉、柳、孟郊、張籍皆不及，以證其真。又殘本佚去安石原序，若璩以臨川集所載補之，其文俱載若璩潛邱劄記中。惟今本所録共一千二百六十二首，較晁氏所記多十六首。若璩未及置論，或傳寫讀書志者誤以六十二爲四十六歟？至王昌齡出塞詩，諸本皆作「若使龍城飛將在」，惟此本作「盧城飛將在」，若璩引唐平州治盧龍縣以證之。然唐三百年更無一人稱「盧龍」爲「盧城」者，何獨昌齡杜撰地名？此則其過尊宋本之失矣。

文淵閣本四庫全書總目卷一百八十六

皕宋樓藏書志・王荆公唐百家詩選殘本十一卷 宋刊本，汲古閣舊藏 提要

【清】陸心源

案每半頁九行，每行十八字，存卷一至卷五、卷十一、卷十二、卷十三、卷十四、卷十五凡十卷。分類編次與宋牧仲刊迥然不同。卷一日、月、雨、雪、雲五類，卷二四時、晨昏、節序、泉石四類，卷三花木、茶菓、蟲魚三類，卷四京闕、省禁、屋室、田園四類，卷五棲隱、歸休二類，卷十一音樂、書畫、親族、墳廟、城驛、雜詠六類，卷十二古宫榭、古京室、古方國、昔人遺賞、昔人居處五

類，卷十三送上一類，卷十四送下一類，卷十五別意、有懷二類，即百宋一廛賦注中所謂小讀書堆分類本也。〔二〕

清光緒萬卷樓藏本皕宋樓藏書志卷一百十三

滂喜齋藏書記·北宋刻殘本王荊公唐百家詩選九卷提要 【清】潘祖蔭

元符戊寅刊板。前有章安楊蟠序。「眩」、「殷」、「匡」、「恒」、「敬」、「驚」、「警」、「貞」、「徵」、「樹」等字缺筆。每半葉十行，行十八字。字體仿歐陽信本，寫槧精美，真北宋原刻也。惜自十卷以後皆佚。舊爲郡中黄氏藏書，後入藝芸書舍。

附藏印：「百宋一廛」、「黄印丕烈」、「蕘圃」、「汪印士鐘」、「閬源真賞」。

清末刻民國增修本滂喜齋藏書記卷三

〔二〕 按，此段前有楊蟠序文，今從略。

郋園讀書志・唐百家詩選二十卷 康熙癸未宋犖刻本提要

葉德輝

荆公此選，多取蒼老一格，意其時西崑盛行，欲矯其失，乃有此舉耶？所選諸詩，雖不能盡唐賢之妙，亦可謂自出手眼，非人云亦云者。乃自宋以來，如嚴滄浪已議其去取不滿人意。邵氏聞見後録則云：「荆公與宋次道同爲羣牧司判官，次道家多唐詩，荆公就其本擇善者籤帖其上，令吏鈔之。吏厭書字多，輒移所取長詩籤置所不取小詩上。荆公性忽略，不復更視。今世所謂唐百家詩選者，乃羣牧司吏定也。」周煇清波雜記亦云然。似皆爲荆公解嘲，足見當時訾議者必多。新城王文簡所著書如漁洋詩話、香祖筆記、分甘餘話詆之尤力，且謂荆公不近人情，于此可見。余謂嚴、王論詩，崇尚神韻，宜其與此鑿枘。若執其言以論此選，不免一偏之見。憶元遺山詩云：「陶謝風流到百家，半山老眼浄無花。北人不拾江西唾，未要曾郎借齒牙。」其推重可謂特具隻眼。欽定四庫全書簡明目録亦云：「所取未爲冗濫，必以惡安石之故，無一處不排擊之，亦門户之見也。」大哉言乎！可謂得千載是非之平矣。丁酉春正月上元後一日葉德輝識。

宋黄伯思東觀餘論云：「王公所選，蓋就宋氏所有之集而編之。適有百餘家，非謂唐人詩盡在此也。其李、杜、韓韓下當是『柳』字，原本脱。詩可取者甚衆，故別編爲四家詩。而楊氏謂不與此集，妄意以爲有微旨，何陋甚歟！」觀黄氏此論，乃知當時于李、杜大家別有選本行世，世人不見，妄生雌黄，真所謂癡人説夢矣。宋晁公武郡齋讀書志云：「唐百家詩選二十卷，宋敏求次道編。次道爲三司判官，嘗取其家藏唐人一百八家詩，選擇其佳者，凡一千二百四十六首爲一編。王介甫觀之，因再有所去取，且題曰：『欲觀唐詩者，觀此足矣。』世遂以爲介甫所纂。」此論與黄氏所云就宋氏原有之集而編之者正合，知此書並不出荆公之手。俗儒以人廢言，因荆公之故，羣相集矢。觀黄氏、晁氏二家之説，可以釋然矣。丁未上元日葉德輝閲又記。

上海古籍出版社二〇一〇年版郎園讀書志卷十五

圖書在版編目(CIP)數據

唐百家詩選/(宋)王安石編;任雅芳整理. —上海：復旦大學出版社，
2016.9(2017.9 重印)
(王安石全集/王水照主編)
ISBN 978-7-309-12127-8

Ⅰ. 唐…　Ⅱ. ①王…②任…　Ⅲ. 唐詩-詩集　Ⅳ. I222.742

中國版本圖書館 CIP 數據核字(2016)第 027975 號

責任編輯　張旭輝　杜怡順
裝幀設計　馬曉霞

唐百家詩選
(宋)王安石　編　任雅芳　整理

復旦大學出版社有限公司出版發行
上海市國權路 579 號　郵編：200433
網址：fupnet@fudanpress.com
http://www.fudanpress.com
門市零售：86-21-65642857
團體訂購：86-21-65118853
外埠郵購：86-21-65109143
出版部電話：86-21-65642845

浙江新華數碼印務有限公司印刷

開本 890×1240　1/32　印張 21.75　字數 396 千
2017 年 9 月第 1 版第 2 次印刷

ISBN 978-7-309-12127-8
I·981　定價：108.00 圓